1.

Les yeux fixés sur la tombe de sa sœur, l'inspecteur Charlotte Le Blanc, surnommée « Charlie », ruminait de sombres pensées. Six ans. Six ans avaient passé depuis le jour fatal de l'assassinat d'Emily. Et son meurtrier était toujours en liberté. Ce monstre était libre de vivre et de respirer. Libre aussi de tuer de nouveau.

Le tonnerre gronda au-dessus d'elle, comme pour faire écho à son humeur. Elle n'était pas plus près de retrouver l'assassin qu'elle ne l'avait été six ans plus tôt, lorsqu'elle avait abandonné ses études de droit pour entrer dans la police de La Nouvelle-Orléans.

— Le temps a l'air de se gâter, fit remarquer sa mère, la ramenant dans le présent. Tu aurais dû m'écouter, Gordon, et mettre ton manteau ! ajouta-t-elle en s'adressant à son mari.

— Ma veste me suffit amplement, répondit le père de Charlie. Nous sommes à La Nouvelle-Orléans, chérie. Pas à New York.

Charlie les observa, songeant combien le deuil les avait frappés, tous les deux. Ils avaient été suivis par un psychothérapeute, après la tragédie, et pourtant le regard noisette de sa mère n'avait jamais retrouvé sa vivacité, et ses sourires avaient perdu l'éclat « d'avant ». Quant à son père, la douleur avait creusé des rides profondes sur son visage. Ses cheveux avaient blanchi brusquement, et son rire était devenu rare.

Un éclair suivit un deuxième grondement de tonnerre, et Gordon passa un bras autour des épaules de sa femme.

— La pluie se dirige vers nous. Partons, avant d'essuyer l'averse.

— D'accord, dit la mère de Charlie, faisant un pas en direction de la pierre tombale.

Elle se pencha pour y déposer un gros bouquet de roses jaunes. Puis elle effleura doucement le marbre, là où était gravé le nom d'Emily.

— Tu viens, Charlotte ? demanda-t-elle en se redressant.

— Pas encore. Partez devant. Je ne serai pas longue.

— Je n'aime pas beaucoup te laisser seule ici. Ce n'est pas prudent.

— Maman, je suis flic !

— Mais tu restes quand même notre petite fille.

— Ta mère a raison, Charlotte. Nous allons t'attendre et nous te raccompagnerons jusqu'à ta voiture.

Charlie toucha le paquet de Smarties jaunes, dans la poche de sa veste. La friandise préférée de sa sœur, dans sa couleur préférée. Ce qui avait commencé comme une plaisanterie, le jour où Emily avait trouvé six pastilles de chocolat jaunes dans un mouchoir en papier noué avec un ruban, également jaune — en l'honneur de ses six ans — était au fil du temps devenu une tradition. Emily avait adoré, et Charlotte avait recommencé à chaque anniversaire, ajoutant chaque fois un Smartie. Elle avait continué jusqu'à l'année de la mort d'Emily, et encore après, au cours des six dernières années. Simplement, elle déposait désormais le petit cadeau sur la tombe de sa sœur. C'était idiot, bien sûr. Emily était morte, et autant qu'elle le sache, les fantômes, s'ils existaient, ne mangeaient pas de chocolat. Seulement, en perpétuant cette tradition, Charlie avait l'impression d'honorer le souvenir de sa sœur. C'était aussi une manière de renouveler la promesse qu'elle s'était faite, le jour de l'enterrement : elle y consacrerait son existence, s'il le fallait, même elle retrouverait le meurtrier de sa sœur.

— Ça ira, papa : vous pouvez partir.

— Charlotte…, commença sa mère.

— Je ne vais pas rester plus de quelques minutes, l'interrompit Charlie, gentiment.

Elle embrassa sa mère, puis son père.

— Rentrez, maintenant, avant que la pluie ne dégringole. Je ne serai pas longue. C'est promis.

— Tu viens toujours dîner à la maison ?

— Oui, bien sûr. Mais j'ai plusieurs rapports à finir, au poste, alors je serai peut-être un peu en retard.

— Pas de problème. Anne a dû partir sur un reportage pour la télé, cet après-midi, et elle ne sera sans doute pas à l'heure, elle non plus. Nous dînerons un peu plus tard que d'habitude, voilà tout.

— D'accord. Alors, à ce soir !

— Ne t'attarde pas trop quand même ! lança Gordon.

— C'est promis, répondit la jeune femme.

Dès que ses parents se furent éloignés, Charlie sortit de sa poche le sachet contenant vingt-cinq Smarties jaunes, et elle le déposa près du bouquet de roses, également jaunes, que sa mère avait apporté.

— Bon anniversaire, Emily, murmura-t-elle.

L'instant d'après, des trombes d'eau s'abattirent sur elle.

Charlie arriva à sa voiture trempée jusqu'aux os, et une

bourrasque s'engouffra dans l'habitacle lorsqu'elle s'installa derrière le volant. Elle écarta les mèches de cheveux plaquées sur son front et ses tempes, et mit le contact.

Elle se demandait si elle devait faire un crochet par chez elle pour changer de vêtements quand son portable sonna.

— Le Blanc, répondit-elle en poussant le bouton du dégivrage, sur le tableau de bord.

— C'est moi, fit la voix de Vince Kossak, son coéquipier depuis deux ans. On a un 187, ajouta-t-il, en donnant le nom de code pour les homicides.

— Où ça ? demanda Charlie.

— Les Appartements Mill House, dans le Warehouse District, répondit Vince. Je suis en route.

— J'arrive !

Charlie coupa la communication et démarra. Elle n'avait peut-être pas encore retrouvé le meurtrier d'Emily, mais, en attendant, elle pouvait consacrer son énergie à arrêter ceux des autres.

Il se tenait de l'autre côté de la rue, dissimulé par son ample parapluie et l'ombre des arbres du petit parc. Un sourire aux lèvres, il observait les va-et-vient devant l'immeuble. Il avait pris un risque en restant dans les parages, mais la pluie lui offrait le camouflage idéal, et il n'avait pas pu résister à la tentation d'assister au branle-bas de combat qu'il venait de provoquer.

Tout s'était déroulé comme prévu. La découverte du cadavre de Francesca par la femme de ménage ne se serait pas mieux passée s'il l'avait lui-même mise en scène. Tout bien réfléchi, c'était un peu ce qu'il avait fait, indirectement. Peut-être se lancerait-il dans le cinéma après avoir récupéré l'argent qui lui revenait de droit. En Louisiane, il y avait des fortunes à gagner dans l'industrie du cinéma. Il pourrait très bien réaliser des films : n'avait-il pas su manipuler tous les acteurs du drame qui se jouait de l'autre côté de la rue depuis déjà plusieurs mois ? Et avec quelle maîtrise ! Oui, décidément, l'idée lui plaisait — presque autant que celle qu'il avait eue en décidant de tuer Francesca.

La camionnette du médecin légiste s'arrêta devant l'immeuble, et plusieurs hommes en sortirent, suivis par une femme de haute taille vêtue d'un vilain imperméable beige.

Depuis son point d'observation au milieu des arbres, l'homme au parapluie estima qu'elle avait la quarantaine bien sonnée. Et son physique était banal. Elle s'adressa au portier de l'immeuble, puis se tourna vers les hommes qui l'avaient précédée et parut leur donner des instructions.

C'était donc elle, le médecin légiste, songea l'homme en crispant ses doigts gantés sur le pommeau de son parapluie. Encore une femme qui avait du pouvoir, un pouvoir qu'elle exerçait sur des hommes qui étaient ses subalternes. Il eut une poussée d'adrénaline à la pensée de lui montrer ce qu'était le véritable pouvoir. Mais il ne pouvait pas prendre un tel risque, se dit-il aussitôt, tandis qu'elle entrait dans l'immeuble avec ses sous-fifres. Et puis, surtout, elle n'en valait pas la peine, contrairement à la jolie blonde qui était entrée un moment plus tôt en montrant rapidement son badge. Alors elle, c'était une autre histoire !

Il sourit. Il n'avait pas prévu que la police confierait l'affaire du meurtre de Francesca à une femme, encore moins une aussi jolie femme. Même dégoulinante de pluie, dans des vêtements sans intérêt, elle attirait l'attention. De toute façon, il avait toujours eu un faible pour les blondes. Quelle bonne surprise ! Il se faisait déjà une joie de croiser le fer avec cette demoiselle. Peut-être ne se contenterait-il pas de croiser le fer, d'ailleurs, songea-t-il en touchant le bas de soie noire, dans la poche de son manteau.

Mais ce n'était pas pour tout de suite. D'abord, il devait mettre en branle la deuxième partie de son plan.

Sifflotant doucement, il descendit la rue jusqu'à sa voiture.

Le trajet avait duré beaucoup plus longtemps que prévu, à cause des embouteillages provoqués par la pluie. Charlie était donc passablement pressée lorsqu'elle avait garé sa voiture banalisée derrière une Rolls-Royce gris métallisé. Aussitôt, un portier en uniforme armé d'un parapluie noir avait accouru.

— Il s'agit d'une zone interdite au stationnement.

— Je suis en mission, avait répliqué Charlie en sortant son badge. La voiture ne bouge pas.

— Mais, Madame…

— Inspecteur ! avait-elle lancé par-dessus son épaule, tout en se dirigeant vers l'entrée de l'immeuble.

Cette ancienne filature de coton avait été convertie en immeuble de luxe, après le triomphe de la foire internationale de La Nouvelle-Orléans, en 1984. Les lieux n'avaient pas gardé grand-chose de leur aspect initial, cependant, songea Charlie en arrivant devant la porte cochère, l'un des rares détails architecturaux d'origine.

Elle gravit la douzaine de marches, et elle s'apprêtait à ouvrir la porte lorsque le portier bondit pratiquement devant elle.

— C'est mon travail, expliqua-t-il solennellement.

— Merci, murmura la jeune femme, tandis qu'il ouvrait le battant pour elle.

C'était une première, songea Charlie. Jamais encore, elle n'avait été accueillie de cette façon sur les lieux d'un crime. Cela dit, l'immeuble lui-même n'était pas le décor habituel pour un meurtre. La Nouvelle-Orléans avait beau détenir le triste record national du nombre de meurtres par habitant, la plupart des crimes étaient perpétrés dans les zones les plus pauvres de la ville. Neuf fois sur dix, là où régnait la pauvreté régnaient aussi la drogue et les guerres de gangs qui se soldaient si souvent par des morts. C'était la triste réalité, même si le chef actuel de la police faisait des efforts pour essayer de renverser cette tendance. On était le 2 du mois, et on était déjà à plus d'un meurtre par jour.

Durant ses cinq années dans la police, Charlie ne se rappelait pas un seul meurtre ayant été perpétré dans un immeuble de luxe de la ville. Et les Appartements Mill House appartenaient clairement à cette catégorie, se dit-elle en traversant le sol de marbre et en regardant les vases pleins de bouquets de fleurs fraîches.

Elle s'arrêta devant le comptoir de la réception et montra son badge à un jeune homme vêtu du même uniforme rouge que le portier.

— Inspecteur Le Blanc, dit-elle.

— Vous êtes là pour cette pauvre Mlle Hill ? fit le réceptionniste en pâlissant.

— En effet, répondit Charlie. Quel est le numéro de l'appartement ?

— Je vais appeler M. Blackwell pour vous. C'est le gérant de l'immeuble. Il vous conduira à l'appartement de Mlle Hill.

— Merci, mais je peux me débrouiller toute seule. Donnez-moi juste le numéro de l'appartement.

— C'est le 513. Mais…

— Merci, répéta Charlie qui se dirigeait déjà vers l'ascenseur.

— Attendez ! Madame ! Agent…

— Inspecteur, corrigea Charlie en se retournant vers le jeune homme.

— Oui, madame, euh, inspecteur. Si vous voulez bien attendre une minute. Je dois prévenir M. Blackwell…

Un homme corpulent, qui avait enroulé une mèche de cheveux autour de sa tête dans l'espoir de masquer sa calvitie, apparut dans l'encadrement de la porte, derrière le réceptionniste.

— C'est bon, Dennis, dit-il.

Puis il s'adressa à Charlie d'un air pompeux :

— Je suis M. Blackwell, gérant des Appartements Mill House.

— Inspecteur Charlie Le Blanc, répondit la jeune femme en ressortant son badge. Homicide.

— Je vois, fit Blackwell avec une moue dédaigneuse. Plusieurs de vos confrères sont déjà arrivés. Souhaitez-vous ôter votre veste, avant de les rejoindre ? ajouta-t-il en regardant les traces de pluie qu'elle avait laissées sur son passage.

M. Blackwell aurait préféré lui montrer la sortie que l'autoriser à monter, c'était évident.

— Il fait un peu froid ici, répondit Charlie sans se démonter. Je crois que je vais la garder.

Et, sans plus attendre, elle se dirigea vers le couloir où se trouvait l'ascenseur. Un agent en uniforme montait la garde.

— Inspecteur Le Blanc, répéta-t-elle en lui montrant son badge.

— Inspecteur, fit l'agent avec un hochement de tête.

Il entra avec elle dans l'ascenseur et poussa le bouton du cinquième étage. Aussitôt, Charlie remarqua la caméra de surveillance dans la cabine d'ascenseur. Il faudrait réquisitionner les cassettes vidéo — si Kossak ne l'avait pas déjà fait.

— Vous me mettez au parfum ? demanda-t-elle à l'agent.

— Je ne suis pas arrivé le premier sur les lieux du crime, inspecteur. Je sais seulement que nous avons un vol avec homicide à l'appartement 513.

Presque aussitôt, la porte s'ouvrit. L'agent resta à l'intérieur de l'ascenseur, tandis que Charlie sortait dans le couloir. Le sol était recouvert d'une épaisse moquette dans laquelle ses bottes s'enfonçaient, et des tableaux ornaient les murs. Il y avait d'autres caméras de surveillance, au plafond. Les cassettes leur seraient sans doute très utiles, songea la jeune femme en approchant de l'appartement 513. Un cordon de sécurité avait été installé en travers de la porte ouverte, et un autre agent de police — que Charlie n'avait jamais vu — montait la garde devant. Il se mit pratiquement au garde-à-vous quand l'inspecteur lui montra son badge.

— Qui est arrivé le premier sur les lieux ? demanda-t-elle.

— Moi, répondit la nouvelle recrue. Mon équipier et moi-même étions en patrouille quand nous avons reçu l'appel. Nous avons constaté le décès de la victime et aussitôt alerté le poste de police. Puis nous avons condamné l'entrée et pris la déposition de la personne qui avait découvert le corps.

Charlie embrassa les lieux du regard. A en croire les

verres à moitié vides et les restes de nourriture dans les assiettes, il y avait eu une réception ou une fête, dans cet appartement. Le photographe prenait des clichés des coupes et des bouteilles de champagne, avant de les sceller dans des sachets en plastique.

Vince Kossak était dans le coin le plus éloigné de la pièce, en train de parler avec une femme vêtue d'un uniforme.

A première vue, la nouvelle recrue avait suivi la procédure, ce qui leur faciliterait forcément le travail.

— On dirait que vous avez fait du bon boulot, agent… ?

— Mackenzie, inspecteur. Andrew Mackenzie.

— Agent Mackenzie.

— Merci, inspecteur.

Charlie hocha la tête et se dirigea vers son équipier.

Vince avait trente-deux ans, soit trois ans de plus qu'elle. De taille moyenne, avec un physique moyen, des cheveux et des yeux bruns, Vince se distinguait surtout dans l'exercice de sa profession. Il avait déjà reçu toute une série d'éloges pour sa bravoure. L'année précédente, il avait affronté un drogué qui avait pris sa femme en otage et menaçait de l'égorger avec un poignard. Vince avait réussi à sauver la femme, et cela lui avait valu une blessure à l'épaule qui avait nécessité douze points de suture… Oui, Vince était vraiment un flic exceptionnel : solide, honnête et fiable. Charlie estimait qu'elle avait beaucoup de chance de faire équipe avec lui. D'autant plus qu'ils étaient devenus amis. Elle avait une entière confiance en lui, et c'était réciproque. Vince était l'une des rares personnes à qui elle avait parlé de l'assassinat de sa sœur ainsi que du serment qu'elle s'était fait de retrouver le meurtrier.

— Merci, madame Ramirez, dit-il à la femme de

ménage. Vous pouvez repartir. Nous reprendrons contact avec vous.

— Vous allez retrouver cette personne qui a tué Mlle Francesca, oui ? demanda la femme avec un fort accent et une voix chargée de larmes.

— Nous ferons tout notre possible, vous pouvez compter là-dessus.

Puis, comme elle s'éloignait, Vince se tourna vers Charlie et la regarda de la tête aux pieds, en secouant lentement la tête.

— Tu n'as jamais entendu parler d'un instrument drôlement pratique que l'on appelle un parapluie ?

La jeune femme eut un haussement d'épaules.

— M. Météo avait promis un grand soleil, aujourd'hui.

— Et tu l'as cru ?

— J'espérais qu'il ne se tromperait pas, pour une fois.

A La Nouvelle-Orléans, plus que n'importe où ailleurs, prédire le temps qu'il allait faire représentait une gageure car le climat était aussi capricieux que les habitants de la ville.

— Alors, qu'est-ce qu'on a ? reprit Charlie.

— Le portefeuille de la victime est vide et, d'après la femme de ménage, il manque des bijoux.

— Un cambriolage qui a mal tourné ?

— Peut-être. C'est la femme de ménage qui a découvert le corps, ce matin. Elle était venue aider Mlle Hill à se préparer pour son mariage, figure-toi ! Seulement, la mariée était déjà morte.

— Elle allait se marier aujourd'hui ? s'exclama Charlie.

— Apparemment. Et j'ai déjà reçu l'ordre de mener cette enquête avec moult précautions : un ordre qui émane de tout en haut.

Charlie n'était pas vraiment surprise, compte tenu de l'environnement.

— Qui est la victime ?

— Francesca Hill. Vingt-six ans. Ancienne hôtesse de casino.

Charlie eut une moue. Le nom ne lui disait rien. Elle regarda encore autour d'elle. Il y avait beaucoup de blanc, beaucoup de noir, et des touches de rouge ici et là, notamment sur les murs où certains tableaux ressemblaient aux gribouillages d'un enfant que l'on aurait laissé jouer avec de la peinture.

— J'ignorais que les hôtesses de casino gagnaient aussi bien leur vie.

— Uniquement celles qui doivent épouser leur patron. Le fiancé est J.P. Stratton.

— Le Stratton qui est dans l'immobilier ? demanda Charlie.

— Affirmatif. Il est aussi dans l'hôtellerie, et possède deux casinos et un club de football. Mlle Hill allait devenir sa cinquième épouse.

Charlie se rappela vaguement un homme aux cheveux gris avec un bronzage à la George Hamilton. Il devait avoir au moins soixante ans.

— Stratton aime les femmes jeunes, dit-elle.

— Apparemment, oui.

— Où est le corps ?

— Dans la chambre à coucher.

— Et la cause du décès ?

— On attend le rapport préliminaire du médecin légiste, répondit Vince, l'air troublé. Mais ça ressemble à une strangulation.

Charlie sentit le sang se figer dans ses veines. Les enquêtes pour homicide n'étaient jamais faciles, mais, en cas de strangulation, c'était encore plus dur pour elle, car elle repensait immanquablement au décès de sa sœur.

— Ecoute, reste là et veille à ce que les techniciens ne commettent pas de grosse bourde, reprit Vince en lui prenant le bras. Je m'occupe de la victime.

Charlie fronça les sourcils.

— Qu'est-ce qui te prend, Kossak ?

Vince hésita un instant, remarquant les cernes qui ourlaient les yeux foncés de sa partenaire. Depuis qu'ils faisaient équipe, tous les deux, il avait vu la manière dont Charlie s'investissait dans son travail — à croire que des démons la poussaient à retrouver les criminels et à rendre ainsi justice aux victimes. Il savait que cette obsession était directement liée à la promesse qu'elle s'était faite de retrouver le meurtrier de sa sœur. Pour cette raison, il aurait préféré lui épargner le spectacle qui les attendait dans la pièce voisine.

Cela n'avait rien à voir avec les capacités de la jeune femme. Il avait vu Charlie garder son sang-froid là où même des vétérans auraient pu craquer. Charlie Le Blanc était l'un des meilleurs inspecteurs, sinon le meilleur, de tout le département de police de La Nouvelle-Orléans.

Mais, en dépit de son intelligence et de ses compétences, Charlie avait aussi un cœur, et le meurtre de sa sœur était comme une blessure dont on aurait arraché le pansement trop tôt : il suffirait de peu pour la rouvrir.

— Eh, je t'ai posé une question ! insista-t-elle.

— Allons, Charlie, on a une jeune femme qui vient de mourir étranglée. Laisse-moi gérer ça, tu veux ?

— Je suis capable de faire ma part du boulot, affirma-t-elle d'une voix qui avait baissé d'un ton.

— Personne n'a jamais dit le contraire, riposta Vince.

Les trois quarts du temps, tu pourrais même endosser la mienne, de part, si seulement je te laissais faire. Mais la responsabilité de résoudre tous les homicides de la ville ne repose pas entièrement sur tes épaules.

— Je sais.

— Dans ce cas, sois un peu plus indulgente envers toi-même, pour une fois.

— Impossible, murmura la jeune femme.

— Pourquoi ?

— Parce que…

— Parce que quoi, Charlie ?

— Parce que, si je ne l'arrête pas, il pourra tuer une autre…

Elle s'interrompit et prit une inspiration, comme pour se calmer.

— Il pourrait tuer quelqu'un d'autre.

Autrement dit, une autre jeune innocente comme sa sœur, songea Vince.

— Bon, on y va ? reprit-elle, une pointe d'impatience dans la voix.

Vince sortit des gants de sa poche et les enfila.

— On y va, répondit-il, l'air résigné.

Charlie hocha la tête et sortit, elle aussi, une paire de gants de sa poche. Elle les enfila rapidement, et Vince poussa la porte de la chambre.

Elle était immense, pratiquement aussi grande que le reste de l'appartement, et il y régnait une odeur mêlée de parfum, d'alcool et de sexe. Tout était blanc, à l'exception des vêtements abandonnés sur la moquette et des cheveux blonds de la jeune femme étendue sur le lit.

— Elle est belle, murmura Charlie.

— Ouais, fit Vince.

A quelques mètres de distance, elle ressemblait à une sirène enveloppée dans des draps de satin. Son visage en forme de cœur paraissait sculpté dans l'ivoire ; ses yeux verts étaient fixés au plafond, et ses longs cheveux dorés, étalés sur l'oreiller. L'une de ses mains reposait près de son visage, et le diamant, à son annulaire, reflétait la lumière. Seules quelques marques autour de son cou perturbaient la perfection du tableau.

Vince jeta un coup d'œil du côté de Charlie, mais en dehors d'une légère crispation du visage, elle ne trahissait aucun trouble particulier.

— Si j'en crois le caillou qu'elle a au doigt, notre voleur est un idiot, ou alors le vol n'est pas le motif du crime, déclara-t-elle d'une voix claire. La manière dont elle est allongée sur le lit, avec la main près du visage : on dirait une mise en scène. Notre tueur a le sens du spectacle, ce qui m'incite à croire qu'il ne s'agit pas d'un cambriolage qui aurait mal tourné. Et il ne s'agit pas non plus d'un crime passionnel. C'était prémédité.

Vince hocha la tête. Il était parvenu aux mêmes conclusions.

— Et compte tenu de la sécurité dans l'immeuble, je dirais que notre victime connaissait son assassin, ajouta-t-il.

— Elle le connaissait suffisamment bien pour coucher avec lui, ajouta Charlie en contemplant les sous-vêtements soyeux abandonnés sur le sol.

— Ils ont dû commencer par boire du champagne dans le living-room, continua Vince, recréant mentalement la scène du meurtre, telle qu'il l'imaginait.

— Puis ils ont décidé de passer dans la chambre à coucher, reprit Charlie.

Elle dépassa les escarpins à talons aiguilles et s'arrêta devant la robe noire à paillettes.

— Jolie, fit-elle en se baissant pour mieux la regarder.

Elle consulta l'étiquette, au dos.

— Ricardo. Je connais cette boutique. Extrêmement chère.

— Ça alors, j'étais loin d'imaginer que tu pouvais aimer ce genre de robe ! s'exclama Vince, soucieux de la distraire un instant.

Il appréhendait ce qui allait suivre.

— Oh, j'adore ! répondit Charlie. Malheureusement, même si j'avais les moyens de m'en offrir une, je ne pourrais jamais y cacher mon revolver. C'est exactement ce que j'ai dit à ma sœur Anne, quand elle m'a traînée dans ce magasin pour voir une jupe qui lui faisait envie.

— Est-ce qu'elle l'a achetée ? demanda Vince.

Anne Le Blanc était encore une gosse, mais elle lui faisait un effet bœuf.

— Non, j'ai réussi à l'en dissuader, répondit Charlie sans cesser d'examiner la robe. On devrait demander aux techniciens de chercher des empreintes sur la fermeture Eclair. On ne sait jamais.

Vince doutait fort qu'un tueur qui avait assez de sang-froid pour faire prendre la pose au cadavre ait pu laisser ses empreintes sur une fermeture Eclair, ou ailleurs.

Charlie avança encore, puis s'arrêta pour examiner une tache sur la moquette. Elle la toucha avec son doigt ganté et le porta à son nez.

— Champagne, à mon avis, dit-elle. Il y a une bouteille vide dans le living-room.

Elle se redressa et continua de marcher vers le lit.

— Les choses deviennent un peu plus sérieuses, par ici. Mlle Hill perd son soutien-gorge…

Charlie regarda les coupes renversées, sur la table de chevet, la minuscule culotte, près du lit. Puis elle vit le bas de soie noire posé sur le lit, près de la victime. Aussitôt, elle se raidit.

Vince ne douta pas un instant qu'elle avait remarqué ce qui l'avait lui-même frappé : le bas de soie était neuf ; il n'avait jamais été porté. Il paraissait avoir été posé près de la victime comme un accessoire, pour produire un effet.

Enfin, Charlie se tourna vers son coéquipier.

— Le deuxième bas n'est pas là ?

— Non, répondit Vince qui connaissait déjà la conclusion qu'elle allait en tirer.

La sœur de Charlie avait été étranglée, son corps abandonné sur le lit dans une pose similaire, et on avait trouvé un seul bas noir, près d'elle.

— Il a emporté l'autre, murmura la jeune femme d'une voix sombre, presque éteinte. C'est son trophée. Comme la dernière fois. Comme lorsqu'il a tué Emily.

2.

Cole Stratton étudiait les plans du nouvel hôtel Logan dont sa firme, CS Securities, venait de se voir confier le contrat de surveillance. Il nota les endroits où il faudrait ajouter des caméras. Logan Hotels, qui avait débuté avec quelques petits établissements de luxe, était devenu une chaîne de réputation internationale dont le logo « L » représentait une garantie d'excellence. Un an plus tôt, Cole s'était fixé comme objectif de décrocher ce contrat, et l'appel de Josh Logan lui annonçant qu'il avait été choisi était le résultat de longs mois de travail. C'était une sacrée victoire pour lui. Il aurait dû être fou de joie, sortir sabler le champagne.

Au lieu de cela, il était à son bureau, un samedi après-midi, essayant de se perdre dans le travail pour oublier un peu les soucis que lui causait Holly, sa sœur. Et ça ne marchait pas. Frustré, Cole jeta son stylo et passa une main dans ses cheveux. Si seulement il avait réussi à convaincre Francesca de ne pas porter plainte ! Mais Francesca n'avait rien voulu entendre. A croire qu'elle se réjouissait, à la perspective de voir Holly arrêtée par la police pour avoir violé l'injonction avec interdiction de l'approcher qui lui avait été imposée.

Si Francesca avait appelé la police, ce matin, ainsi qu'elle avait juré de le faire, ils étaient sans doute déjà en train de chercher Holly. Il ne restait plus qu'à espérer que les compétences de son avocate, Margee Jardine, l'emporteraient sur l'influence politique de J.P. Holly était suffisamment troublée comme ça : elle n'avait pas besoin de se voir traîner au poste de police par la nouvelle épouse de son père.

— Merde ! grommela-t-il, furieux contre Francesca.

Et pourtant la jeune femme n'était pas seule coupable. En fait, J.P. était le principal responsable de cet imbroglio. S'il ne s'était pas amouraché de l'amie de sa fille, Holly ne serait pas dans cette position, à l'heure qu'il était.

Mais ce salopard se moquait éperdument de gâcher ou détruire des vies, du moment qu'il obtenait ce qu'il voulait. Si Cole n'avait pas été aussi en colère contre Francesca, il aurait peut-être même eu pitié d'elle. La jeune femme ne tarderait pas à découvrir le prix à payer pour se faire appeler Mme J.P. Stratton. La mère de Cole l'avait payé très cher : elle y avait d'abord laissé sa fortune, puis, finalement, la vie. Les femmes qui lui avaient succédé n'avaient pas été logées à meilleure enseigne. Et on pouvait en dire autant de chacun des enfants de J.P. — et Cole s'incluait dans le triste lot.

Malheureusement, au moment où la nouvelle épouse de J.P. découvrirait le vrai visage de son mari, il serait sans doute trop tard. Elle serait devenue à son tour victime de l'ego et de la cupidité de J.P. Stratton.

Mais Cole ne se souciait guère de Francesca Hill. La jeune femme lui donnait l'impression de toujours retomber sur ses pattes. Non, son problème, c'était Holly. Or, il ne pouvait rien faire de plus, pour le moment, sinon espérer qu'aujourd'hui Francesca serait trop occupée par les préparatifs de son mariage pour mettre sa menace à exécution.

Il reprit son stylo et se plongea de nouveau dans les plans

de l'hôtel. Au bout d'un moment, des coups frappés à la porte lui firent lever la tête.

— Cole !

C'était la voix de son frère, Aaron.

Cole se leva aussitôt et longea le couloir en direction de l'entrée, craignant d'abord le pire au sujet de Holly. Mais c'était impossible : Margee Jardine avait un contact, au département de police, qui avait promis de la prévenir si un mandat était lancé contre la jeune femme.

— Cole ! cria encore la voix d'Aaron.

Cole fronça les sourcils. Son frère — qui était son cadet de quatre ans — allait encore essayer de le convaincre d'assister au mariage de J.P. !

Aaron avait les cheveux blonds et les yeux verts de sa mère. Autant dire qu'il ne ressemblait guère à leur père — au contrairc de Cole, qui était le seul, parmi les quatre demi-frères, à avoir hérité des cheveux noirs, du teint mat et des yeux clairs de J.P. En revanche, Aaron était extrêmement proche de J.P., et il essayait constamment de combler le fossé entre le père et son fils aîné.

Cole ouvrit la porte.

— Quand même ! s'exclama Aaron. J'essaie de te joindre depuis plus d'une heure ! Pourquoi est-ce que tu ne réponds pas au téléphone ?

— Parce que je n'avais pas envie d'être dérangé, répondit Cole. Je n'irai pas au mariage de J.P., Aaron. Alors, inutile de nous faire perdre notre temps à tous les deux.

— Il n'y aura pas de mariage, déclara Aaron froidement. Francesca est morte.

Cole crut d'abord que son frère lui faisait une plaisanterie de mauvais goût. Aaron n'avait pas caché le dégoût que lui inspirait la décision de son père d'épouser une amie de sa fille. Mais Aaron n'avait pas le visage de quelqu'un qui plaisante.

— Que s'est-il passé ? demanda Cole.

— Apparemment, elle a été assassinée.

Cole essaya d'assimiler la nouvelle. La jeune femme têtue et déterminée avec laquelle il avait essayé de raisonner, la nuit précédente, était morte ? Assassinée ?

— Quand ? Où ça ?

— Au cours de la nuit, répondit Aaron. La femme de ménage l'a trouvée dans son appartement, il y a quelques heures. Blackwell, le gérant de l'immeuble, m'a aussitôt alerté, et je lui ai dit d'appeler la police. Puis je me suis rendu à Mill House pour les attendre. La vision de ce cadavre m'a drôlement secoué, mon vieux.

— Assieds-toi, lui dit Cole.

Aaron se laissa choir dans un fauteuil capitonné, et Cole s'installa en face de lui.

— Enfin, quand les flics sont arrivés, je suis venu te trouver, puisque je n'arrivais pas à te joindre, reprit Aaron.

— Désolé, répondit Cole. La police a une idée en ce qui concerne l'identité du coupable ?

— Pas que je sache. Il s'agit peut-être d'un cambriolage. Le portefeuille de Francesca était vide et la femme de ménage dit qu'il manque certains bijoux.

— Un cambriolage à Mill House ? fit Cole d'un air sceptique.

Il connaissait l'immeuble et son service de surveillance, qui était excellent.

— Ouais, j'ai du mal à le croire, moi aussi, dit Aaron. Mais c'est la seule explication plausible. Tu sais que le vieux adore couvrir ses femmes de bijoux pour ensuite les faire parader. Il a encore dépensé une fortune pour ce bracelet, la semaine dernière. Et Francesca n'hésitait pas à montrer ses cadeaux à tout le monde. Elle aurait aussi bien pu se coller une pancarte dans le dos pour attirer tous les bandits à la ronde. C'était la victime idéale.

Cole revit la jeune femme. Elle n'était pas née de la dernière pluie, et il l'imaginait mal dans le rôle de victime. Il la voyait mal aussi se laisser terrasser sans se battre. Et pourtant elle était morte.

— Quelle est la cause du décès ?

— Elle a été étranglée, apparemment.

Aussitôt, Cole eut une vision du passé — J.P., fou de rage, se disputant avec sa mère et la saisissant brusquement à la gorge. Cole devait avoir cinq ans, à l'époque. Il était bien trop petit pour s'attaquer à un homme de la taille de J.P. Et pourtant il avait attrapé sa batte de base-ball et frappé son père dans le dos de toutes ses forces. Il avait pris une sacrée gifle et saigné de la lèvre, mais, au moins, sa mère avait pu se dégager.

— Comment a réagi J.P. ?

— Il ne le sait pas encore, répondit Aaron. C'est pour ça que j'essayais de te joindre. Je voulais te demander de m'accompagner pour lui annoncer la nouvelle.

Cole secoua la tête.

— Voyons, Aaron, tu sais aussi bien moi que ma présence ne ferait que rendre la situation encore plus difficile.

Sa relation avec son père était à peine cordiale. Ils en étaient pratiquement venus aux coups, la veille, lorsque Cole avait accusé J.P. d'encourager Francesca dans sa campagne contre Holly.

— Tu as sans doute raison, murmura Aaron en se levant. Je ne sais pas comment il va réagir. Tu le connais : quand il se croit amoureux d'une femme…

Aaron secoua la tête.

Cole savait, en effet. Il avait souvent vu J.P. s'amouracher d'une femme, et, chaque fois, la nouvelle élue avait pris le pas sur tout le reste — y compris l'épouse du moment et ses enfants.

— Ne te fais pas trop de soucis pour lui, murmura-t-il. Il se remettra vite.

— Là aussi, tu as sans doute raison.

Et comment ! songea Cole. La tombe de sa mère était à peine refermée que J.P. se remariait déjà avec la mère d'Aaron.

Il accompagna son frère jusqu'à la porte et posa la main sur son épaule.

— Je me charge d'annoncer la nouvelle à Holly, dit-il. Toi, tu préviens les jumeaux ?

— Seigneur ! Je les avais complètement oubliés. Ils doivent déjà être en train de se préparer pour le mariage. Tu veux bien t'en occuper ? Je ne sais pas combien de temps je vais passer avec le vieux, et je ne voudrais pas qu'ils l'apprennent par la radio ou la télé.

— Entendu, dit Cole.

Il accompagna son frère sur le palier et s'engouffra dans l'ascenseur avec lui.

— Quel merdier ! marmonna Aaron en sortant ses clés de voiture de sa poche. La presse va s'en donner à cœur joie, et le moment est drôlement mal choisi. J.P. a fait une demande pour une nouvelle licence de jeu, et on attend justement la réponse.

— Qu'importe la mauvaise publicité que la mort de Francesca risque de créer pour J.P., franchement ? Il me paraît plus urgent de retrouver le meurtrier, tu ne crois pas ? répondit Cole, agacé que son frère continue de penser aux affaires sans paraître, un instant, affecté par le décès tragique d'une jeune femme.

Aaron lui jeta un regard noir.

— Ne me juge pas trop vite, Cole. J'aimais bien Francesca. Mais les affaires continuent de tourner et il faut bien que quelqu'un s'en préoccupe.

Et puisque Cole avait refusé de prendre sa place au côté de son père dans l'entreprise familiale, la tâche était retombée sur Aaron. Depuis que ce dernier avait terminé ses études de droit, J.P. avait largement profité de ses connaissances, et, par conséquent, Aaron était resté sous la coupe de son père et n'avait jamais poursuivi la carrière juridique à laquelle il aspirait.

— J'espère que J.P. se rend compte à quel point il a de la chance de t'avoir auprès de lui, dit Cole sincèrement.

— C'est mon père, répliqua Aaron, comme si cela justifiait tout. C'est aussi le tien, d'ailleurs. Tu pourrais essayer de t'en souvenir, à l'occasion.

— Je ne l'oublie jamais, crois-moi, murmura Cole.

Ce n'était pourtant pas faute d'avoir essayé. En fait, il s'était très vite efforcé de prendre ses distances. Il n'avait jamais été particulièrement fier d'être le fils de J.P. Stratton, un homme qui ne lui avait jamais rien apporté de bon, à l'exception de ses frères et sœur. C'était d'ailleurs pour eux qu'il continuait à entretenir un minimum de relations avec leur père, au lieu de consacrer son énergie à le détruire, ainsi qu'il avait juré de le faire, à la mort de sa mère.

— Il faudrait tout de même essayer de limiter les dégâts, reprit Aaron. Si tu pouvais passer un coup de fil à ton pote qui travaille à la télé, pour qu'il s'efforce de contrebalancer un peu la mauvaise publicité, ce serait bien.

— J.P. a l'habitude de la publicité, qu'elle soit bonne ou

mauvaise. Je suis sûr qu'il saura gérer la situation, répondit Cole.

— Ce n'est pas pour lui que je m'inquiète, mais pour Holly, expliqua Aaron. Quelle sera la réaction de la presse, à ton avis, quand ils apprendront qu'elle a fait un esclandre, hier soir, pendant le dîner, et qu'elle a jeté un verre de vin à la figure de Francesca ?

Holly lui avait tout raconté, la veille. C'était un geste stupide, immature, et elle l'avait regretté, après coup. Mais il était trop tard. Aaron avait raison. Holly était belle comme une fleur de serre, mais tout aussi fragile. Et depuis l'épreuve que J.P. lui avait fait traverser, huit ans plus tôt, elle n'était plus la même. Elle vivrait très mal d'avoir la presse à ses trousses, en effet.

— Je vais voir ce que je peux faire, murmura Cole.

Charlie avait attendu impatiemment que le médecin légiste eût terminé son examen préliminaire. Et, tout le temps, elle avait regardé le bas de soie noire posé près du visage de la victime. Mais, au lieu de Francesca Hill, c'était Emily qu'elle revoyait. Les souvenirs se succédaient dans son esprit, comme une série de diapositives projetées sur un mur. Six ans plus tôt… Un après-midi froid et pluvieux, comme aujourd'hui…

Charlie ajusta son rétroviseur pour essayer de détourner la lumière aveuglante des phares de la voiture qui collait pratiquement à son pare-chocs arrière. Lorsque l'autre conducteur se déporta pour la doubler, un hurlement de Klaxon déchira l'air, et la voiture faillit emboutir le break qui arrivait en sens inverse. Charlie étouffa un cri et écrasa la pédale de frein, tandis que le chauffard revenait sur la route, devant elle.

— Crétin ! marmonna-t-elle. Il aurait pu se faire tuer. Sans parler de moi et des occupants du break.

C'était la faute d'Emily. C'était à cause d'elle qu'elle se trouvait sur cette route ! La seule pensée de sa sœur la faisait grincer des dents.

Elle faisait exprès de ne répondre ni à son téléphone fixe ni à son portable. C'était sa façon de la punir pour n'avoir pas tout laissé tomber, la veille, quand elle lui avait demandé de venir. Chaque fois qu'Emily appelait sa sœur au secours, c'était pour une histoire de mec. Et Charlie en avait par-dessus la tête de perdre son temps.

Avec leurs quatre années d'écart, les deux sœurs étaient aussi différentes qu'il était possible de l'être. Emily, la cadette, était petite, féminine et dotée de courbes à faire fantasmer tous les hommes de la terre. Charlie, au contraire, était grande, mince jusqu'à la maigreur, et elle se sentait beaucoup plus à l'aise en jean et en T-shirt qu'en robe. Tous les garçons se bousculaient pour sortir avec Emily, depuis que celle-ci avait enfilé son premier soutien-gorge, à l'âge de douze ans à peine. Alors que Charlie était plus souvent invitée à jouer au foot qu'à aller au cinéma.

Ça ne la dérangeait pas, d'ailleurs. Emily était très féminine, et de son côté, Charlie était sportive et plus intello. Chacune son style. Elle se réjouissait même de constater que leur petite sœur, Anne, réussissait à faire l'amalgame de ces deux styles ; elle aussi était jolie et féminine, et, en plus, elle était sportive et intello. Charlie les adorait toutes les deux. Elle aurait fait n'importe quoi pour elles. Mais ça ne l'empêchait pas d'être en colère contre cette gamine insupportable qui bouleversait ses plans, avec ses jeux idiots. Emily savait bien, tout de même, que leur mère allait s'inquiéter et qu'elle demanderait à Charlie de faire le trajet pour s'assurer qu'il ne lui était rien arrivé ! Et elle savait aussi que Charlie ne refuserait pas.

Moralité, elle était sur la route, en train d'éviter les chauffards, au lieu de réviser son cours de droit pénal, comme elle l'avait prévu. Leurs parents auraient pourtant dû savoir qu'Emily était la reine du drame. Charlie se demandait même pourquoi sa sœur s'était inscrite à la faculté de médecine. Avec ses talents, elle aurait pu faire carrière sur les planches.

Tout, dans l'existence d'Emily, était d'une importance vitale. Même un malheureux petit bouton sur le visage, la veille du bal de fin d'année, au lycée, pouvait prendre les proportions d'une affaire d'Etat.

Charlie frappa son volant, de plus en plus irritée. Finalement, elle bifurqua dans une rue et s'arrêta devant la maisonnette que leurs parents avaient louée pour Emily, au début du semestre. Il y avait de la lumière, et la Honda de sa sœur était garée le long du trottoir.

Charlie coupa le moteur, fit claquer la portière et se dirigea à grands pas vers la porte d'entrée. Elle appuya sur la sonnette, et y laissa son doigt un moment de plus que nécessaire. Cinq secondes, dix secondes passèrent, et elle sonna de nouveau. N'obtenant toujours pas de réponse, elle donna des coups de poing sur le battant de bois.

— Emily, je sais que tu es là ! Arrête tes conneries et ouvre cette porte !

Un moment passa encore, et Charlie essaya de regarder au travers du verre dépoli incrusté dans le panneau de bois de la porte. Mais elle ne vit rien, à part le scintillement de la lumière, à l'intérieur. Et les fenêtres étaient masquées par les rideaux qui avaient été tirés.

Elle frappa de nouveau, et commença à s'inquiéter.

Elle déplaça légèrement le gros pot de fleurs, près de l'entrée, et fut soulagée de trouver le double de la clé que sa sœur laissait là, habituellement. Vite, elle le glissa dans la serrure et poussa le battant.

— Emily ! cria-t-elle en entrant dans la maisonnette.

Elle entendit de la musique, quelque part — une chanson d'amour sirupeuse —, et reconnut le CD que sa sœur avait acheté récemment et qu'elle ne cessait d'écouter, depuis.

— Emily ! cria-t-elle encore.

Toujours pas de réponse. Charlie sentit un frisson monter lentement le long de sa colonne vertébrale, tandis qu'elle entrait dans le living-room. Mais il n'y avait personne. Elle coupa la chaîne et le silence tomba autour d'elle, épais comme une couverture trop lourde.

Charlie se rendit dans la cuisine. La lumière était allumée, et la pièce était propre et bien rangée. Deux verres de vin vides étaient posés sur le comptoir. Lavés. Le torchon avait été replié. Et Emily demeurait invisible.

Charlie continua d'avancer dans la maison, alluma la lumière de la chambre d'amis, et n'y vit rien ni personne. Enfin, elle arriva devant la porte de la chambre. Elle hésita une fraction de seconde, puis tapa plusieurs coups sur le battant.

— Emily ?

Rien. Pas de réponse. Aucun bruit.

Le cœur battant, Charlie ouvrit la porte.

Une odeur lourde de chèvrefeuille l'enveloppa brusquement, et elle reconnut le parfum sucré que sa sœur aimait tant. Mais sous le parfum suffocant perçait une autre odeur. Une odeur inconnue. Déplaisante.

Son regard s'habituant à la pénombre, elle vit sa cadette allongée sur le lit, le corps et le visage tournés vers l'autre côté de la pièce. Tout d'abord, Charlie crut qu'elle dormait. Elle avait l'air toute petite, dans le grand lit à colonnes, entourée par les oreillers en dentelle jaunes et partiellement couverte par le duvet à fleurs. Elle portait l'un de ces déshabillés soyeux qu'elle avait toujours préférés aux pyjamas, et il y avait une paire de mules en satin noir au pied du lit.

Ses longs cheveux blonds étaient épars sur l'oreiller, et l'une de ses mains reposait près de son visage. Juste à côté, touchant presque ses doigts, il y avait un bas de soie noire.

Pendant un moment, Charlie regarda fixement sa sœur. Puis elle fut frappée par son immobilité.

Le cœur de Charlie se mit à battre comme un tambour. La gorge nouée, elle marcha vers le lit.

— Emily, dit-elle d'une voix étranglée où perçait la peur.

Elle tendit la main et toucha l'épaule de sa sœur. Le corps d'Emily bougea, alors. Tout à coup, son bras glissa et retomba, inerte, près d'elle. Sa tête roula vers Charlie, comme celle d'une poupée brisée. Ses yeux marron étaient ouverts, vitreux et sans vie. Alors, seulement, Charlie se mit à hurler…

Charlie se força à revenir dans le présent et à écouter ce que le médecin légiste leur disait, tout en espérant que ni l'un ni l'autre n'avaient remarqué son absence.

— Et l'heure du décès, docteur ? demanda Vince.

— Vous savez bien que je ne peux pas vous le dire tant

que je ne me serai pas livré à un examen complet, au laboratoire, répondit le Dr Penelope Williamson, tout en ôtant ses gants.

— Mais vous devez bien avoir une petite idée. Donnez-nous au moins une fourchette horaire.

— Eh bien, si j'en crois la couleur de sa peau, je dirai qu'elle est morte entre minuit et 4 heures du matin.

— Et la cause du décès ? demanda Charlie.

— A première vue, elle a été étranglée. Mais seul l'examen complet me permettra de le confirmer, répondit le médecin légiste.

Elle fit signe aux membres de son équipe pour qu'ils mettent le corps dans le sac et qu'ils l'emportent.

— J'entends dire qu'il s'agirait d'un cambriolage qui aurait mal tourné, reprit-elle. A voir les tableaux accrochés aux murs, on a tendance à penser que votre voleur n'est pas bien malin. Rien que dans le salon, il y a une véritable fortune.

— Il a peut-être préféré l'argent liquide et les bijoux parce qu'ils étaient plus faciles à sortir sans attirer l'attention, dit Vince.

Ou bien le cambriolage n'avait aucun rapport avec le meurtre, songea Charlie, pour qui rien de tout cela ne ressemblait à un vol.

— Je suis curieuse de voir si on va trouver l'ADN d'une autre personne sur le corps, dit-èlle, sachant qu'elle pouvait compter sur un rapport exhaustif du médecin.

Penelope Williamson n'était pas seulement un bon médecin légiste ; elle était aussi extrêmement minutieuse et précise. Elle ne laissait rien au hasard.

— Je vous appelle dès que j'ai du nouveau, dit-elle.

Elle avait une voix calme et posée qui rappelait à Charlie

celle de son professeur d'anglais, au lycée. Aucune trace d'accent du Sud.

— Il faudra aussi voir le rapport de toxicologie, enchaîna Penelope. Votre victime avait l'air d'aimer la fête... Sean, un petit instant, fit-elle tout à coup en s'adressant à l'un des hommes penchés sur le corps de la victime.

Elle se dirigea vers eux, les sourcils froncés, et Charlie et Vince la regardèrent pousser les cheveux de Francesca Hill à l'intérieur du sac, loin de la fermeture Eclair. Elle resta près d'eux un instant de plus, leur donnant des instructions.

Il y avait seulement un an que Penelope Williamson avait rejoint le bureau du coroner de La Nouvelle-Orléans, mais Charlie l'avait très vite admirée. Pour commencer, elle avait de l'humour, ce qui allégeait un peu leur tâche parfois bien ingrate. Charlie l'avait vue approcher les scènes de meurtre les plus sanglantes sans trahir la moindre hésitation. Et elle l'avait vue travailler sur des cadavres brisés avec le même soin et la même tendresse qu'elle aurait montrés s'il s'était agi d'un enfant. Penelope Williamson se souciait sincèrement de ses morts. Elle avait ça en commun avec Charlie. Et si quelqu'un était à même de leur fournir les informations nécessaires pour les aider à identifier le meurtrier de Francesca Hill, c'était bien elle. L'instinct de Charlie lui soufflait aussi que s'ils retrouvaient le meurtrier de Francesca Hill, ils retrouveraient aussi celui d'Emily.

— Je sais ce que tu es en train de penser, lui dit Vince. Tu ne devrais pas tirer de conclusions trop hâtives.

Charlie n'eut pas le temps de répondre, car Penelope revenait vers eux.

— Pardon, dit-elle.

— Pas de problème, répondit Vince.

— Quand pouvons-nous espérer les résultats de l'autopsie ? demanda Charlie.

— Docteur, ce que Charlie essaie de vous dire, c'est que cette affaire est un peu particulière et qu'il nous faut ces résultats dès que possible.

— Je m'en doute, mais vous devrez patienter, comme tout le monde. Le week-end n'est pas encore terminé et j'ai déjà cinq corps qui m'attendent, alignés dans la crypte, répondit le médecin en faisant allusion aux deux homicides et aux trois victimes d'accidents de la nuit précédente.

— Mais celui-ci ne peut vraiment pas attendre, commença Charlie.

Elle fit la grimace lorsque Vince lui écrasa le pied.

— Nous avons déjà reçu des ordres de là-haut, expliqua-t-il. Il faut résoudre cette affaire le plus vite possible, et aussi le plus discrètement possible. Sinon, des têtes vont tomber.

— Je n'aime pas les manœuvres politiques, Kossak. Elles n'ont pas leur place dans le travail de la police.

— Je suis tout à fait d'accord avec vous, répondit Vince. Mais le fiancé de la victime a des amis haut placés, et ces amis sont en train de mettre la pression sur notre chef.

Charlie se sentait mal à l'aise. Le maire de la ville avait beau faire des efforts pour éliminer la corruption, elle savait que bon nombre d'hommes puissants et riches continuaient de favoriser une tradition de copinage qui ne datait pas d'hier.

— Qu'importe qui était son fiancé et qui sont ses amis ? lança-t-elle en regardant les hommes emporter le corps de la victime. Ce qui compte, c'est qu'une femme est morte, et nous devons attraper l'animal qui l'a tuée.

— Vous avez raison, bien sûr, dit le Dr Williamson. Je

vous communiquerai les résultats de l'autopsie à la seconde où j'aurai terminé mon travail.

— Merci, docteur. On vous revaudra ça.

— J'y compte bien, répondit le médecin légiste, les regardant à tour de rôle. Depuis le temps que je vous rends ce genre de service, il me semble que j'ai mérité au moins un dîner au Commander's Palace.

— C'est quand vous voulez, docteur. Pas vrai, Charlie ? ajouta Vince en donnant un coup de coude à son équipière. Charlie ?

— Hein ? Oui, bien sûr, répondit la jeune femme distraitement.

— Je vous le rappellerai bientôt, dit Penelope.

A la seconde où elle quitta la pièce, Vince se pencha à l'oreille de Charlie.

— Réveille-toi, Le Blanc, et commence à te concentrer sur *cette* affaire.

Puis il sortit à son tour et se mit à aboyer des ordres au sujet des cassettes vidéo de surveillance.

Songeant qu'il avait raison, Charlie embrassa encore une fois la scène des yeux. Toutes les photos avaient été prises, et les pièces à conviction étaient soigneusement rangées dans des sachets en plastique étiquetés.

Elle marcha lentement à travers la chambre, revoyant l'endroit où la robe était tombée, les escarpins, les sous-vêtements. Elle revit la position du corps sur le lit, et l'endroit où l'on avait laissé le bas noir. Puis elle fit appel aux images incrustées dans sa mémoire à jamais : la chambre d'Emily, le corps de sa sœur sur le lit. Comment ne pas remarquer les similitudes ?

C'était le même homme.

Elle en était sûre. Elle le sentait au plus profond d'elle-même. Il avait peut-être réussi à s'échapper, six ans plus tôt, mais ce ne serait pas le cas, cette fois.

Elle n'était plus une petite étudiante en droit qui ignorait tout de la nécessité de préserver la scène d'un crime en ne touchant à rien. Cette fois, elle était flic, un flic qui savait quoi chercher, et où. Et si le meurtrier avait commis une erreur, même la plus petite des erreurs, elle la découvrirait.

Et alors elle *le* retrouverait.

3.

— De Nova, dès que tu auras terminé avec ces draps, appelle-moi, dit Vince au technicien qui avait pris les draps du lit pour les examiner dans son laboratoire.

— Entendu, répondit le jeune homme avec un petit salut presque militaire et pour le moins étrange de la part d'un grand type avec des cheveux orange coiffés en hérisson.

Vince regarda autour de lui. Le reste de l'équipe avait terminé et pliait bagage. Satisfait, Vince se tourna vers l'agent qui montait toujours la garde devant la porte. Même s'il paraissait à peine majeur, il mesurait une bonne dizaine de centimètres de plus que lui. Son uniforme était impeccablement repassé, et ses chaussures brillaient de façon impressionnante. Et il se tenait si droit que Vince en avait mal au dos pour lui. N'empêche qu'il avait fait du bon travail, notamment lorsqu'il avait empêché le gérant et le personnel de l'immeuble d'entrer dans l'appartement.

Ce gosse avait de la cervelle et il savait s'en servir.

— Vous êtes l'agent Mackenzie, n'est-ce pas ?

— Oui, inspecteur. Andrew Mackenzie.

— Rompez, Mackenzie.

— Oui, inspecteur, dit le jeune homme en écartant

légèrement les jambes pour que ses pieds soient à trente centimètres l'un de l'autre.

Vince étouffa un soupir.

— Mackenzie, vous avez fait du bon boulot, aujourd'hui.

— Merci, inspecteur.

— Nous manquons un peu de personnel, aux homicides, avec le nombre de meurtres qui ne cesse d'augmenter. Que diriez-vous de rejoindre notre département, pendant un moment ?

— Vous voulez dire que je travaillerais avec vous et l'inspecteur Le Blanc ? Sur un homicide ?

— Oui, répondit Vince.

— Je suis d'accord, bien sûr, répondit Andrew avec enthousiasme. Ce serait un honneur pour moi, inspecteur. D'autant plus que mon objectif est de travailler aux homicides, à plus ou moins long terme.

— Eh bien, vous tenez votre chance. De qui dépendez-vous ?

— Du commissaire Roussel. Tom Roussell.

— Je le connais. Je vais arranger ça. En attendant, je veux que vous restiez posté ici. Veillez bien à ce que personne n'entre dans cet appartement sans que nous en soyons avertis, moi ou l'inspecteur Le Blanc. C'est compris ?

— Oui, inspecteur.

Vince appela son chef, le commissaire Warren, pour demander le transfert provisoire de Mackenzie. Le commissaire n'hésita pas un instant et déclara qu'il se chargerait d'en parler à son confrère. Puis il rappela à Vince la nécessité de travailler vite et discrètement sur cette affaire.

— C'est réglé, Mackenzie, dit Vince en se tournant vers le jeune agent. Vous faites maintenant partie de la brigade criminelle et vous êtes sous nos ordres directs, à Le Blanc et à moi-même.

— Merci, inspecteur. Je promets de ne pas vous décevoir.

Vince hocha la tête et retourna à l'intérieur de l'appartement, tout en songeant que ce gamin lui donnait l'impression d'être un vieillard. Mais après tout, trente-deux ans, c'était peut-être considéré comme un âge avancé, de nos jours. Ou alors ses années dans la police l'avaient vieilli prématurément. Ou bien encore sa mère avait raison et il avait besoin d'une femme dans sa vie — quelqu'un qui lui rappelle la beauté du monde, après des journées passées à gérer sa noirceur. Mais cela n'était pas près d'arriver. Depuis son divorce, cinq ans plus tôt, sa relation la plus longue avait duré trois mois. Et pour tout dire, elle se serait sans doute terminée plus tôt s'il n'avait été aussi pris par l'enquête qui l'occupait, à l'époque.

C'était ça son problème. Le travail passait toujours avant le reste. Son ex-femme lui avait suffisamment reproché d'être toujours parti. Elle n'aimait pas non plus le montant de son salaire. Tant et si bien qu'elle avait fini par lui donner un ultimatum : il trouvait un autre boulot, ou c'était le divorce. Il avait choisi de garder son boulot. Heureusement pour eux, ils avaient eu la sagesse de se séparer avant d'avoir eu des enfants. Aux dernières nouvelles, son ex avait trouvé un deuxième mari qui gagnait bien sa vie en travaillant de 9 heures à 17 heures.

Quant à lui, il était toujours flic. Et seul.

Chassant ces pensées moroses, Vince alla chercher Charlie et la trouva dans la chambre à coucher, le regard fixé sur le lit.

Il fronça les sourcils. Il percevait une raideur dans son

dos qui l'inquiétait. Charlie refoulait beaucoup de choses, et même si elle était très douée pour cacher ses sentiments, Vince savait bien que chaque affaire lui ravissait une part d'elle-même ; et certaines affaires, plus que d'autres. Il savait aussi que la vision de Francesca Hill, sur le lit, l'avait frappée durement. Lui-même avait frémi en découvrant le bas de soie noire à côté de la victime.

Il était dans le métier depuis suffisamment longtemps pour pouvoir reconnaître la signature d'un criminel. Car chacun d'eux, qu'il fût pyromane, perceur de coffre-fort ou meurtrier, avait sa signature. Le bas de soie noire était la carte de visite de cet assassin. Or, d'après ce qu'il savait de l'affaire Emily Le Blanc, les similitudes étaient troublantes. Les probabilités que Francesca Hill eût été tuée par le même homme qui avait étranglé Emily étaient plus que fortes. Et la conséquence immédiate de cette constatation était que Charlie n'avait rien à faire sur cette enquête.

Le lui faire admettre serait une autre histoire. Vince savait que la jeune femme avait passé un nombre d'heures incalculable à éplucher les archives de la police, à la recherche d'un ADN correspondant à celui qu'on avait retrouvé dans la chambre de sa sœur. En vain. Jamais elle n'accepterait de se retirer de l'affaire. Et pourtant il devait quand même essayer, songea-t-il en s'approchant d'elle.

— Ils ont terminé, dit-il. On devrait aller voir le fiancé, maintenant.

Charlie se tourna vers son coéquipier.

— Je suis garée juste devant l'immeuble. On prend ma voiture ou tu me suis ?

— Et si je m'occupais de cette affaire en solo ?

— Et puis quoi encore ?

— Allons, Charlie, tu es impliquée personnellement. Tu n'as rien à faire dans cette enquête.

— Je cherche ce type depuis des années. J'en sais plus à son sujet que n'importe qui d'autre.

— Peut-être, mais tu es en plein conflit d'intérêts. Si le commissaire savait qu'il existe la moindre possibilité que ce meurtre soit lié à celui de ta sœur, il te retirerait de l'affaire en moins d'une seconde chrono.

— Mais il ne le sait pas. Personne ne le sait.

— En es-tu sûre ? demanda Vince.

— Très peu de gens sont au courant que j'avais une sœur du nom d'Emily. Et ce qu'ils savent se résume généralement au fait que ma sœur a été tuée alors qu'elle était à l'université à Baton Rouge. Cela remonte à des années. Avant que je n'entre dans la police.

— Et une fois que tu auras dit au commissaire que les deux affaires sont peut-être liées, tu crois vraiment qu'il te permettra de continuer à bosser sur l'enquête ?

— Je n'ai pas l'intention de le lui dire, répliqua Charlie.

— Et moi ? Je suis censé mentir, aussi ?

— Non, répondit la jeune femme, avec plus de douceur. Je ne te demanderai jamais une chose pareille. Je voudrais juste que tu évites de parler de mes soupçons.

— Autrement dit, je dois mentir par omission.

— Seulement pendant quelques jours, le temps de confirmer, ou pas, qu'il s'agit bel et bien du même homme.

Vince ne dit rien, et Charlie insista :

— Je t'en prie, Vince. Juste quelques jours !

Il se frotta la nuque.

— Imagine que l'un des flics qui ont bossé sur l'affaire de ta sœur remarque les similitudes. Que feras-tu, alors ?

— L'un des inspecteurs qui était chargé de l'enquête a pris

sa retraite, et l'autre est parti au Texas. D'ailleurs, Emily a été tuée à des kilomètres d'ici. Elle et Francesca Hill appartenaient à deux univers totalement différents, et l'enquête est gelée depuis six ans. La police de Baton Rouge est tout aussi débordée que nous ; ils n'ont pas le temps de chercher des similitudes entre une ancienne affaire de meurtre et celle-ci... S'il te plaît, Vince !

Il poussa un soupir.

— D'accord. Espérons que ça ne nous causera pas d'ennuis.

— Le cas échéant, j'assumerai toute la responsabilité, promit Charlie. Je dirai au commissaire que tout est ma faute et que j'ai fait exprès de te laisser dans le noir.

— Essayons de mentir le moins possible, tu veux ? Et maintenant, allons voir le fiancé.

— A ton avis, combien peut coûter une baraque pareille ? chuchota Vince, comme ils se tenaient dans le petit salon de J.P. Stratton, attendant que le majordome les annonce.

— Rien que le terrain sur lequel elle est située, c'est plus que toi et moi réunis pouvons espérer gagner durant toute notre vie, répondit Charlie sur le même ton.

La moitié des demeures de ce côté de l'avenue Saint-Charles étaient vieilles de plus d'un siècle et avaient appartenu, autrefois, à de vastes plantations. Bon nombre d'entre elles avaient été rénovées dans le respect de l'architecture traditionnelle et avaient été classées monuments historiques. Les sols de marbre poli, les plafonds cathédrales et les chandeliers paraissaient sortis tout droit d'un livre d'images.

— Ajoute un ou deux millions de dollars pour la maison

— sans compter le mobilier, bien sûr —, conclut la jeune femme.

Vince n'eut pas le temps de répondre, car le majordome revenait déjà. Avec son air revêche et son uniforme noir, il pouvait avoir entre quarante et soixante-dix ans, songea Charlie.

— Si vous voulez bien me suivre, dit-il sur un ton pincé. M. Stratton va vous recevoir.

Il avait un accent vaguement britannique qui contrastait étrangement avec le mélange de tonalités de Brooklyn et du Sud si typiques à La Nouvelle-Orléans, et Vince et Charlie échangèrent un regard, avant de le suivre à travers un long couloir aux murs couverts de soie pêche et ornés de portraits anciens.

Finalement, le pompeux majordome s'arrêta devant une porte, l'ouvrit et leur fit signe d'entrer. Lorsqu'ils furent à l'intérieur, il referma la porte silencieusement.

Un jeune homme blond les accueillit et se présenta comme étant Aaron Stratton. Ils patientèrent pendant que J.P. Stratton aboyait des ordres à un pauvre bougre, au téléphone.

— Aaron ! fit-il brusquement.

— Je vous demande pardon, dit le jeune homme avant de se rendre auprès de son père.

Charlie en profita pour observer le maître des lieux. Sa première impression n'était pas très positive : J.P. Stratton était un balaise doté d'un ego encore plus large que lui. Arrogant, égocentrique et probablement misogyne. Il devait mesurer un mètre quatre-vingts et pesait au moins cent kilos. Il arborait un teint cuivré à la George Hamilton et des cheveux trop noirs pour n'être pas teints. Ses yeux étaient d'un bleu profond, son nez droit et sa bouche, très mince. Grâce au miracle du Botox ou de la chirurgie esthétique, son visage était totalement dépourvu de rides. En fait, sa peau bronzée était tellement tirée qu'une balle de tennis aurait sûrement rebondi dessus. Son complet était très beau, sans doute de marque italienne, et il portait une Rolex en diamants, des boutons de manchettes en or et une énorme bague en onyx. La pierre était si large qu'elle en paraissait presque dangereuse.

L'homme dégageait quelque chose de froid et de dur, et Charlie se demanda comment autant de femmes avaient pu accepter de l'épouser.

Lorsqu'il raccrocha enfin, Charlie prit la parole.

— Monsieur Stratton, nous sommes venus pour…

— Pas pour m'annoncer la mort de Francesca ! coupa Stratton d'une voix grave, en s'adressant directement à Vince. Quand j'ai appelé pour parler avec ma fiancée, ce matin, le crétin de policier qui a répondu au téléphone m'a dit qu'elle était morte.

— Nous sommes désolés, monsieur, dit Charlie.

— Et vous n'avez pas fini de l'être, croyez-moi, reprit Stratton en continuant de regarder Vince. Je viens de m'entretenir avec votre patron et je lui ai clairement signifié à quel point son personnel est incompétent.

Charlie fit un pas en avant pour se mettre directement devant lui, le forçant ainsi à la regarder.

— Le premier agent de police à être arrivé sur les lieux est nouveau, monsieur, expliqua-t-elle. Il sera informé de son erreur de jugement et recevra les mesures disciplinaires appropriées.

— Il sera viré, oui, si j'ai mon mot à dire.

— Compte tenu du fait que vous n'êtes ni le chef de la police ni le commissaire responsable de cet agent, je crains fort que vous n'ayez pas votre mot à dire, riposta Charlie d'un ton ferme.

Stratton bondit sur ses pieds. Il était drôlement agile, pour son âge, songea Charlie, qui se réjouit d'être grande. Au moins, il ne pouvait pas la toiser de haut.

— Jeune femme…

— Inspecteur, monsieur Stratton. Inspecteur Le Blanc.

— Papa, intervint Aaron, faisant un pas en avant et posant une main sur l'épaule de son père. Inspecteurs, je suis sûr que vous pouvez comprendre à quel point mon père est bouleversé par la nouvelle du décès de Francesca.

Le fils était visiblement beaucoup plus finaud que le père. Il était aussi plus grand et plus mince. Et s'il arborait la même bouche mince que le vieux Stratton, ses yeux étaient verts, et ses cheveux blond vénitien. Charlie avait trouvé sa poignée de main ferme, et il paraissait beaucoup plus chaleureux que son père. En même temps, on sentait quelque chose de froid en lui. La combinaison était étrange.

J.P. Stratton repoussa la main de son fils.

— Je n'ai pas besoin que tu me trouves des excuses, Aaron. Je ne suis pas bouleversé. Je suis furieux. D'ici trois heures, cinq personnes vont arriver pour célébrer mon mariage au musée d'Art de La Nouvelle-Orléans, déclara-t-il avec un geste ample du bras. Savez-vous le temps et l'argent que j'ai investis dans l'organisation de cette cérémonie ? Imaginez-vous les maux de tête que son annulation est en train de me causer ?

— Je le voudrais que je ne le pourrais pas, monsieur, répondit Charlie sans pouvoir étouffer le sarcasme dans sa voix.

Vince lui jeta un regard réprobateur.

— Nous comprenons que c'est un moment difficile pour vous, monsieur Stratton, et nous sommes vraiment désolés, dit-il. Malheureusement, nous avons vraiment besoin de vous poser quelques questions.

— Au lieu de perdre votre temps à me poser des questions, vous feriez mieux de rechercher le meurtrier de Francesca ! Je parie que vous n'avez pas encore de suspect.

— Pas encore, monsieur, mais nous y travaillons, répondit Vince. Nous sommes en train de questionner les voisins de Mlle Hill et de visionner les cassettes vidéo de surveillance de l'immeuble. Vous nous aideriez en nous disant à quelle heure vous avez vu Mlle Hill pour la dernière fois.

Stratton s'apprêtait à protester, mais Aaron intervint de nouveau.

— Ils essaient juste de déterminer le moment où Francesca a été tuée.

— Votre fils a raison, monsieur Stratton, renchérit Vince. Si nous pouvons établir clairement l'heure à laquelle elle a été vue et entendue pour la dernière fois, cela nous sera très utile.

Stratton se rassit et prit un cigare dans l'humidificateur sur son bureau. Mais il ne l'alluma pas.

— Je l'ai vue dans son appartement aux alentours de 21 heures, hier soir. Nous venions de dîner avec quelques intimes, et Francesca avait un peu trop bu. Je voulais m'assurer qu'elle allait bien.

A en croire les cadavres de bouteilles trouvés chez elle, la jeune femme avait continué à boire, se dit Charlie en sortant un calepin et un stylo de sa poche.

— Elle allait bien, vraiment ? demanda-t-elle.

— Oui. Elle était juste fatiguée.

— Vous êtes resté combien de temps ?

— Jusqu'à 21 h 30 environ. Francesca voulait se coucher tôt pour être en forme aujourd'hui.

— Connaissez-vous quelqu'un qui aurait pu vouloir du mal à Mlle Hill ? demanda Vince.

— Il y avait un ancien petit ami, une espèce de bon à rien qu'elle avait fréquenté avant de me connaître. Il n'était pas très content d'avoir été abandonné et il l'avait accostée devant son immeuble, il y a une quinzaine de jours. J'avais dit à Francesca de s'adresser à la police pour qu'on donne à ce petit merdeux une injonction avec interdiction d'approcher ma fiancée.

— Et vous connaissez le nom de ce monsieur ? demanda Charlie.

— Schwitzer. Marcus Schwitzer, répondit Aaron. J'ai assisté Francesca pour demander l'injonction avec interdiction de l'approcher, ajouta-t-il en guise d'explication.

Charlie prit des notes.

— Vous savez où on peut le trouver ?

— Il travaillait comme videur au Red Slipper Club, répondit Stratton père. Mais lorsque le propriétaire a appris qu'on lui avait servi une injonction avec interdiction d'approcher Francesca, il l'a renvoyé. Je lui ai suggéré de quitter la ville et je crois savoir qu'il a suivi mon conseil.

Autrement dit, il avait fait virer le type, avant de l'expulser de La Nouvelle-Orléans, songea Charlie.

— Il ne devait pas être très content, dit-elle.

J.P. lui décocha un regard suffisant.

— Vous seriez contente, vous ?

Charlie ne prit pas la peine de répondre.

— Schwitzer a-t-il menacé Mlle Hill, avant de partir ?

— Pas que je sache.

— Existe-t-il d'autres personnes qui pourraient en vouloir à votre fiancée, ou à vous ? demanda Vince.

— Inspecteur, un homme n'atteint pas mon niveau dans la

société sans se faire quelques ennemis en chemin, répondit Stratton.

— Des ennemis qui vous en voudraient suffisamment pour tuer votre fiancée ? demanda Charlie.

— Il faudrait le leur demander.

— Nous aurons besoin d'une liste de noms, dit Charlie.

— Aaron vous donnera ça. Il est mon avocat. Il est au courant de tous les contrats d'affaires qui ont pu déplaire aux autres intervenants.

— Je vous communiquerai une liste dès que possible, inspecteur, confirma Aaron.

— Merci, répondit Charlie.

Puis elle se tourna de nouveau vers le père.

— Et dans votre vie privée ? Y a-t-il quelqu'un, en dehors de ce M. Schwitzer, qui considérait votre nouveau mariage d'un mauvais œil ?

— En dehors de ma dernière ex-femme qui persiste à croire, depuis des années, que nous allons nous remarier, tout le monde se réjouissait pour nous, déclara J.P. Stratton.

Mais Charlie avait vu le bref regard qu'il avait échangé avec son fils. Il mentait.

— Autre chose ? demanda-t-il d'un air agacé.

— Oui, nous voudrions aussi une liste des personnes présentes à ce dîner, hier soir, répondit Charlie, obéissant à une brusque intuition.

Stratton plissa les yeux, et ses sourcils formèrent une ligne menaçante.

— Pour quoi faire ?

— Eh bien, il est possible que l'un d'eux ait entendu ou vu quelque chose qui pourrait nous aider à retrouver le meurtrier.

— Ecoutez, tous les deux, j'ai essayé de coopérer, mais

ma patience a des limites. Au lieu de perdre votre temps à interroger ma famille et mes amis, vous feriez mieux de chercher ce Schwitzer.

— Je puis vous assurer que nous allons tout mettre en œuvre pour le trouver, et nous lui poserons les questions nécessaires, répondit Charlie. Mais nous avons quand même besoin de ces noms.

Elle lui tendit sa carte de visite, et comme il ignorait sa main tendue, Charlie posa le carton sur son bureau.

— Je m'en occupe, promit Aaron Stratton. Laissez-moi vous raccompagner.

Le jeune homme les guida vers le couloir.

— Il ne faut pas en vouloir à mon père, dit-il d'un air sincère, dès qu'il eut refermé la porte derrière lui. La mort de Francesca l'a frappé bien plus qu'il ne le laisse paraître, croyez-moi. Il l'aimait réellement.

« C'est ça ! » songea Charlie.

— S'il vous plaît, dit-elle, appelez-nous dès que vous aurez constitué ces listes.

— Je n'y manquerai pas, répondit-il, effleurant les doigts de la jeune femme au passage.

— Merci de bien vouloir nous consacrer du temps, monsieur Stratton.

— Aaron, corrigea-t-il avec un sourire qui visait manifestement à la charmer.

Puis il se tourna vers Vince et lui serra la main.

— Inspecteur.

Vince hocha la tête.

— Henry va vous montrer la sortie, reprit Aaron.

Et aussitôt le majordome réapparut, comme par magie.

— Par ici, je vous prie, dit-il, l'air toujours aussi pincé.

Charlie et Vince gardèrent le silence jusqu'à ce qu'ils soient dehors.

— Que penses-tu de notre fiancé éploré ? demanda Vince aussitôt.

— C'est un crétin prétentieux.

— Et tu le crois ?

— Non. Il dissimule quelque chose, répondit Charlie.

— Ouais, j'ai eu la même impression.

Comme ils arrivaient près du somptueux portail en fer forgé, à l'entrée de la propriété, Charlie vit la camionnette de *Channel News 4* garée dans la rue. Sur le trottoir, l'une des journalistes de la chaîne de télévision les regardait venir, un micro dans la main.

— Et merde ! marmonna Charlie.

Car il ne s'agissait pas de n'importe quelle journaliste : c'était sa petite sœur, Anne.

Anne Le Blanc sentit une poussée d'adrénaline lorsqu'elle reconnut l'homme et la femme qui sortaient de la demeure du millionnaire, J.P. Stratton. Son reportage risquait d'être beaucoup plus intéressant qu'elle ne l'avait prévu au départ.

— Kevin, prépare ton matos, dit-elle au cameraman qui l'accompagnait.

La nouvelle du mariage prochain d'un des hommes d'affaires les plus riches et les plus flamboyants de la ville avec une ancienne hôtesse de casino beaucoup plus jeune que lui avait défrayé la chronique, trois semaines plus tôt. Les habitants de La Nouvelle-Orléans adoraient les histoires bien juteuses, et J.P. Stratton avait beau prétendre le contraire, il paraissait prendre un malin plaisir à leur en fournir à intervalles réguliers. Entre son style de vie extravagant, ses triomphes dans les affaires et son chapelet de liaisons et de mariages avec des femmes toutes plus belles et plus jeunes les unes que les autres, l'ancien Texan faisait régulièrement la une de la presse. Son mariage prévu ce soir au musée d'Art de La Nouvelle-Orléans, et auquel étaient invités la plupart des gens dont le nom figurait dans le Bottin mondain de l'Etat de la Louisiane, était un événement important.

Quand Anne avait appris que le mariage était annulé, elle s'était aussitôt rendue devant la maison de Stratton.

D'après la rumeur, la jeune fiancée avait refusé de signer un accord prénuptial qui lui aurait été présenté à la dernière minute. Elle avait bien raison. Quelle femme voulait s'engager dans un mariage en comptant déjà ce qu'elle garderait — ou pas — en cas de divorce ? A côté de ça, Anne comprenait aussi le point de vue de Stratton. Après quatre divorces et les pensions alimentaires qui les avaient accompagnés, Stratton s'était déjà délesté d'une partie de sa fortune. Il ne voulait pas répéter la même erreur. Et sans accord prénuptial, pas de mariage. Bien sûr, ce ne serait pas l'explication officielle. Ils inventeraient sûrement une autre histoire... En tout cas, la présence chez Stratton de deux inspecteurs de la brigade criminelle semblait indiquer qu'il se passait des choses réellement graves.

— Eh, c'est pas ta frangine ? demanda Kevin.

— Si, répondit Anne.

Et le beau mec qui l'accompagnait était l'inspecteur Vincent Kossak... La jeune journaliste sentit son cœur battre un peu plus vite dans sa poitrine.

Pour la énième fois, elle repensa à la soirée du 31 décembre. Ce qui avait commencé comme un petit bisou amical sous le gui, un soir de réveillon, s'était métamorphosé en un baiser qui avait embrasé son corps et ses sens. Oh, il y avait toujours eu une petite étincelle entre eux ! Vince l'intriguait. Il était plus vieux que la plupart des jeunes gens qu'elle fréquentait habituellement. Il était plus mûr, aussi. Plus sérieux et très sûr de lui. Malheureusement, il ne lui avait jamais donné la moindre raison de penser qu'il la trouvait intéressante ou attirante.

Jusqu'au 31 décembre.

Ce soir-là, quand elle l'avait vu sous le gui, arborant l'expression d'un type qui aurait préféré être n'importe où ailleurs, elle avait obéi à une impulsion. L'attrapant par la cravate, elle l'avait attiré vers elle et l'avait embrassé. Et il l'avait embrassée à son tour. Mais ce baiser n'avait rien de léger ou de fraternel. C'était un baiser brûlant, érotique, à pleine bouche. Et depuis cette nuit-là, deux mois plus tôt, Anne n'avait plus cessé de penser à Vince Kossak.

Le portail s'ouvrit et Charlie sortit avec un air revêche qui semblait lui dire : « Fiche-nous la paix ! »

En sa qualité de cadette, Anne avait souvent eu l'occasion de se disputer avec ses sœurs, à l'époque où les trois filles vivaient sous le même toit et partageaient notamment la même salle de bains. Charlie avait six ans de plus qu'elle ; Emily, quatre ans, et les deux grandes avaient tout un attirail de maquillage qu'Anne rêvait d'essayer. Et les menaces de Charlie de la jeter par la fenêtre ne l'avaient jamais empêchée de fourrer son nez dans ces trésors. Il y a, dans la vie, des choses qui valent la peine qu'on prenne des risques pour elles.

L'inspecteur Vincent Kossak entrait dans cette catégorie.

Un scoop, aussi, se dit la jeune femme en marchant vers sa sœur. Et son radar interne de journaliste lui soufflait qu'elle était *sur un coup*.

— Inspecteur, votre présence ici a-t-elle quelque chose à

voir avec l'annulation du mariage de M. Stratton ? demanda-t-elle en tendant le micro à Charlie.

— Si tu n'as pas envie que je te fasse manger ce truc, je te conseille de le ranger bien vite ! répondit Charlie d'une voix sifflante.

— Est-ce un oui, inspecteur ?

Charlie poussa un grondement rageur et s'éloigna.

Sans se troubler, Anne tendit son micro vers Vince.

— Et vous, inspecteur Kossak, pouvez-vous nous dire pourquoi vous êtes là ?

Vince regarda la bouche de la jeune femme et, l'espace d'un instant, Anne sentit le courant passer entre eux. Mais lorsqu'il croisa son regard, ses yeux étaient calmes, presque distants.

— Pas de commentaire.

Ignorant l'impact de ce premier regard, Anne se lança derrière eux.

— Laisse tourner ! lança-t-elle à Kevin, par-dessus son épaule.

Puis elle continua d'avancer aussi vite qu'elle le pouvait sur ses hauts talons, et rattrapa les policiers au coin de la rue.

— Inspecteur Le Blanc, pouvez-vous nous dire la raison de votre présence chez J.P. Stratton ?

Charlie la foudroya du regard, et elle l'aurait sans doute tancée vertement si son portable n'avait pas sonné, juste à cet instant.

— Le Blanc, fit-elle. Allô ? Je ne vous entends pas. Attendez une seconde !

Elle pressa le téléphone contre sa poitrine et se tourna vers Vince.

— Débarrasse-toi d'elle. Je vais un peu plus loin, voir si la connexion est meilleure.

Anne dirigea de nouveau son micro vers le visage de Vince en lui jetant un regard de défi.

— Si vous voulez vous débarrasser de moi, inspecteur Kossak, c'est très simple : il suffit de me révéler pourquoi vous étiez chez M. Stratton.

— Pas de commentaire, dit Vince.

— Etes-vous sur une affaire d'homicide ?

— Pas de commentaire.

— Votre affaire est-elle liée, d'une façon ou d'une autre, au mariage de J.P. Stratton ?

— Pas de commentaire, répéta-t-il en regardant obstinément dans la direction que Charlie avait prise.

Déçue, Anne se dit qu'elle ne tirerait rien de l'inspecteur. Il était aussi têtu que sa sœur. Elle se tourna vers Kevin et lui fit signe de couper la caméra.

— Je te retrouve à la camionnette, dit-elle.

Le cameraman hocha la tête et repartit vers le van.

Anne regarda Vince une fois encore.

Ses épais cheveux bruns retombaient sur son front et il avait des yeux couleur café. Ses pommettes saillantes et sa mâchoire carrée trahissaient ses origines russes. Il n'avait pas un physique de star de cinéma, mais il appartenait à cette catégorie d'hommes qu'une femme remarque.

En tout cas, *elle* l'avait remarqué. Et à en croire la manière dont il l'avait embrassée, le 31 décembre, c'était réciproque. Pourquoi, dans ce cas, n'avait-il pas fait ce que font la plupart des mâles après un baiser qui avait sa place sur l'échelle de Richter ? Pourquoi n'était-il pas allé plus loin ?

L'espace d'un instant, la jeune femme se demanda si elle avait tout imaginé. Mais non. Vincent Kossak l'avait désirée très fort, au moment où ils s'embrassaient.

— Tu perds ton temps, Anne. Ta sœur ne fera aucun

commentaire au sujet d'une enquête en cours, et je n'en ferai pas non plus.

— Alors, il y a bien une enquête ?

— Pas de commentaire.

— Même entre nous ? A titre officieux ? insista la jeune femme avec son plus joli sourire.

Vince s'esclaffa et secoua la tête.

— Aucune chance.

— Très bien. Puisque tu refuses de parler des affaires de police, si on parlait de nos affaires personnelles ?

Il lui jeta un regard circonspect.

— Quelles affaires personnelles ?

— Eh bien, tu pourrais commencer par m'expliquer pourquoi tu m'évites depuis le début de l'année ? C'est parce qu'on s'est embrassés ?

— Non. Et je ne t'évite pas.

— Alors, comment se fait-il que chaque fois que je passe au commissariat, tu disparais brusquement ?

— Je suis occupé.

— Attention, Vince, si tu continues à dire des mensonges, ton nez va s'allonger !

Elle s'approcha un petit peu, juste assez pour envahir l'espace personnel de Vince, et il recula d'un pas. Anne crut même le voir rougir.

— Ecoute, au sujet de ce soir-là, je me suis mal comporté, et j'aurais dû t'appeler pour m'exc…

— Arrête ! s'exclama Anne, presque avec colère. Vincent Kossak, si tu t'excuses de m'avoir embrassée, je… je te colle mon poing sur la figure.

— Bon, bon, très bien, je ne m'excuserai pas, dit-il. Mais ce baiser était une erreur.

— Pourquoi ?

— Parce que je suis policier et que je fais équipe avec ta sœur.

— Et alors ?

— Et alors, toi et moi, nous… ce n'est pas une bonne idée, déclara Vince d'un ton ferme.

— Selon qui ?

— Selon moi.

Il poussa un soupir.

— Allons, Anne. J'ai presque neuf ans de plus que toi. J'ai été marié, divorcé, alors que tu démarres à peine ta vie. Tu es juste une gosse, et je suis pratiquement un vieux.

— Je peux vous assurer, inspecteur Kossak, que je ne suis pas une gosse. Je suis une femme et…

— Kossak, grouille-toi ! lança Charlie qui revenait en courant.

— Pas le temps de parler, dit Vince en s'adressant à Anne.

Et il s'élança derrière Charlie, en direction de la voiture.

— Qu'est-ce qui se passe ? demanda-t-il en ouvrant la portière du passager.

— On a trouvé quelque chose sur les cassettes de surveillance de l'immeuble, répondit Charlie avant que Vince ne claque la portière.

Anne en avait suffisamment entendu. Elle retourna en toute hâte vers la camionnette de la télé.

— Allons-y ! dit-elle à Kevin.

— On les suit ? demanda-t-il en démarrant.

— Je ne sais pas où ils vont, mais nous, on file chez Francesca Hill.

Avec un peu de chance, elle aurait un scoop à servir aux téléspectateurs du journal télévisé, ce soir.

4.

En attendant que le technicien lance la cassette de surveillance de l'immeuble Mill House, Charlie étudia le registre des visiteurs et compta le nombre de personnes qui étaient venues voir Francesca Hill, le jour de sa mort.

— Ma parole, il va nous falloir des jours et des jours pour parler à tout le monde ! s'exclama-t-elle.

— D'après le gamin à qui j'ai parlé à la réception, notre victime était extrêmement populaire, dit Vince.

— Attendez de voir la cassette ! lança Rich, le jeune technicien. Ah ! nous y voilà, ajouta-t-il, tandis que l'image de la porte d'ascenseur et du couloir menant à l'appartement de Francesca Hill apparaissait sur l'écran.

Une grande blonde portant une jupe en cuir, un pull-over et des bottes qui lui arrivaient à mi-cuisse sortit de l'ascenseur avec un paquet cadeau.

— C'est sûrement la minette dont le réceptionniste m'a parlé, avant que le gérant de l'immeuble n'arrive et ne lui coupe le sifflet, dit Vince. Elle s'appelle Danielle. C'était une collègue de la victime : elles travaillaient dans le même casino.

Danielle Marceau, nota Charlie en retrouvant le nom sur le registre des visiteurs.

Sur la cassette, on voyait la jeune femme tendre un cadeau à Francesca, puis entrer dans son appartement.

Après un moment passé à regarder la porte close, Charlie demanda :

— Tu peux accélérer ?

— Vos désirs sont des ordres, inspecteur.

Charlie leva les yeux au ciel. Le jeune technicien qui arborait un duvet roux au menton avait rejoint le département de police six mois plus tôt. Il avait un sens de l'humour un peu décalé, et un style vestimentaire qui ne l'était pas moins, mais c'était un véritable génie de l'électronique. Il fit courir ses doigts sur le clavier, et Danielle longea le couloir en sens inverse et en accéléré. D'après le minuteur sur l'écran, elle avait passé une demi-heure dans l'appartement.

— Et voilà notre prochain visiteur ! dit Rich en revenant à une lecture normale.

— Le vieux jeune marié, commenta Charlie en voyant J.P. Stratton sortir de l'ascenseur.

Il fut reçu avec un baiser, puis entra à son tour dans l'appartement. L'avance rapide le fit réapparaître de nouveau, moins de vingt minutes plus tard.

— Il ne doit pas être fort sur les préliminaires, dit Rich en souriant.

Aaron Stratton arriva ensuite, avec un attaché-case. Il resta un quart d'heure.

— Tu te rappelles l'avoir entendu mentionner une visite à sa future belle-mère ? demanda Vince.

— Pas plus que toi, répondit Charlie. Va falloir lui demander ce qu'il était venu faire.

Après encore quelques secondes d'avance rapide, Rich ralentit de nouveau pour laisser apparaître un homme d'âge mur vêtu d'un manteau gris et portant sous le bras un gros livre qui ressemblait à une bible.

— Le pasteur Homer Lawrence, dit Charlie, se reportant de nouveau au registre des visiteurs. Je me demande ce qu'un homme d'Eglise venait faire chez elle à cette heure de la nuit !

— On va demander à Mackenzie de dénicher l'église à laquelle il est affilié, et on ira lui poser la question, dit Vince en prenant des notes sur son calepin.

— Attends ! Ralentis ! ordonna Charlie brusquement.

Elle se pencha en avant et étudia le nouveau venu. De haute taille, avec une belle carrure, il pouvait avoir trente-cinq ans. Il avait un visage intéressant, avec une forte mâchoire, une bouche sensuelle et des pommettes saillantes. Ses cheveux noirs étaient épais, raides et un peu longs. Il regarda la caméra.

— Je lui trouve un air familier, dit la jeune femme.

— Normal, répondit Vince. C'est Cole Stratton, le propriétaire de CS Securities, une compagnie en pleine expansion. Le *Times Picayune* a publié un article sur lui, dans sa section économie, il y a quelques mois.

— Quelle est sa relation avec J.P. Stratton ? demanda Charlie.

— C'est son fils, le premier, né de la première Mme Stratton. Elle était l'héritière d'une famille très riche, et, apparemment, c'est son argent et ses relations que J.P. a utilisés pour se lancer.

— Divorcés ?

— Elle est morte. Cancer, expliqua Vince. D'après la rumeur, J.P. s'est comporté comme un véritable salaud avec elle. Cole Stratton n'était qu'un gosse, à l'époque, mais il semble qu'il n'ait jamais pardonné à son père. A la seconde où il a été majeur, il est parti. Il a tourné le dos à la fortune familiale et s'est débrouillé tout seul. Toujours d'après la rumeur, le torchon brûle entre ces deux-là.

— Dans ce cas, on se demande bien ce qu'il était venu fabriquer chez la fiancée de son père, hein ?

Le visiteur suivant était une jeune femme qui pouvait avoir entre vingt et vingt-cinq ans. Elle ne resta pas longtemps et lorsqu'elle ressortit, elle s'essuyait les yeux, comme si elle avait pleuré.

Charlie consulta le registre des visiteurs, mais il n'y avait plus aucun nom.

— Elle, elle n'a pas signé en arrivant.

— J'essaierai de parler au mec de la réception, voir s'il la reconnaît et pourquoi elle n'a pas signé, dit Vince.

Rich fit avancer la bande jusqu'à ce que le voyant au-dessus de l'ascenseur s'allume de nouveau. Un homme portant des lunettes de soleil et un chapeau à large bord sortit de la cabine. Le col de son manteau était relevé, dissimulant la moitié de son visage, qu'il gardait tourné, comme pour éviter la caméra.

— Hé, c'est qui celui-là ? s'exclama Charlie. Tu crois que c'est une nouvelle mode, les lunettes de soleil à l'intérieur des appartements, ou bien il veut éviter d'être identifié ?

— Je penche pour la deuxième explication, répondit Vince. Tu peux te rapprocher ? ajouta-t-il à l'intention de Rich.

— Une seconde !

Rich tapa sur le clavier, forma un cadre autour du visage de l'homme, et l'agrandit.

— C'est ce que je peux faire de mieux, dit-il, voyant que l'image restait floue. Nous aurons peut-être un angle plus clair quand il ressortira.

Mais ces images-là n'étaient pas meilleures.

— Et les caméras dans le hall d'entrée de l'immeuble ? demanda Charlie. N'oublie pas de vérifier celle qui est placée à l'entrée des livraisons, aussi, pour le cas où il n'aurait pas emprunté l'entrée officielle.

— D'accord.

— Appelle-nous si tu trouves quelque chose d'intéressant, dit Charlie.

Ils avaient encore beaucoup de terrain à couvrir, et plus le temps passait, plus les chances de trouver une piste diminuaient.

— Hé, vous ne voulez pas voir ce que j'ai découvert ? demanda Rich.

Charlie se rassit et attendit, pendant que le jeune électronicien tapait sur son clavier. Il se mit en avance rapide, puis ralentit la lecture de la cassette. Une, deux, puis trois secondes passèrent avec la même image de l'ascenseur et du couloir vide menant à l'appartement de Francesca Hill. Puis Charlie vit ce que Rich voulait lui montrer : un sursaut à peine visible, dans la vidéo. C'était à peine discernable, mais l'heure sur le film avait brusquement avancé.

— Hé ! s'exclama la jeune femme, recule de quelques secondes et repasse-nous ça.

Rich sourit et obéit. Ils observèrent le même phénomène, comme une brisure dans le film, à peine plus longue qu'un clin d'œil, mais d'après la cassette, deux heures étaient passées.

— Quelqu'un a trafiqué la cassette de surveillance !

— Quelqu'un qui connaissait manifestement le moyen d'accéder au système, dit Vince.

— Bravo, Rich ! reprit Charlie, bondissant sur ses pieds et attrapant la veste qu'elle avait posée sur le dossier de sa chaise. Préviens-nous si tu arrives à mieux voir notre visiteur mystérieux.

— Par qui on commence ? demanda Vince en la suivant.

— Si on rendait une petite visite à Cole Stratton ? Puisqu'il est propriétaire d'une société de surveillance, il doit savoir comment ça fonctionne.

Assis seul dans l'obscurité, il alluma la télévision sur *Channel 4*, sachant qu'ils seraient certainement les premiers à sortir l'affaire. Il sirota son scotch en attendant patiemment la fin de la pub.

— Mesdames, messieurs, bonsoir, dit le présentateur du journal, avec cette voix grave et sincère qui avait fait son succès auprès des téléspectateurs. Aujourd'hui, à Washington…

Le journaliste, Bill Caso, fit le point sur les nouvelles nationales — le budget en déficit, le coût des dépenses de santé qui ne cessaient d'augmenter, l'utilisation de stéroïdes par les sportifs professionnels — avant de passer aux nouvelles locales. Il y eut une pause publicité, et le visage de Caso réapparut sur l'écran.

— Le mariage dont tout le monde parle depuis quelques semaines, entre l'homme d'affaires J.P. Stratton et Francesca Hill, qui devait avoir lieu ce soir, a été annulé à la dernière minute. En direct du musée d'Art de La Nouvelle-Orléans, Anne Le Blanc.

L'image de la jeune journaliste, debout devant le musée, avec le vent qui faisait voler ses cheveux autour de son visage, apparut sur l'écran.

— Oui, Bill, c'est ici, en effet, au musée d'Art de La Nouvelle-Orléans, que J.P. Stratton, fondateur de la chaîne d'hôtels Stratton, devait prendre Francesca Hill pour épouse, dans un peu moins d'une heure. Des milliers de roses ont été livrées pour l'occasion et le dîner, préparé par les meilleurs chefs de la ville, était prévu pour cinq cents invités. Ces invités ont commencé à recevoir des appels du secrétariat de M. Stratton, cet après-midi, leur annonçant que le mariage était annulé.

— Quelle est la raison avancée pour expliquer cette annulation ? demanda Bill, dont le visage apparut en encadré, dans un coin de l'écran.

— Aucune pour le moment, répondit la jeune femme. Et nos tentatives pour joindre M. Stratton et Mlle Hill sont restées infructueuses. Mais, ainsi que vous pouvez le constater, tous les invités n'ont pas été contactés à temps, ajouta Anne en se dirigeant vers une longue limousine noire qui venait d'arriver.

Elle frappa au carreau, et la vitre descendit lentement.

— Bonsoir, monsieur, vous êtes en direct sur *Channel News 4*. Etes-vous ici pour le mariage de M. Stratton et Mlle Hill ?

— Oui, répondit l'homme dans le micro.

— On ne vous a pas contacté pour vous dire qu'il avait été annulé ? demanda encore la jeune journaliste.

— Ma secrétaire vient juste de me joindre sur mon portable pour m'annoncer la nouvelle.

— Est-ce qu'on lui a donné une explication ?

— Non. Seulement que le mariage était annulé et que M. Stratton présentait ses excuses.

— Vous avez une idée de la raison de cette annulation ?

L'homme marqua une pause

— J.P. a peut-être changé d'avis.

— Merci, dit Anne avant de s'éloigner de la limousine. La raison officielle de l'annulation demeure donc un mystère, pour le moment. Cependant, une source qui a demandé à rester anonyme m'a confié que l'on avait vu la police chez M. Stratton, cet après-midi. Et je suis sûre que bon nombre des invités se demandent, tout comme nous, si la raison de l'annulation du mariage n'est pas beaucoup plus grave qu'un simple changement d'avis de la part du fiancé.

— Merci, Anne, dit Caso, comme la jeune journaliste disparaissait de l'écran. Je suis sûr que nous pourrons bientôt vous donner plus de détails sur cette affaire.

« Et comment ! » songea l'homme en coupant la télévision. Il était agacé, déçu que la véritable histoire n'ait pas fait la une, ainsi qu'il l'avait espéré. Il pensait voir des photos, entendre les détails sinistres, et ainsi revivre son triomphe. Il voulait aussi revoir la ravissante inspectrice.

Enfin, ce n'était qu'une question de temps, songea-t-il en finissant son scotch.

Puis il reposa son verre et prit le bas de soie noire qu'il avait sorti de sa boîte à trésors. Son cœur battit plus fort, tandis qu'il le regardait, le faisait glisser entre ses doigts. Rien ne valait la sensation de la soie sur la peau. C'était doux. Sensuel. Secret. Exactement comme la femme qu'il avait tuée. Portant le bas à son visage, il respira l'odeur qu'il dégageait encore. Son sang se mit à bouillir et une douleur sourde surgit dans ses reins et se propagea comme une lave de feu dans tout son corps.

Il se débarrassa de son pantalon et, fermant les yeux, il pressa le bas contre sa bouche, tout en se masturbant, lentement d'abord, puis de plus en plus vite, de plus en plus fort. L'odeur de la jeune femme lui ramena son souvenir, et soudain, elle fut là.

Si belle. Si lascive. Si libertine.

Des perles de sueur se mirent à couler sur son front. Son souffle devint laborieux. Il était de nouveau dans la chambre avec elle. Il revoyait le désir dans ses yeux se transformer peu à peu. Il voyait la peur la pénétrer, tandis qu'elle s'efforçait de libérer ses poignets entravés, et la peur devenir panique, terreur, au moment où l'évidence se faisait jour dans son esprit : ils n'étaient plus en train de jouer. Il allait la tuer. Et au moment de revivre la sensation du corps de la jeune femme se cabrant sous lui, alors même que la vie la quittait, il poussa un cri pour accompagner sa jouissance.

Plus tard, lorsque sa respiration eut retrouvé son rythme normal, il glissa de nouveau le bas de soie noire dans l'enveloppe portant le nom de Francesca. Puis il ouvrit le couvercle de sa boîte noire et glissa l'enveloppe à côté d'une autre, sur laquelle était inscrit le prénom Emily.

— Kossak ! Le Blanc !

Charlie leva brusquement la tête en même temps que la moitié des hommes et des femmes présents dans la salle. Tous les regards se tournèrent vers le commissaire Edward Warren, qui se tenait dans l'encadrement de la porte de son bureau, l'air renfrogné.

— Amenez vos carcasses, et vite !

Charlie raccrocha le téléphone sans attendre qu'on lui réponde, et jeta un regard du côté de son coéquipier.

— Je vous rappelle, dit-il à son interlocuteur, avant de raccrocher et de se lever.

Charlie était déjà debout.

— Qu'est-ce qui lui arrive ? souffla-t-elle en se dirigeant vers le bureau de leur chef.

— Aucune idée, répondit Vince sur le même ton.

Ils entrèrent ensemble dans la pièce.

Le commissaire Warren était un grand noir, chauve, bâti comme une armoire à glace, et qui avait gravi tous les échelons de la hiérarchie avant d'accéder à ce poste. Il était dur mais juste, et il ne permettait pas à la politique et aux politiciens de lui dicter sa manière de travailler. Surtout, il soutenait ses hommes envers et contre tout. Charlie le respectait beaucoup pour ça. Elle lui était également reconnaissante de lui avoir donné la possibilité de faire son travail d'inspecteur au sein de la brigade criminelle, au lieu de la cantonner à des tâches administratives, sous prétexte qu'elle était une femme.

— Fermez la porte, dit-il maintenant.

Il ouvrit son tiroir, en sortit un flacon de comprimés contre l'acidité gastrique et en fourra une poignée entière dans sa bouche.

« Ça va mal », songea Charlie. Tout le monde, au poste, savait que le meilleur moyen de jauger l'humeur du commissaire était de compter le nombre de comprimés qu'il avalait pour combattre ses brûlures d'estomac. Trois comprimés : il n'était pas content. A quatre, il était en colère, et à partir de cinq, la situation était grave. Mais c'était la première fois que Charlie le voyait avaler une poignée entière en une seule prise.

Elle coula une œillade furtive du côté de Vince, et devina à son air inquiet qu'il pensait la même chose qu'elle.

— Vous ai-je dit, ou ne vous ai-je pas dit, de faire preuve de la plus grande discrétion dans l'enquête sur le meurtre de Francesca Hill ? commença Warren en les fusillant du regard.

— Vous nous l'avez dit, répondit Vince.

— Oui, commissaire, confirma Charlie, lorsque Warren se tourna vers elle.

— Et ne vous ai-je pas recommandé de ne faire aucune déclaration à la presse sans que je vous en aie donné l'autorisation, personnellement ?

— Si, commissaire, répondirent-ils d'une seule voix.

Charlie sentit son cœur chavirer. Pourvu qu'Anne n'ait pas fait preuve d'un zèle qui risquait de leur coûter cher !

— Dans ce cas, comment expliquez-vous ce que je viens d'entendre au journal de 17 heures ? aboya le commissaire en s'adressant à Charlie, cette fois.

— Commissaire, nous n'avons pas vu les nouvelles, murmura la jeune femme. Nous étions en train de…

— Eh bien, je vais vous montrer ce que vous avez raté, l'interrompit-il en prenant sa télécommande pour allumer le poste de télévision portable installé dans un coin de son bureau.

Il chercha la chaîne qui repassait les journaux télévisés tout au long de la journée et, d'un seul coup, le visage d'Anne apparut, devant le musée d'Art de La Nouvelle-Orléans.

— La raison officielle de l'annulation demeure donc un mystère, pour le moment, disait-elle. Cependant, une source qui a demandé à rester anonyme m'a confié que l'on avait vu la police chez M. Stratton, cet après-midi. Et je suis sûre que bon nombre des invités se demandent, tout comme nous, si la raison de l'annulation du mariage n'est pas beaucoup plus grave qu'un simple changement d'avis de la part du fiancé.

— Merci, Anne, dit Caso.

Le commissaire coupa la télévision, et lorsqu'il se tourna de nouveau vers eux, Charlie craignit que les veines qui battaient à son cou n'explosent brusquement.

— Commissaire, j'ignore quelle est la source dont parle

ma sœur, mais je peux vous assurer qu'il ne s'agit ni de moi ni de l'inspecteur Kossak.

Warren se pencha en avant.

— Dans ce cas, qui est-ce, inspecteur ? J'aimerais bien le savoir parce que, voyez-vous, je viens de passer vingt minutes à me faire engueuler par le chef de la police, qui n'a pas du tout apprécié que mes inspecteurs se soient permis d'ignorer un de ses ordres directs !

Charlie s'obligea à croiser le regard furieux de son supérieur.

— Commissaire, je vous donne ma parole d'honneur que je n'ai absolument rien dit à ma sœur au sujet de l'affaire.

— Dans ce cas, comment est-elle au courant qu'il existe une *affaire* ?

— Je ne l'explique pas. Je peux, en revanche, vous dire que ma sœur est arrivée devant la maison de J.P. Stratton au moment où nous en sortions. J'ai refusé de lui dire pourquoi nous étions là.

— C'est la vérité, commissaire, intervint Vince. Charlie a très clairement signifié à sa sœur qu'elle n'avait rien à lui dire.

— Il faut croire qu'elle n'a pas été si claire que ça.

— Si je puis me permettre, commissaire, la sœur de Charlie n'est pas sotte. Elle sait que nous travaillons pour la brigade criminelle, et elle nous a vus quitter la maison de Stratton. Elle a dû tirer les conclusions qui s'imposaient, lorsque le mariage a été annulé.

Warren parut réfléchir.

— Dans ce cas, comment expliquez-vous sa présence devant chez Stratton, pour commencer ? demanda-t-il au bout de quelques instants.

— Je ne peux pas l'expliquer, admit Charlie.

— A mon avis, si je puis avancer une hypothèse..., reprit Vince.

— Je vous écoute.

— Eh bien, Anne... la sœur de Charlie, est une bonne journaliste, et comme tout bon journaliste, elle a du flair. On lui avait peut-être tout simplement demandé de couvrir le mariage de Stratton, auquel cas sa présence devant chez lui, à quelques heures de la cérémonie, paraît se justifier d'elle-même.

— Autrement dit, il s'agirait d'une coïncidence ? demanda le commissaire d'un air sceptique.

— C'est peut-être bien ce qui s'est passé, oui.

— Et vous, Le Blanc, quelle est votre théorie ?

— Je n'en ai pas, commissaire. L'argument de Vince me paraît valable. Si vous voulez, je peux poser la question à Anne.

Le commissaire réfléchit un moment, puis secoua la tête.

— Inutile. Je vais voir ce que je peux faire pour arrondir les angles avec le chef de la police. Mais je vous préviens : la moindre fuite à la presse, et ça chauffera pour vous. Entendu ?

— Entendu, commissaire.

Warren hocha la tête.

— Et maintenant, dites-moi ce que vous savez sur cette affaire.

Ils le mirent au courant, avançant que la théorie du cambriolage ne leur semblait pas tenir la route.

— Aucun voleur qui se respecte n'aurait abandonné un diamant de la taille de celui qui était au doigt de la victime, conclut Vince en faisant allusion à la bague de fiançailles de Francesca.

— Je suis d'accord, renchérit Charlie. Je ne sais pas pourquoi notre homme a jugé nécessaire de s'en aller avec le contenu du portefeuille et les quelques bijoux qui manquent, mais le vol n'est pas le mobile premier du meurtre.

— Voilà qui ne va pas plaire au sieur Stratton, marmonna le commissaire. Vous avez des pistes ?

Charlie lui parla des cassettes de surveillance, et du vide de deux heures qu'ils avaient constaté.

— On a parlé au personnel de l'immeuble, à plusieurs voisins, à M. Stratton et à l'un de ses fils. On a quelqu'un qui s'occupe de dénicher les adresses du pasteur et de l'amie qui lui ont rendu visite, hier soir. Et nous essayons de localiser l'ancien petit ami de Francesca, un certain Schwitzer. Nous devons encore identifier l'autre femme qui est venue la voir, et aussi le type aux lunettes de soleil.

— Et du côté de la famille de la victime ? demanda le commissaire.

— Pas grand-chose, pour le moment, répondit Charlie. Elle avait une mère, dans l'Arkansas. On essaie encore de la retrouver.

— Le laboratoire médico-légal cherche des empreintes sur les draps, les vêtements et les verres. Je vais aussi demander à Mackenzie d'essayer de trouver le fabricant du bas qu'on a trouvé près de la victime. On ne sait jamais : cela nous permettra peut-être de remonter jusqu'à la personne qui les a achetés.

— Pas de nouvelles du médecin légiste ? demanda Warren.

— Non. Mais on lui a demandé de se presser. On lui a même promis un dîner au Commander's Palace, répondit Vince.

— Et la cause du décès ?

— L'examen préliminaire semble indiquer qu'elle a été étranglée, dit Vince.

Charlie exhala un souffle qu'elle n'était même pas consciente d'avoir retenu, pendant que Vince parlait du bas de soie noire. Il n'avait pas mentionné le lien possible avec le meurtre d'Emily, et si elle en était immensément soulagée, elle ne pouvait s'empêcher d'en concevoir aussi de la culpabilité. Elle s'en voulait de le forcer pratiquement à risquer sa carrière. Mais, de toute façon, le besoin de retrouver le meurtrier d'Emily prenait le pas sur tout le reste. Si jamais on découvrait le pot aux roses, elle veillerait à ce que Vince ne soit pas sanctionné. C'était elle qui avait pris la décision de dissimuler l'information au sujet du meurtre de sa sœur. Elle le jurerait sur la Bible, s'il le fallait : Vince n'était pas au courant.

Elle espérait, néanmoins, qu'ils n'en arriveraient pas là. Elle avait horreur de mentir — et elle n'était pas douée pour ça. Mais c'était le seul moyen pour elle de rester sur cette affaire.

— Des suspects ? demanda encore le commissaire.

— L'ancien petit ami est en tête de liste, répondit Vince. D'autre part, la victime ne s'entendait pas bien avec la fille de Stratton. Il y a eu un incident, au restaurant où ils dînaient tous, hier soir. Mackenzie est en train de recueillir des témoignages au sujet de ce qui s'est passé. Et on ne sait pas comment est rédigé le testament de J.P. Stratton, mais je dirais que chacun de ses enfants est un suspect possible, dans la mesure où l'apparition d'une nouvelle belle-mère pouvait avoir un impact sur leur héritage… A mon avis, le vieux ne va pas beaucoup apprécier qu'on les interroge.

— C'est tout ? demanda Warren.

— Pour l'instant, oui. Ça nous aiderait de ne pas être

forcés de marcher sur des œufs pendant que nous faisons notre boulot.

— Mouais, fit le commissaire.

Il garda le silence un moment.

— Je me charge du chef de la police et de Stratton. Pendant ce temps-là, trouvez-moi le meurtrier.

Lorsqu'ils eurent quitté le bureau du commissaire, Charlie se tourna vers son coéquipier.

— Merci de m'avoir soutenue et de n'avoir rien dit au sujet d'Emily.

— J'ai dit la vérité… en partie, voilà tout.

— Tu as fait bien plus que cela, Vince. Je ne l'oublierai pas.

Ils passèrent l'heure qui suivit au téléphone, à essayer de joindre Cole Stratton, le pasteur, Marcus Schwitzer et la voisine de Francesca Hill, apparemment en vacances depuis une semaine.

Charlie appela aussi Aaron Stratton et lui demanda les noms des personnes invitées au dîner de la veille. En dehors de Aaron, Jason et Phillip Stratton, les jumeaux de J.P. nés de son quatrième mariage, étaient présents, ainsi que le pasteur Lawrence, Danielle Marceau et le juge William Findley, qui devait être le témoin du marié.

Finalement, Vince se leva et s'étira.

— Je vais passer au labo médico-légal et voir si je peux convaincre Pamela de faire passer notre autopsie avant les autres.

— Qui est Pamela ? demanda Charlie, levant les yeux des notes qu'elle était en train de relire.

— Sans rire, Le Blanc, je me demande parfois si tu vis réellement parmi nous ! Pamela est la petite brune qui est arrivée au labo il y a presque un an.

— Celle qui a un tatouage ?

— C'est ça ! Elle travaille de nuit.

Charlie consulta sa montre et bondit littéralement. Il était presque 19 heures et elle allait être encore plus en retard que prévu, chez ses parents. Elle n'avait même plus le temps de demander une explication à Anne, comme elle avait prévu de le faire.

— Il faut que j'y aille, dit-elle en fourrant des papiers dans une sacoche, pour les étudier plus tard, chez elle.

— Tu as un dîner en amoureux ?

— Tu parles !

Il y avait plus de deux mois qu'elle n'avait pas dîné en tête à tête avec un homme, et, ce soir-là, la soirée s'était soldée par un beau fiasco ! Ce n'était nullement la faute de son partenaire, d'ailleurs. Quel homme apprécierait d'emmener une femme dans un grand restaurant et, à peine le plat principal servi, de voir sa compagne s'excuser et s'en aller brusquement parce qu'on vient de l'appeler sur la scène d'un meurtre ?

— Pourquoi tant de hâte, dans ce cas ? demanda Vince.

— Je dîne chez mes parents, expliqua Charlie. Après ça, je compte jeter Anne par-dessus le parapet du premier pont que je trouverai.

5.

Anne regarda Charlie entrer dans la cuisine et poser les assiettes sales sur le comptoir, à côté de l'évier.

— Tu rinces et je remplis le lave-vaisselle, déclara-t-elle sur le ton brusque qu'elle avait utilisé toute la soirée pour s'adresser à sa sœur.

— D'accord, répondit Anne. Mais c'est moi qui ai mis le couvert et préparé la salade parce que tu étais en retard. Alors tu rinces les assiettes à dessert toi-même, avant de les mettre dans le lave-vaisselle.

— Les filles, dépêchez-vous de débarrasser au lieu de vous disputer ! lança leur mère depuis la salle à manger. Papa vous attend pour préparer les bananes flambées.

En temps normal, la seule mention de leur dessert préféré aurait suffi à mettre Anne de bonne humeur. Mais pas cette fois. C'était la faute de Charlie.

Pestant en silence, la jeune femme vida les restes de nourriture dans le broyeur d'ordures de l'évier. Elle avait compris que Charlie était en colère contre elle à la seconde où sa sœur avait franchi le pas de la porte en la fusillant du regard. Depuis, elle lui avait à peine adressé la parole. Et quand Anne avait signalé fièrement qu'elle était la première journaliste à avoir annoncé la nouvelle de l'annulation du mariage de Stratton, Charlie avait tout gâché en déclarant d'un ton sec qu'elle était chargée d'une enquête concernant Stratton, et qu'il lui était donc impossible de parler de lui, et même d'écouter les sornettes mondaines que les médias colportaient à son sujet.

Sornettes mondaines, et puis quoi encore ? songea Anne avec irritation. Elle n'était peut-être pas inspecteur de police, comme Charlie, mais son boulot de journaliste n'en était pas pour autant une sinécure. Elle ne jetait peut-être pas les criminels en prison, mais cela ne l'empêchait pas de travailler dur. Et puis elle ne couvrait pas uniquement les rubriques mondaines. Plusieurs de ses reportages avaient permis d'améliorer les conditions de vie de personnes prises dans les rouages interminables de la bureaucratie, quand elles n'étaient pas carrément oubliées par le système. Elle avait même un dossier plein de lettres de remerciements d'hommes et de femmes dont la vie avait changé grâce à son travail.

De plus en plus furieuse, Anne attaqua l'assiette suivante avec une éponge et du produit vaisselle, juste comme Charlie revenait avec les plats.

— Je me demande pourquoi on a un lave-vaisselle, s'il faut tout laver avant de le remplir ! marmonna-t-elle.

— Parce que maman nous le demande, répondit Charlie avec humeur.

— Eh bien, je trouve ça débile !

— On ne te demande pas ton avis.

A ces mots, Anne jeta brusquement son éponge dans l'évier.

— C'est quoi ton problème ?

— Comme si tu ne le savais pas ! riposta Charlie.

— Eh bien non, justement, je n'en sais rien !

— Très bien. Fais l'innocente. On en parlera plus tard. Papa nous attend.

— J'ai envie d'en parler maintenant, déclara Anne.

— Parle moins fort ! Tu sais bien que maman a horreur qu'on se dispute. La journée a déjà été suffisamment éprouvante pour eux.

Charlie avait raison. Leurs parents avaient beau avoir dépassé le stade véritablement critique du deuil, certains jours — comme celui de l'anniversaire d'Emily — restaient plus difficiles que les autres. Pour Anne aussi, d'ailleurs. Six ans avaient passé, et pourtant il lui arrivait encore d'entrer dans la cuisine et de s'attendre à y trouver leur sœur. Peut-être parce qu'elles s'y disputaient souvent : quand il fallait débarrasser la table, par exemple. Combien de fois Emily avait-elle convaincu Anne de faire les corvées à sa place, en lui offrant un tube du rouge à lèvre qu'elle aimait bien, ou en proposant de lui prêter l'un de ses chemisiers ? Chaque fois, Charlie se fâchait.

Anne laissa son regard glisser du côté de la fenêtre. Dans le jardin, les pensées jaunes, violettes et blanches, les camélias et les azalées précoces aux fleurs rouges et roses créaient une explosion de couleurs magnifique. Sur la table qui sentait toujours la cire au citron trônait le même vase en porcelaine rempli de roses fraîchement coupées.

L'espace d'un instant, Anne se revit avec ses deux sœurs, durant l'année qui avait précédé le départ de Charlie pour l'université. Elle revit Emily devant l'une de ses omelettes sans jaune d'œuf, leur faisant la leçon sur leur régime alimentaire, tandis que Charlie l'ignorait superbement et qu'elle-même ajoutait ostensiblement du sucre sur ses céréales. Comme Emily lui manquait ! Comme elle était triste qu'elles ne soient plus trois sœurs !

— Qu'est-ce que tu comptes faire avec cette assiette, finalement ? Tu la rinces, oui ou non ?

La question de Charlie l'arracha brusquement au cours de ses pensées. Anne reprit l'éponge et se mit à frotter l'assiette. Ce faisant, elle se demandait encore ce qu'elle avait pu faire pour irriter sa sœur à ce point. Elles ne s'étaient pas vues depuis plus d'une semaine quand elles s'étaient rencontrées devant la maison de Stratton. Et elle n'avait pas insisté, lorsque Charlie avait refusé de faire le moindre commentaire. Sa sœur ne lui avait même pas dit que les inspecteurs de police qu'elle avait vus sortir de chez Stratton étaient de la brigade criminelle, ce qui aurait pourtant donné encore plus de punch à son scoop.

Et Madame faisait la tête !

De plus en plus indignée, Anne passa rapidement l'éponge sur l'assiette suivante et la tendit à sa sœur.

— Il reste de la sauce, dit Charlie. Rince-la mieux que ça.

Ce fut la goutte d'eau qui fit déborder le vase. Anne se tourna brusquement vers son aînée et lui cria :

— Tu n'as qu'à le faire toi-même !

Puis elle lui jeta l'éponge, qui atterrit pile entre les seins de Charlie, avant de tomber par terre. Devant l'air stupéfait de sa sœur, Anne éprouva une immense satisfaction.

— Espèce de petite… ! s'exclama Charlie.

Puis elle se baissa pour ramasser l'éponge et la brandit comme une arme.

— Je devrais te la faire bouffer ! ajouta-t-elle.

— Essaye un peu.

— Ne me tente pas, Anne. Tu as déjà poussé le bouchon drôlement loin, avec ton plan foireux au journal du soir…

— Quel plan foireux ? s'exclama Anne.

— Et maintenant, tu bousilles mon chemisier !

— Il n'est pas bousillé et tu le sais très bien. De quoi parles-tu ? Quel plan foireux ?

— Ne fais pas l'innocente. Tu as annoncé à un demi-million de téléspectateurs que le mariage de Stratton était annulé, et tu as insinué que c'était à cause du meurtre de Francesca Hill !

Francesca Hill était morte ?

Aucun des scenarii qu'elle avait imaginés cet après-midi n'incluait une telle possibilité. Les yeux écarquillés, Anne s'appuya contre l'évier.

— Dans le fond, tu te moques de savoir si tu risques de compromettre le bon déroulement d'une enquête criminelle, du moment que tu sors ton scoop, continuait sa sœur, au comble de la colère.

— Charlie, tu me crois vraiment capable d'une chose pareille ? s'exclama Anne, stupéfaite et blessée.

Charlie hésita brusquement, et plissa les yeux.

— Tu nous as vus, Vince et moi, quitter la propriété de Stratton et, quelques heures plus tard, tu faisais cette déclaration en direct à la télé. Que devais-je penser ?

— Que je ne t'aurais jamais fait ça ! Ni à toi ni à personne.

Charlie détourna les yeux, puis jeta l'éponge dans l'évier.

— J'aurais peut-être dû, murmura-t-elle, attrapant un torchon et épongeant la tache d'eau sur son chemisier. Mais tu as parlé de cette source qui tenait à rester anonyme, et le capitaine a cru que tu parlais de moi.

— Eh bien, il s'est trompé ! Ma source était un portier des Appartements Mill House. Il m'a dit que lorsqu'il était venu prendre son poste, aujourd'hui, on lui avait raconté que la police avait passé un long moment dans l'appartement de la petite amie de M. Stratton, et qu'ils avaient emporté un corps dans un sac. Tu veux que je te dise : j'ai cru qu'il s'agissait de Holly Stratton.

— La fille de J.P. ?

Anne hocha la tête.

— Tout le monde sait qu'elle était à couteaux tirés avec Francesca. Elle avait un appartement dans le même immeuble, et elle l'a quitté lorsque son père y a installé Francesca. Holly désapprouvait ouvertement ce mariage. J'ai également entendu dire qu'elle avait de gros problèmes émotionnels ; elle aurait même essayé de se suicider. Quand le portier m'a dit qu'on avait sorti un cadavre de l'immeuble, j'ai pensé qu'elle avait réussi, cette fois. Et qu'elle avait décidé d'en finir à un endroit où son père la trouverait forcément.

Charlie poussa un soupir.

— Je te demande pardon, Anne. Je n'aurais pas dû tirer des conclusions hâtives.

— Non, tu n'aurais pas dû, répondit Anne d'un ton ferme.

Mais elle n'était pas rancunière, et elle se radoucit aussitôt.

— Tu as pris un savon, alors ?

— Oui, répondit Charlie. Vince aussi. Apparemment, le chef de la police a appelé le commissaire et il lui est tombé dessus, alors, forcément, Warren s'est défoulé aussitôt sur nous. Tout le monde était convaincu que j'étais cette fameuse source.

— Eh bien, j'irai voir ton commissaire dès demain matin, et je lui dirai que tu n'as pas voulu répondre à une seule de mes questions.

— Merci, mais ce ne sera pas nécessaire, dit Charlie. J'ai déjà expliqué ça au commissaire, et Vince m'a soutenue.

— J'espère bien ! murmura Anne.

— En fait, c'est lui qui a convaincu le commissaire. Il lui a dit que tu étais une bonne journaliste, que tu avais du flair, et qu'après nous avoir vus sortir de chez Stratton et avoir appris que le mariage était annulé, tu avais dû tirer les conclusions qui s'imposaient.

— Il avait raison, dit Anne avec un frisson de plaisir. Vince a vraiment dit que j'étais *une bonne journaliste qui avait du flair* ?

— Ouais, répondit Charlie, un brin ironique.

Elle marqua une pause, avant de reprendre :

— On peut savoir ce qui se passe entre vous ?

Anne se sentit rougir.

— Rien. Pourquoi ?

— Parce que vous avez le même air stupide, tous les deux, chaque fois que je mentionne le nom de l'autre.

— Les filles, qu'est-ce que vous faites ? lança leur mère en entrant dans la cuisine.

— J'ai laissé tomber l'éponge, répondit Anne. Nous avons presque fini, maman.

Et elle s'empressa de rincer les dernières assiettes, tout en pensant à l'inspecteur Vincent Kossak.

— Je n'arrive toujours pas à croire que Francesca est morte.

— C'est pourtant la vérité, dit Cole à sa sœur, Holly, comme ils entraient dans l'appartement de la jeune femme.

Après avoir appris la nouvelle de la bouche d'Aaron, Cole

s'était rendu sur la côte, dans l'hôtel casino où il avait envoyé sa sœur, la veille, après le dîner.

Eloigner Holly de La Nouvelle-Orléans lui avait paru le plus sûr moyen de s'assurer que la jeune femme ne faisait pas une bêtise — en provoquant un autre scandale le soir du mariage de J.P., par exemple —, ce qui aurait encore aggravé sa situation. Maintenant que le mariage n'avait plus lieu, il ne voulait surtout pas que sa sœur apprenne la nouvelle de la mort de Francesca au téléphone, ou en regardant la télévision. Il tenait à le lui dire lui-même.

Une fois passé le premier choc, Holly était restée silencieuse. Elle avait fait son sac rapidement, et avait payé la note de l'hôtel. Puis elle avait à peine prononcé dix mots pendant le trajet de retour à La Nouvelle-Orléans.

Cole la considéra avec inquiétude, tandis qu'elle se postait devant la baie vitrée ouvrant sur le Mississippi et la nuit étoilée. Il ne savait comment interpréter son silence. Il n'était pas aveugle : Holly était une enfant gâtée, souvent imprévisible, et trop naïve. Tristes ou gaies, ses émotions étaient presque toujours extrêmes. Mais elle avait aussi un cœur tendre et généreux, et il était sûr qu'elle regrettait déjà son accès de colère contre Francesca, la veille. Elle éprouvait sans doute même du chagrin : après tout, les deux jeunes femmes avaient été amies… avant que J.P. ne fasse irruption sur le devant de la scène.

Sale égoïste ! Il avait détruit leur amitié juste pour satisfaire son ego. A aucun moment il ne s'était soucié de l'impact que ses décisions auraient sur Holly ou sur les autres. Mais après tout, J.P. Stratton ne se souciait jamais que de lui-même. Cole l'avait très vite compris. Par contre, il ne comprenait pas, et ne comprendrait peut-être jamais, l'amour que sa sœur continuait de vouer à leur père, en dépit de tout ce qu'il lui avait fait subir. De la même façon qu'il n'avait jamais compris que sa mère eût continué d'aimer cet homme qui s'était servi d'elle sans aucun scrupule, avant de l'abandonner. Il était trop petit pour aider sa mère, autrefois. Peut-être saurait-il aider sa sœur, maintenant ?

Il s'approcha de la jeune femme et regarda la nuit à travers la baie vitrée. La pluie qui avait battu la ville, quelques heures plus tôt, avait chassé les nuages, et une multitude d'étoiles scintillaient dans le ciel de velours noir. Un croissant de lune paraissait suspendu au-dessus du fleuve. C'était une vision calme et paisible, mais Holly n'était pas en paix, Cole le sentait bien.

— Tu veux parler ? lui demanda-t-il, finalement.

— Non, répondit-elle. Ce que je veux, c'est boire quelque chose.

Cole l'arrêta, comme elle se dirigeait vers le bar.

— Je ne pense pas que ce soit une bonne idée, déclara-t-il d'un ton ferme.

Il savait que la jeune femme avait tendance à se tourner vers l'alcool pour oublier ses problèmes, et il se méfiait terriblement de cette faiblesse-là.

— Eh bien, je pense que c'est une excellente idée, moi ! déclara-t-elle. Je suis à bout de nerfs et j'ai besoin d'un truc qui me calme.

— Non, dit Cole en lui prenant les mains. L'alcool est une béquille, et tu n'en as pas besoin, Holly. Tu es plus forte que ça.

— Non, justement ! répliqua-t-elle en essayant de se dégager. Demande à n'importe qui : on te dira que je suis une sale gosse de riche pourrie gâtée qui ne cesse de se fourrer dans le pétrin et qui s'arrange toujours pour que papa ou son grand frère la tire de là.

— Tu es tellement plus que ça, murmura Cole, peiné par tant de détresse. Pourquoi ne le vois-tu pas ?

— Parce que je ne peux pas voir ce qui n'existe pas, Cole. Je suis faible. Je l'ai toujours été. C'est toi qui ne vois pas clair.

— Au contraire. Je vois une jeune femme courageuse, belle, compatissante et bien plus solide qu'elle ne l'imagine.

— Je t'assure que je ne me sens ni courageuse ni solide.

— C'est parce que tu as essuyé plusieurs coups durs, ces derniers jours. Assieds-toi donc et essaie de te détendre. Je vais préparer du thé.

— Il n'y en a pas.

— Du café ? demanda Cole.

— De l'instantané.

Il s'était toujours demandé comment les gens pouvaient boire une chose aussi infecte, mais il était prêt à avaler du liquide vaisselle si ça pouvait aider Holly.

— Je m'en occupe, dit-il.

— C'est dans le placard au-dessus de la cuisinière.

Il trouva le flacon de verre. Un quart d'heure plus tard, ni l'un ni l'autre n'avaient bu plus d'une gorgée de l'infâme mixture. Mais Holly l'avait écouté sans craquer, tandis qu'il lui expliquait ce qui les attendait tous. Il avait déjà reçu plusieurs messages d'un inspecteur Le Blanc qui demandait à lui parler. Ils ne tarderaient pas à remonter jusqu'à Holly.

— La nouvelle de l'annulation du mariage a déjà été annoncée à la télé, conclut-il. D'ici demain, celle du meurtre de Francesca fera sans doute la une un peu partout. A l'heure qu'il est, la police est peut-être déjà au courant de ton altercation avec Francesca, hier soir.

Or, en violant l'injonction avec interdiction d'approcher

Francesca et en lui jetant un verre de vin à la figure, Holly prêtait automatiquement le flanc aux soupçons. Cole tenait à la préparer.

— Ils vont sûrement vouloir te poser des questions.

— Et qu'est-ce que je vais leur répondre ? demanda la jeune femme.

— La vérité, simplement. Que tu n'approuvais pas ce mariage et que vous vous êtes disputées, toutes les deux. Mais que tu ne l'as pas tuée.

— C'est vrai, Cole. Je ne l'ai pas tuée !

— Je le sais, sœurette. Et tu n'as aucune raison de t'inquiéter. Tu étais à plus de cent kilomètres au moment du meurtre, et tu peux le prouver. La police n'aura qu'à appeler l'hôtel où tu es descendue, et tu seras lavée de tout soupçon.

— Et s'ils ne se rappellent pas exactement l'heure à laquelle je suis arrivée à l'hôtel ?

— Crois-moi, ils auront remarqué la jolie rousse qui a pris une chambre seule. Et puis l'heure de ton arrivée figure dans leur ordinateur.

— Mais je n'ai pas pris ma chambre tout de suite, murmura Holly. J'ai joué sur les machines à sous, pendant un moment.

— Ce n'est pas grave. Ils vérifieront les cassettes de surveillance. C'est nous qui avons installé le système. Il y a des caméras qui filment chaque recoin du casino. Les dates et les heures sont enregistrées dessus. Ce sera ton alibi.

— Non, fit la jeune femme, les yeux pleins de larmes.

— Pourquoi ? demanda Cole avec inquiétude.

— Parce que je n'étais pas au casino quand je t'ai appelé, hier soir. J'ai menti parce que je ne voulais pas que tu t'inquiètes. Je suis arrivée très tard.

— Où étais-tu ?

— En ville. J'ai fait demi-tour en chemin. Je suis allée chez Francesca pour m'excuser, pour essayer de la convaincre de ne pas lancer de poursuites contre moi.

— Quelle heure était-il quand tu l'as vue ?

— Je ne sais pas. Tard. Elle m'a dit que tu étais déjà passé, que tu avais plaidé ma cause et qu'elle t'avait répondu que tu perdais ton temps. Elle a ajouté qu'elle n'attendrait même pas le lendemain matin pour appeler la police, qu'elle allait le faire sur-le-champ et leur dire que j'avais violé l'injonction avec interdiction de l'approcher deux fois de suite dans la même soirée. Elle a décroché le téléphone et je suis sortie en courant. J'ai pris ma voiture et je suis allée au casino.

Holly marqua une pause avant de reprendre d'une petite voix brisée :

— Je suis désolée, Cole. J'ai encore tout compliqué, hein ?

— On trouvera une solution, répondit-il.

Mais il était inquiet. Il ne pensait pas un seul instant que sa sœur avait tué Francesca. Mais elle avait un mobile et aucun alibi. La police ne mettrait pas longtemps à le découvrir.

— Quelle solution ? demanda Holly.

— Je vais commencer par appeler Margee Jardine et lui raconter ce qui s'est passé. Puis je découvrirai qui d'autre a rendu visite à Francesca, hier soir.

Il avait vu sur un plateau la bouteille de champagne dans son seau à glace, et deux flûtes en cristal. Francesca attendait manifestement de la visite.

— Qu'est-ce que je peux faire ? reprit Holly.

— Garder ton calme et te fier à moi.

— J'ai confiance en toi, Cole, dit-elle d'un air sombre. Chaque fois que j'ai eu besoin de toi, tu étais là. Tu es la seule personnc qui ne m'ait jamais laissée tomber.

Holly se trompait, songea Cole avec douleur en serrant sa sœur dans ses bras. Il n'avait pas toujours été là quand elle avait besoin de lui. Huit ans plus tôt, alors qu'elle avait tout juste seize ans, elle était tombée enceinte, et J.P. l'avait forcée à se faire avorter. Lui, il se trouvait à des milliers de kilomètres, en mission spéciale. Elle avait dû vivre ce cauchemar toute seule parce qu'il avait choisi de rempiler, à l'armée, au lieu de rejoindre ceux qui avaient besoin de lui. Plus encore qu'il n'en voulait à J.P. d'avoir imposé une telle épreuve à la jeune femme, il s'en voulait de n'avoir pas été présent pour la protéger. Ça n'arriverait plus jamais.

Il leva les yeux vers l'écran de télévision. La chaîne venait d'interrompre le feuilleton télévisé pour lancer une dépêche. « Enfin ! » se dit-il en posant le journal qu'il était passé prendre au bureau. Il y avait des heures qu'il attendait ça : la nouvelle enfin officielle du meurtre de Francesca ! Bien sûr, la famille Stratton avait passé des coups de fil et tiré des ficelles pour garder l'affaire secrète aussi longtemps que possible, mais tout de même ! Seule l'annulation du mariage paraissait retenir l'attention générale, alors que l'histoire, la vraie, n'était pas là.

— Mesdames et Messieurs, nous interrompons ce programme pour vous annoncer une nouvelle qui vient tout juste de tomber, dit Bill Caso, sur *Channel 4 News*. Francesca Hill, la fiancée du magnat de l'immobilier, J.P. Stratton, a été retrouvée morte aujourd'hui dans son appartement, apparemment victime d'un cambriolage qui aurait mal tourné. Ainsi que nous vous l'annoncions un peu plus tôt, les personnes invitées au mariage ont commencé à recevoir des coups de téléphone, quelques heures à peine avant la cérémonie, leur annonçant que tout était annulé. Nous retrouvons Anne Le Blanc devant la demeure de J.P. Stratton.

On vit alors l'entrée de la propriété où une flopée de journalistes et de camionnettes de télévision étaient agglutinés, juste devant les grilles du portail en fer forgé. Il faisait nuit noire, mais la zone était éclairée comme un arbre de Noël. Et là, serrée dans un manteau en cuir rouge qui s'arrêtait juste au-dessus du genou, se trouvait la jeune journaliste blonde qui, la première, avait annoncé la nouvelle de l'annulation du mariage.

Il avait reconnu son nom, évidemment. Mais celle qui l'intriguait le plus était la sœur aînée — Charlotte Le Blanc. Emily lui avait souvent parlé de ses deux sœurs, surtout de Charlotte, l'aînée si sérieuse qui voulait devenir avocate. Apparemment, elle avait abandonné le droit pour entrer dans la police. Il avait peut-être même une part de responsabilité dans ce changement de carrière, songea-t-il avec un petit sourire.

Se débattrait-elle davantage qu'Emily ? Sans doute, se dit-il, sentant grandir son excitation.

— Anne, qu'avez-vous à nous dire ? demanda Bill.

La jeune femme porta le micro devant son visage, toucha l'écouteur à son oreille, et regarda la caméra.

— Bill, je me tiens devant la demeure palatiale de J.P. Stratton, dont le mariage prévu en fin d'après-midi a été brusquement annulé sans explication. Nous n'avons pas pu parler à M. Stratton personnellement, mais son attaché de presse et un membre de son entourage intime viennent de confirmer que sa fiancée, Mlle Hill, est décédée. Son corps a été retrouvé ce matin par la femme de chambre qui était venue l'aider à se préparer pour le mariage.

— Savez-vous comment elle a été tuée ? demanda Bill, dont le visage était apparu en médaillon à droite de l'écran.

— Bill, la police n'a encore fait aucune déclaration officielle, mais nous avons appris que de l'argent liquide et des bijoux avaient disparu de l'appartement de Mlle Hill. Pour le moment, on parle d'un cambriolage qui aurait mal tourné.

En entendant ces mots, l'homme poussa un soupir contrarié. Un cambriolage qui avait mal tourné ! Vraiment n'importe quoi ! Il ignorait qui avait dérobé le portefeuille et les bijoux de Francesca, mais il savait, par contre, qui l'avait tuée ! Lui-même. Et la police n'avait pas intérêt à faire capoter ses plans. Ils allaient devoir se mettre sur la piste de l'assassin de Francesca, pas sur celle d'un vulgaire voleur.

Mais il avait tort de s'énerver, se dit-il aussitôt. Charlotte Le Blanc cherchait certainement un assassin.

— Anne, d'après les informations que vous avez pu obtenir, la police a-t-elle déjà des soupçons, un suspect ? reprit Caso.

— Pour l'instant, ils ne laissent rien transpirer, Bill, répondit la jeune journaliste.

C'était juste une question de temps, songea l'homme avec un petit sourire. Son karma avait placé Charlotte Le Blanc sur son chemin pour une raison précise. Il en était sûr. Il allait la laisser courir tout droit dans le piège qu'il lui préparait. Et une fois qu'elle aurait rempli le rôle qu'il lui réservait, il la tuerait.

6.

« Vous êtes sur le répondeur de Cole Stratton. Laissez un message après le bip et… »

— J'ai déjà laissé trois messages ! s'exclama Charlie, avant de raccrocher d'un geste brusque.

Le dîner chez ses parents avait tourné court au moment où Anne avait reçu un appel de la chaîne de télévision et où elle avait dû partir précipitamment. Du coup, Charlie avait renoncé aux bananes flambées, elle aussi. Trop tendue pour rentrer chez elle directement, elle était retournée au commissariat, ainsi qu'elle le faisait souvent lorsqu'une affaire la tourmentait.

Comme toujours en période de carnaval, le département de police grouillait de monde et d'activité : la plupart des policiers en uniforme accumulaient les heures supplémentaires afin de gérer la foule et les problèmes que créait l'atmosphère festive qui s'emparait de la ville pendant ces deux semaines de folie.

Et Charlie ne fut pas réellement surprise de trouver Vince à son bureau, l'oreille vissée au combiné du téléphone. Ils avaient plusieurs enquêtes en cours, mais le meurtre de Francesca Hill était prioritaire, ainsi qu'on le leur avait clairement signifié. Charlie n'y voyait aucun inconvénient.

Au contraire. Depuis qu'elle avait vu le bas de soie noire près du visage de la victime, elle ne pensait à rien d'autre.

Elle se plongea de nouveau dans l'étude de la liste des personnes qui avaient rendu visite à Francesca Hill, la veille : J.P. Stratton, Aaron Stratton, Danielle Marceau, le pasteur Homer Lawrence, Cole Stratton. Plus deux visiteurs mystérieux : la jeune femme en larmes et l'homme qui avait dissimulé son visage. Elle dessina un point d'interrogation sur la feuille de papier, comme pour se rappeler que la personne qui avait trafiqué les cassettes de surveillance ne figurait pas obligatoirement sur cette liste. Mais bon, il fallait bien un point de départ. Une chose était sûre : Francesca Hill avait reçu beaucoup de visites, la veille de son mariage. Il fallait découvrir pourquoi.

Charlie reprit la liste depuis le début. Elle avait déjà rencontré J.P. Stratton et son fils, Aaron, et elle doutait qu'ils puissent lui apprendre quoi que ce soit de nouveau, ce soir. Danielle Marceau n'était ni chez elle ni à son travail lorsqu'elle avait essayé de la joindre, quelques heures plus tôt. Elle l'appela de nouveau et laissa un message.

Le suivant sur la liste était le pasteur. Compte tenu de l'heure tardive, elle préférait attendre le lendemain pour lui rendre visite. Et puisqu'ils n'avaient pas encore identifié la jeune femme et l'homme aux lunettes et au chapeau, il ne restait plus que Cole Stratton, qui ne l'avait toujours pas rappelée. Elle composait son numéro, une fois de plus, lorsque Vince poussa un cri de victoire. Elle raccrocha aussitôt.

— Super ! Merci, mon vieux ! Bon boulot.

Il laissa retomber le combiné et pivota sur son fauteuil.

— Devine ce que c'est ! fit-il en montrant un bout de papier à Charlie.

— Un tuyau pour la Bourse ?

— Très drôle, répondit Vince. C'est le nom de notre mystérieuse demoiselle éplorée. Tu as droit à trois essais.

— Kossak ! marmonna Charlie.

— Bon, bon. Holly Stratton. J'avais demandé à Mackenzie, le petit nouveau, de montrer la photo qu'on a tirée à partir de la cassette de surveillance aux mecs qui bossent dans l'immeuble de Francesca Hill. Le type à la réception l'a identifiée.

— Encore une ex-épouse ? demanda Charlie.

— Non, sa fille. D'après le réceptionniste, elle et Francesca étaient très copines, avant que le père Stratton n'atterrisse dans le lit de notre victime. Elle vivait même dans l'immeuble, ce qui explique pourquoi elle n'a pas signé le registre. Puis elles se sont fâchées et elle a déménagé.

— Ça n'a rien d'étonnant, murmura Charlie. Voir son père épouser une nana de son âge, ça ne devait déjà pas être rigolo, mais si, en plus, la nana en question était l'une de ses amies, il y avait de quoi faire une crise.

— Ce n'est pas tout, continua Vince. Francesca Hill avait fait une demande d'injonction avec interdiction faite à Holly Stratton de l'approcher, il y a deux semaines environ. Holly Stratton s'est quand même pointée au dîner, hier soir, et elle s'est disputée avec Francesca. Mlle Stratton a fini par jeter un verre de vin à la figure de son ancienne amie et future belle-mère. Francesca n'a pas bien pris les choses et, apparemment, elle aurait menacé de faire arrêter Holly pour avoir violé l'injonction.

— Je parie que *papa* n'était pas content, dit Charlie.

— Sensible comme il est, il a appelé la sécurité de l'hôtel et fait sortir sa fille.

Charlie tressaillit.

— La pauvre. Quelle humiliation ! Elle aurait mieux fait de jeter son verre de vin à la tête de son père.

— Elle l'aurait peut-être fait si les gars de la sécurité ne l'avaient pas fait sortir de force. D'après le serveur, Holly Stratton hurlait. Elle aurait même menacé Francesca Hill en lui disant qu'elle allait regretter ce qu'elle avait fait.

Charlie fronça les sourcils.

— Dans ce cas, que faisait-elle dans l'appartement de la victime, hier soir ?

— C'est exactement la question que je me posais, dit Vince. On va le lui demander ?

Vince arrêta sa voiture devant l'immeuble qu'occupait Holly Stratton et poussa un petit sifflement admiratif. Charlie hocha la tête. Elle avait vu des publicités pour les appartements de luxe situés sur l'avenue Saint-Charles. Le plus petit se vendait un demi-million de dollars, à l'époque, et cela remontait déjà à plusieurs années : avant l'explosion du marché immobilier.

— Que fait-elle pour gagner sa vie ? demanda Charlie.

— Rien du tout, répondit Vince. Elle touche une rente qui lui est versée depuis un fonds en fidéicommis.

— Ça doit être une sacrée rente, murmura Charlie.

— Comme tu dis ! Je parie que le plus petit placard se loue mille dollars par mois, au moins.

— Je ne sais pas pourquoi, mais je doute fort qu'elle vive dans un placard.

En effet, Holly Stratton occupait un appartement de rêve, avec des plafonds voûtés, une cheminée et une terrasse. C'était beau à couper le souffle.

La jeune femme était très belle, elle aussi, avec de longs

cheveux roux qui encadraient un visage diaphane. De petite taille, pieds nus dans un survêtement rose et sans la moindre trace de maquillage, elle ressemblait plus à une adolescente qu'à une jeune femme de vingt-cinq ans. Elle paraissait effrayée, aussi. Cela expliquait peut-être qu'elle eût accepté de leur ouvrir, et surtout de leur parler, sans exiger la présence d'un avocat.

— Apparemment, vous vous êtes disputée assez violemment avec Francesca Hill, hier soir, au restaurant, dit Vince. Pouvez-vous nous expliquer pourquoi ?

Holly tira sur la manche de sa veste.

— Une bêtise, répondit-elle. Rien d'important.

— C'était suffisamment important pour que vous lui jetiez un verre de vin à la figure avant de crier qu'elle allait regretter ce qu'elle avait fait, enchaîna Charlie.

— J'étais en colère, bouleversée. Je ne pensais pas vraiment ce que j'ai dit.

— Pourquoi étiez-vous en colère et bouleversée ? demanda Charlie.

Comme la jeune femme ne répondait pas, elle insista :

— Etait-ce parce que Francesca s'apprêtait à épouser votre père ?

— Oui ! s'exclama la jeune femme d'un air excédé. Oui, oui et oui ! Je ne supportais pas cette idée. Ça vous étonne ? Comment réagiriez-vous si votre père épousait une femme de votre âge, quelqu'un qui aurait été votre amie avant de commencer à coucher avec lui ?

— Je serais furieuse et je leur en voudrais horriblement à tous les deux, répondit Charlie. Et je ferais sûrement tout ce qui est en mon pouvoir pour empêcher leur mariage… C'est ce que vous avez fait ? C'est pour ça que vous lui avez rendu visite, hier soir ?

— Contrairement à ce que beaucoup de gens pensent, je ne suis pas si bête, inspecteur. Vous vous imaginez que j'ai tué Francesca ? Eh bien, vous vous trompez. Je ne l'ai pas tuée, et je suis choquée par vos insinuations.

— Personne n'insinue quoi que ce soit, mademoiselle Stratton. Toutes les questions que nous vous posons sont des questions de routine, répondit Charlie, soucieuse de ne pas braquer la jeune femme.

Holly Stratton avait des relations haut placées, et il ne serait pas facile de la convoquer au commissariat pour un interrogatoire. Cette conversation était donc leur meilleure chance d'obtenir des informations.

— L'inspecteur Le Blanc a raison, renchérit Vince. Ces questions font partie de la routine, lors d'une enquête sur un meurtre. C'est en parlant aux personnes qui connaissaient la victime que nous réunissons les indices qui finissent par nous conduire au meurtrier.

Holly pâlit et se blottit un peu plus étroitement sur le canapé.

— Je ne vois pas en quoi je peux vous aider. Parmi les personnes que je connais, aucune n'est capable de commettre un meurtre.

— Tout le monde en est capable, dit Charlie. Il faut juste que la motivation soit suffisamment forte.

— Et quelles sont les *motivations suffisamment fortes*, d'après vous, inspecteur ? lança une voix d'homme, derrière elle.

Charlie se retourna, stupéfaite de ne pas avoir entendu le nouveau venu qui se tenait dans l'entrée de l'appartement avec un sachet en papier sur lequel était imprimé le logo d'un restaurant chinois.

Charlie le reconnut immédiatement. C'était Cole Stratton.

Il avait déjà belle allure, sur le film en noir et blanc de la vidéo de surveillance. En chair et en os, avec ses cheveux noir de jais et ses yeux d'un bleu perçant, il était carrément renversant.

Il referma la porte d'entrée et vint poser le sachet sur une table.

— Inspecteurs, je vous présente mon frère, Cole Stratton, dit Holly en se levant. Cole, voici l'inspecteur… ?

Elle se tourna vers Vince.

— Je suis désolée, j'ai oublié votre nom.

— Kossak, dit Vince en se levant et en montrant son badge. Et voici ma coéquipière…

— L'inspecteur Le Blanc, dit Cole avec un hochement de tête.

— Vous avez donc reçu mes messages, dit Charlie.

— Oui.

Pas d'excuse. Pas la moindre explication.

— La plupart des gens rappellent, quand ils savent que la police cherche à les joindre, reprit Charlie.

— Je ne suis pas *la plupart des gens*, inspecteur.

— Peut-être pas, monsieur Stratton. Mais, que cela vous plaise ou non, vous êtes tenu de respecter les lois, exactement comme moi et comme le commun des mortels, riposta la jeune femme.

L'ombre d'un sourire flotta sur les lèvres de Stratton.

— Je ne sais pas pourquoi, mais je ne vous aurais pas rangée dans la catégorie « commun des mortels ».

Charlie plissa les yeux, ne sachant comment interpréter cette remarque.

— Mais vous n'avez pas répondu à ma question, inspecteur, enchaîna-t-il en venant passer un bras protecteur autour des épaules de sa sœur. Quelles pourraient bien être ces fameuses motivations ?

Charlie croisa son regard.

— En ma qualité d'officier de police, j'utilise mon arme quand c'est le seul moyen de défendre ma vie ou celle d'un innocent.

— Je ne parle pas de vous en votre qualité d'officier de police. Je parle de vous, personnellement. Vous avez dit que tout le monde était capable de tuer. Vous aussi, dans ce cas. Qu'est-ce qui pourrait justifier, à vos yeux, de prendre la vie d'un être humain ?

— Il faudrait que cette personne représente une menace pour quelqu'un que j'aime, répondit la jeune femme sans hésiter.

— Eh bien, vous et moi avons quelque chose en commun, déclara Cole.

Charlie le regarda, consciente qu'il venait de lui donner un avertissement. Il ferait n'importe quoi pour protéger sa sœur. Elle le comprenait, et, même, elle l'admirait pour ce trait de caractère. Mais cela ne l'empêcherait pas de faire son travail.

— Ils me posaient des questions au sujet de ma dispute avec Francesca, hier soir, dit Holly.

— Vous auriez dû la prévenir qu'elle avait droit à la présence d'un avocat, déclara Stratton d'un ton sec.

— Ils l'ont fait, Cole, reprit Holly. Mais je n'en ai pas besoin. Je n'ai pas tué Francesca.

— Je le sais. Mais dorénavant, inspecteur, si vous avez d'autres questions à poser à ma sœur, il faudra vous adresser à mon avocat, Margaret Jardine.

— Et en ce qui vous concerne, monsieur Stratton, devonsvous aussi contacter votre avocat, ou bien êtes-vous disposé à répondre à nos questions ? demanda Charlie.

— Je serai ravi de répondre à vos questions, inspecteur Le Blanc. Mais pas ce soir. La journée a été longue et éprouvante pour ma sœur, et notre dîner nous attend.

Il retourna dans l'entrée et ouvrit la porte.

Charlie hésita, puis suivit Vince dans le couloir de l'immeuble. Là, elle se retourna.

— Je pense qu'il est important de vous rappeler qu'il s'agit d'une enquête pour meurtre, monsieur Stratton. Il faudra donc nous accorder un entretien dans les plus brefs délais. Je vous appellerai demain matin.

— J'en serai ravi, inspecteur, répondit Cole avant de leur fermer la porte au nez.

Charlie demeura immobile plusieurs secondes, les yeux fixés sur le battant de bois. Puis elle pivota sur ses talons et marcha vers l'ascenseur.

Dehors, l'air s'était considérablement rafraîchi, et Charlie se réjouit de porter sa veste en cuir. On entendait les battements de tambours de la parade, quelques pâtés de maisons plus loin, et la jeune femme réfléchit au meilleur moyen d'éviter les embouteillages.

— Que penses-tu de Holly Stratton ? lui demanda Vince, comme ils longeaient le trottoir en direction de la voiture.

— Elle me donne l'impression d'être une gosse complètement paumée. Elle me fait de la peine, mais je ne pense pas qu'elle ait tué Francesca.

Non seulement Holly n'avait pas un profil de criminelle, mais Charlie doutait fort que le meurtrier fût une femme. On avait trouvé du sperme sur Emily, et Charlie était prête à parier son badge qu'on trouverait l'ADN du même homme sur Francesca Hill.

— Tu dois admettre qu'elle a un mobile. Son amie ne se contentait pas d'épouser son père : elle menaçait aussi de la faire arrêter.

— Qu'est-ce que ça prouve, en dehors du fait que la pauvre fait partie d'une famille de tarés ?

— Et le frère, qu'en penses-tu ?

— Je pense que l'arrogance est le trait dominant de la famille, répondit la jeune femme, encore agacée par l'attitude de Cole Stratton.

La plupart des gens auraient été intimidés par la présence de la police, ou du moins auraient-ils essayé de coopérer. Pas lui.

— Non, je veux dire : penses-tu qu'il ait tué Francesca Hill ?

— Non, répondit Charlie sans la moindre hésitation.

Cole Stratton était peut-être un peu trop sûr de lui, et elle ne doutait pas qu'il fût capable de meurtre si les circonstances l'exigeaient, mais pas dans cette affaire. C'était le même homme qui avait assassiné sa sœur et Francesca Hill. Et cet homme avait eu une liaison avec Emily. Charlie ne connaissait peut-être pas tous les détails de la vie privée de sa sœur, mais elle connaissait son type d'homme. Emily avait besoin qu'on admire sa beauté, qu'on la comble d'attention. Elle aimait les hommes qu'elle pouvait manipuler à sa guise. Quelques minutes en compagnie de Cole Stratton avaient permis à Charlie de comprendre qu'il n'était pas de ceux-là.

— Tu as l'air drôlement sûre de toi, dit Vince.

— Je le suis.

Après vingt minutes de jogging, Cole Stratton arriva sur Jackson Square, au cœur du Vieux Carré. Même de loin, la statue du général Andrew Jackson, érigée en l'honneur du héros de la Bataille de La Nouvelle-Orléans, paraissait imposante. Il s'engagea bientôt dans Decatur Street. Après les températures presque hivernales de la veille, le jour s'était levé sur un ciel clair et il faisait presque doux. S'il avait été superstitieux, Stratton aurait jugé que ce changement de temps était de bon augure. Mais il ne l'était pas, alors il se contentait d'espérer que le message trouvé à l'intérieur de son *fortune cookie*, la veille, se révélerait prémonitoire. Les mots imprimés sur le petit billet blanc prédisaient en effet qu'il verrait bientôt se réaliser son vœu le plus cher. Son vœu le plus cher était le bonheur de Holly.

Entre son père et sa mère, femme aussi égoïste que froide, Holly n'avait pas connu beaucoup d'amour ou de joies au cours de sa vie. L'annonce du mariage de son père avec sa meilleure amie, quelques semaines plus tôt, l'avait profondément affectée. Et maintenant, la jeune femme dont elle avait été si proche pendant quelque temps avait été assassinée.

Mais plus que tout il craignait que la police ne la considère comme suspecte.

Sans cesser de courir, Cole se rappela sa brève entrevue avec les deux inspecteurs. Kossak lui avait fait l'effet d'un type droit et direct, flic jusqu'au bout des ongles. Si certaines personnes étaient tentées de le sous-estimer, elles commettaient une lourde erreur.

L'inspecteur Charlotte Le Blanc était plus difficile à cerner. Elle lui apparaissait comme quelqu'un d'infiniment complexe. En fait, elle l'intriguait. Peut-être parce qu'il avait tout de suite senti des points communs entre eux. S'il avait dû la décrire, il aurait parlé d'une femme sans peur et déterminée. Elle semblait parfaitement maîtresse d'elle-même, et pourtant, en la regardant, Cole sentait le feu couver sous la glace. Il ne doutait pas un instant qu'elle affronterait Attila le Hun en personne pour protéger l'un de ses proches. Tout à fait comme lui.

En approchant du Café du Monde, toujours au pas de course, Cole sentit une bonne odeur de café flotter dans l'air. Comme il passait devant l'établissement qui ne fermait jamais, il remarqua quelques clients matinaux déjà attablés devant des beignets. Il vit aussi quatre jeunes gens qui, si l'on se fiait à leurs visages fatigués, avaient dû faire la fête toute la nuit.

Il poursuivit son chemin et passa devant les conducteurs de voitures à cheval qui étaient en train de s'installer les uns derrière les autres, le long du trottoir. Ils espéraient sans doute que les températures clémentes feraient sortir les touristes. Puis, faisant toujours le tour de la grande place, Cole vit les fidèles monter les marches de la cathédrale Saint-Louis pour assister à la première messe du matin. Et, tout à coup, il se revit enfant, gravissant ces mêmes marches avec sa mère venue prier le Seigneur pour le salut de son mariage. Du haut de ses cinq ans, Cole avait vite compris que les prières de sa mère ne servaient à rien. Mais il chérissait leur promenade matinale, tandis que sa mère lui racontait l'histoire de la ville : la place était autrefois un terrain d'entraînement qui avait été transformé, puis rebaptisé en l'honneur d'Andrew Jackson. La baronne de Pontabla avait fait installer les balcons en fer forgé, puis les jardins.

Cole leva les yeux vers l'immeuble Pontabla, de l'autre côté de la place, se rappelant l'admiration de sa mère pour la baronne. Comme elle, Margaret Cole Stratton avait voulu apporter sa contribution au développement de cette ville qu'elle aimait tant. Hélas, elle n'en avait pas eu le temps. Elle était tombée malade, et son mari avait pris le contrôle de sa fortune. La seule chose qu'il n'avait jamais pu ccaparer était l'ancienne demeure familiale, dans le Vieux Carré. Après le décès de la jeune femme, la propriété était restée dans sa famille jusqu'à la majorité de son enfant unique. Pour Cole, c'était la première victoire sur J.P. Stratton.

Il rejeta ces pensées moroses et continua sa course. Lorsqu'il bifurqua dans sa rue, il aperçut une silhouette familière, devant sa maison. L'inspecteur Charlotte Le Blanc.

Décidément, songea-t-il, elle n'avait pas du tout l'allure d'un flic. Séduisante, intelligente et terriblement sexy. Voilà comment il la définissait.

— Bonjour, inspecteur, dit-il en arrivant à sa hauteur.

— Bonjour.

Il prit la serviette autour de son cou et s'essuya le visage.

— Pardonnez-moi, mais je n'ai pas le souvenir d'avoir rendez-vous avec vous, ce matin.

— Nous n'avons pas rendez-vous, en effet, admit la jeune femme. Mais nous étions convenus de parler de Francesca Hill, et comme vous semblez très occupé, j'ai décidé de venir vous voir avant même que ne débute votre journée de travail.

— Comme c'est bien pensé, inspecteur ! dit Cole avec un petit sourire.

Elle était également tenace : encore un trait de caractère qu'il admirait et partageait.

— Vous ne verrez pas d'inconvénient, je pense, à ce que je répondre à vos questions à l'intérieur ? reprit-il en déverrouillant la porte d'entrée. Je n'ai pas encore pris mon petit déjeuner.

Elle ne répondit pas, mais jeta un regard vers le bout de la rue.

Cole entra, s'approcha du panneau électronique installé à droite de la porte, et composa le code de sécurité permettant de désactiver le système d'alarme. Puis, se retournant, il vit qu'elle était restée sur le trottoir.

— Vous entrez, inspecteur ?

— J'attends mon coéquipier. Il doit me retrouver ici.

— Dans ce cas, vous avez le temps de prendre un café avec moi dans le patio. Vous commencerez votre interrogatoire lorsque l'inspecteur Kossak sera là.

— Il ne s'agit pas vraiment d'un interrogatoire, monsieur Stratton, dit la jeune femme en entrant. Nous voulons juste vous poser quelques questions au sujet de votre relation avec Francesca Hill.

— Vous voulez dire : en dehors du fait qu'elle était sur le point de devenir ma belle-mère ?

— Oui, c'est ça.

— Eh bien, je la connaissais un peu, dit Cole en guidant l'inspecteur jusqu'au jardin. Ma sœur nous avait présentés, quelque temps avant qu'elle n'annonce ses fiançailles avec J.P.

— Qu'entendez-vous par « un peu » ?

Cole s'arrêta, la main sur la poignée de la porte-fenêtre. L'espace d'un instant, ils se tinrent immobiles, côte à côte, si près l'un de l'autre qu'il pouvait voir les paillettes dorées dans les yeux de la jeune femme, et même sentir l'odeur de savon et de roses, sur sa peau. Il vit la manière dont ses pupilles se dilatèrent brusquement, mais elle ne recula pas. Lui non plus.

— Vous voulez savoir si j'ai couché avec Francesca, inspecteur ?

— Est-ce le cas ?

— Non.

Lorsqu'elle découvrit le patio au sol couvert d'ardoises, Charlie s'arrêta brusquement et regarda autour d'elle, à la fois charmée et fascinée par le décor : les becs de gaz anciens, les chênes centenaires à l'ombre desquels on échappait aux chaleurs de l'été, les buissons de roses et d'azalées... tout contribuait à créer une ambiance qui paraissait sortie tout droit du passé.

— Comme c'est beau ! murmura-t-elle en marchant vers la fontaine. De l'extérieur, on est loin d'imaginer qu'il puisse y avoir un endroit pareil dans la maison.

— C'était ouvert, autrefois, expliqua Cole, avant de lui montrer un mur de brique. Ceci était l'écurie où l'on gardait les chevaux et les calèches.

— C'est votre maison depuis longtemps ?

— Officiellement, depuis que j'ai eu six ans, répondit Cole.

Charlie se tourna vers lui, sans chercher à dissimuler sa curiosité.

— La maison a été construite par mon arrière-grand-père, William Cole, en 1825. C'était un cadeau pour sa fiancée. La propriété est restée dans la famille, et elle se transmet de génération en génération. Lorsque ma mère est morte, j'en suis devenu propriétaire.

— Et un jour vos enfants en hériteront à leur tour.

— Si j'ai des enfants, oui, répondit Cole, s'avisant qu'il avait rarement pensé à ça.

Peut-être parce qu'il ne pensait pas beaucoup au mariage.

— Installez-vous, inspecteur, reprit-il. Je vais chercher le café que je vous ai promis.

— Ce n'est pas nécessaire, monsieur Stratton. Ceci n'est pas une visite de courtoisie.

Cole sourit. Le flic était de retour.

— Pour vous, peut-être pas, inspecteur, répondit-il avant de rentrer dans la maison.

Lorsqu'il reparut, un moment plus tard, il la trouva assise près de la table en fer forgé, le gros chat blanc et gris sur ses genoux.

— Vous avez fait la connaissance de Goliath, dit-il en posant un plateau sur la table.

— Il est apparu brusquement et il a sauté sur mes genoux, répondit Charlie.

— Alors, mon petit gars, tu as décidé de revenir ? Que s'est-il passé ? Mlle Morgan t'a jeté dehors ?

— Ce n'est pas votre chat ?

— Ça dépend à qui vous posez la question.

Cole remplit deux tasses.

— Il est arrivé sur le pas de ma porte, un jour, il y a environ un an, et il a décidé de rester. Depuis, je le nourris et je l'emmène chez le vétérinaire lorsque c'est nécessaire.

— Qui est Mlle Morgan, dans ce cas ? demanda Charlie.

— Une jolie chatte persane qui habite au bout de la rue. Il passe beaucoup de temps là-bas, depuis quelques semaines. Pas vrai, Roméo ?

Goliath ouvrit un œil, comme pour répondre, puis il le referma aussitôt, retournant à ses rêves.

— Sucre et lait ? reprit Cole.

— Lait seulement, s'il vous plaît.

— Ah, une femme comme je les aime ! dit-il en versant un nuage de lait dans la tasse de Charlie.

Il croisa son regard.

— Je me demande quels sont nos autres points communs, inspecteur.

— Sans doute aucun.

— Croyez-vous ?

Il prit sa sous-tasse, y versa du lait et la posa par terre. Aussitôt, Goliath quitta les genoux de Charlie pour aller laper le lait.

— Par exemple, vous ne craignez pas de poursuivre votre objectif et vous ne renoncez pas tant que vous ne l'avez pas atteint, enchaîna-t-il.

— Et comment êtes-vous parvenu à cette conclusion ? demanda Charlie.

— Vous êtes ici, non ? Et cela en dépit du fait que l'on vous a certainement donné l'ordre de prendre des gants avec les membres de la puissante famille Stratton.

— J'ai une enquête à mener, répondit-elle simplement.

— Certes, admit Cole, remarquant qu'elle ne niait pas avoir reçu l'ordre de traiter sa famille avec précaution. C'est pourquoi vous êtes venue me trouver à 7 heures du matin, bien que je vous aie priée de quitter le domicile de ma sœur, l'autre soir.

— Je suis partie de mon plein gré, monsieur Stratton.

Au même instant, un coup de sonnette retentit dans la maison, et Cole se leva.

— Ah ! Voici sans doute l'inspecteur Kossak.

Charlie était soulagée de voir arriver Vince. Elle ne se sentait pas à l'aise en compagnie de Cole Stratton. L'homme la déstabilisait. Bien sûr, il était magnifique. Avec son short, son sweat et ses cheveux noirs en bataille, il aurait pu faire de la publicité pour les bienfaits d'une vie saine et sportive.

Mais il n'était pas le premier bel homme qu'elle rencontrait. Il était le premier, pourtant, à lui faire un tel effet. Peut-être parce qu'elle le trouvait différent. Par exemple, il était prêt à tout pour protéger sa jeune sœur ; et ça, Charlie le comprenait très bien. Malheureusement, l'attirance qu'elle ressentait pour lui était on ne peut plus malvenue : l'homme figurait quand même sur la liste des suspects d'un meurtre.

— Merci de nous recevoir ainsi au pied levé, monsieur Stratton, dit Vince en coulant un regard de reproche à sa partenaire.

— L'inspecteur Le Blanc ne m'a pas vraiment laissé le choix, fit remarquer Cole Stratton avec un petit rire. Mais je vous en prie, asseyez-vous. Puis-je vous offrir un café ?

Vince parut hésiter, puis il hocha la tête et s'assit à son tour.

— D'accord. Je le prends noir.

Stratton remplit une troisième tasse, puis se tourna vers Charlie.

— Où en étions-nous, déjà ?

— Vous apportiez des éclaircissements sur la nature de votre relation avec Francesca Hill, répondit la jeune femme.

— Ah ! oui, fit Cole, une lueur amusée dansant dans ses yeux bleus. Eh bien, ainsi que je vous le disais, Francesca et moi n'avons jamais été amants. En réalité, je ne l'ai rencontrée en tout et pour tout que trois fois.

— Pourriez-vous nous dire les dates et lieux de ces trois rencontres et leur raison d'être ? demanda Charlie en sortant un calepin et un stylo de sa poche.

— La première remonte à quatre mois environ, peu de temps après qu'elle se fut liée d'amitié avec ma sœur. Apparemment, Holly lui avait parlé de moi, et Francesca a exprimé le désir de me connaître. Je les avais invitées toutes les deux à déjeuner au Commander's Palace.

— Vous dites qu'elle s'est « liée d'amitié » avec votre sœur, dit Vince. Avez-vous des raisons de penser que c'était un acte délibéré de la part de Francesca ?

— Je l’ai soupçonné, en tout cas, répondit Cole. Et compte tenu de la rapidité avec laquelle elle est tombée dans le lit de mon père, je dirai qu’il y a de fortes chances pour que je ne me sois pas trompé.

— C’était une femme jeune et belle. Si elle cherchait un homme riche, pourquoi ne pas avoir essayé de vous séduire, vous ou l’un de vos frères ? demanda Charlie.

Cole sourit et posa sa tasse sur la table.

— Elle n’était pas seulement jeune et belle, elle était aussi très futée. Elle a dû comprendre très vite qu’elle perdrait son temps avec moi. Je n’étais pas intéressé. Quant à mes frères, Aaron a déjà plus de femmes qui le poursuivent qu’il n’en peut gérer, et les jumeaux étaient hors jeu — bien trop jeunes. Non, J.P. correspondait beaucoup mieux à ce qu’elle recherchait.

— Et que recherchait-elle, selon vous ?

— Un homme qui pourrait l’entretenir et lui offrir le genre de vie auquel elle aspirait.

— Autrement dit, selon vous, Francesca Hill était une aventurière qui a séduit votre père pour son argent.

— Selon moi, c’était une femme intelligente qui avait bien potassé son sujet. Elle savait que J.P. avait la réputation de s’amouracher de femmes jeunes et belles au point d’en perdre tout jugement. Ses ex-épouses et ses liaisons lui ont coûté une fortune, au fil des années. Je pense que Francesca voulait une part du gâteau.

— Comme je le disais, pour vous, c’était une aventurière, insista Charlie.

— Le terme « opportuniste » me paraît mieux convenir, répondit Cole.

— Que pensiez-vous du mariage de cette *opportuniste*

avec votre père ? Cela risquait de vous priver d'une portion de votre héritage, non ?

Il eut un mince sourire.

— Cela ne me dérangeait pas le moins du monde, car je n'hériterai pas le plus petit centime de J.P., comme vous le savez très certainement.

Elle le savait, en effet. Charlie avait mené son enquête sur tous les membres de la famille Stratton. J.P. était un homme richissime. Même après les razzias de ses ex-épouses, il avait encore assez d'argent pour vivre plusieurs vies dans la plus grande opulence. Son hôtel et ses autres biens immobiliers valaient à eux seuls plus de deux millions de dollars. Et quatre de ses enfants devaient hériter de tout cet argent, à la mort de leur père. Mais pas Cole, son premier fils.

— Parlez-nous de votre deuxième rencontre avec Mlle Hill, reprit Charlie.

— C'était il y a six semaines, environ. Je me trouvais à un dîner de charité, et J.P. est arrivé avec Francesca. Pendant qu'il était au buffet, Francesca est venue m'annoncer qu'ils étaient fiancés, et elle m'a montré sa bague. Je lui ai présenté mes condoléances.

Charlie et Vince échangèrent un regard, et la jeune femme choisit de ne pas relever.

— Et votre dernière rencontre ?

— Vendredi soir, à son appartement, ce que vous savez déjà, puisque vous avez dû visionner les cassettes vidéo du système de surveillance de l'immeuble et me voir dessus.

— En effet, admit Charlie. Pouvez-vous nous expliquer, dans ce cas, et compte tenu de ce que vous venez de nous dire sur Mlle Hill, ce que vous faisiez chez elle, à une heure aussi tardive, la veille de son mariage ?

— Il m'a semblé préférable de la voir la veille du mariage plutôt que le matin même, répondit Cole.

— Mais pourquoi aviez-vous besoin de la voir ? demanda Vince.

— J'espérais la convaincre de ne pas porter plainte contre ma sœur pour avoir violé l'injonction avec interdiction de l'approcher.

— Et vous avez réussi ?

— Non. Elle m'a répondu qu'elle comptait déposer sa plainte le lendemain matin.

— Quelle a été votre réaction ? demanda Charlie.

— Que vouliez-vous que je fasse ? Je suis reparti.

— Mais vous étiez furieux.

— Frustré, surtout. Ma sœur n'arrivait pas à accepter le fait que mon père épousait l'une de ses amies. Elle n'avait pas besoin, en plus, de se faire arrêter à cause d'une dispute qui avait mal tourné.

— Vous protégez beaucoup votre sœur, n'est-ce pas ?

— C'est normal : je suis l'aîné. Je suis sûr que vous comprenez ça, ajouta-t-il en s'adressant à Charlie.

— Pourquoi ? lança-t-elle, aussitôt sur la défensive.

— La journaliste de *Channel 4 News*, Anne Le Blanc, est bien votre sœur ? La couleur de vos yeux est différente, mais la ressemblance existe... Est-ce que je me trompe ?

— Non, admit la jeune femme. Mais revenons à votre visite chez Mlle Hill, le soir du meurtre. Vous avez plaidé la cause de votre sœur, et Francesca n'a rien voulu entendre. Vous ne paraissez pas être le genre d'homme qui accepte facilement la défaite.

— Et vous pensez que j'ai tué Francesca pour l'empêcher de porter plainte contre ma sœur ? demanda Cole, l'air amusé.

— Est-ce le cas ?

— Je suis désolé de vous décevoir, inspecteur, mais ma première réaction a été beaucoup moins dramatique que cela. J'ai simplement appelé mon avocat pour lui expliquer la situation et lui demander de représenter ma sœur, au cas où Francesca mettrait sa menace à exécution. Vous pouvez appeler Margaret Jardine et vérifier.

— Je n'y manquerai pas, déclara Charlie en notant le nom de l'avocate.

— Autre chose ? demanda Cole.

— Une dernière question, répondit la jeune femme. Où étiez-vous, vendredi soir, entre minuit et 2 heures du matin ?

— Chez moi, en train de travailler sur un projet pour un client. J'ai éteint vers 1 h 30 et je suis allé me coucher.

— Avez-vous un témoin pour confirmer cela ?

— Malheureusement non. J'étais seul. Mais si j'avais tué Francesca, je me serais arrangé pour avoir un alibi ! Je ne suis pas si bête.

— Ça dépend. L'absence d'alibi pourrait être une tactique, justement, pour nous inciter à tirer cette conclusion.

— Peut-être, fit-il, une lueur amusée dans le regard.

— Votre compagnie fournit des systèmes et des services de sécurité pour les entreprises, n'est-ce pas ? Comptez-vous aussi des immeubles d'habitation privée parmi vos clients ?

— Oui.

— Avez-vous fourni le système de sécurité des Appartements Mill House ?

— Non. Mais je le connais, et je suis sûr que je n'aurais aucun mal à y accéder, si je le voulais.

— L'avez-vous fait ? demanda Charlie.

— Non.

Cole pencha la tête de côté et la regarda avec curiosité.

— Dois-je en déduire qu'une autre personne l'a trafiqué ?

— C'est nous qui posons les questions, monsieur Stratton, répliqua la jeune femme.

Il consulta sa montre et se leva.

— Si vous en avez d'autres, elles devront attendre, dans ce cas. J'ai rendez-vous dans une heure, et il faut encore que je me douche.

Charlie fourra son calepin dans sa poche et se leva. Vince l'imita.

— Merci de nous avoir reçus, reprit Charlie. Voici ma carte. Si vous pensez à autre chose, appelez-moi, ou l'inspecteur Kossak.

Cole prit la carte de visite qu'elle lui tendait.

— Je n'y manquerai pas.

Il les accompagna jusqu'à la porte, suivi de près par Goliath. Puis, comme le chat faisait mine de les suivre dehors, il se pencha et le prit dans ses bras.

— Inspecteurs ! lança-t-il, tandis que Charlie et Vince descendaient les marches menant à la rue.

Ils se retournèrent.

— J'espère que vous trouverez le meurtrier.

— Nous le trouverons, répondit Charlie. Vous pouvez compter là-dessus.

7.

— Alors, que penses-tu de son histoire ? demanda Vince, tandis qu'ils remontaient la rue en direction de l'endroit où Charlie avait garé sa voiture.

— Il faut vérifier, bien sûr, mais à mon avis, il dit la vérité, répondit Charlie.

Vince hocha la tête et garda le silence un moment. Quelque chose le chiffonnait. Pour commencer, Charlie était bizarre. Elle ne l'avait encore jamais appelé à l'aube pour lui demander de la rejoindre chez un suspect qu'elle s'apprêtait à interroger. D'habitude, c'était le genre de décision qu'ils prenaient ensemble.

— J'ai mené mon enquête, reprit-il. Cole Stratton n'est pas seulement doté d'un quotient intellectuel et d'un sens des affaires exceptionnels : il a été un Navy SEAL pendant quatre ans, avant de revenir à La Nouvelle-Orléans et de monter sa boîte.

— Et alors ? Il est intelligent, riche, et il était dans la marine. Qu'est-ce que tu essaies de démontrer ?

— Il faisait partie d'une unité anti-terroriste d'élite ! Leur entraînement est terrible et bien peu d'hommes vont jusqu'au bout. Ceux qui réussissent sont pratiquement surhumains. Ils sont entraînés dans toutes les techniques imaginables de survie et de contre-espionnage, et ils sont tous supérieurement intelligents. Ils peuvent s'introduire et ressortir d'un pays étranger sans que jamais personne le sache.

— Encore une fois, qu'essaies-tu de démontrer ? insista Charlie.

— Nous avons affaire à un type qui a été formé dans l'art de ne pas se faire attraper, voilà ce que j'essaie de démontrer. Ce n'est pas un freluquet.

— Moi non plus, riposta Charlie.

Vince sourit.

— Crois-moi, personne ne commettrait l'erreur de le penser.

Et c'était vrai. Charlie pouvait se débrouiller aussi bien qu'un homme. Ce qui lui manquait dans le registre des muscles et de la taille était largement compensé par son intelligence.

— Simplement, je ne pense pas qu'on puisse le rayer trop vite de la liste de nos suspects, ajouta-t-il.

— Mon instinct me dit qu'il n'est pas le meurtrier, déclara Charlie.

— Peut-être. Mais ton instinct ne tient pas lieu de preuve.

— Allons, Kossak, tu as dit toi-même qu'il était supérieurement intelligent. S'il avait tué Francesca, il se serait arrangé pour avoir un alibi en béton !

— Comme tu l'as fait remarquer, c'est peut-être une tactique pour mieux nous tromper.

Charlie garda le silence, tandis qu'ils croisaient un groupe d'étudiants portant autour du cou de longs colliers de perles brillantes vertes, dorées et mauves — les couleurs du mardi gras.

— Autrement dit, tu penses que je suis à côté de la plaque, reprit-elle lorsqu'ils furent de nouveau seuls sur le trottoir.

— Ne me fais pas dire ce que je n'ai pas dit ! Je cherche juste à établir que Cole Stratton n'est pas forcément aussi limpide qu'il en a l'air. Son vieux fait peut-être plus de bruit que lui, mais j'aurais tendance à me méfier du fils.

— Cole Stratton n'est pas le meurtrier, affirma Charlie.

— C'est ton opinion de flic ou de femme ? demanda Vince.

— Tu ne l'as peut-être pas remarqué, Kossak, mais je *suis* une femme, riposta Charlie, s'arrêtant brusquement au milieu du trottoir. Je suis aussi un flic, et un bon, par-dessus le marché !

— Tu ne m'entendras jamais dire le contraire. Et une chose est sûre : Cole Stratton a très bien remarqué, lui aussi, que tu étais une femme.

Charlie le foudroya encore du regard, et se remit à marcher à grands pas. Vince la suivit, songeant qu'il ne pouvait pas reprocher à Stratton d'avoir flashé sur cette jeune femme tellement séduisante. Il avait été drôlement interloqué quand on lui avait annoncé qu'ils feraient équipe, tous les deux. Travailler aux homicides n'était facile pour personne, et rares étaient les femmes qui souhaitaient intégrer cette brigade. Et comme bon nombre d'hommes du Sud, Vince avait des côtés un peu macho. Sa première pensée avait été qu'elle ne serait jamais à la hauteur de la tâche. Mais il s'était trompé. Il n'avait jamais connu policier plus motivé, plus capable et plus déterminé à obtenir justice pour les victimes. Depuis qu'ils travaillaient ensemble, Charlie avait fait ses preuves, encore et encore, et il s'estimait heureux de pouvoir compter sur elle pour le couvrir. C'était justement la raison pour laquelle il se faisait du souci, maintenant.

— Tu penses que je ne suis plus capable de faire mon boulot, Kossak ? reprit Charlie.

— Je pense que tu es trop impliquée dans cette affaire. Impliquée personnellement. Dans ces cas-là, les émotions ont tendance à prendre le pas sur la logique, et c'est comme ça qu'on commet des erreurs. Or, nous ne pouvons pas nous permettre la moindre erreur, Charlie. Il y a trop de gens qui nous surveillent, et pas des petites pointures.

— C'est justement parce que je suis impliquée personnellement que je ne commettrai pas d'erreur, déclara la jeune femme.

— Tu n'as aucun moyen d'en être sûre.

— Toi non plus, tu n'as aucun moyen d'être sûr du contraire.

Ils venaient d'arriver devant la voiture et elle la déverrouilla.

— Tu as raison, je ne peux pas être certain que tu commettras une erreur, mais si ça devait arriver, j'aimerais mieux qu'un autre tombe à ta place.

Charlie le regarda comme s'il venait de perdre l'esprit.

— Qu'est-ce que tu racontes ?

— Je pense que tu devrais dire la vérité au commissaire. Tu devrais lui dire qu'à ton avis ce meurtre a un lien avec celui de ta sœur. Comme ça, il pourra confier cette affaire à quelqu'un d'autre.

— Jamais de la vie !

— Charlie…

— Non !

La jeune femme le regarda intensément et baissa la voix :

— Tu as promis de me laisser un peu de temps. Tu ne peux pas revenir sur ta parole, maintenant.

— Je n'aurais jamais dû te faire cette promesse, Charlie.

Vince poussa un soupir.

— Nous entamons le troisième jour d'enquête et nous avons plus de questions que de réponses. Nous avons une liste de suspects tous plus difficiles à joindre les uns que les autres. Et, en plus, nous avons les pieds et les poings liés pour des histoires de pression politique.

— Ce n'est pas la première fois qu'on nous demande de prendre des gants dans une enquête. Ça ne nous a jamais empêchés de faire notre boulot.

— Mais aujourd'hui, c'est différent, dit Vince en secouant la tête.

Il ne savait comment l'expliquer, mais il sentait, au fond de lui, qu'il ne s'agissait pas d'une simple affaire de meurtre. Leur homme n'était pas un voleur, un drogué, ou même un gosse de riche qui avait perdu les pédales. Ils avaient affaire à un psychopathe qui, si Charlie ne se trompait pas, avait déjà tué au moins une fois en toute impunité.

— Tu as raison : c'est différent. C'est différent parce que le type que nous recherchons est celui qui a déjà tué ma sœur, dit Charlie. Et je vais le trouver, avec ou sans ton aide.

— Ce qui signifie ? demanda Vince.

— Si tu vas voir le commissaire et qu'il me retire l'affaire, je continuerai à mener mon enquête toute seule, sans mon badge et sans toi pour me couvrir.

Elle le ferait, songea Vince. Charlie était assez têtue pour continuer à investiguer toute seule, ce qui serait pire que tout.

— Très bien, je vais me taire, dit-il. Pour le moment. Mais nous travaillons ensemble. Tu ne fais pas tes trucs dans ton coin, et tu ne m'appelles plus aux aurores pour que je te rejoigne chez un témoin que tu as subitement décidé d'interroger. Entendu ?

— Entendu, répondit la jeune femme. Alors, tu veux voir le pasteur ou Danielle Marceau ?

— Commençons par ce bon pasteur, dit Vince.

— C'est parti.

Le pasteur Homer Lawrence était en plein service religieux. Vince et Charlie s'installèrent discrètement sur un banc, au fond de l'église, et la jeune femme en profita pour observer l'homme, tandis qu'il terminait son sermon.

Lawrence pouvait avoir une cinquantaine d'années. De petite taille, il accusait un léger embonpoint, et la jeune femme se demanda si la bonne nourriture de La Nouvelle-Orléans était la cause de cette petite bedaine. Ses cheveux, qui avaient dû être bruns, viraient au gris et se raréfiaient sur le haut de son crâne. Il ressemblait à une version un peu rondelette de M. Rogers, le célèbre présentateur d'émissions pour enfants, et Charlie se dit que ce n'était pas une mauvaise image pour un homme d'Eglise.

D'après les informations qu'ils avaient obtenues, à son sujet, Lawrence avait été nommé à La Nouvelle-Orléans depuis moins d'un an. Avant cela, il avait été basé dans le Mississippi, en Arkansas et dans l'Alabama. Le portier de l'immeuble de Francesca Hill l'avait décrit comme un homme pieux qui s'exprimait d'une voix douce.

Piété et voix douce mises à part, que faisait un homme d'Eglise dans l'appartement d'une ancienne hôtesse de casino, à une heure aussi tardive ?

— Que la bénédiction de Dieu soit sur vous ! dit le pasteur.

— Et sur vous ! répondirent les fidèles.

— Allez en paix aimer et servir Dieu.

L'orgue entama les premières notes annonçant la fin du service. Charlie les reconnut car elle avait longtemps fait partie de la chorale de l'église que fréquentait sa famille.

Elle n'avait pas le talent de Whitney Houston, mais elle avait une belle voix et, d'après le directeur de la chorale, elle chantait parfaitement juste. C'était pour cette raison qu'il lui avait confié un solo à interpréter durant l'un des services des fêtes de fin d'année. Anne n'avait que onze ans, à l'époque, et elle faisait encore partie de la chorale des enfants. Emily venait d'en avoir quinze, et après avoir piaffé d'impatience pendant des mois, elle avait enfin pu rejoindre la chorale des adolescents, avec Charlie. Dès lors, elle n'avait eu de cesse qu'elle ne chante en solo, elle aussi. Dire non à Emily n'était chose facile pour personne, et Charlie ne faisait pas exception à cette règle. Finalement, elle avait cédé et demandé au directeur de la chorale de permettre à Emily de chanter avec elle.

Emily serait-elle encore en vie si les membres de sa famille avaient appris à ne pas toujours céder au moindre de ses désirs ? Charlie se posait souvent la question. Emily avait-elle jeté son dévolu sur une chose ou une personne, six ans plus tôt, précipitant ainsi des événements qui avaient entraîné sa mort ? Le cas échéant, cette personne aurait également croisé le chemin de Francesca Hill.

Mais qui ? J.P. Stratton ou l'un de ses fils ? Le pasteur ? L'ancien petit ami que J.P. avait forcé à quitter la ville ? L'homme mystérieux sur la cassette vidéo du système de surveillance ? Ou encore quelqu'un d'autre ? Quelqu'un qui avait été assez malin et assez habile pour trafiquer le système de sécurité ?

Vince donna un coup de coude à Charlie.

— Ça va ?

— Oui, bien sûr.

Le pasteur venait de passer devant leur banc, et il se dirigeait vers l'entrée de l'église, tandis que les fidèles s'engageaient peu à peu dans l'allée centrale, à sa suite.

Impatiente, Charlie fit mine de se lever. Aussitôt, Vince lui prit le bras.

— Attendons notre tour, dit-il calmement.

Il avait raison, songea Charlie, tandis que l'assemblée sortait lentement de l'église. Finalement, il n'y eut plus personne devant eux et ils purent se glisser dans l'allée et sortir dans le grand soleil matinal.

Le pasteur Lawrence se tenait au pied des marches de l'église, souriant, échangeant poignées de main et plaisanteries avec ses fidèles.

Toujours pressée de lui parler, Charlie se dirigea vers lui. Une fois de plus, Vince lui prit le bras.

— Attends. Il ne va pas s'échapper, dit-il avec douceur. Donne-lui quelques minutes pour parler à ses fidèles. Nous ne voulons pas qu'il se plaigne d'avoir été abordé par la police devant tout le monde.

Charlie nota avec un certain trouble que Vince la rappelait gentiment à l'ordre pour la deuxième fois. Avait-il raison ? Etait-elle trop concernée par cette affaire pour pouvoir garder la tête froide ?

Non, décida-t-elle. Le lien avec le meurtre d'Emily la rendait plus agressive, plus désireuse que jamais de résoudre l'énigme, mais elle avait toujours les idées claires, et son objectif restait le même : retrouver le tueur au bas noir. Elle le devait à Francesca Hill. Et elle le devait à sa sœur Emily.

— Prête ? lui demanda Vince.

Elle hocha la tête.

— N'oublie pas que nous avons affaire à un homme d'Eglise. Essaie de ne pas l'estropier au vu et au su de tous.

— Je n'y pense même pas, affirma Charlie en se dirigeant vers le pasteur.

— Pasteur Lawrence ? fit Vince lorsqu'ils arrivèrent devant lui.

— Oui, répondit l'homme d'Eglise avec un petit sourire hésitant.

— Nous souhaiterions vous parler quelques instants.

— Si vous voulez bien m'excuser, dit le pasteur aux quelques fidèles qui s'étaient attardés. Martha, dites à Rodney que je passerai le voir cet après-midi.

— Merci, mon révérend, répondit la femme.

Puis, après une dernière poignée de main, les ouailles s'éloignèrent, et le pasteur se tourna vers ses nouveaux visiteurs.

— Je suis l'inspecteur Vincent Kossak, de la police de La Nouvelle-Orléans, et voici ma coéquipière, l'inspecteur Charlotte Le Blanc, dit Vince en lui montrant son badge.

Lawrence regarda le badge et son sourire disparut.

— Oui, Mme Williams m'a dit que vous aviez cherché à me joindre au téléphone. En quoi puis-je vous être utile, inspecteurs ?

— Nous aimerions vous parler de Francesca Hill.

— Ah ! oui, bien sûr. J'ai appris la nouvelle. C'est tragique, vraiment. Pauvre Mary Frances !

— Mary Frances ? répéta Charlie.

— Je sais qu'elle se faisait appeler Francesca, mais pour moi elle reste… elle restait Mary Frances. Pardonnez-moi, dit-il, le visage traversé par une expression de profond désarroi. Je la connais… je la connaissais depuis qu'elle était enfant. J'ai du mal à me faire à l'idée qu'elle est morte.

— Vous la connaissiez depuis qu'elle était enfant, répéta Charlie, se rappelant que l'adresse qu'ils avaient obtenue pour la mère de Francesca était quelque part dans l'Arkansas.

— A dire vrai, je ne l'avais pas vue depuis des années. Puis, il y a six mois environ, elle est venue assister à l'un de mes services. Vous imaginez ma surprise lorsque je l'ai revue, après toutes ces années.

Il secoua la tête.

— Mais que puis-je faire pour vous ?

— Mon révérend, serait-il possible de vous parler dans un endroit un peu plus privé ? demanda Vince.

Il avait remarqué que les deux fidèles qui parlaient avec le pasteur, un moment plus tôt, s'étaient arrêtés et leur jetaient des regards furtifs.

— Bien sûr, répondit Lawrence. J'habite juste derrière l'église. Nous serons tranquilles, là-bas. Suivez-moi, je vous prie.

Ils contournèrent le bâtiment religieux et se rendirent dans une maisonnette bleue de style acadien. D'un seul étage, elle était surélevée, avec une galerie sur laquelle trônaient deux rocking-chairs et des bacs remplis d'impatientes. Une clôture blanche et un jardin fleuri de pensées jaunes et bleues et de bouquets d'azalées complétaient le tableau, qui paraissait sorti tout droit d'un livre d'images.

Charlie et Vince gravirent les quelques marches à la suite du révérend, et s'essuyèrent les pieds sur un tapis, devant la porte d'entrée.

Le pasteur prit une clé dans sa poche et la fit tourner dans la serrure.

— Je vous en prie, dit-il, leur faisant signe d'entrer.

L'intérieur était aussi pittoresque que l'extérieur, avec des napperons en dentelle et une couverture en crochet posée sur un canapé à fleurs — sans doute des cadeaux confectionnés par des fidèles de l'église. Un tableau de paysage était accroché sur un mur, entouré de versets de la Bible encadrés. Il y avait un crucifix au-dessus de la porte et, bien sûr, sur la table basse, une grosse Bible reliée.

— Puis-je vous offrir quelque chose à boire, inspecteurs ? Du thé, un soda, du café ?

— Rien pour moi, mon révérend, répondit Vince. Mais je vous remercie.

— Inspecteur… Le Blanc, c'est ça ?

— Oui, c'est ça. Non, ça ira, je vous remercie.

— Eh bien, si vous n'y voyez pas d'inconvénient, je vais me servir un verre de thé glacé. Le sermon m'a laissé la gorge sèche, ce qui signifie qu'il a dû être interminable. Je vous en prie, installez-vous. Je ne serai pas long.

Et en effet le pasteur revint quelques minutes plus tard avec un plateau chargé d'une carafe de thé glacé, de verres et de rondelles de citron.

— J'ai apporté des verres pour vous, si toutefois vous changiez d'avis.

Il se servit, et but longuement. Puis il s'appuya contre le dossier de son fauteuil avec un soupir.

— Bon, en quoi puis-je vous être utile ?

Charlie sortit son calepin et son stylo.

— Mon révérend, quand avez-vous vu Mlle Hill pour la dernière fois ? demanda-t-elle.

— Vendredi soir. Elle et son fiancé, M. Stratton, m'avaient invité à me joindre au dîner intime qu'ils avaient organisé, à la veille du mariage.

— C'est la dernière fois que vous l'avez vue ? Au restaurant de l'hôtel ?

Le pasteur marqua une pause.

— En vérité, je l'ai revue quelques heures plus tard. Elle était troublée par un problème personnel et souhaitait mon assistance spirituelle. Elle m'a appelé et m'a demandé si je pouvais venir la voir dans son appartement.

— Quelle heure était-il ?

Charlie nota la réponse et reprit :

— Quel était le problème qui la troublait ?

Une fois encore, il parut hésiter.

— Si vous n'en avez pas entendu parler, cela ne saurait tarder. Il y avait eu un incident, au cours du dîner : une altercation entre Mary Frances… Francesca… et la fille de M. Stratton. Francesca était bouleversée.

— Connaissez-vous la raison de cette altercation ? demanda Vince.

— Mlle Stratton avait du mal à accepter l'idée que son père se remarie.

— Saviez-vous que Mlle Hill avait menacé de porter plainte contre Mlle Stratton pour avoir violé l'injonction avec interdiction de l'approcher qu'elle avait déposée contre elle ? reprit Vince.

— Oui. Comme je vous l'ai dit, Francesca était très affectée par ce problème. C'est la raison pour laquelle elle m'a appelé.

— Pourquoi vous ? demanda Charlie. Pourquoi pas son fiancé ?

— Elle ne voulait pas le forcer à choisir entre elle et sa fille.

— Vous avez l'habitude de vous rendre dans l'appartement de belles jeunes femmes au milieu de la nuit, mon révérend ? demanda Charlie.

— Je vais là où l'on a besoin de moi, quels que soient l'heure ou l'endroit, répondit le pasteur posément.

— A en croire le registre des visiteurs de l'immeuble, Mlle Hill faisait fréquemment appel à vos conseils.

— Certains enfants de Dieu ont besoin d'être aidés plus que les autres.

Charlie ignora le regard d'avertissement de Vince, et insista :

— Quel était le genre d'aide que vous offriez à Mlle Hill ?

Le pasteur reposa son verre sur la table et croisa le regard de Charlie.

— Le même genre que j'offre à tous les enfants de Dieu, inspecteur. Je l'écoutais et je priais avec elle.

Charlie se rappela l'atmosphère qui régnait dans l'appartement de Francesca. Il s'y était passé beaucoup de choses, le soir du meurtre, mais elle doutait fort que la prière en eût fait partie.

— En dehors de ses problèmes avec Holly Stratton, Mlle Hill a-t-elle parlé d'autre chose avec vous ?

— Que voulez-vous dire, inspecteur ?

— Eh bien, avait-elle un autre souci ? Peut-être se posait-elle des questions au sujet de son mariage ?

— Comme vous le savez sans doute, inspecteur, les conversations entre un représentant de l'Eglise et un membre de sa paroisse sont sacro-saintes. Quoi que Francesca m'ait confié, je ne puis le divulguer.

— Francesca n'était pas un membre de votre paroisse à proprement parler, dit Charlie.

— En effet. Francesca n'assistait pas régulièrement aux services religieux. Je n'en étais pas moins son conseiller spirituel. J'ai toujours prié pour elle et pour sa mère, depuis l'époque où elles fréquentaient mon église.

— Justement, au sujet de sa mère, nous n'avons pas

encore réussi à la joindre. Savez-vous où nous pouvons la trouver ?

— J'ai un numéro de téléphone, répondit le pasteur. Je lui ai parlé hier, au sujet du service funéraire que M. Stratton a organisé. Si j'ai bien compris, Francesca sera enterrée dès que votre médecin légiste aura rendu son corps.

— Si vous pouviez nous communiquer ce numéro, cela nous serait très utile, dit Charlie.

— Certainement.

Il se leva, quitta la pièce quelques instants, et revint avec un morceau de papier sur lequel il avait inscrit un numéro. Il le tendit à Charlie.

— Merci, dit-elle. Mon révérend, lorsque vous avez vu Mlle Hill dans son appartement, vendredi soir, a-t-elle fait mention du fait qu'elle attendait un autre visiteur ?

— Non, répondit le pasteur.

— Eh bien, merci de nous avoir consacré autant de temps, dit la jeune femme en se levant, aussitôt imitée par Vince. Si vous pensez à autre chose, quelque chose qui soit susceptible de nous aider, surtout, n'hésitez pas à nous contacter. Voici ma carte.

— Encore merci, mon révérend, dit Vince.

Le pasteur les raccompagna sur le seuil de la maisonnette.

— Bonne chance, inspecteurs, dit-il. Je vais prier pour votre sécurité.

— Merci, murmura Charlie.

— Mary Frances n'était pas un ange, mais elle n'en demeurait pas moins une enfant du Seigneur. Je prierai pour elle et pour vous. J'espère que vous attraperez la personne qui lui a fait ça.

— Nous l’attraperons, mon révérend, affirma Charlie. Nous l’attraperons.

Tout en écoutant le téléphone sonner à l’autre bout de la ligne, l’homme caressa le nom qui figurait sur la carte de visite. Inspecteur Charlotte Le Blanc. Il sourit. Il la revoyait, grande, avec ses cheveux blond et ses yeux marron. Elle était un peu trop mince à son goût. Il préférait les femmes pourvues de courbes généreuses. Et elle n’avait pas le même genre de beauté que sa sœur, Emily. Elle était moins tape-à-l’œil. Sans doute gagnerait-elle à se mettre un peu plus en valeur, en se maquillant, par exemple, et en portant des vêtements plus féminins.

— « Inspecteur Le Blanc à l’appareil. Je ne suis pas disponible pour le moment… », commença la voix sur le message préenregistré.

Il raccrocha et se rassit dans son fauteuil, tout en tripotant les coins de la carte de visite. Oui, Charlotte Le Blanc était très différente de sa sœur. Elle n’était pas aussi féminine, aussi douce et séductrice. Mais on sentait comme un feu en elle, et elle paraissait extrêmement indépendante. Autant de traits qui l’intriguaient fortement.

Il ouvrit un tiroir de son bureau et toucha le levier permettant d’actionner l’ouverture du compartiment secret. Un panneau de bois glissa, révélant un coffret. Il l’ouvrit et en tira une enveloppe. Puis, prenant un stylo, il traça plusieurs lettres en travers du papier. CHARLOTTE.

Enfin, souriant toujours, il sortit une paire de bas noirs de sa poche.

8.

Jason et Phillip Stratton n'étaient pas des frères jumeaux identiques, contrairement à ce que Charlie avait imaginé. Leur ressemblance était très forte, mais ils n'étaient pas une réplique l'un de l'autre. Leurs personnalités, aussi, paraissaient différentes, songea la jeune femme, tandis que Vince et elle les suivaient jusque dans le salon de la superbe maison qu'ils partageaient avec Sylvia Stratton, leur mère.

Physiquement, ils étaient proches de leur père : taille moyenne, légèrement trapus. Tous deux avaient des cheveux bruns, un menton un peu fuyant et des yeux gris. Mais Jason était plus séduisant, avec ses cheveux légèrement ondulés et une lueur pétillante au fond des yeux. Vêtu d'un jean, d'un sweat-shirt et chaussé de baskets, il faisait plus jeune que ses vingt-trois ans. Il arborait aussi un air profondément aigri.

Derrière ses lunettes rondes, Phillip Stratton semblait plus solennel, plus responsable. Ses cheveux coupés très court, son pantalon de toile et sa chemise lui donnaient également une apparence plus studieuse. Quant à ses manières, elles étaient courtoises, moins heurtées que celles de son frère. Tous deux poursuivaient des études d'informatique.

Charlie regarda autour d'elle, tandis que Vince posait les premières questions. Sa mère, qui adorait les antiquités, l'avait souvent entraînée dans Magazine Street. Elle reconnaissait donc sans peine le style des meubles — William III, noyer et ébène, datant du XIXe siècle. Les fauteuils étaient recouverts d'une tapisserie ravissante, mais ils n'étaient guère confortables, songea la jeune femme.

Les jumeaux ne semblaient pas très à l'aise, eux non plus, mais ce n'était probablement pas à cause des chaises.

— Quand avez-vous vu Mlle Hill pour la dernière fois ? demanda Vince à Jason.

— Nous avons tous dîné au restaurant, vendredi soir, répondit Phillip, parlant à la place de son frère.

— Alors, vous avez assisté à l'altercation entre votre sœur et Mlle Hill ?

— Oui, répondit Phillip.

— Qu'en avez-vous pensé ?

— Nous étions gênés pour notre sœur, forcément. Holly n'aurait pas dû perdre son sang-froid.

— Et pour Mlle Hill ? Etiez-vous gêné ?

— Plutôt un peu désolé, dit Phillip. C'était censé être un moment heureux pour elle.

— Je n'étais pas désolé pour elle, moi, déclara Jason. Cette garce le méritait bien, ajouta-t-il en ignorant le regard d'avertissement que lui lançait son frère.

— Jason, tais-toi ! ordonna Phillip sur un ton sec.

— J'en déduis que vous n'aimiez pas beaucoup la fiancée de votre père, intervint Charlie.

— Je la détestais, répondit Jason.

— Pourquoi ?

— Parce que c'était une salope qui ne pensait qu'au fric.

— Arrête un peu, Jason, reprit Phillip.

— Pourquoi ? riposta son frère. C'est la vérité. Tout le monde savait qu'elle n'épousait le vieux que pour son fric.

— Mon frère n'aimait pas beaucoup l'idée d'avoir une belle-mère de trois ans de plus que nous, expliqua Phillip.

— Et vous ? lui demanda Charlie.

Il haussa les épaules.

— Je n'avais rien de particulier à lui reprocher, et mon père en était complètement dingue. Néanmoins, j'aurais préféré qu'il épouse une femme un peu plus proche de son âge.

Comme sa propre mère, songea Charlie, se rappelant les propos de J.P. selon lesquels son ex-épouse était convaincue qu'ils se remarieraient un jour. Phillip avait-il nourri le même espoir… jusqu'à l'arrivée de Francesca ?

— Je pense préférable de ne pas répondre à d'autres questions tant que nous n'aurons pas quelqu'un pour nous représenter légalement, reprit le jeune homme. Mon frère Aaron doit arriver d'un moment à l'autre. Nous devrions l'attendre.

Phillip ne semblait décidément pas issu du même moule que son père et ses deux frères aînés. Il était nerveux. Et à en croire les regards furtifs qu'il lançait à son jumeau, les réponses de Jason étaient pour beaucoup responsables de sa nervosité.

— C'est votre droit le plus absolu, dit Charlie. Ainsi que l'inspecteur Kossak a commencé par vous l'expliquer, vous n'êtes accusés de rien du tout et vous pouvez, en effet, demander à bénéficier de la présence d'un avocat. Si vous voulez bien nous retrouver au commissariat…

Elle ferma son calepin et se leva. Vince fit de même.

— Nous continuerons notre entretien là-bas, conclut-elle tranquillement.

Phillip cligna des yeux.

— Au commissariat ? répéta-t-il.

— Notre commissaire aime faire les choses en règle quand les avocats sont présents, déclara Charlie avec autant d'aplomb que de mauvaise foi.

— Et si notre avocat n'est pas présent ? demanda Phillip.

— Nous vous poserons encore quelques questions et vous pourrez repartir. Une fois de plus, vous n'êtes accusés de rien. Nous essayons simplement de réunir des informations et d'établir un planning précis, pour notre enquête. Dans la mesure où vous êtes parmi les personnes qui ont vu Mlle Hill pour la dernière fois, vos observations peuvent se révéler importantes.

— Alors, vous interrogez tous ceux qui étaient au dîner ? demanda Phillip.

— Oui, bien sûr, répondit Charlie. Nous avons déjà vu votre père, vos deux frères et votre sœur, et aussi le pasteur Lawrence. Nous voulons aussi rencontrer Mlle Marceau et le juge Findley, puisqu'ils étaient également présents.

Elle marqua une pause, comme pour lui laisser le temps de digérer ses propos.

— Alors, vous voulez attendre votre avocat ?

Phillip échangea un regard avec son frère.

— Non. Finissons-en maintenant. Que voulez-vous encore savoir ?

Charlie se rassit et rouvrit son calepin. Son stylo à la main, elle demanda :

— A quelle heure avez-vous quitté le restaurant ?

— Vers 19 h 30, répondit Phillip. Après cette dispute avec Holly, tout le monde a commencé à partir.

— Où vous êtes-vous rendu, ensuite ?

— Nous sommes rentrés ici.

— Vous savez l'heure qu'il était ?

— Sûrement aux alentours de 20 heures. Je n'ai pas fait attention, répondit le jeune homme.

— Et vous n'êtes pas ressorti, ensuite ?

— Non.

— Et vous, monsieur Stratton ? demanda Charlie. A quelle heure avez-vous quitté le restaurant ?

— Jason était avec moi, répondit Phillip. Nous avions pris une seule voiture.

— Monsieur Stratton, pouvez-vous confirmer cela ? insista Charlie, les yeux toujours tournés vers Jason.

— Oui. Phillip et moi sommes rentrés ensemble.

— Et vous n'êtes plus ressortis ?

— Non.

— Tu es allé chercher des cigarettes, Jason. Tu te souviens ? s'exclama Phillip.

— Ah oui, c'est vrai. J'avais oublié, fit Jason. Je suis sorti acheter des clopes.

Et comme pour confirmer ses dires, il prit un paquet sur la table basse et alluma une cigarette.

— Où êtes-vous allé acheter ces cigarettes ? demanda Vince.

Une expression de panique passa dans les yeux de Jason.

— Je… je ne sais plus, répondit-il, jetant un regard à son frère.

— Jason était bouleversé par cette dispute entre Francesca et Holly, expliqua Phillip. Quand il est comme ça, mon frère ne fait pas très attention aux détails de la vie quotidienne.

— Je connais ça, dit Vince en hochant la tête. Quand je suis perturbé, je me mets sur pilote automatique.

— C'est exactement ça ! s'exclama Jason.

— L'avantage, c'est que le corps suit alors nos habitudes les plus routinières ; il sait où aller, même quand notre cerveau s'est mis en grève.

— Ouais, c'est vrai.

— Alors, où achetez-vous vos cigarettes, d'habitude ?

Charlie eut presque de la peine pour Jason, car il venait de comprendre qu'il était pris au piège.

— Je… euh, ça dépend.

— Mais il doit bien y avoir un endroit près d'ici où vous achetez vos clopes, quand il est tard !

Jason garda le silence.

— Il y a la boutique de la station d'essence, à quelques rues d'ici, intervint Phillip. Tu y vas, parfois.

Il donna l'adresse et Vince la nota.

— Alors, après avoir acheté ces cigarettes, vous êtes revenu ici et vous n'avez plus bougé ? reprit Charlie, s'adressant toujours à Jason.

— Oui.

— Nous étions ensemble, reprit Phillip. Nous avons passé une partie de la nuit à travailler sur un logiciel. Nous n'avons plus quitté la maison avant le lendemain matin.

— Quelqu'un peut le confirmer ?

— Notre mère était là, répondit Phillip.

Charlie griffonna quelques mots sur son calepin et hocha la tête.

— Dans ce cas, il faudrait qu'elle le confirme.

— Elle n'est pas là pour l'instant, dit Phillip. Je ne pense pas qu'elle vous serait d'une grande utilité, de toute façon. Elle avait pris un somnifère. Elle était déjà couchée quand nous sommes rentrés. Elle ne s'est pas réveillée avant le lendemain matin.

— Mais vous avez dit que vous étiez rentrés aux alentours

de 20 heures. Elle se couche toujours aussi tôt ? demanda Charlie.

— Ce soir-là, oui. Elle était très affectée par le remariage de papa, expliqua Phillip.

— Dans ce cas, elle a dû être heureuse d'apprendre qu'il n'y avait plus de mariage.

— Elle n'était pas heureuse d'apprendre que Francesca était morte, si c'est ce que vous voulez dire, répondit Phillip. Elle se fait surtout du souci pour son ex-mari.

— Je comprends, dit Charlie. Savez-vous quand elle va rentrer ?

— Non. Elle est chez mon père. Elle passe beaucoup de temps avec lui, vous comprenez. Pour essayer de le réconforter.

« Et peut-être regagner ses faveurs et une place dans sa vie », songea Charlie.

Phillip se leva.

— Si vous n'avez plus de questions, inspecteurs, mon frère et moi devons retourner travailler sur notre logiciel.

Charlie échangea un regard avec Vince. Ils travaillaient ensemble depuis assez longtemps pour se comprendre sans parler. Ils devaient séparer les deux frères, ne fût-ce qu'un moment. Jason, surtout, révélerait peut-être des informations importantes, mais pas tant que Phillip serait là pour surveiller et contrôler ses propos.

— Vous savez, je suis un fana d'ordinateur, moi aussi, déclara Vince en se levant à son tour. J'ai une admiration sans bornes pour les gens qui sont capables de créer leurs propres logiciels.

— Ce n'est pas si difficile, si on sait ce qu'on fait, dit Phillip en haussant les épaules d'un air modeste.

— Ce n'est peut-être pas difficile pour vous, mais pour

nous autres, commun des mortels, ça reste très mystérieux. J'ai lu un article, récemment, au sujet de votre frère Cole : il attribuait le succès de sa compagnie de sécurité au fait que son système informatique est ultramoderne. Vous l'avez aidé ?

— Oh, non ! Je suis loin d'être aussi bon que Cole. Il sait vraiment se servir d'un clavier, croyez-moi, déclara Phillip avec fierté.

— J'aimerais vraiment voir votre installation. Vous pourriez peut-être me donner quelques tuyaux, suggéra Vince.

Le jeune homme hésita, regarda son frère.

— Eh bien, je ne sais pas ; j'ai beaucoup de travail…

— Ça ne prendra que quelques minutes ! précisa Vince.

Il se tourna vers Charlie.

— Ça ne te dérange pas ? Toi qui aimes tant ces vieilles maisons, Jason peut peut-être te faire visiter.

— Oh, j'aimerais tellement ! s'exclama Charlie. Vous voulez bien ?

Jason haussa les épaules.

— Pourquoi pas ?

— Nous n'en avons pas pour longtemps, dit Vince.

Et il s'éloigna avec Phillip, tout en parlant de disques durs, d'octets et de mémoire.

Charlie sourit à Jason.

— C'est vrai que j'adore ces maisons anciennes. C'est sympa de bien vouloir me laisser visiter.

— Bah ! ce n'est rien, répondit Jason. Commençons par la salle à manger, puisque vous connaissez déjà le salon.

Charlie le suivit et admira la table, qui était une véritable Chippendale, et non une reproduction, les chaises de style Louis XV et un superbe chandelier en cristal. A elle seule, la vaisselle en porcelaine devait représenter une bonne année de son salaire, songea-t-elle en poussant les exclamations d'usage.

— C'est magnifique ! dit-elle finalement.

— Oui, sans doute. Le petit salon est par ici.

Là encore, les pièces anciennes étaient nombreuses, et Charlie caressa les accoudoirs sculptés d'un fauteuil de lecture Gainsborough en acajou, tout en songeant combien sa mère l'aurait aimé. Emily aussi, qui partageait la passion de sa mère pour les antiquités.

— Ce sont des membres de votre famille ? demanda-t-elle en désignant les portraits à l'huile accrochés aux murs tendus de soie.

— Ouais, répondit Jason. Celui-ci est mon grand-père, et voici mon grand-oncle, du côté de ma mère.

— Vous devez apprécier de pouvoir ainsi retracer votre arbre généalogique et d'avoir des liens de famille aussi forts.

— Franchement, ça ne me fait ni chaud ni froid. On a beau dire, la famille représente plus souvent un fardeau qu'autre chose.

— Vous croyez ? Je pense à Francesca, par exemple. D'après ce que j'ai compris, elle n'avait que sa mère pour toute famille, et elles n'étaient même pas proches l'une de l'autre. Elle devait se sentir très seule dans la vie. Heureusement qu'elle pouvait au moins compter sur des amis comme le pasteur Lawrence et Danielle Marceau.

— Vous appelez ça des amis ?

— Je ne sais pas. Le pasteur Lawrence dit qu'il la connaissait depuis l'enfance.

— Ouais ! Eh bien si vous voulez mon avis, il avait une drôle de façon de la regarder.

— Comment la regardait-il ? demanda Charlie.

— Comme un homme regarde une femme. Quant à Danielle, elle draguait encore mon père la semaine dernière. Et elle a volé une paire de boucles d'oreilles à Francesca. Elle a prétendu qu'elle les essayait et qu'elles étaient tombées dans son sac, mais ce n'est pas vrai. J'ai tout vu.

— Vous l'avez dit à Francesca ?

— Evidemment ! Elle était furieuse. Je l'ai entendue se disputer avec Danielle à la sortie du restaurant, vendredi soir. Elle lui a dit qu'elle avait intérêt à les lui rendre.

Charlie hocha la tête et le suivit dans la cuisine équipée d'appareils ménagers dernier cri.

— Votre mère doit adorer cuisiner ici, dit-elle.

Jason leva les yeux au ciel.

— Ma mère n'est même pas capable de faire bouillir de l'eau. C'est Shirley, notre employée, qui fait la cuisine.

— Oh ! Et Francesca, elle était bonne cuisinière ?

— Elle pouvait préparer le petit déjeuner. Elle m'avait fait du pain perdu, une fois. C'était superbon.

Charlie considéra le jeune homme, se demandant s'il n'avait pas été secrètement amoureux de Francesca Hill.

— Vous étiez son ami, on dirait.

— Jusqu'à ce qu'elle rencontre mon père. Après ça, elle n'avait plus le temps ni pour moi, ni pour Holly, conclut-il d'un ton amer.

— Elle était peut-être tombée amoureuse de votre père, suggéra Charlie.

— Je vous ai déjà dit qu'elle ne l'aimait pas, riposta-t-il. Elle aimait son fric, ça oui. Rien d'autre ne l'intéressait.

— Attention à ce que tu dis, Jason ! lança Aaron Stratton depuis le seuil de la cuisine. L'inspecteur Le Blanc pourrait se faire des idées fausses.

Aaron arborait un complet châtain foncé qui faisait ressortir la blondeur de ses cheveux.

— Bonjour, monsieur Stratton, dit Charlie.

— Je vous en prie, inspecteur, appelez-moi Aaron, répondit-il en entrant. Vous êtes certainement parvenue à la conclusion que mon frère Jason n'était pas particulièrement enthousiasmé par le mariage de notre père avec Francesca.

— En effet. Et vous, monsieur Stratton ? Quelle était votre opinion à ce sujet ?

Aaron croisa les bras et ébaucha un sourire.

— Je pensais que mon père commettait une erreur, répondit-il. Mais vous savez, dès qu'il est question de femmes, mon père se met à perdre tout jugement.

— Exception faite pour ma mère, intervint Jason.

— C'est vrai, admit Aaron avec gentillesse. Malheureusement, ses autres coups de foudre ont été catastrophiques.

— Et pour vous, c'est une autre portion d'héritage qui s'échappe ? suggéra Charlie.

Aaron sourit vraiment, cette fois.

— C'est vrai. Mais je n'ai pas besoin de l'argent de mon père, inspecteur. Je suis déjà riche, comme vous avez pu vous en rendre compte en réunissant des informations sur moi et sur ma famille.

Il avait raison. Il était riche, en grande partie grâce à la fortune qu'il avait héritée de sa mère. La deuxième Mme Stratton avait eu la sagesse de négocier un accord fort avantageux lorsqu'elle avait épousé J.P., et Aaron en avait largement bénéficié, à sa mort. A cela venait s'ajouter le généreux salaire que lui versaient les Industries Stratton, et les bénéfices de plusieurs investissements judicieux qui lui avaient permis de doubler sa fortune. Non, Aaron Stratton n'avait pas besoin de l'argent de son père.

— Charlie, il faut qu'on file ! lança Vince en apparaissant tout à coup à l'entrée de la cuisine.

— Merci pour votre coopération et pour la visite de la maison, dit aussitôt la jeune femme en s'adressant à Jason.

— Pas de quoi, répondit-il.

Puis elle se tourna vers Aaron.

— J'aimerais m'entretenir de nouveau avec vous, monsieur Stratton. J'ai encore quelques questions à vous poser.

— Certainement, répondit l'intéressé.

— Je vous appellerai. Entre-temps, si vous pouviez me fournir cette liste dont nous avons parlé, l'autre jour, chez votre père : les noms des gens qui pourraient lui en vouloir.

— Je vais faire en sorte qu'on vous la fasse parvenir rapidement, répondit Aaron avec un hochement de tête.

— Merci.

Elle rejoignit Vince, qui l'attendait dehors en piaffant presque d'impatience.

— Que se passe-t-il ?

— Le rapport du légiste est prêt.

Cole tapa sur son ordinateur le nom de Charlotte Le Blanc, puis toute une série de codes. Outre son expertise en matière de sécurité, il avait passé suffisamment de temps dans les troupes d'élite de l'armée pour savoir comment pénétrer dans des bases de données prétendument inaccessibles.

Un moment plus tard, il trouva ce qu'il cherchait : l'acte de naissance de la jeune femme. Ainsi, elle avait vingt-neuf ans. Ses parents étaient Elizabeth et Gordon Le Blanc.

Cole parcourut ensuite les différentes étapes qui avaient jalonné la vie de Charlotte, jusqu'à son entrée en faculté de droit, huit ans plus tôt. Son dossier d'université faisait état de son désir de travailler dans le domaine pénal. Son père était banquier, et sa mère, institutrice. Charlotte avait deux sœurs, Emily et Anne.

Cole sourit en lisant les prénoms. C'étaient ceux des sœurs Brontë. Elizabeth Le Blanc devait avoir un faible pour la littérature anglaise.

Charlotte avait fait deux années de droit. Ses notes, excellentes au départ, avaient brusquement chuté durant son dernier semestre. Elle avait dû abandonner la faculté de droit, car il trouva ensuite un document attestant qu'elle était sortie première de sa promotion, à l'académie de police, un an plus tard. Elle était donc flic depuis cinq ans. Il trouva plusieurs citations, et sa promotion à la brigade criminelle, trois ans plus tôt. Elle avait été blessée à deux reprises dans l'exercice de ses fonctions. Un article récent couvrant une prise d'otage la montrait en train de sortir d'une maison avec un enfant dans les bras. Elle ne manquait pas de courage. Mais ça, Cole n'en avait jamais douté.

Les informations concernant son permis de conduire donnaient sa date de naissance, son adresse actuelle, sa taille et son poids. Cheveux blonds. Yeux marron. Cole se dit que ses cheveux n'étaient pas bruns mais caramel, cette couleur si difficile à définir qui oscille entre le blond et le châtain clair. Et la photo dans le dossier ne rendait pas justice à ses yeux, avec leurs paillettes mordorées qui allumaient son regard. Tout cela ne lui apprenait pas grand-chose, mais la suite, en revanche, attira son attention.

Il s'agissait d'un article rapportant le meurtre de sa sœur. Cole se rappela brusquement la réaction étrange de la jeune femme, lorsqu'il avait mentionné son statut de sœur aînée. Il comprenait mieux, maintenant.

L'article, vieux de six ans, était paru dans un quotidien de Baton Rouge.

« Le cadavre d'Emily Le Blanc, originaire de La Nouvelle-Orléans et étudiante en prépa médecine, à la Louisiana State University, a été découvert hier par sa sœur, Charlotte Le Blanc. Comme elle ne répondait pas au téléphone, Charlotte Le Blanc, étudiante en deuxième année de droit à La Nouvelle-Orléans, est venue voir ce qui se passait. Aucune information au sujet du décès n'a été divulguée pour le moment. La police attend les résultats de l'autopsie. »

Cole étudia la photo d'Emily Le Blanc qui accompagnait l'article. La jeune femme avait de longs cheveux blonds, de grands yeux bruns et un petit sourire adorable. Elle paraissait jeune, innocente, et elle était très jolie. Très féminine, aussi. Cole voyait la ressemblance entre les deux sœurs, et il voyait aussi leurs différences.

Ses doigts volèrent sur le clavier de l'ordinateur, tandis qu'il poursuivait ses recherches. Un moment plus tard, un autre article de journal apparut sur l'écran, donnant à peu près les mêmes informations. Celui-ci était accompagné d'une photo montrant Charlotte devant la maisonnette de sa sœur, en compagnie de deux officiers de police. Cole agrandit la photo. Six ans plus tôt, Charlotte avait les cheveux plus longs, mais la ligne délicate de ses mâchoires et sa bouche si tentante étaient les mêmes, ainsi que l'expression sérieuse de son regard, avec ces yeux qui vous regardaient droit dans l'âme. Si les gens remarquaient d'abord Emily Le Blanc, Charlotte était celle dont ils se souviendraient.

Lui, en tout cas, ne risquait pas de l'oublier. Elle n'avait cessé d'occuper ses pensées, depuis la seconde où il l'avait vue pour la première fois dans l'appartement de Holly. Leur rencontre, ce matin, n'avait fait que renforcer cette première impression. Lorsqu'ils étaient près de la porte-fenêtre, une vague de désir l'avait frappé comme un coup de massue. Encore un pas, et leurs corps se seraient touchés. Il n'aurait eu qu'à baisser la tête pour l'embrasser. Et s'il en croyait la manière dont les pupilles de Charlotte s'étaient dilatées, elle avait ressenti quelque chose, elle aussi.

Cole tapa le nom d'Emily Le Blanc et appela tous les documents la concernant, à partir du jour de son décès jusqu'à présent. Il parcourut une série d'articles au sujet du meurtre, la plupart répétant ce qu'il avait déjà lu, à une information près : la jeune fille avait été étranglée. Cole fronça les sourcils, se demandant s'il pouvait exister un lien entre ce meurtre et celui de Francesca Hill.

Une autre recherche lui fournit un nouvel article sur la mort d'Emily. Vieux de trois ans, il déclarait succinctement que l'enquête n'avait jamais abouti. Une affaire classée. Un meurtre dont le mystère demeurait entier. Un assassin que personne ne recherchait.

Sauf l'inspecteur Charlotte Le Blanc. Elle n'avait pas renoncé. Cole en était sûr. Et comme il la comprenait ! De la même façon, elle ne renoncerait pas à retrouver l'assassin de Francesca. Et il faisait partie de la liste des suspects. La situation ne manquait pas de piquant : il était attiré par une femme flic qui cherchait à lui faire endosser la responsabilité d'un meurtre. Mais il avait toujours aimé les défis. Et Charlotte Le Blanc en représentait un de taille. Pour commencer, il devait donc la persuader de son innocence. Et le meilleur moyen d'y arriver était de se mettre en chasse, lui aussi.

Il réfléchissait encore à la marche à suivre lorsque la sonnerie de son portable retentit.

— Cole, c'est Phillip, dit la voix de son frère au bout du fil. Les flics sortent d'ici et ils nous ont bombardés de questions, Jason et moi. Ils voulaient savoir où nous étions, la nuit du meurtre. A croire qu'ils soupçonnent l'un d'entre nous d'avoir tué Francesca.

— Ça m'étonnerait, répondit Cole. Ils sont sûrement en train de parler à tous les gens qui la connaissaient, en particulier ceux qui l'ont vue, le dernier jour. Il n'y a aucune raison de s'inquiéter.

— Je ne sais pas, Cole. Jason s'est emmêlé les pinceaux.

— Comment ça ?

Phillip lui raconta l'épisode des cigarettes.

— Crois-tu que Jason va avoir des ennuis ? demanda-t-il finalement.

— Je ne vois pas pourquoi, répondit Cole. Ils vont vérifier qu'il est bien allé acheter des clopes, et puis voilà. Le type qui était à la caisse, ce soir-là, se souviendra sûrement de lui.

— Et dans le cas contraire ?

— La plupart des boutiques ouvertes la nuit ont des systèmes de surveillance, Phillip. Jason sera sur la vidéo.

Il y eut un silence, au bout du fil, et Cole fronça les sourcils.

— Phillip, est-ce que Jason a menti ?

— Je ne sais pas. C'est possible. Il est bizarre, depuis deux semaines. Il a manqué des cours, et quand j'ai essayé de lui faire la leçon, il m'a envoyé paître et m'a répondu qu'il se foutait éperdument de décrocher un autre diplôme. Je me fais du souci, Cole.

Les deux dernières fois que Cole avait vu Jason, ce dernier

lui avait paru maussade et renfermé. Mais Jason avait toujours été introverti, et Cole avait attribué son humeur morose au mariage qui se préparait. Tout le monde savait à quel point Sylvia espérait regagner les faveurs de son ex-époux, et elle n'hésitait pas à se servir de ses enfants pour y arriver.

— Ecoute, Phillip, continue de te concentrer sur tes études. Je m'occupe de Jason et des flics.

— Alors ? demanda Charlie au Dr Williamson.

— Eh bien, pour commencer, je peux vous dire que le dernier repas de votre victime était savoureux. Steak, homard grillé, caviar, salade et riz sauvage. Bananes flambées en dessert. Et aussi beaucoup de champagne.

— Des drogues ? demanda Vince.

— Non. Pas même un cachet d'aspirine. Elle avait deux tatouages : un papillon sur la fesse gauche et une rose sur la cheville droite.

— Docteur Williamson, vous ne voulez pas nous épargner les hors-d'œuvre et passer directement au plat de résistance ? s'exclama Charlie. La cause du décès, par exemple ?

Le médecin leva les yeux des notes qu'elle était en train de consulter, et la regarda un instant.

— Strangulation.

— L'arme du crime ? Vous avez une idée ?

— La victime a bien quelques ecchymoses, mais pas vraiment de marques définitives sur le cou. Cela tend à indiquer que votre tueur s'est servi d'une espèce de tissu assez doux.

— Comme un bas ? demanda Charlie, ignorant le regard que lui lançait Vince.

— Oui, répondit le médecin. Un bas, un collant ou un foulard de soie.

— Avez-vous remarqué des blessures indiquant que la victime s'est débattue ? demanda Vince.

— Non. Rien sous les ongles, notamment, qui permettrait d'avancer qu'elle a griffé son agresseur. Il y a quelques ecchymoses sur ses poignets, cependant, qui peuvent indiquer qu'elle a été immobilisée et qu'elle n'a pas pu se défendre.

— Est-ce qu'elle a été violée ? demanda Charlie.

— Difficile à dire de manière catégorique. Je peux affirmer qu'elle a eu un rapport sexuel avec deux personnes différentes, avant sa mort. Mais la zone vaginale n'a révélé aucun traumatisme indiquant qu'elle aurait été forcée. J'ai trouvé du sperme et j'ai prélevé un échantillon que j'ai envoyé au labo pour une analyse ADN, bien entendu.

— Deux types le même soir, dit Vince d'un air clairement désapprobateur. On se demande l'importance qu'elle accordait aux vœux de mariage qu'elle devait prononcer le lendemain, hein ?

— Va savoir : le deuxième type était peut-être une idée de Stratton, dit Charlie.

— Allons, Le Blanc ! Tu l'as rencontré comme moi. Tu crois vraiment que Stratton est le genre d'homme à partager sa femme ?

Vince avait raison. J.P. Stratton n'était pas le genre d'homme à partager sa femme ou autre chose. Au contraire. Il donnait l'apparence d'être égoïste et exigeant. Il aurait sans doute considéré Francesca comme sa propriété exclusive.

— J'ai une autre information susceptible de vous intéresser, reprit le Dr Williamson.

Charlie et Vince reportèrent leur attention sur le médecin légiste.

— Votre victime était enceinte de sept semaines.

Charlie échangea un regard stupéfait avec Vince.

— Je me demande si J.P. Stratton savait qu'il était sur le point de devenir papa, murmura-t-elle.

— J'ai une autre question encore plus importante, reprit Vince : était-il bien le papa de ce bébé ?

« Il a raison ! » songea Charlie. L'enfant n'était peut-être pas de J.P. Stratton. Le cas échéant, il n'aurait sûrement pas toléré une telle trahison et une telle humiliation.

— Docteur, le fœtus…

— J'ai déjà demandé un test ADN, là aussi.

Charlie hocha la tête, puis se tourna vers son coéquipier.

— Que dirais-tu d'aller rendre une autre visite à notre fiancé éploré, histoire de découvrir s'il prévoyait de changer des couches, dans les mois à venir ?

9.

Pour la deuxième fois, Charlie et Vince suivirent le majordome très guindé dans le bureau du maître des lieux.

— M. Stratton va vous rejoindre d'un moment à l'autre, inspecteurs. Il a demandé que je vous offre quelque chose à boire, en attendant. Du vin ou bien un cognac ?

— Non, merci, répondit Charlie.

— Monsieur ?

Charlie donna un coup de coude à son compagnon.

— Non, merci, répondit Vince en jetant des regards d'envie du côté de la bouteille de cognac.

— Nous ne sommes pas ici en visite de courtoisie, Kossak, lui rappela Charlie dès que le majordome eut quitté la pièce.

— Je sais. Mais tu as une idée du prix que coûte ce cognac ?

— Non, et ça ne m'intéresse pas, répondit la jeune femme.

— Cinq cents dollars la bouteille. Avec mon salaire, quelles sont, à ton avis, mes chances d'en goûter un jour ?

— Nulles.

— C'est aussi ce que je me dis, déclara Vince d'un air résigné.

Charlie eut un rire.

— Je suis content que l'un de nous, au moins, trouve ça drôle, marmonna Vince.

— Tu sais, Anne est sortie avec un type qui était représentant pour un distributeur d'alcools, pendant un moment. Si tu veux, je lui demanderai de l'appeler pour lui demander s'il peut t'obtenir une bouteille au prix coûtant, proposa Charlie.

— Non, ça va. Je continuerai à rêver, répondit Vince avec un clin d'œil.

— Comme tu voudras, fit la jeune femme, avant de s'approcher des étagères.

Stratton avait une belle collection de livres : des classiques, des best-sellers, des ouvrages sur des sujets aussi divers que les affaires, les arts ou le sport, et plusieurs sur la meilleure façon de devenir millionnaire.

— Anne voit toujours ce type ? demanda Vince tout à coup.

— Hein ? Le représentant ? Je ne crois pas. En tout cas, ça fait un moment que je ne l'ai pas entendue parler de lui.

— Et elle voit quelqu'un d'autre ?

Charlie tourna la tête vers son coéquipier. Il paraissait perdu dans la contemplation d'un tableau représentant une scène de chasse anglaise. Depuis trois ans qu'elle le connaissait, c'était la première fois qu'elle le voyait s'intéresser à la peinture.

— Pas que je sache, répondit-elle. Pourquoi ?

— Oh ! comme ça, fit-il, l'air de rien.

Un peu trop *l'air de rien*, d'ailleurs, se dit la jeune femme, tout en se demandant si son coéquipier s'intéressait à sa petite sœur. L'idée paraissait saugrenue, et pourtant Anne s'était comportée bizarrement, elle aussi, lorsqu'elle avait mentionné Vince.

— Kossak, il se passe quelque chose entre toi et ma sœur ? demanda-t-elle.

— Hein ? Non, bien sûr que non, répondit-il vivement. Que veux-tu qu'il se passe ? C'est une gosse.

— Elle a vingt-trois ans, dit Charlie.

— Et j'en ai trente-deux.

— Ouais. Tu es sur le point de prendre ta retraite, autrement dit.

— Très drôle, marmonna Vince.

Charlie trouvait ça plutôt drôle, en effet, mais elle n'eut pas le temps de le lui dire, car la porte venait de s'ouvrir et Aaron entra dans le bureau.

Une fois de plus, la jeune femme fut frappée par sa beauté et son élégance. Il avait quelque chose de Robert Redford. En fait, tous les enfants de J.P. Stratton étaient beaux. Elle remarqua aussi, pour la première fois, la légère ressemblance entre Aaron et son frère aîné : la forme des yeux et le front haut. Mais leurs différences étaient bien plus frappantes. Cole n'était pas aussi lisse et onctueux que son cadet. Il paraissait plus vrai et, en même temps, plus dangereux.

— Re-bonjour, inspecteurs, dit-il avec son beau sourire charmeur.

— Re, en effet, répondit Charlie.

— N'ayez pas l'air aussi soupçonneux, inspecteur Le Blanc ! fit Aaron en prenant la bouteille de cognac sur le bar. Je peux vous assurer que je ne vous suis pas à la trace. J'avais des papiers à faire signer à mon père. Etes-vous sûrs de ne pas vouloir boire quelque chose ?

— Nous sommes en mission, répondit Charlie.

— Oui, bien sûr. Dans ce cas, je m'abstiendrai aussi,

fit-il en reposant la bouteille. Alors, en quoi puis-je vous être utile ?

— En fait, c'est votre père que nous sommes venus voir, répondit Vince.

— Malheureusement, je crains que ce ne soit pas possible. Le décès de Francesca l'a terriblement affecté, vous savez ? Il ne reçoit aucun visiteur.

« Et puis quoi, encore ? » songea Charlie. Elle avait vu à quel point Stratton était affecté, en effet. Il paraissait plus agacé par les problèmes que lui posait l'annulation du mariage que par la mort de la femme qu'il était supposé aimer.

— Nous ne sommes pas des visiteurs, monsieur Stratton, répliqua-t-elle. Nous sommes des inspecteurs de la brigade criminelle chargés de mener une enquête, et nous avons des questions à poser à votre père.

Vince fit un pas en avant.

— L'inspecteur Le Blanc veut dire que nous sommes désolés de déranger votre père pendant cette période de deuil, mais nous avons vraiment besoin de lui parler.

Aaron plissa les yeux.

— Pourquoi ? Il y a du nouveau ? Vous avez attrapé Schwitzer ? Il est accusé du meurtre de Francesca ?

— Pas encore. Nous essayons de le retrouver, répondit Vince.

— En attendant, nous continuons de nous entretenir avec toutes les personnes qui ont vu Mlle Hill dans les heures ayant précédé sa mort, et qui auraient pu vouloir la tuer.

— Insinuez-vous que mon père est un suspect ?

— A l'heure qu'il est, tout le monde est suspect, répondit Charlie. Et maintenant, si vous n'y voyez pas d'inconvénient, nous avons vraiment besoin de lui parler.

— Comme vous le savez, inspecteurs, je suis l'avocat

de mon père. Et, à ce titre, je peux jouer le rôle de porte-parole.

Charlie commençait à perdre patience.

— Personne ne vous empêche d'assister à l'entretien, si tel est le désir de votre père. Mais c'est avec lui que nous devons parler. S'il ne peut pas se rendre disponible maintenant, nous le convoquerons au commissariat. Nous vous souhaitons une bonne fin de journée, monsieur Stratton, conclut-elle, consciente que Vince aurait sans doute usé de plus de tact.

Mais ce dernier renchérit :

— Inutile de nous raccompagner. Nous connaissons le chemin.

La jeune femme aurait voulu l'embrasser.

— Attendez !

Ils se retournèrent. Pendant plusieurs secondes, Aaron demeura immobile, les yeux fixés sur Charlie, comme s'il était en train de la jauger.

— Je vais voir si mon père peut vous recevoir, malgré tout, reprit-il finalement.

Dès qu'il eut quitté la pièce, Charlie se tourna vers Vince.

— Merci.

Il haussa les épaules.

— Moi aussi, je commence à en avoir assez de tous ces ronds de jambe. Espérons simplement que le vieux peut nous recevoir, comme il dit.

Un moment plus tard, Aaron revint.

— Mon père va descendre, dit-il.

Il marqua une pause, avant de reprendre :

— Inspecteurs, mon père est un homme complexe qui considère comme une faiblesse le fait de montrer ses émotions. Croyez-moi, cependant, quand je vous dis qu'il est très affecté. J'espère que vous en tiendrez compte, au moment de lui parler.

— Bien entendu, répondit Vince.

— En attendant son arrivée, voudriez-vous éclaircir un point pour nous ? demanda Charlie.

— Si je le peux, très certainement, répondit Aaron. De quoi s'agit-il ?

— Lorsque nous vous avons vu ici, samedi, vous avez omis de mentionner que vous vous étiez rendu dans l'appartement de Mlle Hill, le soir du meurtre. Pourquoi ?

— Ça ne paraissait pas important, à ce moment-là. Je suppose que vous m'avez vu sur la cassette de surveillance de l'immeuble.

— En effet. Pourquoi cette visite tardive chez Mlle Hill ?

— Pour lui faire signer l'accord prénuptial.

— La veille du mariage ? dit Charlie en haussant les sourcils. Ce n'est pas un peu tard ?

— Si. Mais le mariage a été décidé assez rapidement, et Francesca voulait changer certaines clauses. Le temps de tomber d'accord, nous étions pratiquement au jour du mariage. Alors, j'ai accepté de lui apporter le document à son appartement, afin qu'elle le signe.

— Est-ce qu'il n'aurait pas été plus simple de lui faire signer l'accord lorsque vous étiez au restaurant, un peu plus tôt ? demanda Vince.

— Si, mais je n'avais pas le document sur moi. Les changements étaient importants et mon assistante travaillait encore dessus lorsque je suis parti au restaurant. Voilà pourquoi j'ai dû apporter les papiers chez elle.

— Et elle les a signés ? demanda Charlie.

— Non. Elle n'approuvait pas certaines clauses, répondit

Aaron. Elle m'a demandé de les lui laisser. Elle voulait en reparler avec mon père avant de signer.

— Vous lui avez laissé l'accord prénuptial ? demanda Vince.

— Oui.

Ils n'avaient trouvé aucun document de ce genre dans l'appartement de Francesca.

— Quelles étaient les clauses qui lui posaient des problèmes ? continua Charlie.

— Oh, il y en avait plusieurs, mais la plus importante concernait la part du capital de mon père qui lui reviendrait en cas de divorce.

— Que serait-il arrivé, si elle n'avait pas signé l'accord prénuptial ? demanda Vince.

— J'aurais conseillé à mon père de ne pas se marier, bien sûr. Il est extrêmement riche, et l'Etat de la Louisiane fonctionne encore sous le régime de la communauté des biens. Sans un accord prénuptial, Francesca aurait pu exiger une très large part de la fortune de mon père, en cas de séparation.

Et après trois divorces, un veuvage et un nombre respectable de liaisons, il existait pas mal de chances pour que cette union avec Francesca ne dure pas plus que les autres, songea Charlie.

Aaron sourit, comme s'il venait de lire dans les pensées de la jeune femme.

— Pourriez-vous nous communiquer une copie de l'accord prénuptial que vous avez laissé à Mlle Hill ? demanda Vince.

— Certainement. Je demanderai à mon assistante de vous l'envoyer.

— Monsieur Stratton, où étiez-vous, vendredi soir, entre minuit et 2 heures du matin ? demanda Charlie.

Aaron pencha la tête de côté, l'air amusé.

— Allons, inspecteur, vous pensez que j'ai tué Francesca ?

— Est-ce le cas ?

Il eut un rire.

— Non. Mais je suppose qu'aux yeux de la police, j'avais autant de raisons que mes frères et ma sœur de souhaiter sa mort. J'ai beau être riche, Francesca aurait absorbé une partie de mon héritage, à moi aussi.

— Alors, où étiez-vous vendredi soir, entre minuit et 2 heures du matin ? demanda Charlie.

— Ici.

— Je ne savais pas que vous habitiez avec votre père, dit la jeune femme.

— Je ne vis pas avec lui, répondit-il, l'air toujours aussi amusé. Je suis venu le voir après avoir quitté Francesca, pour lui dire qu'elle avait refusé de signer. Je voulais lui suggérer de remettre le mariage à plus tard.

— Qu'a-t-il répondu ? demanda Charlie.

— Pas grand-chose. Il n'était pas vraiment en état de réfléchir.

— Pourquoi ?

— Il avait invité quelques amis à célébrer sa dernière soirée de célibataire. Lorsque je suis arrivé, mon père et ces gentlemen avaient vidé plusieurs bouteilles de scotch. Leur petite soirée s'est terminée vers 1 h 30 du matin, et j'ai aidé mon père à se coucher. Je suis reparti vers 2 h 15 et je suis rentré chez moi.

— Il nous faudra une liste des personnes présentes à cette petite soirée de célibataires.

— Cela ne devrait pas poser de problème, répondit Aaron.

Au même instant, la porte s'ouvrit et J.P. Stratton entra.

— Inspecteurs, j'espère que vous êtes venus me dire que vous avez retrouvé le salopard qui a tué ma fiancée, déclara-t-il sans préambule.

— Pas encore, mais nous y travaillons, monsieur, répondit Charlie, bien que J.P. ne lui ait pas accordé un seul regard.

Elle fit un pas en avant, afin de se placer dans sa ligne de mire.

— C'est la raison de notre présence ici, monsieur Stratton. Nous avons de nouvelles informations et nous souhaitons recueillir votre réaction.

— Quelles informations ? demanda Stratton d'un air suspicieux.

— Saviez-vous qu'au moment de sa mort Mlle Hill était enceinte de sept semaines ?

— Quoi ? s'exclama Aaron.

— Francesca Hill était enceinte de sept semaines, répéta Charlie.

Puis elle se tourna vers J.P.

— Etiez-vous au courant, monsieur Stratton ?

— Evidemment que j'étais au courant !

Il se dirigea vers le bar, se versa un scotch et le but d'un trait.

— Depuis quand le saviez-vous ? demanda Charlie.

— Suffisamment longtemps, répondit Stratton avant de se verser un deuxième scotch et de le vider de la même façon.

Charlie et Vince échangèrent un bref regard. Il mentait. C'était évident.

— L'enfant était-il de vous ? reprit-elle.

Un silence de cathédrale tomba brusquement sur la pièce. Charlie n'entendait plus que les battements de son cœur, tandis qu'elle regardait fixement le visage enragé de son interlocuteur.

— Qu'insinuez-vous, jeune demoiselle ?

— Inspecteur, monsieur Stratton. Et je n'insinue rien du tout. Je vous demande simplement si, à votre avis, vous étiez le père de l'enfant que portait Mlle Hill.

Stratton posa son verre sur le bar avec une telle force que la jeune femme fut stupéfaite qu'il ne se brise pas.

— Comment osez-vous ? cria-t-il. Je ferai reprendre votre badge. Quand j'en aurai terminé avec vous, vous n'aurez même plus le droit de distribuer des contraventions.

— L'inspecteur Le Blanc n'entendait pas cette question comme une insulte, monsieur Stratton, affirma Vince sur un ton apaisant. Nous faisons juste notre travail d'enquêteurs. Alors, à votre avis, cet enfant était-il de vous ?

— Evidemment, qu'il était de moi ! hurla Stratton.

— Dans ce cas, vous ne verrez pas d'inconvénient à passer un test ADN, afin de le confirmer, reprit Charlie.

Aaron n'avait rien dit pendant cet échange, mais il observait Charlie avec une attention soutenue.

— Mon père avait une relation sérieuse avec Francesca et ils étaient sur le point de se marier, déclara-t-il enfin. Pourquoi semblez-vous mettre en doute sa paternité ?

Charlie regarda J.P. Stratton et répondit :

— Parce que l'autopsie a révélé que, le soir du meurtre, Mlle Hill avait eu des rapports sexuels avec deux hommes différents.

*
* *

Assis dans sa voiture, à l'entrée du campus de la Tulane University, Cole regardait les étudiants aller et venir, seuls ou en groupes. Comme Jason ne répondait pas au téléphone, il avait décidé de le surprendre au moment où il se rendait en cours. Avec un peu de chance, il réussirait à le voir avant le congé du mardi gras.

D'après Phillip, qui lui avait communiqué l'emploi du temps de son jumeau, Sylvia avait fini par se comporter en mère responsable, pour une fois : elle avait demandé à Jason pourquoi il ne suivait plus ses cours. Bien sûr, elle ne voulait pas qu'il gaspille l'argent de son père ! N'empêche que Jason avait repris le chemin de l'université. Ou du moins l'avait-il promis, songea Cole en consultant sa montre car le jeune homme avait dix minutes de retard.

Et s'il ne se montrait pas ?

Cole irait se planter devant chez lui, et il attendrait le temps qu'il faudrait. Il devait parler avec Jason et savoir s'il leur avait menti au sujet de ce qu'il avait fait, la nuit du meurtre.

Soudain, il aperçut son frère dans le rétroviseur. Jason longeait le trottoir d'un pas lent, comme s'il portait tout le poids du monde sur ses épaules. A vingt-trois ans, il aurait dû embrasser l'avenir avec l'enthousiasme de la jeunesse ; pourtant, il était désorienté, amer, et affreusement mal dans sa peau. Cole serra les dents. Comment avait-il fait pour l'ignorer aussi longtemps ?

Lorsque son frère ne fut plus qu'à quelques mètres de la voiture, Cole ouvrit la portière, ôta ses lunettes de soleil et se planta devant lui.

Jason hésita, une fraction de seconde. Puis un éclair de colère s'alluma dans ses yeux.

— Tu me bouches le passage, dit-il froidement.

— J'ai essayé de te joindre.

— J'étais occupé.

— Nous devons parler.

— Je suis en retard, répondit Jason en essayant de passer.

Cole fit un pas de côté pour se planter de nouveau devant lui.

— D'après ce qu'on me dit, tu as manqué pas de mal de cours, ces derniers temps. Un de plus ou de moins, ça ne fera pas une grande différence.

Jason hésita, puis renonça à discuter.

— D'accord, dit-il. Parlons.

— Monte dans la voiture.

Cole se glissa derrière le volant, tandis que Jason s'installait sur le siège du passager.

— Où allons-nous ? demanda le jeune homme en bouclant sa ceinture.

— A côté, répondit Cole.

Il emprunta l'avenue Saint-Charles, avec ses chênes centenaires couverts de mousse, en direction d'Audubon Park. Plusieurs personnes en tenue de jogging couraient sur le trottoir, profitant des températures printanières.

Jason regardait par la vitre de sa portière, sans rien dire. Finalement, Cole arrêta sa voiture de sport près du chemin menant au vieux train qui circulait à l'intérieur du parc, pour le plus grand plaisir des autochtones et des touristes.

Il coupa le contact et garda le silence un moment. Jason ne parlait toujours pas. Il regardait simplement la vieille locomotive noire.

— Tu te souviens de l'époque où on venait ici ? lui demanda Cole.

Jason haussa les épaules.

— Tu avais une casquette de conducteur de train avec des rayures, reprit Cole. Tu grimpais sur le moteur et tu faisais semblant de faire siffler le train. Tu me pressais de te rejoindre pour qu'on explore le pays. Tu te souviens ?

— Je n'étais qu'un gosse.

— Tu avais cinq ans, et moi quatorze.

C'était avant qu'on ne l'expédie à l'école militaire.

— Tu voulais être conducteur de locomotive, reprit-il. Qu'est devenu ce rêve ?

— J'ai grandi et j'ai compris que je ne gagnerais pas ma vie en conduisant des trains.

— Et les aventures que nous allions vivre à bord de ces trains ?

— Tu es parti, lui rappela Jason sur un ton accusateur.

— Oui, c'est vrai.

Au lieu d'essayer de faire la paix avec J.P., pour le bien de ses frères et de sa sœur, il avait accepté de partir à l'autre bout du pays. Il n'avait pas été là pour veiller sur Jason, Phillip, Holly et Aaron.

— Je suis désolé de t'avoir laissé tomber, dit-il.

— Ce n'est pas bien grave, répondit Jason. C'était un rêve idiot, de toute façon.

— Les rêves ne sont jamais idiots, Jason. On ne devrait permettre à personne de nous priver de nos rêves.

— Il n'y a pas d'argent dans les rêves. Tout ce qui compte dans ce monde, c'est la quantité de fric que l'on pèse.

— L'argent n'est pas tout, pourtant.

— Facile à dire : tu n'as jamais dû te priver de quoi que ce soit par manque de moyens.

— Est-ce la raison pour laquelle Francesca t'a repoussé ?

— Je ne sais pas de quoi tu parles, répondit Jason en détournant les yeux.

— Allons, Jason ! Je me souviens du jour où tu as rencontré Francesca pour la première fois. Tu m'en avais parlé. Elle te plaisait vraiment, n'est-ce pas ?

— Peut-être. Mais c'était avant de découvrir qu'elle ne s'intéressait qu'au fric. C'est pour ça qu'elle avait décidé d'épouser papa. Pour son fric. Elle ne l'aimait pas. Elle se servait de lui. De la même manière qu'elle se servait de tout le monde.

Francesca s'était-elle servie de Jason ? Avait-elle eu une liaison avec lui ? Jason et Francesca avaient beau n'avoir que trois ans de différence, la jeune femme avait une maturité et une expérience de la vie que Jason était loin d'avoir acquises.

— Jason, je vais te poser une question très directe, et j'aimerais que tu me répondes sincèrement. D'accord ?

Jason haussa de nouveau les épaules.

— Avais-tu une liaison avec Francesca ?

— Non ! cria Jason. Ce n'était pas comme ça, entre nous. D'ailleurs, elle était fiancée avec papa.

— Je sais. Mais tu l'as connue avant lui et tu m'avais dit que vous vous entendiez vraiment bien.

— Oui, et c'était vrai. Mais après, elle a rencontré papa.

Et J.P. avait décidé qu'il la voulait. Or, ce que J.P. Stratton voulait, J.P. Stratton le prenait, sans réfléchir un seul instant aux conséquences, sans jamais se demander s'il faisait du mal autour de lui.

— Jason, tu as dit à la police que tu étais sorti acheter des cigarettes, le soir du meurtre. C'est vrai ? Ou bien tu es allé chez elle ?

Comme son frère ne répondait rien, Cole insista :

— Jason, j'ai vraiment besoin de savoir si tu es allé chez Francesca, ce soir-là.

— Et alors ? explosa Jason brusquement. Même si je l'ai fait, je n'étais pas le seul, hein ?

— Que veux-tu dire ? demanda Cole, étonné par tant d'animosité.

— Allez, Cole, pas la peine de prendre cet air surpris ! Je t'ai vu : toi aussi, tu étais chez Francesca.

— Oui, en effet. Je n'ai jamais prétendu le contraire. Je suis allé la voir pour essayer de la convaincre de ne pas porter plainte contre Holly pour avoir violé cette injonction ridicule. Elle a refusé et je suis reparti.

— Mais… elle a dit… j'ai cru…

— Quoi ? Que je couchais avec elle ? C'est ce qu'elle t'a dit ?

— Non ! Non. Elle m'a repoussé, au cours du dîner, quand je lui ai demandé si je pouvais venir lui parler, plus tard. Elle m'a dit qu'elle avait d'autres plans.

— Et tu t'es imaginé qu'elle parlait de moi ? Tu as cru que je l'avais tuée, c'est ça ?

— Je ne sais pas… Je sais seulement qu'avec elle tout tournait autour du fric. Et du fric, tu n'en manques pas. Papa non plus. Alors que je n'ai qu'un compte en fidéicommis auquel je ne peux pas toucher avant d'avoir vingt-cinq ans. Si j'avais été riche comme toi, elle aurait peut-être…

— Quoi ? Elle t'aurait épousé ? Elle t'aurait aimé ?

Jason leva le menton d'un air de défi.

— Pourquoi pas ? Elle m'aimait bien. Elle me l'avait dit.

— Et je suis sûr que c'était sincère, murmura Cole, soucieux d'épargner l'ego déjà bien meurtri de son jeune frère.

Mais Francesca Hill ne se serait jamais contentée d'un Jason. Il lui fallait un gros poisson aux poches bien profondes : un homme de la pointure de J.P.

Cole hésita un instant, puis décida de ne pas humilier davantage son frère en lui demandant ce qu'il était allé faire dans l'appartement de Francesca, en dépit du refus de la jeune femme de le recevoir.

— As-tu vu quelqu'un d'autre, pendant que tu étais là-bas ?

— Je ne me suis pas attardé, répondit Jason.

— Où es-tu allé ensuite ?

— Nulle part. J'étais en colère. J'ai roulé au hasard.

— Est-ce que quelqu'un t'a vu ? demanda Cole.

— Non.

— Et quand tu es ressorti de l'immeuble ? Le portier ?

Jason secoua la tête.

— Je ne voulais pas que papa sache que j'étais passé. J'ai emprunté l'entrée de service, puis j'ai pris l'escalier jusqu'au cinquième.

— Dois-je te demander comment tu as fait pour ne pas te faire repérer par le système de sécurité ?

— Tu parles d'un système de sécurité ! Ils n'ont pas changé le code depuis des mois et il n'y a qu'une seule caméra de ce côté-là. Un gosse de six ans pourrait entrer sans se faire remarquer.

Autrement dit, n'importe quelle personne qui connaissait un peu l'immeuble pouvait avoir contourné cet obstacle sans trop de peine.

— Jason, il faut que tu ailles voir la police. Tu dois tout leur dire : que tu es passé chez Francesca, que tu m'as vu et que tu es reparti.

— Non, répondit le jeune homme en secouant la tête avec

force. Je ne peux pas. Cette femme flic pense déjà que je suis mêlé au meurtre. Si elle découvre que j'ai menti, elle essaiera de me faire porter le chapeau.

— Jason, écoute-moi bien. Ils savent sûrement que tu étais là-bas. N'attends pas qu'ils viennent te trouver. L'initiative doit venir de toi. Dis-leur ce que tu sais.

— Je ne peux pas. Si je vais les voir, il faudra que j'explique pourquoi j'étais chez Francesca. Et ça, c'est impossible. Si papa découvre que…

Il s'interrompit et secoua la tête.

— Je ne peux pas.

— Qu'importe l'opinion de J.P. ? s'exclama Cole.

— Tu ne comprends pas. Je ne suis pas comme toi. L'opinion de papa compte pour moi. Je ne veux pas qu'il me déteste.

Cole étouffa un soupir et hocha la tête lentement.

— D'accord. Je parlerai aux inspecteurs pour essayer de voir s'ils peuvent garder l'information pour eux. Mais tu dois le leur dire, Jason. Je t'accompagnerai, si tu veux.

— Pas maintenant. Plus tard. Il faut que j'aille en cours, sinon je vais finir par me faire virer.

Cole hésita.

— Bon, dit-il finalement. Mais à ta sortie de cours, on va trouver les flics. Je te retrouve devant le commissariat. D'accord ?

— D'accord. Ramène-moi sur le campus, maintenant.

Cole franchit la courte distance qui les séparait de l'université. Au moment où Jason descendait de voiture, il se pencha vers la portière du passager.

— Es-tu sûr de m'avoir tout dit ? demanda-t-il à son jeune frère.

— Oui, oui, répondit Jason.

Et il fit claquer la portière.

Le front barré par un pli soucieux, Cole le regarda s'éloigner. Il aurait vraiment voulu le croire, lui faire confiance. Pourtant, son instinct lui soufflait que Jason dissimulait quelque chose. Mais quoi ?

10.

— Voilà l'immeuble de Mlle Marceau ! dit Vince en se garant.

Tandis qu'ils traversaient la rue, Charlie repensa à Francesca Hill. Après plusieurs jours d'enquête, une image de la jeune femme assassinée commençait à émerger, mais cette image était pleine de contradictions. Par exemple, son agenda électronique était scrupuleusement tenu à jour.

— Que penses-tu des infos trouvées sur l'agenda de Francesca ? demanda Vince, dont les pensées suivaient apparemment le même fil que celles de sa coéquipière.

— Je dirais qu'elle était sacrément organisée. Je peux comprendre qu'elle ait noté ses rendez-vous chez le coiffeur, le traiteur et tout ce qui était lié aux préparatifs du mariage. Je peux même comprendre qu'elle ait noté ses rendez-vous chez l'esthéticienne. Mais ses visites hebdomadaires à la banque, c'est bizarre, non ?

— Elle était peut-être maniaque. Ou bien elle venait d'acheter son agenda électronique et elle s'amusait avec ce nouveau gadget. C'est tellement pratique. J'utilise le mien tout le temps.

— Moi aussi, mais même si je note certains rendez-vous,

il ne me viendrait jamais à l'idée d'inscrire les jours où je me rends à la banque pour déposer de l'argent… C'est ici !

Charlie ignora les odeurs d'urine et d'alcool.

Le bâtiment devant lequel ils se trouvaient était ancien, comme la plupart de ceux qui occupaient le Vieux Carré. Bon nombre d'entre eux avaient été rénovés et préservés, mais d'autres avaient sombré dans l'oubli et s'étaient fâcheusement détériorés, au fil du temps. Quand les termites n'étaient pas responsables des dommages, les locataires étaient à blâmer.

L'immeuble de deux étages où habitait Danielle Marceau avait manifestement connu les deux fléaux. Charlie se demanda si le portillon de fer forgé qui condamnait l'entrée était censé décourager les voleurs ou les vandales — sans doute les deux.

— Pas vraiment le même standing que chez sa copine Francesca, hein ? fit remarquer Vince.

— Non, en effet.

Pour commencer, il n'y avait ni portier ni réceptionniste en uniforme. Pas de fleurs ou d'œuvres d'art sur les murs non plus.

Charlie repensa au commentaire de Jason Stratton, lorsqu'il avait affirmé que Danielle Marceau était jalouse de Francesca. Cela pouvait se concevoir sans trop d'efforts.

Vince pressa le bouton de sonnette à côté du nom — D. Marceau — inscrit au marqueur noir sur un morceau de papier collant. Comme personne ne répondait, il sonna de nouveau.

— Elle n'est peut-être pas chez elle, dit Charlie.

— Le directeur du casino a spécifié qu'il ne l'attendait pas avant 20 heures. Si elle a travaillé jusqu'à 4 heures, ce matin, elle dort peut-être encore.

— Elle a le sommeil drôlement lourd, dans ce cas, murmura la jeune femme.

Elle envisageait de sonner chez les voisins lorsque la porte de l'appartement du rez-de-chaussée s'entrouvrit. Charlie aperçut deux yeux bruns fatigués derrière des verres de lunettes épais. Elle consulta le nom près de la sonnette correspondant à cet appartement et dit :

— Mademoiselle Russell ?

— Mme Russell !

— Madame Russell, je suis l'inspecteur Le Blanc, de la police de La Nouvelle-Orléans. Et voici mon coéquipier, l'inspecteur Kossak. Nous cherchons Mlle Marceau. Savez-vous si elle est chez elle ?

Mme Russell sortit. Elle pouvait avoir entre soixante-dix et quatre-vingts ans, et son visage était parcheminé de rides. Des touffes de cheveux d'un jaune qui tirait sur le gris s'échappaient du foulard rouge noué sur sa tête. La main serrée sur les pans de son tablier à fleurs, elle s'approcha du portillon en traînant les pieds.

— Faites voir vos badges !

Charlie sortit le sien, et Vince fit de même. Mme Russell les examina longuement, puis hocha la tête.

— On dirait qu'ils sont en règle. Une femme n'est jamais trop prudente, de nos jours.

— Vous avez entièrement raison, affirma Vince. Il est bien dommage que tous les citoyens ne se montrent pas aussi consciencieux.

La vieille dame hocha la tête, appréciant visiblement le compliment.

— Les gens pensent que je suis fouinarde et curieuse. Je prends mes précautions, voilà tout.

— Savez-vous si Mlle Marceau est chez elle ? demanda Charlie.

— Celle-là ! Je savais qu'elle finirait par avoir des ennuis. Je lui avais conseillé de se trouver un travail acceptable, au lieu de passer ses nuits à distribuer des cartes dans un casino. Ce n'est pas une profession convenable pour une jeune femme.

— Elle n'a pas d'ennuis, dit Charlie. Nous voulons juste lui poser quelques questions. Nous avons sonné, mais elle ne répond pas. Savez-vous si elle est chez elle ?

— Oh, elle est là, c'est certain ! Elle m'a réveillée, quand elle est rentrée à 5 heures, ce matin. Elle a fait claquer le portillon… Elle doit dormir. Il est bien rare qu'elle se montre avant midi.

— Nous avons vraiment besoin de lui parler, dit Vince. Si vous nous laissiez entrer dans l'immeuble, nous aurions peut-être plus de chances de la réveiller en frappant à sa porte.

Mme Russell n'hésita pas longtemps.

— D'accord, mais ne lui dites pas que c'est moi qui vous ai ouvert. Elle se met en colère quand elle croit que je me mêle de ses affaires.

— Nous ne dirons pas un mot, promit Vince.

Ils montèrent l'escalier et longèrent le petit couloir menant à l'appartement.

Charlie frappa à la porte. Plusieurs minutes passèrent, et la jeune femme pressa son oreille contre le battant.

— Je n'entends rien.

Vince frappa à son tour, plus fort. Puis il donna plusieurs coups de poing sur la porte. Il allait recommencer lorsqu'ils entendirent comme un bruit de chaise que l'on aurait renversée. Aussitôt, une voix de femme laissa échapper un chapelet de gros mots.

— Je crois que notre Belle au bois dormant s'est enfin réveillée ! dit Charlie. Et elle n'a pas l'air de bonne humeur.

En effet, la porte s'ouvrit et le visage revêche d'une jeune femme fort peu vêtue apparut sur le seuil.

— Qui êtes-vous ?

Charlie lui montra son badge.

— Inspecteur Charlotte Le Blanc, de la police de La Nouvelle-Orléans. Voici mon coéquipier, l'inspecteur Vincent Kossak. Je vous ai laissé plusieurs messages sur votre répondeur.

— J'étais très occupée au boulot. Deux de nos donneuses de cartes sont parties, et, avec le carnaval, on m'a demandé de faire des doubles postes toute la semaine, expliqua la jeune femme en écartant ses cheveux de son visage.

Elle ne devait pas avoir plus de vingt-cinq ans, mais la dureté de son expression la vieillissait. Elle était très jolie. Une fausse blonde, mais qui le portait bien, avec de grands yeux bruns en amande. Sous les restes de maquillage qu'elle n'avait manifestement pas pris la peine d'ôter, elle avait une jolie peau, fine et claire. Ses lèvres à la Angelina Jolie étaient sûrement bourrées de collagène, et les seins volumineux mal dissimulés par le peignoir de soie noire paraissaient trop arrogants pour être naturels.

— Nous comprenons, dit Vince. Nous avons quelques questions à vous poser, au sujet de Francesca Hill. Pouvons-nous entrer ?

— Ouais, fit la jeune femme en s'écartant pour les laisser passer. Même si je ne vois pas bien en quoi je peux vous aider. J'ai entendu dire que c'était son ancien mec, Marcus

Schwitzer, qui l'avait tuée. Vous n'êtes pas en train de le chercher ?

— Si, bien sûr, répondit Charlie. Mais en attendant de le trouver, nous avons quand même une enquête à mener. Une enquête pour meurtre.

Danielle Marceau frissonna en entendant le dernier mot.

— J'ai encore du mal à croire que Francesca est morte, dit-elle. Pardon, mais j'ai vraiment besoin d'un café. Asseyez-vous.

L'appartement était en désordre et il y flottait une odeur de cigarette, d'alcool, de parfum et sans doute aussi de marijuana. La table basse croulait sous les piles de magazines de mode. Un cendrier débordait de mégots, et il y avait deux verres à pied à côté d'une bouteille de vin vide. Des escarpins à talons aiguilles noirs gisaient au milieu de la pièce et une paire de bas noirs était posée sur l'accoudoir d'un fauteuil.

Cependant, le mobilier était agréable et de bon goût. Il y avait un vase rempli de fleurs sur une petite console, devant un miroir dans un cadre en argent, et, sur le mur opposé, la reproduction d'un tableau représentant une ballerine. Charlie alla se planter devant.

— Degas. Il a peint beaucoup de danseuses.

— C'est joli. Pas sûr que je m'attendais à trouver ça dans l'appartement d'une jeune femme qui gagne sa vie en donnant des cartes à jouer dans un casino.

— Ça dépend, dit Charlie. Mlle Marceau caressait peut-être le rêve de devenir danseuse quand elle était enfant.

Danielle revint à ce moment-là, une tasse de café dans une main, une cigarette dans l'autre.

— Oh, désolée, je crois que je ne suis pas encore tout à fait réveillée. Je ne vous ai même pas proposé un café.

— Pas de problème, dit Charlie.

— Ne faites pas attention au désordre. Je travaille tellement, ces temps-ci, que je n'ai pas le temps de faire le ménage. Jetez ça par terre et installez-vous.

Charlie poussa la veste qu'elle lui indiquait et se percha sur le bord d'un fauteuil, tandis que Vince prenait place sur un autre. Danielle choisit le canapé et, posant le mug de café sur la table basse, elle plia ses jambes sous elle. Puis elle tira une longue bouffée de sa cigarette.

— Je ne sais vraiment pas ce que je pourrais vous dire, reprit-elle.

Charlie sortit son calepin de sa poche.

— Si vous commenciez par nous parler de votre relation avec Francesca Hill ?

— On était amies.

— Bonne amies ?

— Meilleures amies. Elle m'avait demandé d'être témoin à son mariage.

— Vraiment ? D'après ce que nous avons entendu dire, vous vous êtes disputées à cause d'une paire de boucles d'oreilles, dit Charlie.

Danielle écrasa sa cigarette d'un geste violent, et Charlie et Vince échangèrent un regard. Ils venaient de toucher un point sensible.

— Je parie que c'est ce petit crétin de Jason qui vous a raconté ça !

Charlie garda le silence.

— Eh bien, ce n'est pas vrai, enchaîna Danielle. Je n'ai jamais rien volé à Frannie. Comme je le lui ai expliqué, les boucles d'oreilles ont dû tomber dans mon sac quand j'étais chez elle. Je ne les ai trouvées que plus tard, et je n'ai vu aucun mal à les porter pendant quelques jours. Ce n'est pas comme si elle en avait eu besoin, après tout. Les cadeaux coûteux lui pleuvaient dessus, depuis qu'elle était avec J.P. Ce n'était pas bien grave. Je lui ai rendu ses boucles d'oreilles et voilà.

— Autrement dit, vous n'étiez pas fâchées ? demanda Charlie.

— Absolument pas. Je suis même passée chez elle, après le dîner, vendredi soir. Je lui ai apporté un petit cadeau et on a fait la fête entre nous, pour célébrer sa dernière nuit de célibataire.

— Une fête éclair, dit Vince. La vidéo de surveillance indique que vous avez passé moins d'une heure chez elle.

— Parce que je devais aller au casino. Le samedi est le jour le plus chargé, et le seul moyen pour moi d'obtenir un congé pour assister au mariage, c'était de travailler le vendredi soir. D'ailleurs, Francesca a invoqué une excuse bidon pour que je la laisse. Elle m'a dit qu'elle voulait se reposer !

— Vous ne l'avez pas crue ?

Danielle eut un sourire.

— Une femme parfaitement maquillée et vêtue d'un négligé sexy ne se prépare pas pour une bonne nuit de sommeil. Elle attendait quelqu'un, c'est évident.

— Qui, d'après vous ?

— Avec Frannie, on ne savait jamais. Elle aimait garder ses petits secrets.

— Quel genre de secrets ? demanda Vince.

— Le genre qui permet à une jeune femme d'arriver dans une ville sans un sou, sans boulot, et, en l'espace de quelques semaines, de s'offrir des vêtements de marque et de payer sa part du loyer un mois à l'avance. A l'époque, c'était moi qui l'hébergeais, alors je sais.

— Elle était hôtesse dans un casino, je crois. Les pourboires sont généreux, fit remarquer Vince.

— Pas à ce point-là. C'est aussi moi qui lui avais dégoté ce boulot. S'il y avait autant de fric à se faire, je ne serais pas en train de distribuer des cartes, croyez-moi.

— Savez-vous d'où lui venait cet argent ? demanda Vince.

— Non. Comme je vous l'ai dit, Frannie était quelqu'un de secret. Je lui ai posé la question, un jour. Elle a souri et m'a répondu que les gens aimaient lui faire des cadeaux, qu'elle avait de la chance.

— Et vous l'avez crue ? demanda Charlie, sentant confusément que la jeune femme ne leur disait pas tout.

Danielle eut un haussement d'épaules.

— Pourquoi pas ? Après tout, c'est elle que la chance a choisie pour tirer Mlle l'héritière Stratton des pattes d'un idiot qui la coinçait de trop près, dans une boîte, un soir. Vous connaissez la suite, n'est-ce pas ? Elles sont devenues copines comme cochon, et, en un clin d'œil, Francesca sortait avec le père de la copine. Le reste a suivi : l'appartement de luxe, les bijoux, la demande en mariage… Ce n'est pas à moi que ça arriverait, tiens !

— Il me semble au contraire que, de vous deux, c'est vous qui avez eu de la chance, mademoiselle Marceau, lui fit remarquer Charlie. Vous n'êtes pas morte assassinée.

Debout près de l'entrée du commissariat, Cole regardait deux officiers en uniforme aider deux hommes à sortir de la voiture de patrouille qui venait de s'arrêter le long du trottoir.

S'il en croyait la manière dont les prisonniers titubaient, ils étaient soûls. Depuis une demi-heure qu'il était là, il avait assisté à plusieurs scènes similaires. Il consulta sa montre : déjà midi passé.

Où diable était Jason ? Il aurait dû arriver depuis un moment.

Agacé, il se mit à faire les cent pas le long du bâtiment, tout en repensant à sa conversation avec Jason. Il savait que son jeune frère ne voulait pas venir, et aussi qu'il ne lui disait pas tout. Mais de là à lui mentir…

Merde ! Pourquoi n'avait-il pas conduit directement Jason au commissariat, comme son instinct lui conseillait de le faire ?

Trois voitures de patrouille surgirent du parking, à l'arrière du bâtiment, toutes sirènes hurlant. Cole les suivit des yeux. Puis il continua d'observer les allées et venues autour de lui, avant de retourner se poster devant l'entrée, espérant encore voir Jason arriver au pas de course.

Mais Jason n'était nulle part, et il ne répondait pas à son téléphone portable. Cole s'apprêtait à partir à sa recherche lorsqu'il sentit la présence de Charlotte Le Blanc derrière lui. Etait-ce son entraînement militaire ? Ou simplement le fait que la jeune femme faisait désormais partie de son radar interne ? En tout cas, il sut qu'elle s'approchait de lui, et se retourna pour lui faire face.

— Bonjour, inspecteur.

— Bonjour ; vous entrez ou vous sortez ? demanda-t-elle.

— Ni l'un ni l'autre.

Elle fronça les sourcils.

— Vous avez l'habitude de traîner devant les commissariats de police, monsieur Stratton ?

— Non, répondit-il, amusé.

Elle portait un chemisier crème et chocolat avec une jupe couleur café qui mettait en valeur ses jambes qu'elle avait fort belles, et Cole se demanda brièvement où elle rangeait son revolver.

— Ecoutez, Stratton, si vous êtes venu vous plaindre au commissaire du fait que je harcèle votre famille sans tenir compte de votre deuil, vous avez un train de retard. Votre père a déjà appelé le maire, deux conseillers municipaux et le chef de la police. Mais si vous tenez absolument à ajouter votre grain de sel, allez-y, ne vous gênez pas. Veillez simplement à laisser Kossak en dehors de tout ça, parce que l'idée de débarquer chez vous aux aurores, l'autre matin, n'était pas son idée mais la mienne.

Cole serra les poings.

— Laissez-moi mettre les choses au clair, inspecteur. En ce qui me concerne, J.P. Stratton n'a jamais été autre chose qu'un donneur de sperme. Je vous invite donc à ne pas commettre l'erreur de penser que je me prends, moi aussi, pour le nombril du monde, parce que je vous assure que ce n'est pas le cas.

— Je saurai m'en souvenir, répondit la jeune femme. Mais si vous n'êtes pas venu vous plaindre, que faites-vous ici ?

— J'avais peut-être envie de vous revoir. Vous êtes une très jolie femme, après tout.

Charlie plissa les yeux.

— Je suis un inspecteur de la brigade criminelle en train de mener une enquête sur un meurtre pour lequel vous êtes un suspect possible. Je vous conseille donc d'oublier les flatteries et de répondre à ma question.

— D'accord. Cela dit, même si je vous trouve très attirante, ce n'est pas la raison de ma présence ici.

— Je m'en doutais.

— Vous êtes extrêmement perspicace, dit Cole, savourant cette conversation menée tambour battant. J'ai rendez-vous avec mon frère, Jason. Il veut apporter des modifications aux déclarations qu'il vous a faites concernant ses allées et venues, la nuit du meurtre de Francesca.

— C'est une bonne chose parce que j'ai déjà établi que son alibi ne tenait pas la route.

Cole n'était guère étonné. Et si ce n'était déjà fait, Charlotte Le Blanc ne tarderait pas à découvrir que Jason s'était rendu chez Francesca, ce soir-là.

— Alors, où est votre frère ? reprit-elle.

— Je n'en sais rien. Il a dû avoir un imprévu.

— Et vous ne me direz pas où il se trouvait le soir du meurtre, n'est-ce pas ?

— Non, en effet.

Le portable de la jeune femme sonna.

— Le Blanc, répondit-elle. Ne quittez pas.

Puis, s'adressant de nouveau à Cole, elle ajouta :

— Il serait nettement préférable que votre frère se présente de lui-même. Dans le cas contraire, je me verrais obligée de le faire arrêter.

En attendant le retour du voiturier, il repensa à l'inspecteur Charlotte Le Blanc. Elle était drôlement finaude. Mais sa sœur Emily était intelligente, elle aussi. C'était bien parce qu'elle avait découvert son secret et tenté de le piéger qu'il l'avait tuée. Mais il doutait que sa sœur aînée puisse se montrer aussi imprudente.

Il prenait un véritable plaisir à l'observer en train de mener son enquête. Elle avait même essayé de découvrir d'où venaient les bas noirs. Heureusement, il avait couvert ses traces. Il avait fait exprès, aussi, de choisir une marque disponible dans un nombre suffisant de boutiques.

Il regrettait juste de n'avoir pu assister aux entretiens avec tous les suspects, même s'il se les était fait rapporter par le menu. Il devrait se contenter de cela. D'ailleurs, ce n'était pas ce qui l'amusait le plus, pour l'instant. Leurs joutes verbales, en revanche… Quel plaisir ! Ça et le fait de la voir se triturer les méninges pour essayer de trouver des indices, de leur chercher un sens, et, ainsi, de récréer le puzzle, sachant que si jamais elle démasquait le coupable, elle trouverait, par la même occasion, le meurtrier de sa sœur.

Le voiturier se gara devant lui, descendit de voiture et lui tint la portière.

— Tenez, dit-il en lui glissant un billet de cinq dollars dans la main.

— Merci, monsieur, dit le jeune homme avec un large sourire.

Il lui rendit son sourire. Puis, comme il s'éloignait au volant de sa voiture, il se demanda si Charlotte Le Blanc prenait autant de plaisir que lui à ce petit jeu du chat et de la souris. Parce que c'était exactement ça : un jeu à l'enjeu considérable ; un jeu au terme duquel le perdant laisserait sa vie.

Et il n'avait pas du tout l'intention de perdre.

11.

Convoqués par le commissaire dans la salle de brigade pour faire le point sur l'affaire, Charlie, Vince et Mackenzie avaient dessiné un diagramme sur le large tableau blanc. Au centre, ils avaient placé la photo de Francesca, et tout autour celles des suspects possibles.

— Alors, où en sommes-nous ? demanda Warren.

— Nous cherchons toujours l'ex-petit ami, Schwitzer, répondit Vince. Nous avons lancé un mandat, mais ça n'a encore rien donné. Cela dit, avec mardi gras, ce week-end, il ne lui sera pas difficile de se cacher derrière un masque, si toutefois il est toujours en ville.

— Et les autres suspects ?

— Il n'y a que l'embarras du choix, répondit Charlie en montrant le tableau avec sa baguette. Nous avons le fiancé, J.P. Stratton. Cet homme est narcissique, macho et doté d'un ego monstrueux. S'il a découvert que sa fiancée couchait avec un autre homme, je le pense capable de tout.

Elle désigna la photo de Holly.

— Nous avons aussi sa fille. Francesca s'était liée d'amitié avec Holly, et elle s'est probablement servie d'elle pour séduire le père. Les deux femmes se sont disputées, le soir du meurtre, et la victime a menacé de porter plainte contre Holly.

Charlie fit glisser la baguette vers une autre photo et continua :

— Nous avons Sylvia Stratton, la quatrième épouse. Les fiançailles de la victime avec son ex-mari ont certainement bouleversé ses projets de réconciliation. Maintenant que Francesca est morte, Sylvia Stratton peut recommencer à poursuivre son ex-mari.

— Et c'est apparemment sur son épaule que J.P. Stratton pleure, ces derniers jours, ajouta Vince.

— Ici, nous avons Danielle Marceau, une jeune femme qui distribue les cartes dans un casino, continua Charlie. Elle était amie avec la victime et elle l'a même hébergée pendant un temps. C'était également elle qui avait trouvé un travail d'hôtesse de casino à Francesca, avant que celle-ci ne tire le gros lot avec Stratton. Danielle était clairement jalouse de sa copine, et elles se sont disputées pour une histoire de boucles d'oreilles qui seraient tombées, soi-disant par accident, dans le sac de Danielle.

— Pensez-vous que le meurtrier soit une femme ? demanda Warren.

— Non, répondit Charlie. Mais nous n'écartons aucune piste, pour le moment, pas même celle d'une femme qui aurait payé un homme pour faire le sale boulot à sa place.

— Et le pasteur ? reprit le commissaire en désignant la photo du révérend Lawrence.

— Nous ne savons pas encore, répondit Vince. D'après les témoignages recueillis auprès du personnel de l'immeuble Mill House, il a rendu un certain nombre de visites à la victime dans son appartement. Et l'employée du pasteur déclare que la victime se rendait régulièrement au presbytère.

Lawrence prétend qu'il était son conseiller spirituel, mais je ne le crois pas.

— Vous pensez qu'ils avaient une liaison ? demanda Warren.

— Difficile à dire, pour le moment, répondit Vince. Mais il y a quelque chose qui cloche. Nous essayons d'accéder aux archives des paroisses où il a été affecté avant d'arriver à La Nouvelle-Orléans, il y a un peu moins d'un an, mais on ne nous facilite pas vraiment la tâche.

— Donnez-moi les noms des églises et je verrai ce que je peux faire, dit le commissaire. Quoi d'autre ?

— Jason et Phillip Stratton, les deux derniers fils de J.P. Stratton, reprit Charlie. Ils sont jumeaux. Outre le fait qu'une nouvelle épouse aurait grignoté une part de leur héritage, j'ai eu l'impression que Jason avait le béguin pour Francesca. Et Phillip était terriblement nerveux quand nous leur avons posé des questions au sujet des allées et venues de son frère, le soir du meurtre.

Warren hocha la tête et Charlie fit glisser sa baguette sur le tableau.

— Aaron Stratton, le fils numéro deux, reprit-elle. C'est le bras droit de son père et son avocat. Il prétend qu'il s'est rendu chez Francesca le soir du meurtre pour lui faire signer l'accord prénuptial, et elle a refusé. Toujours d'après lui, si son père s'était marié sans cet accord préalable, et compte tenu du fait qu'il semble incapable de rester marié très longtemps, Francesca aurait pu prétendre à une grosse part de la fortune paternelle, ce qui aurait forcément eu un impact sur l'héritage des enfants. Si, en plus, elle attendait un bébé…

— Je croyais que le père Stratton était plein aux as, dit le commissaire.

— Il l'est. Mais tout est relatif, surtout pour des gens qui ont leur train de vie. De plus, toutes ses ex-femmes, à l'exception de la première, sont parties avec un morceau de son capital, et il a ouvert des fonds en fidéicommis pour chacun de ses enfants. Et je ne parle pas des cadeaux somptueux ou des grosses sommes d'argent qu'il a laissés à ses maîtresses, au fil des ans.

— Pour un multimillionnaire, il n'a pas l'air bien malin, fit remarquer Warren.

— Apparemment, il ne se sert pas beaucoup de son sens des affaires, au moment de choisir ses conquêtes féminines, ajouta Charlie.

— Et la, qui est-ce ? enchaîna le commissaire en désignant l'agrandissement très flou de l'arrêt sur image pris sur la vidéo de surveillance de l'immeuble.

— C'est notre mystérieux inconnu, répondit Vince. Il n'a pas emprunté la porte d'entrée principale et il a tout fait pour éviter la caméra. De là à conclure qu'il connaissait le chemin, il n'y a qu'un pas. Nous pensons qu'il est passé par l'entrée de service, à l'arrière de l'immeuble. Il n'y a qu'une seule caméra à cet endroit, et d'après ce qu'on nous a dit, le code d'accès n'a pas été changé depuis des mois. N'importe qui armé d'une bonne paire de jumelles pourrait surveiller l'arrivée d'un employé du service, noter le code et s'introduire ensuite dans l'immeuble.

— Il peut s'agir de Jason ou de Phillip Stratton, dit Charlie. Ils sont à peu près de cette taille et de cette corpulence, et ils sont très forts en informatique. Enfin, ils devaient bien connaître les lieux puisque leur sœur y avait habité.

— Cole Stratton aussi s'y connaît en informatique, et, en plus, il dirige une boîte qui fournit des systèmes de surveillance et de sécurité. C'est un ancien Navy SEAL dont la spécialité était l'électronique, alors, pour lui, trafiquer une vidéo de surveillance serait un jeu d'enfant, fit remarquer Vince.

— Et lui aussi aurait pu vouloir préserver son héritage ? demanda le commissaire.

— Non, répondit Charlie. Le torchon brûle entre lui et son père, et J.P. Stratton ne l'a pas inclus dans son testament. Mais il semble être très proche de ses frères et sœurs, surtout de sa sœur qu'il protège farouchement. Lui aussi s'est rendu chez la victime, le soir du meurtre, pour essayer de la convaincre de ne pas porter plainte contre Holly.

— Il a réussi ?

— Non, répondit Vince. Et il ne me donne pas l'impression d'être le genre de type qui accepte facilement un refus.

— Cela ne me paraît pas un motif suffisant pour tuer Francesca, dit Charlie.

— Ça dépend si l'on tient compte ou non de la haine qu'il voue à son père, dit Vince. En tuant Francesca, il aurait fait d'une pierre deux coups. Sa sœur ne risquait plus d'être inquiétée, et le vieux pouvait être soupçonné du meurtre de sa fiancée.

— Il faudrait être drôlement tordu pour monter un plan pareil, dit Charlie.

— D'après ce que j'ai compris, un SEAL ne permet pas à ses émotions de l'influencer au moment d'accomplir une mission. C'est précisément pour ça qu'ils sont aussi efficaces, répondit Vince.

Charlie ne répondit rien, mais son instinct lui soufflait que Vince se trompait. Elle revit Cole et la manière dont il l'avait regardée, le mélange de désir et de défi au fond de ses yeux si bleus, et, aussitôt, son ventre se serra d'une drôle de façon. Elle chassa bien vite ces pensées et cette image de son esprit, se demandant avec angoisse si Vince n'avait pas raison. Cole et l'étrange attirance qu'elle ressentait pour lui lui avaient-ils fait perdre sa capacité à juger de manière rationnelle ?

— Et l'hypothèse du cambriolage qui a mal tourné ? reprit le commissaire.

Vince secoua la tête.

— Aucun voleur ne serait parti sans le diamant qui brillait au doigt de la victime. A mon avis, le tueur a vidé le porte-monnaie et pris quelques bijoux pour nous lancer sur une fausse piste.

— Et les alibis ?

— J.P. et Aaron se servent mutuellement d'alibi. Holly Stratton était dans un hôtel sur la côte, au moment du meurtre, et Danielle Marceau travaillait au casino. Sylvia Stratton était couchée chez elle et elle avait pris une dose de somnifères. Jason et Phillip Stratton l'ont confirmé. Enfin, ces deux-là partagent également un alibi. Cependant, il y a des trous dans leur histoire. Le pasteur déclare qu'il était chez lui, en train de préparer un sermon. Et Cole Stratton dit qu'il était seul à son domicile. Enfin, nous ne savons rien au sujet de Schwitzer.

— Eh bien, si vous êtes sûrs que le tueur est l'un d'entre eux, il faut retrouver celui qui ment. Je vous suggère de faire vite. La pression est lourde.

— Nous y travaillons, commissaire, répondit Charlie. Mackenzie est remonté jusqu'au fabricant du bas de soie, et il a trouvé quelques noms.

— Je vous écoute, dit Warren en s'adressant à MacKenzie.

Celui-ci se redressa aussitôt.

— Cette marque est vendue chez Saks, chez Dillards et dans trois boutiques en ville. C'est l'article de cette marque qui se vend le mieux. Vous n'imaginez pas le nombre de bas et de collants qu'ils écoulent.

— Les noms, Mackenzie, intervint Charlie.

— Oui, euh… j'en ai trois. Les deux premières clientes sont des ex-épouses de J.P. Stratton. Sylvia et Laurel. Et la troisième est la victime elle-même.

— Il faut croire que le vieux Stratton aime les bas de soie noire, fit remarquer Charlie. Il ne serait pas étonnant, dès lors, qu'il s'en serve comme d'une arme.

— S'il est le tueur ! intervint Vince.

— Vous pensez, vous, qu'il est le tueur ? demanda le commissaire, s'adressant à Charlie.

— C'est une possibilité, répondit-elle.

D'autant plus que Stratton père avait l'air d'aimer les blondes et que sa sœur, Emily, avait toujours eu un faible pour les hommes plus âgés qu'elle.

— Dans ce cas, dénichez-moi des preuves tangibles, et qu'on l'interroge ! Vite ! J'en ai assez d'être harcelé par le chef de la police et par le maire.

— Oui, commissaire, répondit Charlie. Nous attendons les résultats des tests ADN sur le sperme trouvé dans le corps de la victime, et aussi sur le fœtus, afin de savoir si J.P. Stratton était le père.

— Savent-ils qu'il s'agit d'une affaire prioritaire, au labo ? demanda Warren.

— Oui, commissaire, répéta Charlie.

Ce dernier poussa un soupir et passa une main sur son crâne chauve, d'un geste las.

— Quel dommage qu'on ne puisse pas utiliser les équipements dont ils disposent dans les séries télé ! Ces fichues émissions donnent aux gens l'impression qu'on peut résoudre un crime en une heure… Bon, reprit-il en se levant. Tenez-moi au courant.

Lorsqu'il eut quitté la pièce, Charlie se tourna vers Mackenzie.

— Tu veux bien aller voir le Dr Williamson et lui demander si elle a du neuf, en ce qui concerne les tests ADN ? Je crains qu'elle ne nous jette dehors, Vince et moi, si nous la harcelons encore.

— J'y vais, répondit le jeune homme en bondissant sur ses pieds.

— Tu crois vraiment que J.P. Stratton est notre homme ? demanda Vince lorsqu'ils furent seuls.

— C'est une possibilité, répondit la jeune femme. Ecoute, je te promets que je n'écarte encore personne — pas même Cole Stratton. D'accord ?

— D'accord. Tu as des nouvelles du comptable judiciaire, au sujet des relevés de banque de Francesca ?

— Non. Si tu veux bien essayer encore de joindre la mère, je peux monter les asticoter un peu.

— Je vais y aller, moi, dit Vince. J'ai envie de me dégourdir les jambes.

— D'accord.

Elle s'apprêtait à retourner à son bureau pour appeler la mère de Francesca Hill, lorsque le téléphone sonna dans la salle de brigade. Elle décrocha.

— Le Blanc.

— Inspecteur, Joe Thibodeaux à l'appareil, dit le brigadier en poste à la réception. Un certain Aaron Stratton demande à vous voir. Vous voulez que je le fasse entrer par-derrière ?

Charlie entendit les bruits de fond et imagina la pagaille, à l'entrée. Comme toujours, pendant les festivités de mardi gras, il y avait une recrudescence d'arrestations pour ivresse sur la voie publique et une myriade d'autres délits mineurs.

— Oui, Joe, je veux bien. Merci, répondit-elle.

Quelques minutes plus tard, un agent fit entrer Aaron Stratton dans la salle de brigade. Il était vêtu d'un smoking.

— Je me rends à une soirée, expliqua-t-il aussitôt. J'ai juste fait un petit détour pour vous déposer ceci.

Il s'approcha de Charlie et lui tendit une enveloppe en papier kraft.

— C'est la liste que je vous ai promise. Elle contient les noms des personnes avec lesquelles mon père a traité des affaires qui ne se sont pas terminées comme elles le souhaitaient.

— Merci, dit la jeune femme en ouvrant l'enveloppe. C'est très aimable de vous être déplacé.

— Je vous en prie. Je sais que c'est important, et avec l'arrivée de mardi gras, tout va fermer, la circulation va devenir impossible. Et puis, c'était pratiquement sur mon chemin.

Charlie hocha la tête et parcourut la liste qui était assez longue.

— Ah ! fit Aaron en regardant le tableau blanc. Je vois que je fais partie des suspects. Je ne sais pas si je dois me sentir flatté ou insulté.

— Ni l'un ni l'autre, répondit la jeune femme. Nous ne laissons rien au hasard, voilà tout.

— C'est sûrement pour cette raison que vous êtes l'inspecteur qui compte le moins d'affaires irrésolues.

— Vous vous êtes renseigné sur mon compte, monsieur Stratton ? demanda Charlie, vaguement irritée.

— Appelez-moi Aaron, dit-il. Vous permettez que je m'assoie ?

Elle hocha la tête, puis répéta :

— Alors, vous vous êtes renseigné sur mon compte ?

— Oui, en effet.

— Pourquoi ?

— Je vous ai offensée, on dirait, fit-il sur un ton d'excuse. Ce n'était pas du tout mon intention, inspecteur. Je voulais juste m'assurer qu'on avait confié l'affaire du meurtre de Francesca aux meilleurs éléments de votre brigade. Je n'ai plus le moindre doute à ce sujet. Vous êtes la meilleure, et j'ai entièrement confiance en vous pour retrouver l'assassin.

— Vous semblez oublier, monsieur Stratton, que l'on ne travaille jamais seul dans la police. Les résultats sont toujours ceux d'une équipe. Mon coéquipier et moi-même menons l'enquête ensemble, et nous comptons aussi sur l'aide et le soutien de toutes les unités spécialisées.

— Oui, mais quelque chose me dit que vous êtes le moteur de cette équipe.

Charlie ne répondit pas et se contenta d'étudier la liste de noms. Elle en reconnut un certain nombre.

— Il semble que votre père se soit fait beaucoup d'ennemis, dit-elle.

— Mon père n'est pas quelqu'un de facile, inspecteur. Un homme qui jouit de son pouvoir et de sa fortune attire beaucoup de monde. Les gens imaginent que son seul nom va leur garantir l'argent et le succès. Et quand le miracle n'opère pas, ils s'en prennent à lui, parce que c'est plus facile que d'admettre qu'ils n'étaient pas à la hauteur.

— Alors, à votre avis, quelles sont les personnes auxquelles je devrais parler en priorité ?

— Vous voulez une réponse honnête ?

— Oui.

— Personne sur cette liste n'aurait le cran de s'en prendre

à mon père — alors de là à tuer sa fiancée pour se venger, franchement…

— Cela inclut Sylvia Stratton ? demanda Charlie qui avait remarqué ce nom sur la liste.

Aaron s'esclaffa.

— Sylvia est une femme insipide qui n'a jamais conçu la moindre pensée originale de toute sa vie. Elle ne serait absolument pas capable de commanditer un meurtre, encore moins de le commettre elle-même.

— Alors, à votre avis, qui a tué Francesca Hill ?

Aaron regarda le tableau blanc.

— Sans doute l'un d'entre eux.

— Vos soupçons se portent-ils sur quelqu'un en particulier ?

— En dehors de moi, vous voulez dire ? fit-il avec un sourire.

— En dehors de vous, répondit la jeune femme sans se départir de son sérieux.

— Eh bien, vous pouvez rayer ma sœur et Danielle de votre liste. Holly est peut-être gâtée et immature, mais elle ne ferait pas de mal à une mouche. Quant à Danielle, elle serait sans doute capable de meurtre, et elle était jalouse de Francesca. Cependant, son amitié avec Francesca lui ouvrait les portes d'un monde auquel elle n'aura sans doute jamais plus accès, désormais. Elle n'est pas si bête.

Charlie hocha la tête.

— Il y a plusieurs autres suspects sur ce tableau, dit-elle, curieuse d'en entendre davantage.

— En effet, dit Aaron. Il y a ce mystérieux inconnu que vous avez dû prendre pour le voleur. Sauf qu'à mon avis vous avez abandonné la théorie du cambriolage qui a mal tourné, n'est-ce pas ?

— Qu'est-ce qui vous le fait penser ?

— Allons, inspecteur ! Aucun voleur digne de ce nom ne serait parti sans la bague de fiançailles que Francesca avait au doigt. Elle a quand même coûté un quart de million de dollars à mon père.

— Certes.

— Schwitzer me paraît le suspect le plus évident. Ce type est un escroc à la petite semaine, et je pense que Francesca lui a souvent servi d'appât dans certaines de ses combines. Lorsqu'elle a rencontré mon père, il a vu une rente lui échapper, et ça n'a pas dû lui plaire. Je ne l'ai rencontré qu'une fois, mais il m'a fait l'effet d'un sale type, du genre à vouloir se venger.

— Et votre père ?

— C'est un bon candidat. S'il avait découvert que Francesca le trompait, il l'aurait tuée, ou, pire, il aurait fait en sorte qu'elle regrette d'être encore en vie, répondit Aaron d'un ton nonchalant. Il y a aussi mon frère Jason, qui se croyait amoureux d'elle. Ou encore le pasteur. En voilà un qui était envoûté !

— Que voulez-vous dire ?

— Réfléchissez un peu, inspecteur. Francesca était une très belle femme. Il n'aurait pas été le premier à être tenté par le péché de chair. Rappelez-vous Adam et Eve.

— Et vous ? Vous étiez tenté, monsieur Stratton ?

— En dehors du fait qu'elle couchait avec mon père, Francesca n'était pas mon genre. Je préfère les femmes à la beauté plus… subtile.

— Et votre frère Cole ?

— Ah ! Cole… On peut dire qu'il n'est pas facile à cerner !

— Alors, est-ce qu'ils vont bientôt comprendre qu'ils ont intérêt à te confier la présentation du journal, au lieu de te faire crapahuter à travers toute la ville ?

— Je l'espère, en tout cas, répondit Anne.

— Si tu veux mon avis, leur Audimat exploserait d'un seul coup.

Il se pencha à l'oreille de la jeune femme.

— Tu es beaucoup plus agréable à regarder qu'Eric Paulsen !

Elle éclata de rire.

— Merci, mais si je présente le journal, je ne pourrai plus venir vous voir et ça me manquera beaucoup.

Le policier rougit légèrement.

— Anne, comment se fait-il que tu sois encore célibataire ? Les hommes doivent se battre pour sortir avec toi.

— Bah ! fit la jeune femme avec un haussement d'épaules.

Joe signa des papiers quc lui tendait un agent, puis il reprit :

— Les jeunes d'aujourd'hui doivent avoir de la boue dans les yeux. Moi, en tout cas, si je n'étais pas marié et que j'avais trente ans de moins, je serais sur le pas de ta porte, crois-moi.

Il lui fit un clin d'œil malicieux, avant d'enchaîner :

— Tu es venue voir ta sœur ?

— Oui. Elle est là ?

— Dans son bureau, probablement. Tu veux que je la prévienne ?

— Est-ce que je peux y aller directement en passant par-derrière ? demanda Anne.

— Oui, bien sûr. Signe le registre, et je vais te passer un badge de visiteur.

— Merci, Joe, dit la jeune femme avec un sourire, tout en épinglant le badge au revers de sa veste.

Elle se dirigea vers l'arrière du bâtiment où se trouvaient les bureaux de la brigade criminelle. Elle se faisait du souci pour sa sœur. Elle l'avait appelée deux fois au cours des derniers jours, et, chaque fois, Charlie lui avait paru tendue. Il n'était pas rare que son aînée s'investisse ainsi dans une enquête, mais Anne avait un étrange pressentiment, cette fois. Elle voulait aussi la prévenir au sujet de la conférence de presse.

Dans le bureau de Charlie, elle ne trouva que Vince qui était en train de téléphoner.

Anne remarqua aussitôt la manière dont le tissu bleu de sa chemise moulait ses épaules larges. Elle se rappela son regard brûlant, juste avant qu'il l'embrasse…

Et il lui avait à peine adressé un mot, depuis.

« Alors que comptes-tu faire, Anne Le Blanc ? Veux-tu passer encore deux mois à soupirer en attendant qu'il fasse le premier pas ? Ou vas-tu le faire toi-même ? »

Elle prit une profonde inspiration et marcha vers lui, alors même qu'il raccrochait.

— Salut, Vince !

Il se figea, puis pivota lentement sur sa chaise.

— Anne, quelle surprise !

— Bonne ou mauvaise ?

La jeune femme sentit son cœur se serrer en voyant qu'il hésitait.

— Ni l'une ni l'autre, répondit-il finalement. Juste une surprise.

Décidant brusquement qu'il ne servait à rien de tourner indéfiniment autour du pot, Anne demanda :

— Vince, tu m'aimes bien, n'est-ce pas ?

— Evidemment que je t'aime bien ! Pourquoi cette question ? répliqua-t-il en plongeant le nez dans ses papiers.

— Eh bien, voyons, c'est peut-être lié au fait que tu te précipites vers l'issue la plus proche, chaque fois que tu me vois, ou encore au fait qu'à cet instant précis tu évites mon regard.

Il tourna la tête vers elle.

— Bon, je te regarde. Et je ne m'enfuis pas.

Anne sentit son cœur battre plus vite.

— En effet, répondit-elle, feignant un air nonchalant.

— Si tu cherches ta sœur, elle est au labo.

— Je peux attendre, répondit Anne.

Puis elle se percha sur sa table et croisa les jambes. Le regard de Vince glissa sur ses chevilles.

— Il y a une chaise, là, dit-il.

— Je suis bien, ici.

— Comme tu voudras.

— Merci. Au fait, je n'ai jamais eu l'occasion de te remercier.

— A quel sujet ?

— Il paraît que tu m'as défendue auprès du commissaire. Charlie m'a dit que vous aviez reçu un savon parce qu'il croyait que vous m'aviez refilé des infos au sujet de l'affaire Stratton-Hill.

Vince haussa les épaules.

— Ce n'était pas bien méchant. Si le commissaire ne nous engueulait pas au moins une fois par semaine, on se demanderait s'il n'est pas malade.

— Ça m'étonnerait, dit Anne.

Elle marqua une pause, avant de reprendre :

— Quoi qu'il en soit, merci de penser que je suis une bonne

journaliste capable de tirer certaines conclusions sans qu'on vienne nécessairement me les souffler à l'oreille.

— Je n'ai fait qu'exprimer une évidence. Tout le monde sait que tu es une bonne journaliste.

— Tu as raison. Mais je suis néanmoins contente de savoir que tu le penses.

— Pas de problème, murmura Vince.

Il se leva et réunit les papiers éparpillés sur son bureau.

« C'est maintenant ou jamais, songea la jeune femme. Il va encore s'en aller, et je ne serai pas plus avancée. »

Elle respira profondément et décida de jouer le tout pour le tout en l'invitant à sortir avec elle. Quel était le risque ? Il pouvait dire non, bien sûr. Il pouvait lui répondre qu'elle n'était pas son genre et qu'elle ne l'intéressait pas du tout. Dans ce cas-là, elle aurait sûrement envie de disparaître dans un trou de souris, tant elle se sentirait idiote. Mais elle se trouvait déjà idiote de soupirer ainsi après lui comme une collégienne.

— Vince, tu aimerais sortir avec moi ?

Il lâcha ses dossiers, et s'accroupit aussitôt pour les ramasser. Anne se joignit à lui, et lorsqu'elle lui tendit une liasse de papiers, elle vit l'expression de son visage. Il était choqué. Il ressemblait à un cerf pris dans les phares d'une voiture.

— Tu veux dire… un rendez-vous ?

— Oui, répondit la jeune femme d'une voix à peine audible. J'ai des places pour le match des Hornets, jeudi soir, et je sais que tu es un fan de base-ball. J'ai pensé que tu aimerais m'accompagner.

— Anne, je ne pense pas que ce soit une bonne idée.

— Pourquoi ? Tu n'aimes pas les Hornets ?

— Non. Enfin, si. J'adore les Hornets… Je veux parler de toi et moi.

— Je vois, murmura Anne.

Il lui toucha la joue.

— Je ne crois pas, non, reprit-il. Tu es une femme incroyablement sexy, et il faudrait que je sois mort pour ne pas être attiré par toi.

— Je sens venir un « mais ».

— Mais j'ai pratiquement dix ans de plus que toi, et tu es aussi la petite sœur de ma partenaire de travail. Ce n'est pas une bonne idée.

Anne le regarda fixement, se demandant si elle avait bien entendu.

— Je vais répéter, histoire de m'assurer que j'ai bien compris, fit-elle. Tu me dis, en substance, que si j'étais une vieille de, mettons, trente ans au lieu de vingt-trois, et si je n'étais pas la sœur de Charlie, tu envisagerais volontiers d'avoir une relation avec moi ?

— Oui.

Il avait l'air tellement sérieux. Anne sentit son cœur se gonfler de bonheur.

— Eh bien, nous n'avons aucun problème, reprit-elle sur un ton joyeux. J'ai trente ans, et je suis fille unique.

Il éclata de rire.

— Qu'est-ce que tu racontes ?

— Peu importe ce que je raconte, dit-elle avec un large sourire.

Elle tira une carte de visite de son sac et griffonna son adresse et son numéro de téléphone au dos.

— Passe me prendre jeudi à 18 heures.

Il regarda fixement le carton blanc.

— Anne, je ne suis pas sûr…

— Allons, inspecteur, ne me dites pas que vous avez peur ! lança-t-elle sur un ton de défi.

Elle s'approcha de lui et ajouta, dans un chuchotement :

— Ne t'inquiète pas. Je ne m'attends pas à ce qu'on couche ensemble dès le premier soir.

Vince rougit jusqu'à la racine des cheveux. Il recula d'un pas et tira sur sa cravate.

— Pas de panique, ajouta la jeune femme en riant. Je plaisantais.

— Je sais.

— Alors, on se voit jeudi soir, ou est-ce que tu vas te dégonfler ?

Il pinça les lèvres.

— Je serai devant chez toi à 18 heures.

12.

En revenant du labo, Charlie trouva Anne et Vince en grande conversation. Mais, à la seconde où ils l'aperçurent, Vince mit de la distance entre eux. Ils ressemblaient à deux collégiens surpris en plein flirt.

Aussitôt, Charlie sentit son instinct de mère poule se réveiller, et elle envisagea de parler à son coéquipier. Mais il lui conseillerait sans doute de se mêler de ses affaires. Et s'il ne le faisait pas, Anne s'en chargerait. Et puis, c'était Vince, son meilleur ami, son coéquipier, le frère qu'elle n'avait jamais eu. C'était un type bien. Certes, il avait mal digéré son divorce. Rares étaient ceux qui vivaient bien une telle épreuve. Cela faisait partie de ce qu'ils étaient, partie de la vie qu'ils avaient vécue. Elle savait aussi que Vince ne manquait pas de compagnie féminine, depuis son divorce. En fait, ses copines changeaient à un tel rythme qu'elle ne prenait plus la peine de demander comment elles s'appelaient. Quant à Anne, elle n'était pas un petit agneau sans défense : elle savait se débrouiller. Et Vince valait bien mieux que certains des clowns qu'elle avait fréquentés, au fil des ans. D'ailleurs, ça pouvait peut-être marcher entre ces deux-là, songea encore Charlie. A condition que Vince Kossak prenne une nouvelle fois le risque de tomber amoureux.

— Qu'y a-t-il ? demanda-t-elle en arrivant près d'eux.
— Pas grand-chose, répondit Vince. Ta sœur est passée te voir.
— Et Vince a eu la gentillesse de me tenir compagnie, ajouta Anne.
Vince tira sur le nœud de sa cravate, comme s'il avait du mal à respirer.
— Je vais voir si Mackenzie a du nouveau, dit-il.
— Salut, Vince ! A jeudi soir ! lui lança Anne.
— Oui, d'accord !
— Que se passe-t-il, jeudi soir ? demanda Charlie, lorsqu'il eut quitté la pièce.
— Nous avons rendez-vous, répondit Anne en levant le menton d'un air de défi. Je l'ai invité à m'accompagner au match des Hornets, et il a accepté.
Anne attendait manifestement une réaction, mais Charlie conserva un air neutre. Elle s'assit à son bureau et prit la liste de noms que lui avait apportée Aaron Stratton.
— Tu ne dis rien ? reprit sa sœur.
Charlie la regarda.
— Que voudrais-tu que je te dise ?
— Que tu ne vois pas d'inconvénient à ce que je sorte avec Vince.
— Est-ce que ça changerait quelque chose ?
— Oui, répondit Anne avec un accent de sincérité. Je suis folle de lui, Charlie. Mais je n'ai pas envie de te décevoir.
— Je ne suis pas déçue, répondit Charlie. Juste un peu inquiète.
Comme sa sœur ouvrait la bouche, prête à protester, Charlie leva la main et enchaîna rapidement :
— Tu es ma petite sœur, Anne. Je ne voudrais pas que tu souffres.

— Tu penses que Vince va me faire souffrir ?

— Pas de manière intentionnelle. Ne te méprends pas sur le sens de mes paroles. Vince est un type formidable. Mais son divorce l'a vraiment cassé. Il est sorti avec beaucoup de femmes, depuis, mais ça ne dure jamais. Il ne permet à personne de l'approcher.

— C'est parce que aucune de ces femmes n'était moi, déclara Anne.

Elle était totalement convaincue, et Charlie ne put que sourire.

— Tu sais quoi ? Tu as peut-être raison.

— Oh, j'ai raison ! Tu verras.

Pour la première fois depuis qu'elle était entrée dans la chambre de Francesca Hill, une semaine plus tôt, Charlie sentit son humeur s'éclaircir. Elle avait été tellement absorbée par l'affaire et les similarités avec le meurtre d'Emily qu'elle avait l'impression d'être enfermée dans un tunnel. Anne était comme un rayon de lumière dans l'obscurité, le rappel d'une époque plus heureuse, où elle ne vivait pas avec le poignant regret de n'avoir pas répondu à l'appel de sa sœur, avec le poids du terrible sentiment de culpabilité qui ne l'avait plus jamais quittée. Mais c'était précisément parce qu'elle n'avait pas été là pour Emily qu'elle ne pouvait pas se permettre de perdre son objectif de vue, maintenant. Elle devait retrouver le meurtrier avant qu'il ne frappe de nouveau.

— Ecoute, j'aimerais bien parler encore de tes amours, mais j'ai du travail.

— Toujours l'affaire du meurtre de Francesca Hill ? demanda Anne.

— Oui. Le commissaire est constamment harcelé par le maire, alors forcément il reporte la pression sur nous.

— C'est pour ça que j'étais venue, au départ. Je voulais

t'avertir que J.P. Stratton allait donner une conférence de presse, mercredi matin, s'il n'y a toujours pas eu d'arrestation. D'après la rumeur, il a l'intention de s'en prendre aux inspecteurs chargés de l'enquête en les accusant de ne pas faire suffisamment d'efforts pour retrouver l'assassin de Francesca.

— Merci de me prévenir. Mais il a déjà menacé de me retirer mon badge, alors je ne vois pas bien ce qu'il peut faire de plus.

— Méfie-toi, Charlie : ce type a beaucoup de pouvoir, et pas seulement en ville. Il a des relations dans les hautes sphères de l'Etat de la Louisiane et même à Washington. S'il ne te fait pas renvoyer, il pourra au moins te rendre la vie très difficile. Je ne voudrais pas que toi et Vince vous payiez les pots cassés.

— C'est gentil de t'inquiéter pour nous, Anne, mais si je dois permettre à des types comme Stratton de me dicter ma manière de travailler, je préfère encore donner ma démission. Je vais me contenter de continuer à faire mon boulot, et, pour le moment, cela implique de retrouver l'assassin de Francesca.

— Bon, répondit Anne. Mais tu ne détiens pas l'exclusivité quand il s'agit de se faire du souci. Je m'inquiète aussi à ton sujet, tu sais ?

— Hé, qui est la grande sœur, ici ? lança Charlie en riant, bien qu'elle fût sincèrement touchée.

— Toi. Mais parfois même une grande sœur peut se mettre en congé, l'espace d'une soirée, et laisser quelqu'un d'autre gérer les problèmes du monde à sa place. D'accord ?

— D'accord, répondit Charlie.

— Si je peux faire quelque chose pour t'aider, il te suffit de demander. J'ai beaucoup de contacts, avec mon métier.

Tu n'imagines pas la quantité d'informations dont je dispose. Il ne se passe pas grand-chose que nous ignorions dans cette ville.

— Il n'est pas question de te faire jouer les détectives amateurs, Anne.

— Qui parle de ça ? En revanche, je connais pas mal de trucs au sujet des personnes impliquées dans ton affaire. Ça fait quand même deux ans que je couvre leurs allées et venues pour la télé. Je sais des tas de choses que tu ne trouveras probablement pas dans tes archives, crois-moi.

Elle se pencha en avant et baissa la voix.

— Autrement dit, je suis au courant de quelques secrets honteux.

Charlie réfléchit un instant. Anne avait raison. Elle connaissait sans doute des détails qui ne figuraient pas dans les bases de données de la police.

— Que sais-tu au sujet d'Aaron Stratton ? lui demanda-t-elle.

— En dehors du fait qu'il est le célibataire le plus recherché de la ville ?

— Oui.

— Voyons, dit Anne en s'abandonnant contre le dossier de sa chaise. Aaron est l'enfant chéri. Il a décroché son diplôme de droit avec les honneurs, à Tulane, et fait son stage de fin d'études auprès d'un juge fédéral. Il aurait pu entrer dans n'importe quel gros cabinet juridique, mais il a préféré devenir le conseiller privé de son père.

— Autre chose ?

— Il est bel homme et il n'a jamais été marié, bien qu'il ait fréquenté plusieurs débutantes et la fille d'un sénateur.

— Et en dehors de sa vie sociale ?

— Eh bien, il paraît qu'il a eu quelques ennuis, lorsqu'il était plus jeune.

— Quel genre d'ennuis ?

— Il aurait été un peu violent avec l'une de ses petites amies. Mais il n'y a jamais eu de plainte officielle, alors ce n'est peut-être pas vrai.

Charlie décida de se renseigner.

— A part ça et quelques excès de vitesse pour lesquels il a payé rubis sur l'ongle, il semble être un citoyen modèle, reprit Anne. C'est le chouchou de la société, ici, et il est invité absolument partout. Il est charmant et charmeur, riche, et le préféré de son père. Lorsque J.P. prendra sa retraite ou cassera sa pipe, Aaron reprendra certainement la gestion de toutes ses affaires, puisque c'est ce qu'il fait déjà plus ou moins, depuis deux ans.

— Et ses frères et sœurs ? Ils n'auront pas leur mot à dire ?

— Le seul qui pourrait intervenir, c'est Cole Stratton. Apparemment, J.P. lui a pratiquement offert de le placer à la tête de sa compagnie, mais Cole a refusé. Il ne veut rien avoir à faire avec son père.

— Et les autres enfants ?

— Aucun n'est particulièrement intéressé, du moment que l'argent continue de leur tomber dans la poche. Ils laisseront sûrement Aaron gérer les affaires et ils continueront à vivre des rentes que leur rapportent leurs fonds en fidéicommis. Aaron gère aussi ça.

— Autrement dit, prendre le contrôle des affaires ne peut pas représenter un mobile, murmura Charlie, comme si elle se parlait à elle-même. L'argent continue de rentrer et les riches ne cessent de s'enrichir.

— Peut-être, dit Anne. Mais peut-être pas.

— Que veux-tu dire ?

— Eh bien, il paraît quand même que J.P. dépense son argent aussi vite qu'il le gagne. Et entre ce qu'il a dû sortir pour chacun de ses divorces et ce qu'il continue de payer à ses ex et à ses gosses, sa marge bénéficiaire n'est pas aussi confortable qu'elle devrait l'être.

— Et Cole Stratton, que sais-tu à son sujet ? demanda Charlie.

— Ah ! le prince ténébreux, dit Anne avec un petit sourire.

— Le prince ténébreux ?

— J'ai entendu quelqu'un l'appeler comme ça, une fois. Je trouve que ça lui va bien. Il a les cheveux noirs, un regard bleu profond et un air infiniment mystérieux.

— On dirait un personnage de roman sentimental, oui, marmonna Charlie.

Elle leva les yeux au ciel, et pourtant Anne n'avait pas tort. Il y avait quelque chose de dangereux et de mystérieux chez Cole Stratton.

— Le problème est que tu ne possèdes pas la plus petite once de romantisme, Charlie Le Blanc.

— Tu en as bien assez pour nous deux ! Alors, que sais-tu à son sujet ?

Anne eut une moue.

— Voyons, en plus d'être beau à tomber par terre, il semble avoir le don de tout transformer en or. La compagnie de sécurité qu'il a montée a crevé le plafond. Il est plein aux as.

Charlie se rappela que Cole avait hérité de sa maison dans le Vieux Carré, à la mort de sa mère, et que c'était la seule chose que son père n'avait pas pu leur voler. Elle ne pouvait s'empêcher d'éprouver de l'admiration pour lui. Au lieu de risquer sa relation avec ses frères et sa sœur en attaquant J.P.

de front, il avait préféré gagner de l'argent par lui-même et ne rien devoir à personne.

— Il apporte sa contribution à un certain nombre d'entreprises charitables et artistiques, mais sans jamais en faire état, continua Anne. Il demande généralement à rester anonyme.

— Au contraire de son père, nota Charlie.

Anne hocha la tête.

— D'autre part, il est célibataire ; il n'a jamais été marié ou fiancé, et il n'a jamais vécu avec qui que ce soit non plus.

— Il n'y a personne dans sa vie ? demanda Charlie, incapable de retenir la question qui lui brûlait les lèvres.

— Si c'est le cas, il a réussi à la cacher, répondit Anne. A mon avis, il n'a rien d'un moine, mais je ne lui connais aucune relation suivie.

Elle marqua une pause, avant de reprendre :

— On le dit farouchement loyal et généreux. C'est sans doute un ami sur lequel on peut vraiment compter. Et il est très proche de ses demi-frères et sœur.

— Oui, j'ai remarqué, dit Charlie.

— On dit aussi qu'il voue une haine féroce à son père à cause de ce qu'il a fait à sa première femme, la mère de Cole, donc.

— J'ai entendu parler du suicide.

— Le suicide, oui, et toutes les infidélités qui l'avaient précédé. Il y a eu d'autres femmes avant Eddie Stratton, la mère d'Aaron. J.P. n'était pas vraiment discret. Le pire est qu'il s'est servi de l'argent de Margaret pour créer son empire financier.

— Je l'ai entendu dire, mais justement, comment est-ce possible ? demanda Charlie. Elle n'avait donc personne pour la conseiller et veiller sur ses biens ?

— Margaret était l'archétype de la pauvre petite fille riche, expliqua Anne. Elle était enfant unique, et ses parents étaient déjà âgés quand elle est née. Ils sont morts alors qu'elle était encore très jeune, en lui laissant une véritable fortune. Elle était naïve ; elle avait été élevée dans une institution religieuse, et lorsque J.P. l'a rencontrée, c'était une héritière immensément riche. Il l'a séduite, et elle a ignoré les conseils de son notaire sur l'utilité de signer un accord prénuptial. Elle est tombée enceinte de Cole presque immédiatement, et elle était tellement prise par ses devoirs d'épouse et de mère qu'elle ne faisait pas attention aux papiers que J.P. lui faisait signer soi-disant pour qu'elle n'ait pas à se préoccuper des questions d'argent.

— Mais quand même, elle devait bien avoir des amis, des employés ? Personne ne lui a dit ce qui se passait ?

— D'après ce que j'ai entendu dire, J.P. aurait fait en sorte de l'isoler autant que possible. L'univers de Margaret tournait exclusivement autour de J.P. et de Cole. En un rien de temps, J.P. a eu accès à tous ses comptes, ses propriétés, son capital. Et lorsque Margaret a fini par s'en rendre compte et par découvrir les infidélités de son mari, il avait déjà vidé la plupart des comptes et tout transféré à son nom à lui. Même les hôtels n'appartenaient plus à Margaret. Elle lui en avait fait cadeau, à l'occasion de leurs anniversaires de mariage.

— Quel salaud ! murmura Charlie. Pourquoi n'a-t-elle pas demandé le divorce ? Elle aurait pu essayer de se battre pour récupérer son argent.

— La fierté, sans doute. Et le fait qu'elle était catholique et très pratiquante. La religion catholique n'admet pas le divorce.

— La fierté ! Alors qu'elle avait un enfant. Elle aurait pu

penser à lui. Et puis un mariage, ça s'annule, même chez les catholiques.

— C'est vrai, mais d'après ce que j'ai entendu dire, elle l'aimait toujours. Et puis elle a appris qu'elle avait ce cancer du sein. Apparemment, elle avait peur de se retrouver seule. Alors, elle est restée. Deux jours après sa mort, J.P. a épousé la mère d'Aaron. Six mois plus tard, Cole était envoyé en pension.

« Le pauvre ! » songea Charlie.

— En dehors des vacances, il n'a plus jamais vraiment habité ici, continua Anne. Et puis, il y a huit ans, il est revenu et il a monté sa compagnie. Il a d'excellentes relations avec ses frères et sa sœur, mais c'est à peine s'il parle à son père. Il le hait.

Cette haine était-elle profonde au point de pousser Cole à assassiner une femme qui n'était jamais qu'un pion dans le jeu de son père ?

— Tu sais, toi et Cole vous avez pas mal de points communs, reprit Anne.

— Ouais ! Il est multimillionnaire et je gagne un salaire de flic.

— Je ne parle pas d'argent, fit Anne en secouant la tête. Vous êtes l'un et l'autre extrêmement concentrés sur les buts que vous vous fixez. Vous avez les mêmes qualités de loyauté vis-à-vis de vos amis et des membres de votre famille, et vous avez aussi l'agaçante conviction d'être responsables de tout et de tout le monde — surtout vos frères et sœurs cadets.

— Je ne savais pas que tu t'adonnais à la psychologie de bazar, marmonna Charlie.

— Allons, Charlie, je sais très bien que tu te crois toujours responsable de la mort d'Emily, que tu continues de penser que tu aurais pu la sauver…

— Anne…

— Non ! Nous sommes seules et tu vas m'écouter. Ce sentiment de culpabilité te ronge depuis des années. C'est pour ça que tu as abandonné le droit pour entrer dans la police. C'est aussi pour ça que tu t'investis autant dans ton travail, que tu cherches continuellement à repousser tes limites. Tu essaies de te racheter, tout simplement.

— Je n'ai pas le temps d'écouter ces sornettes, déclara Charlie en se levant brusquement. J'ai du boulot.

— Soit, fit Anne tristement. Mais tu auras beau attraper les méchants et les jeter en prison, ça ne nous ramènera pas Emily.

— Le voilà ! dit Vince, comme le commissaire cherchait la chaîne qui allait diffuser la conférence de presse de Stratton sur le vieux poste de télévision.

Debout près de lui, l'air sombre, Charlie regarda apparaître le visage en gros plan de J.P. Stratton. Puis la caméra s'éloigna pour dévoiler quatre de ses enfants, debout près de lui. Au même moment, il leva la main pour demander le silence au parterre de journalistes et de cameramen qui jouaient des coudes dans la grande salle de conférences.

— Mesdames et messieurs, merci d'avoir répondu à mon appel, commença-t-il. Merci aussi pour vos nombreux appels et messages de condoléances, pour tout le soutien et l'amitié que vous nous avez témoignés, à moi et à ma famille, durant cette terrible épreuve.

— Ouais, il a l'air drôlement affecté, dit Charlie.

— Perdre la femme que j'aimais de cette manière atroce, alors que je comptais passer près d'elle le restant de mes jours, c'est vraiment…

Sa voix se brisa et il déglutit péniblement, avant de continuer :

— Ce fut un moment très sombre pour moi, et sans le soutien de mes enfants et de mes amis, je ne pense pas que j'aurais pu continuer.

— Et puis quoi encore ? marmonna Charlie.

— La ferme, Le Blanc ! ordonna le commissaire.

— Je sais que nous vivons dans un monde violent, dans une ville où l'on vend des armes au coin des rues, où nos enfants ne sont plus à l'abri, ni à l'école ni dans leur propre jardin. Je sais aussi que nos braves officiers de police risquent leur vie chaque jour pour essayer de garantir notre sécurité. Mais parfois, en dépit de leurs efforts, ils sont incapables de nous protéger, nous et ceux que nous aimons. Alors que je me tiens là, devant vous, aujourd'hui, l'animal qui a tué ma fiancée est toujours en liberté. Il est libre de voler ou de tuer la fiancée, l'épouse, la mère ou la fille d'un autre homme. Et bien que je ne puisse rien faire pour ramener Francesca, avec votre aide, j'espère que nous pourrons épargner à une autre famille la tragédie que nous venons de vivre.

— J'ai un mauvais pressentiment, dit Vince.

— Moi aussi, renchérit le commissaire.

— C'est pour cette raison que je donne cette conférence de presse, aujourd'hui : pour vous demander de m'aider, d'aider nos officiers de police à retrouver la personne responsable du meurtre de Francesca — avant qu'il n'ait le temps de faucher une autre vie. J'offre une récompense de cent mille dollars à celui ou celle qui pourra nous communiquer une information susceptible de permettre l'arrestation de l'assassin.

— Merde ! s'exclama le commissaire.

— Merde, répéta Vince, en écho.

— Quel crétin ! fit Charlie. Tous les Tom, Dick et Harriet

d'ici au Texas vont l'appeler en prétendant qu'ils connaissent le nom du meurtrier.

— Tu crois peut-être que ça le dérange ? lança Vince.

— Monsieur Stratton, devons-nous comprendre que vous offrez personnellement cette récompense ? demanda un journaliste.

— Oui. Je suis prêt à faire tout ce que je peux pour aider la police à appréhender ce monstre.

— Si quelqu'un a des informations, qui est la personne à appeler ? demanda un autre reporter.

— Il faut contacter le commissariat central de La Nouvelle-Orléans et demander les inspecteurs Charlotte Le Blanc ou Vincent Kossak, à la brigade criminelle. Ils sont chargés de l'enquête.

Le commissaire prit la télécommande et éteignit la télévision d'un geste rageur. Puis il retourna s'asseoir à son bureau.

— Je n'ai pas besoin de vous dire que votre tâche vient d'être singulièrement compliquée.

— Commissaire, on ne peut donc rien faire ? demanda Charlie en passant les mains dans ses cheveux comme si elle voulait les arracher.

— Quoi donc, Le Blanc ? Il est assez fréquent que les familles des victimes offrent des récompenses. Stratton ne viole aucune loi.

— Soit, mais puisqu'il est à l'origine de cette brillante idée, il n'a qu'à répondre lui-même au téléphone ! s'exclama la jeune femme, au comble de la frustration.

— Même si je pouvais convaincre le chef de la police de me soutenir dans une telle démarche — et j'ai autant de chances d'y arriver que de devenir le prochain Brad Pitt —, vous voulez vraiment que Stratton et son personnel vous communiquent les pistes qu'on pourrait leur souffler ?

— Le commissaire a raison, dit Vince. Ce serait encore pire.

On frappa un coup à la porte, et l'assistante du commissaire passa la tête par l'entrebâillement.

— Les téléphones ne cessent de sonner, à côté. Des gens appellent de partout en disant qu'ils ont des informations au sujet du meurtre de Francesca Hill.

— Demandez au brigadier de service de nous trouver deux débutants pour répondre au téléphone ! ordonna Warren.

— Oui, commissaire.

— Eh bien, la partie de plaisir a déjà commencé, murmura Vince.

— Et ce n'est que le début, renchérit le commissaire. Je vais voir si je peux obtenir de l'aide pour le téléphone. En attendant, vous avez du nouveau ?

Charlie et Vince lui rapportèrent les dernières informations réunies au sujet de l'enquête. Puis ils sortirent du bureau, et furent accueillis par un concert de sonneries de téléphone.

— Bon sang ! fit Vince en secouant la tête.

— Je te jure, qu'on me donne deux centimes et je vais buter cet imbécile de J.P. Stratton ! dit Charlie.

Vince tira une pièce de vingt-cinq centimes de sa poche et la lui tendit.

— Tiens.

— Je te préviens, je ne rends pas la monnaie ! déclara Charlie en prenant la pièce.

— Ça peut paraître bizarre, mais je suis presque content d'aller à ces funérailles, dit Vince, tandis qu'ils roulaient en direction de l'église.

— Tu commences à m'inquiéter, lui dit Charlie. C'est nouveau, ces goûts morbides ?

— Non, mais je veux bien aller n'importe où, du moment qu'il n'y a pas de téléphone. J'assisterais même à un défilé de mode.

— Tu ne crois pas si bien dire ! Avec le gratin qui va débarquer aujourd'hui, tu vas sûrement y avoir droit, au défilé de mode.

Au fond, Charlie partageait le sentiment de Vince. Ils avaient passé la journée de la veille et une bonne partie de la nuit au téléphone, à répondre à des appels plus farfelus les uns que les autres : une grand-mère qui prétendait avoir des pouvoirs paranormaux, un type dont le loulou de Poméranie lui avait soufflé le nom de l'assassin, et bien d'autres encore. En rentrant chez elle, elle était épuisée.

Vince finit par trouver une place de parking. Ils descendirent de voiture et longèrent le trottoir en direction de l'église, deux pâtés de maisons plus loin.

Le temps était de nouveau hésitant, et les températures printanières de la veille avaient fait place à un ciel gris et presque froid. C'était une journée idéale pour un enterrement.

— Hé, je viens de me rendre compte de quelque chose ! s'exclama Vince brusquement.

— Quoi donc ?

— C'est la deuxième fois que je vais à l'église, ce mois-ci. Il faut que je le dise à ma mère. Elle pense que je vais finir en enfer.

Charlie pouffa de rire en voyant l'expression de son partenaire.

— Je ne veux pas te décevoir, mais se rendre à l'église

pour interroger des suspects de meurtre, ça ne compte pas vraiment.

— Bien sûr que si ! L'église, c'est l'église. Peu importe pourquoi on y va, du moment qu'on y va.

Elle n'eut pas le temps de répliquer car, déjà, ils pénétraient dans le bâtiment.

— … et c'est avec une infinie tristesse que nous, la famille et les amis de Francesca, sommes réunis aujourd'hui pour lui adresser un dernier adieu, disait le pasteur Lawrence.

Debout devant le lutrin, une bible ouverte devant lui, il avait l'air pieux d'un homme de Dieu, songea Charlie avant de laisser son regard embrasser le reste de l'assemblée.

Il y avait un monde fou. Hommes et femmes étaient tous vêtus de noir : des complets noirs, des robes noires, des tailleurs noirs.

Des bouquets de fleurs multicolores décoraient l'autel, et une énorme couronne de roses rouges, en forme de cœur, était posée sur le cercueil en marbre blanc, au bout de l'allée centrale.

L'air chargé des odeurs mêlées de fleurs, de parfums et d'eaux de Cologne était presque irrespirable. Charlie frotta le bout de son nez et sentit ses yeux s'emplir de larmes.

— Là, chuchota Vince en lui désignant un banc inoccupé, dans un coin éloigné de l'église.

Ils s'y glissèrent aussi discrètement que possible.

— … et sa mort est d'autant plus douloureuse qu'elle nous fut dérobée à un moment où elle s'apprêtait à entamer une nouvelle étape de sa vie, continuait le pasteur.

Charlie reconnut certaines personnes dans l'assistance : des hommes d'affaires, des politiciens, des juges. Il y avait même des célébrités du monde du sport.

J.P. Stratton était assis au premier rang, arborant un air

stoïque. Aaron était à sa droite, et, à la droite de ce dernier, Charlie remarqua une femme d'âge moyen qui ressemblait vaguement à Francesca Hill.

— Regarde la femme au premier rang, avec les Stratton. Je crois que c'est Mme Humphreys, chuchota-t-elle.

Elle avait laissé une bonne douzaine de messages sur le répondeur de la mère de Francesca, mais celle-ci ne l'avait jamais rappelée.

— Elle n'a pas l'air terrassée par la douleur, hein ? répondit Vince.

Il avait raison, songea Charlie en songeant à sa propre mère, totalement effondrée à la messe de funérailles d'Emily. Mme Humphreys, au contraire, avait l'œil sec et le visage figé dans une expression sévère.

Sur le banc juste derrière J.P. se trouvaient Holly Stratton, les jumeaux, et leur mère, Sylvia Stratton. Holly se tamponnait les yeux avec un mouchoir, et Jason se tenait parfaitement immobile, les yeux fixés sur le pasteur Lawrence, tandis que Phillip jetait des regards inquiets du côté de leur père. De l'autre côté de l'allée, vers le milieu de l'église, Danielle Marceau arborait une robe noire moulante qui paraissait plus indiquée pour un cocktail que pour des obsèques.

Charlie en était là de ses observations lorsqu'elle sentit comme un chatouillement au bas de sa nuque. Elle tourna les yeux vers la gauche et vit Cole. Leurs regards se croisèrent et, aussitôt, la jeune femme éprouva comme une chaleur sur sa peau, et son cœur se mit à battre plus vite.

Vince lui donna un léger coup de coude.

— 5 heures, dit-il.

La jeune femme regarda sur sa droite et aperçut, debout dans l'ombre derrière un pilier, un homme en pardessus noir, le visage dissimulé derrière des lunettes sombres.

— Il ne te rappelle pas quelqu'un ? chuchota Vince.

— Si, répondit Charlie, pratiquement sûre de reconnaître le mystérieux visiteur de Francesca qui apparaissait sur la vidéo de surveillance.

L'organiste entama les premières notes d'*Amazing Grace*, et tout le monde se leva. Tandis que l'assemblée des fidèles chantait l'hymne religieux, Charlie dit à son coéquipier :

— Je vais m'approcher de lui et essayer de l'intercepter avant qu'il ne sorte.

— Non. Reste et parle à la mère de la défunte. Je ne suis pas doué pour ce genre de trucs. Je m'occupe de notre mystérieux inconnu.

Charlie hocha la tête et Vince quitta sa place. Comme ils arrivaient au deuxième couplet du chant, J.P., Aaron, Jason et Phillip Stratton, ainsi que deux hommes que Charlie ne connaissait pas, prirent position pour soulever le cercueil. Puis, ainsi chargés, ils s'engagèrent dans l'allée centrale en direction de la sortie. Mme Humphreys, puis Holly et Sylvia Stratton leur emboîtèrent le pas, et Charlie, sans attendre son tour, se glissa à leur suite dans la procession.

Dehors, elle vit un groupe de personnes qui entouraient J.P. Stratton. Puis elle aperçut Mme Humphreys en conversation avec le pasteur Lawrence. Ce dernier lui tenait la main. Charlie se dirigea aussitôt vers eux.

Au contraire de sa fille, Gertrude Humphreys ne faisait rien pour se mettre en valeur. Ses cheveux étaient d'un brun fade strié de gris, et elle les avait tirés en un chignon si serré que Charlie eut mal à la tête pour elle. Elle avait les mêmes beaux yeux verts que Francesca, mais ne portait aucun maquillage. Et bien qu'elle eût à peine quarante-cinq ans, elle s'habillait comme si elle en avait eu vingt de plus.

— Un beau service, mon révérend, dit Charlie en arrivant à leur hauteur.

— Merci, inspecteur, répondit l'homme d'Eglise.

Puis, comme il ne faisait pas mine de la présenter, Charlie prit les devants :

— Vous êtes Mme Gertrude Humphreys, je suppose ? La mère de Francesca ?

— Son nom était Mary Frances et… oui, je suis sa mère.

— Je suis l'inspecteur Charlotte Le Blanc, de la police de La Nouvelle-Orléans. J'ai laissé plusieurs messages sur votre répondeur. Je vous présente toutes mes condoléances. Je ne pense pas qu'il existe pire épreuve que celle de perdre un enfant.

— J'ai perdu Mary Frances il y a bien longtemps, inspecteur : le jour où elle a décidé de mener une vie de péché, au lieu de la mettre au service de Notre-Seigneur.

Charlie hocha la tête, vaguement interloquée par le ton froid et détaché sur lequel avaient été prononcées ces paroles.

— Je ne veux pas vous importuner dans ce moment de deuil, madame Humphreys, mais il faudrait que je vous pose quelques questions au sujet de Fran… de votre fille, reprit-elle.

— Inspecteur, nous allons partir pour le cimetière d'ici quelques minutes, intervint le pasteur.

— Je n'en ai pas pour longtemps, affirma Charlie. C'est important.

— D'accord, dit Gertrude.

— Si vous voulez bien m'excuser, je vais voir avec M. Stratton à quel moment il souhaite voir démarrer le convoi, dit le pasteur Lawrence.

Il s'éloigna, et la mère de Francesca fixa ses yeux clairs sur Charlie.

— Je vous écoute, inspecteur.

— Eh bien, j'aimerais savoir à quand remonte la dernière fois que vous avez parlé à votre fille, et si vous lui connaissiez des ennemis.

— Je n'avais pas vu ma fille depuis plus de dix ans — depuis qu'elle avait quitté notre maison pour se lancer dans une vie de débauche.

— Je vois, murmura Charlie en songeant que Francesca ne pouvait pas avoir plus de seize ans lorsqu'elle s'était enfuie.

Une si jolie jeune fille, seule, sans personne pour la guider ou la protéger ; elle avait dû être une proie facile pour les monstres sans scrupule qui s'attaquent aux filles vulnérables et désespérées.

— Ne me jugez pas, inspecteur, reprit Gertrude Humphreys. Le père de Mary Frances nous a abandonnées lorsqu'elle avait cinq ans, et je me suis retrouvée seule pour l'élever. C'était une enfant rebelle et très négative. Au lieu de considérer sa beauté comme un cadeau du Seigneur, elle s'en servait pour pousser les hommes sur le chemin du vice. Aucune stratégie n'a réussi à la sauver, pas même les entretiens répétés avec le révérend Lawrence.

— Ainsi, vous n'aviez plus aucun contact avec elle ? demanda Charlie.

— Je ne savais même pas qu'elle était encore vivante jusqu'à il y a trois mois environ. Elle m'a appelée, un jour, pour me dire qu'elle avait de l'argent et qu'elle pensait en récolter encore plus. Elle voulait m'acheter une maison.

C'était trois mois plus tôt ! Avant de rencontrer J.P. Stratton, autrement dit. D'après la déposition de Danielle Marceau, c'était l'époque où Francesca avait brusquement disposé de suffisamment d'argent pour s'acheter des vêtements griffés et payer son loyer d'avance.

— Je lui ai répondu que je ne toucherais jamais à de l'argent qu'elle aurait gagné en violant les commandements de Notre-Seigneur.

Charlie hocha la tête. Elle éprouvait un nouvel élan de sympathie pour Francesca Hill. Il n'avait pas dû être facile de grandir auprès d'une mère aussi froide, aussi rigide, quelqu'un pour qui tous les plaisirs étaient synonymes de vice et de péché.

— Vous a-t-elle dit d'où lui venait cet argent ?

— Elle a prétendu qu'elle l'avait gagné autrefois, et que la personne qui le lui devait payait enfin sa dette. C'était un mensonge, bien évidemment.

— Quand lui avez-vous parlé pour la dernière fois ?

— Il y a environ un mois. Elle avait encore appelé pour m'annoncer qu'elle se mariait. Elle voulait que j'assiste à la cérémonie.

— Vous pensiez venir ?

— Non. Elle ne se mariait pas à l'église, et elle épousait un homme divorcé plusieurs fois. Un mariage n'est pas un mariage s'il n'est pas béni par le Seigneur.

— Inspecteur Le Blanc, dit Aaron Stratton en arrivant à leur hauteur, comme c'est aimable à vous de vous être déplacée ! Madame Humphreys, notre bon pasteur voudrait vous poser quelques questions au sujet du service prévu au cimetière.

Charlie hocha la tête, sortit une carte de visite de sa poche et la tendit à son interlocutrice.

— Merci de m'avoir consacré du temps, madame Humphreys,

dit-elle. Et encore toutes mes condoléances. S'il vous revient des détails susceptibles de nous aider…

— Le révérend vous attend, l'interrompit Aaron en s'adressant à Gertrude.

Celle-ci s'éloigna, et Charlie fit mine de la suivre, mais Aaron lui attrapa le bras.

— Ce n'est vraiment pas le moment, inspecteur.

— Je vous conseille de me lâcher immédiatement, monsieur Stratton !

Aaron crispa les mâchoires et resserra encore son étreinte. Pendant un long moment, il soutint le regard de la jeune femme. Puis il la libéra.

— Je n'avais pas l'intention de vous offenser, inspecteur.

Mais il mentait. Il avait voulu l'offenser, et bien pire encore. L'espace d'un instant, Charlie avait vu quelque chose dans ses yeux — comme l'expression d'une fureur difficilement contenue, et aussi d'une profonde cruauté. Il avait vraiment voulu lui faire du mal. Sous cette façade charmeuse et élégante, Aaron dissimulait quelque chose de sombre et de profondément mauvais.

Charlie était tellement absorbée par ces pensées qu'elle ne vit pas Cole jusqu'au moment où elle entra pratiquement en collision avec lui.

— Eh là ! s'exclama-t-il en lui prenant le bras pour l'arrêter. Y aurait-il le feu quelque part ?

Charlie leva la tête et plongea dans ses yeux d'un bleu incroyable. Au contraire de son frère, la manière dont il la tenait était douce et persuasive.

— Je suis désolée, murmura-t-elle en reculant d'un pas. Je ne vous avais pas vu.

A sa grande surprise, elle fut presque déçue lorsqu'il la lâcha.

— Vous vous rendez souvent aux funérailles de gens que vous ne connaissiez pas, inspecteur ?

— Chaque fois que la personne décédée est la victime d'un meurtre sur lequel je suis chargée d'enquêter.

— Ah bon ! Pourquoi ?

— Parce qu'on peut découvrir beaucoup de choses en observant la famille et les amis de la victime.

— Et qu'avez-vous découvert aujourd'hui, inspecteur ?

— Que la plupart des gens qui prétendaient aimer Francesca Hill manquaient singulièrement de sincérité.

— Vous êtes très perspicace. J'aime cette qualité chez une femme.

Charlie choisit d'ignorer cette remarque.

— Vous allez devoir m'excuser. Je dois retrouver mon coéquipier.

— D'accord. Promettez-moi seulement de dîner avec moi, ce soir.

L'invitation prit la jeune femme totalement au dépourvu.

— Je ne peux pas, dit-elle en s'éloignant.

— Alors, déjeunons ensemble demain midi ! proposa Cole en lui emboîtant le pas.

— Non.

— Que diriez-vous d'aller au théâtre, samedi ?

— Non, répéta-t-elle d'un ton ferme.

— Charlotte, je veux vous revoir !

Elle s'arrêta brusquement et le regarda droit dans les yeux.

— Je ne fréquente pas les suspects.

— Je suis donc encore soupçonné de meurtre ?

— Oui. On vous a vu à l'appartement de la victime le soir du meurtre, et personne ne peut vérifier votre alibi.

— La vidéo de surveillance prouve que j'ai quitté l'immeuble avant le crime.

— Je ne vous demanderai pas comment vous le savez. Mais en votre qualité d'expert en électronique, vous auriez facilement pu manipuler la caméra, trafiquer la vidéo, et revenir plus tard pour tuer Francesca.

— C'est vrai, j'aurais pu. Et si je l'avais fait, vous n'auriez jamais remarqué le décalage dans la cassette, riposta-t-il avec aplomb.

— Peut-être.

Elle se remit à marcher, et il la suivit.

— Il n'y a pas de peut-être, inspecteur. Quand je fais quelque chose, je le fais bien.

— Je n'en doute pas un instant.

— D'ailleurs, pourquoi aurais-je tué Francesca ?

Charlie le regarda.

— Tout le monde sait que vous n'aimez pas beaucoup votre père.

— Je le déteste, en réalité. Mais je ne serais pas allé tuer une innocente juste pour l'embêter !

— Vous n'aviez peut-être pas l'intention de la tuer. La situation a pu vous échapper.

— Attendez une seconde, fit Cole en s'arrêtant. Que voulez-vous dire par là ?

— C'était une femme très belle et extrêmement sexy. Et d'après ce que j'ai cru comprendre, elle n'aurait pas vu d'inconvénient à se rapprocher de vous.

— Mais elle ne m'intéressait pas.

— Non, bien sûr. Elle n'était pas votre genre, c'est ça ?

— Je n'ai pas de genre, inspecteur. Ces temps-ci, par

exemple, j'ai un faible pour une jolie femme de la brigade criminelle avec des yeux d'ambre et de longues jambes.

— Je…

Charlie s'interrompit, incapable, pour une fois, de trouver une repartie.

— Le Blanc ! cria Vince depuis le trottoir d'en face.

Trop heureuse de cette interruption, Charlie abandonna Cole Stratton et rejoignit son coéquipier près de la voiture.

— Tu l'as attrapé ? demanda-t-elle en parlant du mystérieux inconnu dans l'église.

— Il m'a échappé. Mais il faut qu'on retourne au poste.

— Pourquoi ? Que s'est-il passé ?

— On a surpris une femme qui essayait d'utiliser la carte de crédit de Francesca Hill. Elle est en garde à vue.

13.

Cole regarda Charlotte et l'inspecteur Kossak s'éloigner à bord de la voiture banalisée. Décidément, la jeune femme le fascinait. Il ne s'agissait pas seulement d'une attirance physique. Elle était belle, bien sûr, mais d'une beauté qui ne frappait pas forcément au premier abord : ses traits n'étaient pas parfaits, sa coiffure non plus, et ses vêtements étaient carrément quelconques. Mais sa beauté était subtile : un teint de pêche avec quelques taches de rousseur sur le nez, une mâchoire aux lignes délicates, une bouche large et incroyablement sexy, des jambes interminables…

Plus que tout, cependant, Cole était intrigué par la personnalité de la jeune femme. Charlotte Le Blanc était bourrée de contradictions. Elle était assez forte pour affronter un meurtrier, mais il la sentait également douce et vulnérable. Elle était têtue, déterminée, et n'avait pas toléré que J.P. exerce la moindre pression sur elle, encore moins qu'il lui dicte la manière de faire son travail. Elle affichait une façade froide et lisse, mais Cole sentait un feu couver en elle, et il la devinait passionnée.

Il voulait accéder à cette passion. Mais, d'abord, il devait faire en sorte que son nom disparaisse de la liste des suspects.

Il devait aussi veiller à ce que son frère, Jason, ne se retrouve pas brusquement en tête de cette même liste.

Cole rebroussa chemin et chercha son jeune frère au milieu des groupes d'hommes et de femmes qui se pressaient autour de J.P. pour lui présenter leurs condoléances. Il vit Phillip et Sylvia, mais pas Jason. Puis il aperçut Holly, seule, à l'écart, l'air profondément malheureux. Il se dirigea vers elle et l'enlaça.

— Ça va ? lui demanda-t-il doucement.

Elle posa la tête sur son épaule.

— Je n'arrête pas de penser que si je ne l'avais pas rencontrée et présentée à papa, elle serait peut-être encore en vie.

Cole se dégagea et la regarda droit dans les yeux.

— Holly, tu n'es pour rien dans la mort de Francesca. Non seulement elle a voulu cette relation avec J.P., mais il n'y a aucune raison de penser que leur relation est la cause de ce meurtre.

— Elle a été tuée au cours d'un cambriolage. On lui a volé de l'argent et des bijoux. Avant de rencontrer papa, elle n'avait rien de tout cela.

— Rien ne permet d'affirmer qu'elle soit morte à cause d'un cambriolage.

— C'est la version de la police…

— Francesca était mêlée à des tas d'histoires, avant d'arriver ici. Des histoires qui n'étaient pas toujours très nettes.

Cole avait mené sa petite enquête sur Francesca, et grâce à sa formation militaire, il avait pu accéder à des informations auxquelles même la police n'avait pas aisément accès. Il avait ainsi découvert une inculpation pour chantage, au Texas, cinq ans plus tôt. Sous un faux nom, et avec l'aide d'un ami, la jeune femme attirait des hommes d'affaires dans sa chambre d'hôtel, et une caméra cachée les filmait en train de faire l'amour. Puis son complice entrait en scène, prétendait qu'elle était mineure, et exigeait de l'argent en échange de la cassette vidéo.

— Si tu veux parler du fait qu'elle s'était enfuie de chez elle et qu'elle avait changé son nom, papa et moi étions au courant. Et franchement je ne la blâme pas. Quand on voit sa mère, ajouta Holly avec un geste de la tête en direction de Gertrude Humphreys.

— Je suis sûr qu'elle n'a pas toujours eu une vie facile, répondit Cole, ne jugeant pas nécessaire de dévoiler ce qu'il avait découvert. Mais je pense aussi qu'il y a beaucoup de zones d'ombre dans la vie de Francesca : des choses qu'elle a pu faire, des problèmes qu'elle a pu avoir. Et il est très possible qu'un événement ou une personne appartenant à son passé soit en fait responsable de sa mort.

— Tu as peut-être raison, murmura Holly. Je croyais la connaître mais… Pour commencer, elle ne s'est pas révélée être une amie très loyale.

— Non, en effet, dit Cole en caressant les cheveux de sa sœur.

Elle haussa les épaules.

— Papa veut qu'on aille au cimetière. Tu viens ?

— Non. Je suis venu pour m'assurer que tu allais bien, et aussi parce que j'avais besoin de parler à Jason. Tu sais où il est ?

— Je l'ai vu derrière l'église, il y a déjà un moment.

— Merci, dit Cole en déposant un baiser sur la joue de sa sœur. Appelle-moi si tu as besoin de quoi que ce soit, d'accord ?

Elle hocha la tête, le serra contre elle, puis alla rejoindre son père, tandis que Cole partait à la recherche de Jason.

Il le trouva sous un chêne, derrière l'église, en train de

fumer une cigarette. Les épaules courbées, il paraissait porter le poids du monde sur son dos. Lorsqu'il vit Cole qui marchait vers lui, une lueur effrayée brilla dans ses yeux. Puis il se redressa, arborant un air défiant.

— Je t'ai attendu devant le commissariat, dit Cole.

— J'ai changé d'avis.

— Tu aurais pu répondre à mes appels, au lieu de me laisser poireauter.

— J'ai été très pris, entre mardi gras et le reste.

— Quand cesseras-tu de fumer cette saloperie ? demanda Cole. Ça finira par te tuer.

Jason eut un haussement d'épaules.

— Il existe des manières de mourir bien pires que celle-ci.

— Certes, mais je ne vois pas bien le rapport. Je te rappelle que tu as toute la vie devant toi. Pourquoi précipiter les choses ?

— Tu parles d'une vie !

— Elle n'est peut-être pas facile, mais je ne voudrais pas que tu en passes une partie en prison pour avoir fait des fausses déclarations à la police.

Jason jeta sa cigarette et l'écrasa avec le bout de sa chaussure.

— La prison ne me fait pas peur.

— Tu as tort, dit Cole. Tu ne tiendrais pas plus d'une heure, là-dedans. Veux-tu que je te raconte ce qu'on fait aux jeunes mecs comme toi, en prison ?

— Je n'ai pas envie d'écouter ça, déclara Jason en faisant mine de s'éloigner.

Mais Cole l'attrapa par les revers de sa veste et le poussa durement contre le tronc de l'arbre.

— Il faut que tu m'écoutes, au contraire, parce que la

police sait que tu as menti au sujet de l'endroit où tu t'es rendu, la nuit du meurtre de Francesca.

— Ils le savent parce que tu le leur as dit ! cria Jason.

— Je n'ai pas eu besoin de leur dire quoi que ce soit. Ils le savaient déjà. Et s'ils ne t'ont pas encore embarqué, à l'heure qu'il est, c'est uniquement parce que je leur ai dit que tu avais l'intention de revenir sur tes déclarations.

Cole relâcha son frère et recula d'un pas.

— Pourquoi n'es-tu pas venu à notre rendez-vous ?

— Je te l'ai déjà dit, répondit Jason, de plus en plus agité. J'ai changé d'avis.

Cole le considéra un instant d'un air soucieux.

— Allons-y, maintenant.

— Tu ne comprends rien, ma parole ? s'écria brusquement le jeune homme. Je ne peux pas dire à la police que j'étais chez Francesca parce que, alors, papa le découvrira, et s'il le découvre, ça gâchera tout.

— Je ne comprends pas. Ça gâchera quoi ?

— Papa et maman. Pour la première fois depuis des années, ils sont de nouveau proches l'un de l'autre. Ils vont peut-être se remettre ensemble. S'il découvre que j'avais le béguin pour sa copine, il ne voudra plus nous voir, et ce sera ma faute.

— C'est Sylvia qui t'a dit ça ? s'exclama Cole, furieux de la manière dont la mère de Jason manipulait son fils. C'est pour ça que tu n'es pas venu au commissariat ?

— Je ne suis pas venu parce que j'ai changé d'avis, répéta le jeune homme. Et si tu répètes ce que je viens de te dire, je nierai tout. Je dirai que tu mens.

— Jason…

— Fous-moi la paix !

Tandis qu'il s'éloignait, Cole le suivit des yeux, maudissant intérieurement Sylvia Stratton. Ne renoncerait-elle donc jamais à son obsession pour J.P. ? Comment pouvait-elle faire une chose pareille à son propre enfant ? Mais il savait bien pourquoi : parce que J.P. comptait plus pour elle que ses fils ou n'importe quoi d'autre dans la vie. Comme toujours, J.P. l'avait réduite à sa merci, lui donnant l'impression que, sans lui, elle n'était rien.

Cole poussa un soupir et retourna vers l'église où J.P. se tenait encore avec Sylvia. Jason, Phillip et Holly étaient derrière eux, et, un peu plus loin, Aaron discutait avec un juge. Il vit Cole au moment où ce dernier contournait le bâtiment, et aussitôt il s'excusa pour pouvoir le rejoindre.

— J'ai été surpris de te voir, dit-il. Papa aussi. Je crois que ça lui a fait plaisir.

— Je ne l'ai pas fait pour lui mais pour Holly, répondit Cole, ne voyant aucune raison de mentionner sa conversation avec Jason.

— Ouais, je comprends. Je ne sais pas ce qui l'a affectée le plus : les fiançailles de Francesca avec papa, ou le meurtre.

— Que veux-tu dire ?

— Rien. Simplement que notre sœur est fragile.

— Elle a de bonnes raisons de l'être, murmura Cole.

— Je n'ai jamais dit le contraire, riposta Aaron.

Cole passa une main dans ses cheveux.

— Non, c'est vrai. Désolé. On dirait que vous partez pour le cimetière, ajouta-t-il, comme le reste de la troupe se dirigeait vers les limousines.

— Oui, il faut que j'y aille. Mais je voudrais te parler de Jason, d'abord.

— Ah bon ? fit Cole en se raidissant.

— Je ne sais pas trop comment dire ça.

Cole arqua les sourcils, surpris par l'air indécis de son cadet. Aaron n'était pas le genre d'homme à chercher ses mots.

— Eh bien, dis-le carrément, comme ça vient, suggéra-t-il.

— Je crois que Jason a des ennuis.

— Quel genre d'ennuis ?

— Des ennuis graves. Je pense qu'il sait quelque chose au sujet du meurtre de Francesca.

— Qu'est-ce qui te fait penser une chose pareille ? demanda Cole.

— Notre petit frère avait le béguin pour Francesca, et je me demande si elle ne l'a pas fait marcher.

— Et alors ?

— Alors, Jason était bizarre pendant le dîner, le soir du meurtre. L'idée du mariage qui devait avoir lieu le lendemain le bouleversait vraiment, et Phillip m'a dit qu'il n'était pas chez eux, cette nuit-là, contrairement à ce qu'il a dit à la police. Je me demande s'il ne s'est pas rendu chez Francesca.

Aaron marqua une pause, avant de reprendre :

— Il est vraiment bizarre, depuis le meurtre. Et je ne suis pas le seul à l'avoir remarqué. Papa m'a fait une réflexion à ce sujet.

Cole était stupéfait : J.P. n'était pas du genre à remarquer ce genre de chose.

— Je pense que tu te trompes, dit-il. Jason n'est pas plus coupable que moi du meurtre de Francesca.

— Je n'ai pas dit qu'il l'était. Mais il avait un mobile.

— Parce qu'il se croyait amoureux d'elle ? Allons, Aaron !

— On a déjà tué pour moins que ça. Et n'oublie pas que s'il était au courant de sa grossesse, c'était un autre coup porté à son ego. Je ne pense pas qu'il aurait accueilli de bon cœur l'arrivée d'un autre petit Stratton.

— Dans ce cas, toi aussi, tu avais un mobile, fit remarquer Cole. Un autre bébé aurait encore réduit les parts du gâteau, au moment de l'héritage.

Un éclair de colère brilla dans les yeux verts d'Aaron, et disparut presque aussitôt.

— Il y en a bien assez pour tout le monde ! lança-t-il avec un haussement d'épaules.

Cole aurait bien voulu le croire, mais Aaron avait toujours accordé beaucoup plus d'importance à l'argent que tous ses frères et sœur réunis.

— D'ailleurs, quoi qu'il arrive, je reste le bras droit de papa et celui qui reprendra les rênes, le moment venu, ajouta-t-il.

— Et ça vaut la peine de supporter J.P. et ses exigences ? Allons, Aaron, tu n'as pas besoin de lui ! N'importe quel cabinet de cette ville serait ravi de te prendre à son bord.

— Et je devrais recommencer à partir de zéro ? Non merci, répondit Aaron. J'apprécie mon salaire actuel et les avantages liés à ma position. Et, tôt ou tard, papa prendra sa retraite ou il mourra. Je reprendrai alors la barre, et ce sera moi le patron.

— C'est ce qu'il t'a promis ? demanda Cole, à qui J.P. avait fait miroiter le même mirage, quelques mois plus tôt.

— Bien sûr ! répondit Aaron avec fierté. Je ne vois pas pourquoi ça t'étonne. Je gère ses affaires depuis plusieurs années. Et puis, à qui pourrait-il confier cette responsabilité ? Tu lui as clairement signifié que tu ne voulais rien avoir à faire avec lui, et nous savons tous que les jumeaux n'ont pas les qualités requises. Je ne parle même pas de Holly. Il ne reste donc que moi.

— Ouais, murmura Cole. Surveille tes arrières, quand même.

— Je surveille toujours mes arrières, Cole, répondit Aaron. Et tu devrais en faire autant. Parce que si j'en crois toutes les questions que m'a posées la belle Charlotte Le Blanc à ton sujet, j'ai l'impression qu'elle a décidé de te coller le meurtre sur le dos.

Vince et Charlie sortirent de la salle d'interrogatoire où se trouvait encore Kaitlyn Biblow, l'utilisatrice des cartes de crédit volées à Francesca.

— Si l'on s'en tient à la description du type censé lui avoir vendu ces cartes, on dirait bien qu'il s'agit de Schwitzer, dit Vince.

— Et je pense qu'on peut présumer que le mystérieux inconnu de la cassette vidéo et celui de l'église ne font qu'un, et qu'il s'agit du même Schwitzer, conclut Charlie.

Il avait changé d'apparence, depuis son séjour en prison. Il avait pris une bonne dizaine de kilos, ses cheveux avaient éclairci, et il portait des lunettes. Mais la taille et le menton fuyant demeuraient identiques.

— Elle dit la vérité, à ton avis, quand elle prétend ignorer où il se trouve ? demanda Vince avec un geste en direction de la femme, toujours assise dans la salle d'interrogatoire.

Charlie regarda de l'autre côté du miroir sans tain. Kaitlyn Biblow avait de longs cheveux noirs, des yeux sombres et des seins manifestement bourrés de silicone. Elle ne pouvait pas être plus âgée qu'Anne, et pourtant son visage avait quelque chose de dur. Ce n'était manifestement pas une débutante.

— Elle connaît la chanson. Si elle avait des informations

de nature à adoucir sa peine, elle n'aurait pas hésité à nous balancer Schwitzer.

— Oui, tu as raison. Je vais demander au district attorney de la mettre en liberté provisoire sous caution.

— Entendu, répondit Charlie.

Elle retourna à son bureau et considéra la pile de messages téléphoniques qui ne cessait de grandir, grâce à l'absurde initiative de J.P. Stratton. Charlie n'avait ni le courage ni l'envie de vérifier les pistes que leur indiquaient tous les farfelus de Louisiane. Au lieu de cela, elle prit son stylo et se plongea de nouveau dans la liste des suspects.

Elle raya les noms de toutes les femmes. Francesca n'avait pas été tuée par une femme. Restaient le pasteur Lawrence, J.P., Aaron, Jason et Phillip Stratton. Et Cole. Si elle ne se trompait pas et que l'un d'eux avait tué Francesca Hill, alors le même homme avait également tué Emily.

Elle traça un point d'interrogation près du nom de Schwitzer. Elle allait essayer de voir si l'on retrouvait ses traces dans les environs de Baton Rouge, six ans plus tôt. Le cas échéant, il avait pu rencontrer Emily. Et d'après ce que lui avait rapporté l'inspecteur de police qui l'avait arrêté dans le Texas, Schwitzer était tout à fait crédible quand il cherchait à se faire passer pour un homme d'affaires. Emily aurait très bien pu le croire.

Charlie traça ensuite un autre point d'interrogation à côté du nom de J.P. Stratton. Elle ne pouvait pas imaginer sa sœur avec cet homme qui était assez vieux pour être son père, mais des tas de femmes semblaient le trouver attirant. Et Emily avait toujours eu un faible pour les hommes plus âgés.

Charlie décida de vérifier aussi si J.P. avait passé beaucoup de temps du côté de Baton Rouge, six ans plus tôt.

Aaron Stratton. Il était assez beau et assez charmeur pour

avoir plu à Emily. Il fréquentait la faculté de droit de Tulane, six ans plus tôt. Le trajet en voiture entre La Nouvelle-Orléans et Baton Rouge ne prenait pas plus d'une heure. Elle traça un troisième point d'interrogation.

Jason et Phillip Stratton. Les jumeaux n'avaient que dix-sept ans, à l'époque. Ils avaient donc deux ans de moins qu'Emily. C'était possible, mais peu probable. Emily n'avait jamais fréquenté un garçon de son âge, alors un garçon plus jeune qu'elle… Sans compter qu'ils n'avaient pas des profils d'assassins, tous les deux. Elle tira un trait sur leurs deux noms.

Il ne restait plus que Cole Stratton. Grand, beau et mystérieux. Emily l'aurait trouvé irrésistible. D'ailleurs, Cole devait rarement être rejeté par les femmes. Elle-même avait eu du mal à refuser son invitation. Elle ajouta un point d'interrogation.

Puis, se renversant contre le dossier de sa chaise, elle étudia les quatre noms qui restaient sur la liste. L'un d'eux était le meurtrier. Elle le savait. Elle le sentait. Mais qui ? Lequel d'entre eux avait croisé le chemin de sa sœur ? Et pourquoi l'avait-il tuée ?

Il manquait un élément. Quel était le point commun entre Emily et Francesca ?

— Bon, j'ai parlé à l'assistante du district attorney, dit Vince en s'asseyant en face de Charlie. Elle va faire en sorte que Kaitlyn Biblow reste en ville. Comme ça, elle pourra identifier Schwitzer quand on l'aura enfin retrouvé.

— Bien, dit Charlie en fourrant ses notes dans une chemise cartonnée.

— Ça va ?

— Hein ? Oui, oui. Juste un peu fatiguée.

— Tu n'es pas la seule. Je vais y aller, dit Vince en éteignant son ordinateur.

— Tu veux qu'on mange un morceau ? proposa Charlie.

— Euh… ce serait avec plaisir, mais… je dois assister au match des Hornets avec Anne, ce soir.

— Ah oui, c'est vrai, j'avais oublié ! C'est le jour du grand rendez-vous.

— On va juste à un match de base-ball.

— Ouais, c'est ça.

— Je t'assure ! Ce n'est pas comme un vrai rendez-vous.

— Pardon, Kossak, mais Anne considère ça comme un vrai rendez-vous, crois-moi. Et d'après ce que j'ai compris, elle a été très claire avec toi sur ce point.

— Je veux dire que ce n'est pas sérieux, expliqua-t-il, l'air passablement secoué.

Charlie en éprouva presque de la peine pour lui. Le pauvre n'imaginait même pas ce qui l'attendait ! Quand Anne voulait quelque chose, elle finissait généralement par l'obtenir. Et elle avait décidé qu'elle voulait Vince.

— Eh bien, profite bien de ce rendez-vous qui n'en est pas un, dit-elle.

Vince verrouilla le tiroir de son bureau et se leva.

— Charlie, ça t'ennuie que je sorte avec ta sœur ?

— Anne est une grande fille. Elle n'a pas besoin de ma permission pour sortir avec toi ou avec quelqu'un d'autre.

— Je sais. Mais est-ce que ça t'ennuie ? On travaille ensemble et je ne veux pas que ça crée un malaise entre nous.

Charlie s'était déjà posé la même question, et elle était parvenue à la conclusion que, quoi qu'il arrive, Anne resterait sa sœur, et Vince son ami.

— Ça ne m'ennuie pas, répondit-elle.

— Bon. Alors, je m'en vais. Je dois la prendre chez elle dans une demi-heure.

Il attrapa sa veste et l'enfila.

— Qu'est-ce que tu fais ? Je croyais que tu t'en allais, toi aussi ?

— Non, je vais rester encore un peu et passer quelques coups de fil, dit-elle en désignant la pile de messages générés par l'offre de récompense. Qui sait ? L'une de ces pistes mènera peut-être quelque part.

— Tu parles !

— On peut toujours espérer. Et maintenant, si j'étais toi, je m'en irais bien vite. Tu n'as pas envie d'arriver en retard à ton premier rendez-vous, n'est-ce pas ?

— Je file.

Charlie suivit son coéquipier du regard, tandis qu'il quittait la pièce. Elle l'imagina avec sa sœur, et se mit aussitôt à penser à Cole.

Elle avait eu des relations amoureuses. L'une d'elles avait même été plutôt sérieuse. Mais elle ne se rappelait pas avoir été attirée par un homme au point d'être tentée d'ignorer ses principes, comme aujourd'hui.

Chassant ces pensées de son esprit, elle prit le paquet de messages, mais le reposa aussitôt en remarquant le voyant lumineux, sur son téléphone. Elle décrocha le combiné et consulta ses messages.

— Inspecteur Le Blanc, c'est Dwight à l'appareil, de la comptabilité judiciaire. C'est moi qui ai épluché les relevés bancaires dans l'affaire Hill, et je crois avoir trouvé quelque chose. Appelez-moi : je vous expliquerai.

Le sang de Charlie ne fit qu'un tour, et elle raccrocha aussitôt pour composer le numéro du comptable.

— Allez, allez, décroche ! murmura-t-elle, le cœur battant.

Finalement, une voix résonna au bout du fil.

— Richards.

— Inspecteur Le Blanc, de la criminelle. Il faut que je parle à Dwight.

— Désolé, inspecteur. Dwight est rentré chez lui. Je m'apprêtais à partir, moi aussi.

— Richards, quel est votre prénom ?

— Greg.

— Greg, j'ai besoin que vous me rendiez un service. Je viens de trouver un message de Dwight me disant qu'il a découvert quelque chose d'intéressant au sujet de l'affaire Hill. Pouvez-vous sortir le dossier et me dire ce qu'il a trouvé ? C'est vraiment important.

Greg poussa un soupir.

— D'accord. L'affaire Hill, vous dites ?

— Oui. Francesca Hill. Un meurtre. Elle a été tuée il y a dix… onze jours.

— Ne quittez pas.

Charlie patienta pendant ce qui lui parut être une éternité.

— O.K., j'ai trouvé. D'après ses notes, Dwight a trouvé un schéma répétitif dans les versements que faisait votre victime. Chaque lundi, depuis six mois, elle déposait 2500 dollars sur l'un de ses comptes.

Charlie réfléchit un instant.

— Les chèques provenaient-ils de Stratton ou d'une de ses compagnies ?

— Non, ce genre de versement n'a commencé qu'un mois et demi avant le meurtre de Francesca Hill. Et pour des montants différents. Ceux dont je vous parle datent de bien avant. Et ils étaient tous en liquide et déposés sur son compte chaque lundi.

Six mois plus tôt. Cela correspondait à ce que Danielle Marceau leur avait rapporté : Francesca était arrivée en ville sans un sou, sans travail et, en l'espace de quelques semaines, elle s'était mise à dépenser beaucoup d'argent. Et quand Danielle lui avait demandé d'où il venait, elle s'était montrée évasive.

— Inspecteur ? reprit Richards. Vous êtes toujours là ?

— Oui.

— Est-ce que ces renseignements vous suffisent ? Il faut que j'y aille.

— Oui, Greg. Merci infiniment.

Charlie raccrocha et sortit le dossier contenant l'agenda de Francesca. Chaque lundi, à 12 h 30, elle avait noté : « dépôt à la banque ». Ils avaient même trouvé ça bizarre.

Elle prit un marqueur jaune et étudia les rendez-vous du lundi, mois après mois, marquant ceux qui apparaissaient au moins trois fois juste avant le passage hebdomadaire à la banque. Il y avait un rendez-vous chez l'esthéticienne, chaque lundi, à 10 heures. Après quoi, la jeune femme avait rendez-vous à 11 h 30, chaque fois avec la même personne : le révérend Homer Lawrence.

14.

— Inspecteurs ! dit le révérend Lawrence en se levant pour accueillir Charlie et Vince dans son bureau. Je vous avoue que je ne pensais pas vous revoir si vite.

Il leur indiqua deux fauteuils.

— Asseyez-vous, je vous en prie.

— Nous avons quelques questions à vous poser, dit Vince.

Lawrence hocha la tête.

— Je vous écoute.

En regardant attentivement le pasteur, Charlie songea une fois encore qu'il avait tout l'air d'un homme de Dieu. En tout cas, certainement pas un homme qui avait quelque chose de grave à se reprocher et qui aurait accepté de devenir la victime d'un chantage. Or, il avait fait des versements hebdomadaires à Francesca Hill pratiquement depuis le moment où elle était arrivée à La Nouvelle-Orléans. Et comme par hasard, le montant des quêtes et autres dons faits à l'église avait brusquement chuté à la même époque. Il ne pouvait pas s'agir d'une coïncidence.

— Si vous commenciez par nous parler de la véritable nature de vos relations avec Francesca Hill, reprit Vince.

— Je pensais avoir déjà répondu à cette question, dit

le révérend en hochant la tête d'un air pénétré. J'étais son conseiller spirituel.

— C'est ce que vous nous avez dit, en effet, intervint Charlie. Seulement voilà : à part vous, aucune personne à qui nous avons parlé ne se rappelle avoir jamais vu Francesca se rendre à l'église.

— J'admets qu'elle n'assistait pas aux services religieux de manière régulière. Mais tout le monde ne juge pas nécessaire d'aller à l'église pour prier Notre-Seigneur. Mary Frances… Francesca était ainsi.

— Mais elle éprouvait manifestement le besoin de vous rendre visite tous les lundis. Pouvez-vous expliquer ça, révérend ? demanda Vince.

— Je viens de vous l'expliquer : j'étais son conseiller spirituel. Elle avait besoin d'être guidée.

Il s'exprimait sur un ton posé, mais des perles de sueur apparaissaient sur son front — et ce n'était pas à cause de la température car il faisait plutôt frais dans la pièce.

— Vous avez l'habitude de rendre visite aux jeunes femmes dans leur appartement pour leur offrir vos conseils spirituels, mon révérend ? demanda Vince.

— Je n'aime pas beaucoup ces insinuations, inspecteur, déclara le pasteur en prenant un air indigné.

— Eh bien, dans ce cas, expliquez-nous ce qui se passait vraiment, répliqua Charlie.

Lawrence s'appuya contre le dossier de son fauteuil, et parut hésiter un instant.

— Comme je vous l'ai déjà dit, j'ai connu Francesca lorsqu'elle était enfant. Son père les avait abandonnées, elle et sa mère. Et Gertrude… comment dire… elle avait beaucoup de mal à gérer la nature vive et spontanée de sa fille. J'ai fait ce que j'ai pu pour guider Francesca et la ramener sur le droit chemin. Jusqu'à ce qu'elle s'enfuie de chez elle. J'ai dû alors reconnaître que j'avais échoué. Lorsqu'elle a réapparu dans mon église, il y a six mois, j'ai eu le sentiment que le Seigneur m'offrait une deuxième chance de sauver son âme, conclut-il avec conviction.

— En vous rendant dans son appartement ? insista Charlie. D'après le registre de l'immeuble, vous vous êtes rendu chez elle à cinq reprises, au cours des deux derniers mois.

— Inspecteur, je vous répète que mon seul but était de sauver son âme !

— En lui versant deux mille cinq cents dollars par semaine ? Curieuse façon de sauver les âmes perdues ! fit remarquer Vince d'une voix douce.

Le teint déjà cireux du pasteur devint carrément gris.

— Je ne comprends pas de quoi vous parlez, dit-il en sortant un mouchoir de sa poche pour s'éponger le front.

— Je parle de l'argent que vous voliez dans les caisses de l'église, depuis six mois, pour le donner à Francesca Hill, répondit Vince.

— C'est absurde ! s'écria Lawrence en se levant brusquement. Je suis un homme de Dieu. Je ne pourrais jamais voler l'argent de l'église. Ce serait comme voler Dieu lui-même !

— Dans ce cas, reprit Charlie, comment expliquez-vous, dans ce cas, la chute soudaine de dix pour cent du montant de vos quêtes dominicales, depuis six mois ? Une chute qui coïncide avec l'arrivée de Francesca Hill dans cette ville et le fait que vous soyez brusquement redevenu son conseiller spirituel ?

— Je ne comprends pas un strict mot de ce que vous racontez.

— Voilà ce qu'elle raconte, déclara Vince en posant sur le bureau le dossier qu'il tenait entre ses mains.

Il l'ouvrit et le poussa vers le pasteur.

— Jetez un coup d'œil, révérend. Ce sont les relevés hebdomadaires de l'église pour l'année qui vient de s'écouler, avec notamment le montant des collectes dominicales.

Le pasteur regarda les chiffres.

— Eh bien ?

— Eh bien, si vous les étudiez de près, vous verrez que le total de ces collectes tournait, chaque semaine, autour de vingt cinq mille dollars. Et puis, il y a six mois, au moment où vous avez recommencé à conseiller Francesca, la somme est descendue à vingt-deux mille cinq cents dollars. Comment expliquez-vous cela ?

— Les collectes semblent avoir baissé, en effet. Sans doute une conséquence de l'économie.

— Sauf que notre économie se porte plutôt bien, mon révérend, riposta Vince. Et vous voulez savoir autre chose ? Au moment même où les dons faits à votre église chutaient de deux mille cinq cents dollars par semaine, le compte en banque de Francesca se mettait à gonfler chaque lundi — juste après son entretien avec vous — d'une somme strictement équivalente.

Le pasteur avait l'air d'un homme qui se noie. Mais alors qu'il paraissait sur le point de capituler, il recula son fauteuil et se leva.

— Tout cela ne prouve absolument rien, déclara-t-il avec un geste de la main. Et je me sens offensé par vos insinuations. Si le montant des donations à l'église a baissé, je vous assure que je n'en suis pas responsable. Et j'ignore tout des finances de Francesca.

— Alors, vous ne pouvez pas non plus expliquer pourquoi

ce sont précisément les dons à l'église faits en liquide qui ont baissé, sachant que Francesca faisait, elle aussi, chaque lundi, un dépôt en liquide sur son compte en banque ? demanda Vince.

— Non, je ne le peux pas. Mon travaille consiste à répandre la parole de Dieu. Je laisse à d'autres la tâche de collecter l'argent offert pour soutenir l'église. Je préfère consacrer mon temps à ceux qui ont besoin de mon aide.

— C'est drôle, mon révérend. Parce que j'ai parlé à plusieurs des bénévoles qui font la quête pendant les services du dimanche, et ils me disaient qu'ils s'occupaient de faire le tri entre les chèques et l'argent liquide et de tout compter avant de vous transmettre l'argent. Et puis, il y a six mois environ, vous avez décidé de vous en charger vous-même. Pourquoi ?

— Je…

Le pasteur s'interrompit.

— Ils faisaient des erreurs d'addition au moment de porter les montants sur les bordereaux de virement et je ne m'en apercevais qu'en arrivant à la banque. J'ai décidé d'éliminer ce problème en me chargeant moi-même de faire le tri. Et maintenant je vais devoir vous demander de me laisser, car j'ai un rendez-vous.

Vince et Charlie se levèrent.

— Une dernière question, reprit Vince. Durant vos cessions avec Francesca, vous a-t-elle confié d'où lui venaient toutes ces rentrées d'argent ?

— Non. Et, comme je vous l'ai déjà répété plusieurs fois, ma relation avec elle était celle d'un conseiller spirituel. Rien d'autre.

— Merci de nous avoir consacré du temps, mon révérend,

dit Vince. Si jamais vous vous rappelez une information susceptible de nous être utile, surtout, appelez-nous.

— Bien sûr.

Dès qu'ils furent sortis, Charlie et Vince échangèrent un regard.

— Qu'en penses-tu ? demanda Vince.

— Il ment comme un arracheur de dents, répondit la jeune femme.

— C'est aussi mon sentiment. Allons voir si le commissaire a pu accéder aux archives des églises par lesquelles il est passé. Il nous faut des preuves, maintenant.

Il leur manquait des éléments, songea Charlie. Elle avait passé une bonne partie de la journée à essayer de découvrir quel secret Francesca pouvait bien connaître concernant le pasteur. Sans succès. Le commissaire s'était heurté à un mur lorsqu'il avait essayé d'obtenir l'accès aux archives des églises par lesquelles Lawrence était passé avant d'arriver à La Nouvelle-Orléans. Une seule chose était sûre : il ne restait jamais longtemps dans la même paroisse. S'il existait une raison sinistre à ces fréquentes mutations, il ne fallait pas compter sur la hiérarchie de l'Eglise pour la leur fournir. Comme dans pratiquement toutes les religions, la règle du silence était farouchement respectée.

Un nouvel entretien avec Gertrude Humphreys, au téléphone cette fois, n'avait rien donné non plus. La mère de Francesca avait confirmé ce que disait le pasteur : sa fille était une enfant têtue et fantasque qui s'était engagée sur le mauvais chemin. Gertrude n'était manifestement pas une mère indulgente ou même aimante, et Charlie comprenait aisément pourquoi Francesca avait éprouvé le besoin de s'enfuir. La pauvre avait dû se dire qu'elle serait mieux n'importe où ailleurs. Malheureusement, elle semblait avoir échangé un problème contre un autre. Elle avait fui une mère froide et sévère dans l'espoir sans doute inconscient de trouver l'amour et la chaleur qui avaient dû lui manquer douloureusement, durant toute sa jeunesse, et elle s'était engagée dans des relations avec des hommes froids et durs qui l'exploitaient pour sa beauté et ne l'aimaient pas réellement.

Qui donc avait tué Francesca Hill ? Et pourquoi ? Et quel était le lien entre ce meurtre et celui d'Emily ?

Quel était le chaînon manquant ? se demanda encore la jeune femme en ouvrant le dossier de l'affaire et en reprenant les photos de la scène du meurtre. Elle étudia les clichés l'un après l'autre : le lit où l'on avait trouvé la victime, le tapis sur lequel gisaient ses vêtements, les coupes et la bouteille de champagne vides… Puis elle passa aux photos prises dans le living-room : les étagères de livres, la stéréo, la télévision, le cendrier sur la table basse.

C'était là, quelque part. Mais où ? Et que fallait-il chercher ?

Consciente qu'elle tournait en rond, elle rangea les photos dans la chemise cartonnée, déposa le tout dans son tiroir qu'elle ferma à clé, et éteignit la lampe sur son bureau.

Puis elle enfila sa veste, sortit du bâtiment et se dirigea vers le parking. Mais les photos de la scène du meurtre continuaient d'occuper son esprit, tandis qu'elle engageait sa voiture dans la rue. S'arrêtant à un feu rouge, elle les revit mentalement, une par une. Lorsque le feu passa au vert, elle fut prise d'une impulsion et, au lieu de tourner à gauche pour rentrer chez elle, elle prit la direction des Appartements Mill House.

Un moment plus tard, la jeune femme regardait le voyant lumineux de la cabine d'ascenseur s'arrêter sur le numéro 5.

La porte s'ouvrit et elle sortit dans le couloir vide et silencieux.

Il y avait quelque chose d'étrange à retourner sur les lieux d'un meurtre, songea Charlie en regardant autour d'elle. Elle sentait comme une présence, comme si l'esprit de la victime s'attardait. Ses origines françaises et le fait qu'elle avait grandi dans une ville où régnaient la superstition et un prudent respect pour les fantômes n'étaient sans doute pas étrangers à ce sentiment. Et elle n'était manifestement pas la seule à réagir de cette façon, car, d'après le gérant de l'immeuble, la voisine de Francesca avait préféré s'installer chez des amis plutôt que rentrer chez elle, en attendant de trouver un nouveau logement. Charlie la comprenait sans peine.

Mais c'était justement à cause de l'atmosphère étrange et encore chargée de la présence de la victime qu'elle espérait, en retournant sur les lieux, trouver une réponse à ses questions.

Elle arriva devant la porte et constata avec surprise que le ruban jaune censé condamner l'accès à l'appartement avait été déchiré. Avec le carnaval, la police avait eu besoin de l'ensemble de ses forces, et il n'y avait plus d'agent pour garder l'entrer.

Charlie dégaina son revolver et, le tenant d'une main, elle fit tourner la poignée tout doucement. La porte s'ouvrit, et elle prit quelques instants pour s'habituer à l'obscurité. Heureusement, le clair de lune baignait l'intérieur d'une lumière laiteuse.

La porte de la chambre à coucher était entrouverte et le faisceau d'une lampe de poche dansait dans les ombres. Charlie prit son revolver à deux mains et s'avança lentement dans cette direction. En approchant, elle entendit du bruit, comme si quelqu'un était en train de fourrager quelque part. Elle plaqua son dos contre le mur, puis, donnant un coup de pied dans la porte, elle brandit son arme et cria :

— Ne bougez plus !

Jason Stratton laissa tomber un casier de CD et sa lampe de poche. Puis il leva les mains.

— Ne tirez pas ! cria-t-il.

— Vous pouvez m'expliquer ce que vous fichez ici ! lança Charlie en le gardant en joue, tandis qu'elle allumait la lumière.

— Je... je cherchais mon CD. Je l'avais prêté à Francesca et je veux le récupérer.

— Vous n'avez pas vu le ruban jaune ? Cela signifie que personne n'a le droit d'entrer. Je devrais vous arrêter sur-le-champ.

— Je n'ai touché à rien, je vous assure. Je voulais juste mon CD. Et puis je n'ai rien fait d'illégal : l'immeuble appartient à mon père.

— Il pourrait appartenir au gouverneur de l'Etat que cela ne changerait rien au fait que vous n'aviez pas le droit d'entrer. Un meurtre a eu lieu dans cet appartement. D'ailleurs, comment êtes-vous arrivé jusqu'ici ?

— J'ai emprunté l'entrée de service, répondit Jason. J'ai fait plusieurs stages dans la compagnie de sécurité de mon frère, alors la serrure ne m'a pas posé beaucoup de problèmes.

— Que contient ce CD pour que vous teniez tant à le récupérer ?

Jason haussa les épaules.

— Rien, répondit-il. Il est à moi, c'est tout.

— Et il est conscient du fait qu'il a commis une erreur. Cela ne se reproduira pas, n'est-ce pas, Jason ?

Charlie fit volte-face et pointa son arme en direction de

l'homme qui se tenait à quelques mètres d'elle. C'était Cole Stratton.

— On peut savoir ce que vous faites là, vous ? demanda-t-elle, à la fois irritée et inquiète de ne pas l'avoir entendu arriver.

— Je cherchais mon frère pour que nous parlions de sa décision de revenir sur les déclarations qu'il vous a faites au sujet de ses allées et venues, la nuit du meurtre de Francesca, répondit Cole.

Il marqua une pause.

— Vous voulez bien baisser votre revolver ?

Charlie remit l'arme dans son holster.

— Et vous avez deviné qu'il serait ici ?

— J'ai reçu un appel du service d'entretien de l'immeuble me disant que sa voiture était garée près de l'entrée de service.

Il se tourna vers son frère.

— Jason, puisque l'inspecteur Le Blanc est ici, pourquoi n'en profites-tu pas pour lui répéter ce que tu m'as dit, au sujet de l'endroit où tu te trouvais, la nuit du meurtre ?

— Je ne sais pas de quoi tu parles, répliqua Jason. Je lui ai déjà dit où j'étais.

— Je vous conseille d'y repenser, dans ce cas, déclara Charlie. Parce que votre alibi ne tient pas. Personne, à la station d'essence, ne se rappelle vous avoir vu, cette nuit-là, et vous n'apparaissez à aucun moment sur leur vidéo de surveillance.

— Je me suis peut-être trompé d'endroit, grommela Jason. J'avais un peu bu, au cours du dîner. Ecoutez, si vous avez l'intention de m'arrêter, faites-le et qu'on en finisse.

— Je ne vais pas vous arrêter, répondit Charlie.

Elle marqua une pause et considéra le jeune homme d'un air grave.

— Pas pour le moment, en tout cas.

— Alors, je m'en vais.

— Et le CD ? demanda Charlie.

— Je ne l'ai pas trouvé, répondit Jason en se dirigeant vers la porte.

Cole lui prit le bras.

— Tu ne fais qu'aggraver ta situation. Réfléchis bien. Laisse-moi t'aider.

— Je ne veux pas de ton aide ! Lâche-moi !

Cole parut hésiter et dévisagea son frère d'un air dur. Finalement, il laissa retomber son bras, et Jason se hâta de quitter l'appartement.

Cole poussa un soupir et se tourna vers Charlie.

— Il n'a pas tué Francesca.

— Dans ce cas, il n'a aucun souci à se faire, riposta la jeune femme.

Elle marcha vers le casier de CD que Jason avait laissé tomber, en se demandant ce qu'il cherchait véritablement. Puis elle sortit de sa poche une paire de gants et un sachet en plastique, enfila les gants et se mit à ramasser les CD.

Cole vint s'accroupir près d'elle.

— Vous voulez un coup de main ?

Elle leva les yeux. Il était si près qu'elle pouvait voir la barbe naissant qui ombrait ses joues et sentir son odeur. Aussitôt, son ventre se serra et une bouffée de chaleur monta le long de son cou.

— Non, répondit-elle. Et vous ne devriez pas être là. Vous êtes sur les lieux d'un meurtre.

— Vous voulez me passer les menottes ? fit-il en lui tendant ses poignets.

— Je ne sais pas pourquoi, mais je parie que ce ne serait pas la première fois, dit la jeune femme.

— Non, en effet.

Charlie ne lui demanda aucune explication. Elle scella le sachet et se redressa tout en regardant autour d'elle. Elle avait perdu l'espoir que cet endroit parle à son instinct.

— Je vais fermer, reprit-elle. Encore une fois, vous n'avez rien à faire ici.

— J'ai bien compris, fit-il en la suivant dans le couloir de l'immeuble. Mais dites-moi, nous avons établi que je cherchais Jason, et Jason cherchait son CD. Ce que nous ne savons pas, c'est pourquoi vous êtes là, vous.

— Vous ne le savez pas, en effet, répondit la jeune femme en verrouillant la porte d'entrée.

Ils se dirigèrent tous deux vers l'ascenseur et entrèrent dans la cabine. Lorsque les portes se refermèrent et que l'espace parut se réduire, Charlie sentit son pouls s'accélérer.

— Je n'ai pas encore dîné et vous non plus, je parie ! reprit Cole. Il y a une excellente pizzéria, à deux pâtés de maisons d'ici. Que diriez-vous de partager une pizza ?

— Je dirais que c'est une mauvaise idée, répondit Charlie en sortant de l'ascenseur.

— Pourquoi ?

— Je suis un inspecteur de police chargé d'enquêter sur le meurtre d'une femme intimement liée à votre famille, et pour lequel vous demeurez un suspect.

— Allons, Charlotte, vous pensez sérieusement que j'ai tué Francesca ?

— Peu importe ce que je pense. Simplement, je ne peux pas me permettre la moindre forme d'association avec vous.

— Partager une pizza ne constitue pas vraiment une association, si ?

Elle s'arrêta à la réception pour rendre la clé et rappeler que personne ne pouvait accéder à l'appartement sans obtenir une autorisation préalable de la police. Puis elle sortit, heureuse de sentir l'air frais de la nuit sur sa peau.

— Et si je vous laissais me bombarder de questions, pendant que nous mangeons ? proposa Cole, qui la suivait toujours. Vous pourriez dîner, me soutirer des informations, et ainsi faire d'une pierre deux coups.

— Je pourrais aussi vous embarquer au poste et vous interroger là-bas.

— En effet. Mais je me montre beaucoup plus bavard quand j'ai l'estomac plein.

Charlie réfléchit un instant. Bien sûr, ce dîner n'était pas raisonnable mais, d'un autre côté, Cole pouvait lui fournir des informations essentielles concernant les Stratton…

— Très bien, dit-elle. Mais je prends ma voiture et nous partageons l'addition.

— Alors, que voulez-vous savoir d'autre ? demanda Cole.

Ils étaient assis face à face, dans la petite pizzéria, et, fidèle à sa parole, il avait joué le jeu et répondu à toutes les questions que Charlie lui avait posées. Et elle ne s'était pas gênée. Elle n'avait pas pris de gants non plus. Cole ne lui avait caché qu'une seule chose : ses propres soupçons au sujet de l'identité du meurtrier. D'abord, il ne s'agissait encore que de soupçons. Ensuite, il espérait sincèrement se tromper.

— Pourquoi avez-vous abandonné votre carrière dans la Navy ? demanda Charlie.

— Je devais en avoir assez de risquer ma peau à chaque instant.

— Si j'en crois vos états de service et tous les honneurs que vous avez reçus, je dirais, au contraire, que vous aimiez ces dangereuses missions de commando.

Il sourit.

— C'est vrai. J'aimais ça. Mais la plupart de ces missions avaient lieu sur d'autres continents, autrement dit à des milliers de kilomètres de ma famille. Je voulais être plus près d'eux, alors j'ai donné ma démission et je suis revenu à La Nouvelle-Orléans.

— Par « famille », vous entendez vos demi-frères et votre demi-sœur ?

— Ce sont mes frères et ma sœur. Le fait que nous ayons des mères différentes ne retire rien au fait que nous appartenons à la même famille.

— Vous les protégez beaucoup. Pourquoi ?

Cole but une longue gorgée de bière.

— Pour les mêmes raisons que vous. Nous sommes les aînés, et quand il leur arrive quelque chose, nous nous en voulons de les avoir laissés tomber.

Charlie se raidit.

— Qu'est-ce qui vous fait penser que je m'en veux ?

— Vous n'êtes pas la seule à réunir des informations sur les autres, inspecteur. N'oubliez pas que je travaille dans le domaine de la sécurité.

Le visage de la jeune femme s'assombrit.

— Le fait d'avoir déterré quelques informations à mon sujet ne suffit pas à me connaître.

— En effet. Mais j'aimerais beaucoup vous connaître.

— C'était une erreur, dit Charlie en faisant mine de se lever.

Cole tendit aussitôt la main pour la retenir.

— Non, dit-il. L'erreur serait de gaspiller une aussi bonne pizza.

Il marqua une pause.

— Allons, je suis sûr que vous avez encore des questions à me poser. S'il vous plaît… restez !

Charlie céda et reporta son attention sur sa pizza.

Content de la regarder manger, Cole ne dit rien. Charlotte Le Blanc avait bon appétit, et ça le changeait agréablement de toutes les femmes qui étaient au régime. Il sourit.

— Quelque chose vous amuse ? lui demanda Charlie.

— Je me disais qu'il est bien agréable de partager un repas avec une femme qui ne fait pas semblant de manger.

— Pourquoi ? Les femmes que vous connaissez ne mangent pas ?

— Si peu ! répondit-il en riant.

— Eh bien, vous avez peut-être besoin de fréquenter des vraies femmes, et non des trophées que l'on accroche à son bras pour parader. Des femmes qui travaillent pour gagner leur vie, vous savez, plutôt que de se marier dans le même but. Vous constateriez que ces femmes mangent, respirent et réussissent à mener de front une carrière et une vie de famille.

— Je m'en aperçois déjà, murmura Cole.

Il prit une autre part de pizza.

— Dites-m'en un peu plus au sujet de Charlotte Le Blanc.

— Je croyais que vous aviez mené votre enquête.

— Ainsi que vous l'avez remarqué vous-même, quelques informations ne suffisent pas à donner une image complète d'une personne. Par exemple, je sais que vous avez abandonné le droit pour entrer dans la police, mais j'ignore si vous avez regretté cette décision.

— Vous voulez savoir si je préférerais être avocate plutôt que flic ? La réponse est non. Je n'ai aucun regret.

— Et…

— Je croyais que c'était moi qui posais les questions !

— Pardon. Allez-y.

Charlie s'essuya les mains à sa serviette.

— Que savez-vous au sujet du révérend Homer Lawrence ?

— Il était le pasteur de la paroisse que Francesca fréquentait quand elle était enfant, et, pour quelqu'un dont le comportement ne me paraissait pas très religieux, elle passait beaucoup de temps avec lui.

— Autrement dit, vous n'avez rien trouvé sur lui, vous non plus ?

— Non. Seulement qu'il a quitté sa dernière paroisse pour des raisons brumeuses. Mais personne ne vous en dira plus. Moi, en tout cas, je n'ai jamais eu confiance en lui.

— Voilà un point sur lequel nous tombons d'accord, dit Charlie.

Cole s'appuya contre le dossier de sa chaise.

— Alors, le révérend figure aussi sur votre liste de suspects ?

— Il y a beaucoup de monde sur cette liste. Y compris vous.

— Vous savez ce que je pense, inspecteur ?

— Non, mais je parie que vous allez me le dire.

— Je pense que vous auriez fait une bonne avocate, mais vous êtes un excellent flic.

— Je doute que mon commissaire, ou le chef de la police, partage cette opinion. Je n'ai toujours pas retrouvé le meurtrier de Francesca Hill.

— Cela ne saurait tarder.

— Comment pouvez-vous en être aussi sûr ?

— Je le suis, voilà tout, déclara Cole en se penchant en avant. Pour vous, les victimes ne sont pas seulement des cadavres sur une table de dissection. Ce sont des hommes et des femmes réels, qui avaient des familles, des amis, des aspirations et des rêves, une vie qui a été fauchée brutalement. Ils comptent réellement pour vous, et grâce à cela, vous ne renoncez pas tant que justice ne leur est pas rendue.

— Nous sommes nombreux à éprouver la même chose, dans notre profession, vous savez ? Il y a beaucoup de bons flics.

— Peut-être, mais je parie que bien peu d'entre eux s'investissent avec autant de cœur et de conviction que vous.

— Le cœur et les convictions ne résolvent pas les affaires. Les preuves, oui.

— Vous trouverez vos preuves, affirma Cole.

Il craignait juste que ces preuves ne la conduisent précisément là où ses soupons le portaient lui-même.

— Je le pense aussi, dit la jeune femme. Et quand j'aurai ces preuves, je tiendrai aussi le meurtrier.

— Je n'ai donc aucune raison de me faire du souci, parce que je n'ai pas tué Francesca.

— Vous savez, Stratton, je vous crois, déclara Charlie avant de prendre le verre de thé glacé qu'elle avait commandé.

— Merci.

— Oh, ne me remerciez pas trop vite ! Je vous crois tout à fait capable de commettre un meurtre. Par contre, je vous imagine mal accorder suffisamment d'importance à une femme pour vous résoudre à un tel acte de violence.

— Je ne sais pas si je dois en tirer de la fierté ou me sentir offensé.

— Ni l'un ni l'autre, répondit Charlie. C'est juste une

opinion personnelle basée sur ce que j'ai pu glaner à votre sujet.

— Puisqu'on parle de ce que nous avons glané l'un sur l'autre, il y a une question que j'aimerais vous poser. Lequel de vos parents était un fan des sœurs Brontë ?

Charlie arqua les sourcils, visiblement décontenancée par la question, et Cole enchaîna :

— Votre prénom est Charlotte, celui de votre sœur, sur *Channel 4*, est Anne, et votre deuxième sœur qui a été tuée s'appelait Emily. Ce sont les noms des trois sœurs Brontë.

— C'est ma mère, répondit la jeune femme avec l'ombre d'un sourire. Elle était professeur de lettres.

— Et votre surnom, Charlie, d'où vous vient-il ?

— Mon père m'appelait comme ça. J'étais un garçon manqué.

Cole n'avait aucun mal à l'imaginer, enfant. Elle devait être la première à relever les défis, et la dernière à renoncer.

— Je parie que vous ne vous en laissiez pas conter par les garçons du quartier.

Elle sourit largement, cette fois, et l'expression de son visage s'en trouva adoucie, la rendant plus jolie encore.

— Disons que je savais me débrouiller.

— Je n'ai aucun mal à le croire, dit Cole. Je pense que Charlie convient bien à l'inspecteur Le Blanc, mais Charlotte vous convient mieux à vous.

— Charlie me va très bien, déclara la jeune femme en prenant une autre part de pizza.

Tant qu'elle était Charlie, les gens la considéraient comme un flic, et non comme une femme. C'était du moins ce qu'elle devait penser, songea Cole. Mais elle se trompait.

Elle mordit dans sa pizza et ferma brièvement les yeux

pour savourer le mélange de tomates, de fromage et de pepperoni.

Cole sentit tout son corps réagir. Le simple fait de la regarder manger une pizza représentait une expérience sensuelle.

Il prit sa bière et but une longue gorgée, espérant ainsi rafraîchir ses sens en émoi. Mais ça n'avait pas l'air de marcher, et il se demanda si Charlotte faisait l'amour avec la même passion qu'elle faisait tout le reste.

La jeune femme dut sentir son regard sur elle, car elle leva les yeux, et soudain la tension sexuelle qui planait entre eux parut exploser.

— Quelque chose ne va pas ?

— Vous avez de la sauce tomate, là, dit Cole en tendant la main pour essuyer doucement la sauce au coin de la bouche de la jeune femme.

Puis, sans la quitter des yeux, il porta son doigt à sa propre bouche.

Charlie se figea. Ses pupilles se dilatèrent.

— Il se fait tard, dit-elle brusquement. Il faut que je rentre.

— Vous ne finissez pas votre pizza ?

— Je n'ai plus faim.

Elle sortit un billet de dix dollars de son portefeuille et le posa sur la table.

— Je pense que ça devrait être suffisant pour règler ma part.

— Oui, répondit Cole en sortant à son tour un billet de dix dollars.

Puis il se leva, fit le tour de la table et aida Charlie à enfiler sa veste.

— Merci, murmura-t-elle.

— Je vous raccompagne à votre voiture.

— Ce n'est pas nécessaire.

— Mais j'insiste, répondit-il.

Et plutôt que de se lancer dans une discussion avec elle, il glissa une main légère autour de sa taille et la guida vers la sortie du restaurant. Puis ils marchèrent ensemble jusqu'au coin de la rue, où elle avait garé sa voiture. Cole attendit qu'elle eût déverrouillé la portière.

— Bonsoir, dit Charlie en se tournant vers lui.

Cole se pencha en avant, réduisant la distance entre leurs deux corps. Puis, très lentement, afin de lui laisser tout le temps de protester, il baissa la tête et l'embrassa. Il aurait voulu la serrer contre lui, mais il musela ses élans, soucieux de la laisser dicter le rythme et l'intensité de ce premier baiser. Lorsqu'elle ouvrit les lèvres pour l'accueillir, il étouffa un grognement. Il la désirait désespérément. Mais elle n'était pas prête. Pas encore. Il attendrait que le moment soit parfait.

Finalement, il leva la tête et lui caressa doucement la joue.

— Bonne nuit, Charlotte.

Il la regarda s'éloigner au volant de sa voiture, puis il démarra et la suivit, veillant bien à garder une distance prudente pour ne pas se faire repérer.

Ce n'était pas la première fois qu'il la suivait jusqu'à son minuscule cottage, à l'orée du Garden District. Et il avait appris beaucoup de choses sur elle.

Elle n'avait pratiquement pas de vie sociale parce que son travail lui prenait tout son temps. En dehors de sa famille, de son coéquipier Kossak et de quelques amis, elle était seule. Elle n'avait pas d'amant. Elle était ordonnée sans être maniaque. Elle aimait la musique classique et le rock. Elle ne possédait ni fanfreluches ni maquillage, et ne dépensait pas son maigre salaire en vêtements de marque. Elle préférait les pantalons aux robes, ce qui était bien dommage car elle avait de très jolies jambes. Elle aimait les sucreries et, contrairement à sa sœur, Emily, elle ne cuisinait guère. Ses placards étaient presque vides, à l'exception de quelques paquets de céréales, de soupes en conserve et d'un pot de beurre de cacahuète. Elle prenait la plupart de ses repas en dehors de chez elle, ou bien elle se faisait livrer. En semaine, son petit déjeuner était composé de céréales et d'une tasse de café. Le dimanche, elle achetait des beignets frais après avoir fait son jogging.

Charlotte Le Blanc avait aussi ses petites habitudes. Il la regarda tandis qu'elle bifurquait dans la minuscule allée qui menait à sa maisonnette. Il éteignit ses phares et se gara sous le chêne, dans la rue perpendiculaire à celle de la jeune femme. De là, il pouvait tout voir sans craindre d'être repéré par des voisins trop curieux. La rue était peu passante, et seulement deux maisons étaient occupées, l'une par un vieil homme en chaise roulante, l'autre par un couple âgé. Les autres demeures étaient à vendre : les propriétaires quittaient sans doute la ville à cause du fort taux de criminalité. Le gros chêne offrait l'ombre idéale, et il n'avait eu qu'à jeter un caillou pour briser l'ampoule du lampadaire.

Satisfait, il s'abandonna contre le dossier de son siège et observa Charlotte.

Comme d'habitude, elle descendit de voiture avec une serviette qui contenait les dossiers de l'affaire en cours. Elle prit son courrier dans la boîte aux lettres, puis déverrouilla la porte d'entrée de sa maison. La lumière s'alluma à l'intérieur, et il imagina les mouvements de la jeune femme. A cet instant, elle devait traverser le living-room et poser sa serviette près du canapé. Puis elle se rendrait dans la cuisine et prendrait un rouleau de pastilles à la menthe. Tout en défaisant l'emballage, elle jetterait un coup d'œil rapide sur son courrier et poserait la pile sur le comptoir, pour plus tard. Elle ouvrirait alors le réfrigérateur pour y prendre une cannette de soda. Elle ferait sauter la languette et porterait la cannette à ses lèvres, avant de boire longuement.

Incapable de résister, il descendit de voiture. Il remonta le col de sa veste et regarda autour de lui pour s'assurer qu'il n'y avait personne. Puis il traversa la rue et alla se poster près de la fenêtre de sa chambre, là où il avait poussé le rideau juste assez pour pouvoir regarder à l'intérieur.

Il compta jusqu'à cinq et, comme prévu, Charlotte entra dans la pièce. Elle alluma la lumière, fit valser ses chaussures et posa sa cannette de soda sur la commode. Elle ôta sa veste et se débarrassa du holster contenant son revolver. Elle rangea aussitôt l'arme dans le tiroir de sa table de chevet.

Puis elle s'étira, et le tissu de son chemisier moula ses seins. Oh, oui ! songea-t-il en souriant, tandis qu'elle ôtait ses vêtements. Ses dessous étaient presque de la même couleur que sa peau, mais il distingua quand même les aréoles de ses seins, et fut surpris de les trouver plus ronds qu'il ne l'avait imaginé. Malheureusement, elle préférait les slips classiques aux strings.

Lorsqu'elle se dirigea vers la commode, il sentit son sexe durcir.

« Patience », se dit-il. Il avait appris l'art d'être patient bien des années plus tôt. L'attente ne ferait que décupler son plaisir, lorsque le moment viendrait enfin de la tuer. Car il allait la tuer.

Elle reprit sa cannette de soda, but une autre gorgée et tira le tiroir du milieu pour prendre son pyjama, là où elle l'avait rangé, bien plié. Et voilà, elle l'avait vu ! Le bas de soie noire. C'était le cadeau qu'il lui avait laissé. Une promesse de ce qui allait venir.

15.

Charlie lâcha son pyjama et regarda fixement le bas de soie noire. Le choc et la peur la prirent à la gorge, et son sang ne fit qu'un tour. Puis, l'instinct et son entraînement de flic reprenant le dessus, elle fit volte-face, courut vers sa table de chevet et saisit son arme. Revolver au poing, elle fouilla méticuleusement la maison afin de s'assurer qu'il n'y avait personne. Puis elle prit un imperméable long dans le placard de l'entrée, l'enfila et sortit.

Elle s'arrêta sur le seuil de sa maisonnette, pieds nus, et entendit les nouvelles du soir depuis le poste de télévision de M. Murphy, deux maisons plus loin. Comme toujours, le volume était au maximum parce que le vieil homme souffrait de surdité. En dehors de cela, le voisinage paraissait aussi tranquille qu'à l'accoutumée.

Charlie fronça les sourcils en remarquant que l'ampoule du lampadaire, au coin de la rue, n'avait toujours pas été remplacée. Elle alluma sa lumière extérieure et fit le tour du cottage. Rien. Comme elle retournait vers la porte d'entrée, elle vit un mégot de cigarette dans l'herbe, sous la fenêtre de sa chambre. Elle fourra la main dans sa poche, contente d'y trouver un mouchoir en papier inutilisé, et s'accroupit pour ramasser soigneusement le mégot. Puis elle rentra.

Une fois à l'intérieur, elle verrouilla la porte, se rendit dans la cuisine et fouilla dans les tiroirs à la recherche d'un sachet pour y glisser le mouchoir contenant le mégot. Puis, sans lâcher ni le sachet ni son revolver, elle courut dans sa chambre et décrocha le téléphone. Elle avait presque composé le numéro du commissariat lorsqu'elle raccrocha brusquement.

Presque nue sous son imperméable, elle se laissa choir sur son lit. Si elle appelait la police pour les alerter du fait que le meurtrier s'était introduit chez elle, Vince le saurait, et ce serait terminé. Il dirait tout au commissaire, et à la seconde où Warren serait au courant du lien probable entre le meurtre de Francesca Hill et celui d'Emily, six ans plus tôt, il lui ôterait l'affaire.

Elle ne pouvait pas le permettre. Pas encore. Pas alors qu'ils commençaient enfin à brûler. Et ils devaient brûler, sinon l'assassin n'aurait pas éprouvé le besoin de lui laisser cet avertissement. Car c'était bien un avertissement : il la prévenait qu'il avait l'intention de la tuer, elle aussi.

Son regard rencontra la photo encadrée sur sa table de chevet. Trois sœurs y souriaient dans leur costume de mardi gras.

Charlie prit la photo et la considéra un moment. Elle se rappelait parfaitement ce carnaval. Elle avait dix ans, à l'époque ; Emily en avait six, et Anne, quatre. Elles avaient choisi de se déguiser comme les personnages de *Peter Pan*. Charlie était Peter Pan, et Anne, la fée Clochette. Mais quand Emily avait vu le costume banal de Wendy, elle avait déclaré qu'elle s'habillerait en Cendrillon. Déjà, elles suivaient chacune leur chemin, en fonction de leur personnalité.

Charlie se regarda dans son justaucorps vert, avec les collants et les chaussures pointues. Ses cheveux étaient coupés très court, et elle aurait presque pu passer pour un garçon. La fausse épée, dans sa main, et son air de défi disaient clairement qu'elle n'avait peur de rien. Et elle n'avait peur de rien, en effet. Elle était la sœur aînée, la protectrice.

Anne était parfaite en fée Clochette, songea encore Charlie en regardant sa jeune sœur. Avec ses ailes de fée, sa baguette magique, ses boucles blondes et son sourire angélique, elle était comme un rayon de soleil : chaleureuse, irrésistible. Elle attirait tout le monde, à l'époque. Et ça n'avait pas changé.

Puis Charlie regarda Emily. A six ans, déjà, elle était magnifique, avec ses grands yeux bruns presque exotiques et son visage à l'ovale parfait. Ses longs cheveux blonds étaient ramassés vers le haut de sa tête et tressés autour d'un diadème. Et dans sa robe en satin bleu et ses gants blancs, elle ressemblait à une vraie princesse. Elle le savait, d'ailleurs. Charlie avait beau adorer sa sœur, elle n'ignorait pas ses défauts.

Pourtant, Emily avait un peu changé au cours des six derniers mois. Elle paraissait moins égocentrique. Sa décision de se lancer dans la médecine et ses projets de se spécialiser dans les problèmes de fertilité semblaient révéler un désir de se tourner davantage vers les autres, de s'ouvrir sur le monde… Alors, que s'était-il passé ?

Charlie poussa un soupir et reposa la photo sur sa table de chevet, songeant qu'elle finirait par découvrir le meurtrier. Il venait de commettre sa première erreur : il l'avait avertie de ses intentions. Il l'avait choisie pour être sa prochaine victime. Et maintenant qu'elle le savait, elle allait lui tendre un piège.

*
* *

Quelques heures plus tard, Charlie retourna dans sa chambre. Elle avait passé la majeure partie de la nuit à fomenter un plan pour forcer l'assassin à se dévoiler. Et finalement elle avait dû se rendre à l'évidence : le seul moyen d'y arriver était de dire toute la vérité au commissaire. Elle avait besoin des ressources de la police, songea-t-elle en posant son revolver à côté d'elle, sur la table de chevet. Et si le commissaire et les huiles de la police voulaient attraper ce type, ils avaient besoin d'elle. Charlie pensait se servir de cet argument pour convaincre le commissaire de ne pas lui retirer l'affaire. Mais, avant, il fallait qu'elle parle à Vince.

Elle l'appellerait à la première heure demain matin, se promit-elle en se couchant. Elle éteignit la lumière et s'endormit dans la seconde qui suivit. Et, dans son sommeil, elle fit un rêve. Elle rêva d'une ancienne pizzéria avec des nappes à carreaux rouges et blancs et des bougies sur les tables. Elle rêva d'une nuit fraîche du mois de mars, avec son ciel chargé d'étoiles, et, dans l'air, un parfum lourd de jasmin. Elle rêva d'un homme brun aux yeux très bleus. Elle rêva de Cole…

— Charlotte, chuchota-t-il en l'attirant contre lui, couvrant ses lèvres avec les siennes.

Charlie enfonça les doigts dans ses cheveux noirs, et s'abandonna au baiser. La langue de Cole glissa en elle pour la goûter, la tenter. Il avait un goût de bière, un goût un peu sucré de poivrons rouges et de sauce tomate. Il avait aussi le goût du désir et celui du danger. Charlie le désirait comme jamais elle n'avait désiré un homme.

Lorsque Cole rompit leur baiser, elle protesta, mais, déjà, ses lèvres étaient partout sur son visage, dans son cou.

— Cole…

— Chut…

Il l'embrassa de nouveau, et elle s'accrocha à lui. Son cœur cognait follement dans sa poitrine. Son pouls battait à ses tempes, et une chaleur se répandait dans son ventre, entre ses cuisses.

— Cole, murmura-t-elle de nouveau.

— Dis-moi ce que tu veux, Charlotte.

— Toi. Je te veux, toi, répondit-elle.

Il la souleva dans ses bras et la porta vers le lit.

— Tu es belle, dit-il en l'allongeant sur le matelas.

Lentement, il déboutonna son chemisier, et ce faisant, ses doigts effleurèrent sa peau, exacerbant le désir qui la consumait.

Elle tendit les mains et tira fort sur les pans de la chemise de Cole, faisant sauter les boutons, avant de s'attaquer à la fermeture Eclair de son jean. Puis il fut près d'elle, son corps chaud et dur, ses yeux assombris par le désir.

Charlie caressa ses larges épaules, se souleva pour y poser ses lèvres. Pendant ce temps, il ne cessait de l'embrasser, de la toucher. Et lorsqu'il la repoussa doucement contre l'oreiller, elle ferma les yeux et s'abandonna au plaisir qu'il lui offrait.

Elle était tellement perdue dans ses sensations qu'il lui fallut un moment pour se rendre compte que quelque chose avait changé. La bouche qui l'embrassait n'était plus tendre. Les mains qui la touchaient n'étaient plus douces. Et lorsqu'elle sentit quelque chose de soyeux glisser autour de son cou, elle ouvrit brusquement les yeux.

Le visage de son compagnon était dans l'ombre, et elle ne voyait plus ses yeux.

— Cole ?

Il rit, et ce rire la fit frissonner. Elle essaya de le repousser, de se dégager, mais il était trop fort. Alors, elle essaya de lui griffer le visage. Mais il la gifla violemment et elle retomba sur le lit, pratiquement assommée.

Bientôt, elle sentit la soie qui lui serrait la gorge. Luttant pour respirer, elle essaya de tirer sur le bas. Mais elle perdait conscience, le monde devenait noir. Et elle entendit un grand fracas.

Charlie s'assit sur son lit et se mit à tousser. Elle respira plusieurs fois, dans une sorte de râle, et porta les mains à sa gorge. Mais il n'y avait pas de bas de soie, et une vague de soulagement la submergea. Son cœur battait la chamade. Sa peau était couverte de sueur. Elle avait froid et chaud à la fois.

Petit à petit, elle retrouva son souffle et regarda autour d'elle. Ce n'était qu'un rêve. Il n'y avait pas d'homme ; pas de bas noir enroulé autour de son cou. Elle était chez elle. Seule. Dans son lit.

Et le lit ressemblait à un champ de bataille. Les draps étaient tombés par terre, la couette formait un monticule à côté, et l'un des oreillers avait atterri près de la fenêtre. Le réveil gisait, brisé, sur le sol, près de la photo des trois sœurs déguisées. Le verre du cadre était également brisé.

Charlie se pencha, ramassa la photo et regarda fixement les visages souriants des trois enfants. Des larmes lui montèrent aux yeux et elle serra l'image contre elle pendant un instant. Puis elle regarda du côté de la commode, là où elle avait laissé le bas de soie noire, la veille.

Aussitôt, elle bondit hors du lit. Elle reposa le cadre sur la table de chevet, se promit d'en acheter un autre, puis ramassa les morceaux brisés de son réveil et les jeta dans la corbeille à papier. Elle décrochait son téléphone pour appeler Vince lorsque son portable sonna. Elle courut vers la commode et répondit :

— Le Blanc.

— C'est Kossak.

— Hé, j'allais justement t'appeler ! J'ai besoin de te parler d'un truc. Est-ce qu'on peut…

— Il faut que tu viennes au commissariat dès que possible, l'interrompit-il.

A sa voix, Charlie devina que c'était important.

— Qu'est-ce qu'il y a ? demanda-t-elle.

— Viens, et je t'expliquerai.

— Kossak !

Il y eut un silence, puis il déclara :

— Je viens de recevoir un appel du médecin légiste. Ils ont les résultats des tests ADN. L'un des échantillons de sperme correspond à un autre ADN répertorié dans les archives.

— A qui appartient-il ? demanda Charlie, le cœur battant.

— Nous n'avons pas de nom. Nous savons seulement que c'est le même que celui d'un type qui s'est déjà rendu coupable d'agression et de meurtre.

— Qui était la victime ? demanda la jeune femme, bien qu'elle connaisse déjà la réponse.

— Le Blanc…

— Dis-le-moi !

— Ta sœur. Le sperme correspond à celui qui a été retrouvé sur Emily, il y a six ans.

Durant ses huit années dans la police, Vince avait souvent vu le commissaire Warren en colère. Et il l'avait vu avaler des poignées de comprimés antiacides moins de deux semaines plus tôt. Mais c'était la première fois qu'il le voyait boire le liquide rose et épais directement à la bouteille, comme s'il s'était agi d'un soda.

— Vous voulez me dire à quoi vous pensiez, Le Blanc ? s'exclama-t-il en faisant les cent pas dans le bureau.

— Je pensais, commissaire, que j'avais un meurtrier à retrouver.

— Et vous n'avez pas pensé que le fait de mener des investigations sur un meurtre pouvant avoir un lien avec celui de votre sœur représentait un problème ? Vous n'avez jamais entendu parler du conflit d'intérêts ?

— Je n'étais pas sûre que ce lien existait vraiment, commissaire. C'était une supposition, pas davantage.

— Epargnez-moi ces conneries, Le Blanc. Ce n'était pas une supposition, mais un doute sérieux qui frisait la probabilité.

— Plutôt une sorte d'impression.

— Vous avez décidé de ne rien me dire parce que vous saviez pertinemment que je vous retirerais l'affaire ! déclara Warren en la regardant fixement.

— Commissaire, c'est moi qui ai suggéré à Le Blanc de ne rien dire, intervint Vince. Il me semblait que son… impression ne reposait sur rien, à cause de la distance et des styles de vie si différents des deux victimes.

— Dans ce cas, vous avez fait preuve d'un manque de jugeote comparable au sien, et je devrais vous suspendre tous les deux, riposta Warren.

Charlie fit un pas en avant.

— L'inspecteur Kossak essaie de me couvrir, commissaire. La vérité, c'est qu'il m'a incitée à vous dire la vérité. C'est moi qui ai choisi de n'en rien faire.

— Ce n'est pas vrai ! lança Vince. J'étais conscient qu'il

existait peut-être un lien entre les deux meurtres et je n'ai rien dit, moi non plus.

— Le Blanc ? fit Warren en regardant la jeune femme.

— L'inspecteur Kossak ne vous a rien dit parce que je lui avais instamment demandé de se taire. Si quelqu'un a commis une faute, c'est moi. Pas lui.

— Commissaire..., commença Vince.

— La ferme, Kossak ! Ou plutôt, dites-moi s'il existe une chance que le Dr Williamson se soit trompée.

— J'en doute, répondit Vince.

— Dans ce cas, je n'ai pas le choix. Le Blanc, je vous retire l'affaire : vous vous occuperez de paperasserie jusqu'à nouvel ordre. Kossak, voulez-vous que je nomme quelqu'un pour travailler avec vous sur cette affaire ?

Sans donner à Vince le temps de répondre, Charlie avança encore d'un pas.

— Sauf votre respect, commissaire, le fait de me retirer l'affaire maintenant serait une grosse erreur. Je...

Le commissaire bondit sur ses pieds.

— Vous avez de la chance que je ne vous suspende pas ! hurla-t-il.

— Le Blanc, intervint Vince.

— Commissaire, le meurtrier est entré en contact avec moi, déclara Charlie.

— Quoi ? s'écria Vince, stupéfait. Quand ?

— Il a pénétré chez moi, hier, à un moment ou à un autre, répondit la jeune femme sans quitter le commissaire des yeux. Il m'a laissé ceci.

Elle tira une enveloppe de sa poche, l'ouvrit, et le bas de soie noire tomba sur le bureau du commissaire.

— Quand as-tu trouvé ça ? lui demanda Vince.

— Hier soir, en rentrant. Il était dans un tiroir de ma commode, avec mon pyjama.

— Merde, Charlie, t'es cinglée ou quoi ? s'exclama Vince, aussi furieux qu'il était inquiet. Et tu n'as alerté personne ? Pourquoi tu ne m'as pas appelé ?

— Kossak a raison, dit le commissaire. Vous auriez dû donner l'alerte, hier soir. Non seulement vous avez pris un risque, mais ce type aurait pu se trouver encore dans le voisinage, et nous l'aurions peut-être appréhendé.

— Il n'était plus là, commissaire. J'ai vérifié. Mais j'ai trouvé ceci.

Elle tira de sa poche le sachet contenant le mégot de cigarette à l'intérieur du mouchoir en papier.

— C'était par terre, dehors, sous ma fenêtre. Ça n'appartient pas forcément à notre homme, mais ça vaut la peine de vérifier.

— Non mais tu te rends compte ? lança Vince. Imagine qu'il se soit trouvé là ? Il aurait pu t'agresser. Qu'est-ce que tu aurais fait ?

— Je suis flic, Kossak. Je n'ai rien d'une pauvre gourde sans défense, riposta Charlie. Je me serais défendue comme on m'a appris à le faire.

— La ferme, tous les deux ! ordonna le commissaire. Vous avez une idée de la manière dont il s'est introduit chez vous ?

— Non. Il n'a laissé absolument aucune trace. La porte et les fenêtres étaient verrouillées. Mais après tout, les serrures n'ont pas empêché notre homme d'entrer et de sortir de chez Francesca. Je ne pense pas qu'il soit nécessaire de chercher des empreintes. Il est trop malin pour en avoir laissé.

— On va quand même envoyer une équipe, déclara le commissaire.

— Une chose est sûre : il sait qui je suis, et ce bas noir est un message qui m'est directement adressé.

— Ouais, il t'a dans le collimateur, marmonna Vince.

Mais elle ne le regarda même pas. Elle avait les yeux fixés sur le commissaire.

— Tu n'as rien à faire sur cette affaire, déclara Vince, effrayé par l'expression qu'il lisait sur le visage de la jeune femme.

— Cette décision ne te revient pas, répondit Charlie.

Puis elle reprit à l'adresse de son supérieur :

— Commissaire, c'est la première piste valable depuis le début de cette enquête. Si vous me sortez maintenant, nous n'en aurons peut-être plus d'autre. Ce type est intelligent et arrogant. C'est pour ça qu'il a pris le risque de me faire savoir qu'il avait l'intention de me tuer. C'est sa toute première erreur. Il en fera d'autres, et, le moment venu, on sera là pour le cueillir.

— Commissaire, vous ne pouvez pas vous servir d'elle comme appât, déclara Vince.

— Il a raison, Le Blanc. C'est trop risqué. Vous n'êtes plus sur l'affaire, et je vais assigner un policier pour garder votre maison.

— Dans ce cas, vous pouvez reprendre ceci, déclara Charlie en posant son badge, puis son revolver, sur le bureau du commissaire.

— Ne sois pas stupide ! lui dit Vince.

Warren fronça les sourcils.

— Vous feriez bien d'écouter votre coéquipier, Le Blanc.

— Je suis devenue flic à cause de ce type, et j'ai passé les six dernières années à le chercher. Si je dois jouer les appâts pour l'attirer et le faire tomber, alors c'est ce que je ferai. Et je ne me laisserai pas impressionner alors que je suis si près du but.

— Vous savez que je pourrais vous faire embarquer pour obstruction à la justice ! lui rappela le commissaire.

— Allez-y. Je demanderai la liberté sous caution, et, à la seconde où je serai sortie, je me lancerai à la recherche de l'assassin. Ma sœur est journaliste à la télévision, et je suis sûre que je n'aurai aucun mal à obtenir un passage aux informations. Je dirai à ce salaud que je suis là et que je finirai par l'avoir. Son ego ne supportera pas d'être ainsi menacé par une femme. Il viendra. Et je serai prête à le recevoir.

— Anne ne te laissera jamais prendre un risque pareil, déclara Vince.

— Anne le fera parce qu'elle aussi a perdu une sœur. Je démasquerai ce salaud, commissaire. J'aimerais mieux pouvoir compter sur mon badge et sur l'appui de la police pour le faire. Mais si je dois me débrouiller seule, eh bien soit !

Le commissaire parut hésiter et, au bout de quelques secondes, Vince s'exclama :

— Allons, commissaire, vous n'envisagez pas sérieusement de faire ce qu'elle vous dit ! Elle va se faire tuer !

— Le risque qu'elle se fasse tuer existe, quoi que je fasse, répondit Warren.

Il se renversa sur le dossier de sa chaise et passa une main sur son crâne.

— Je n'aime pas ça, Le Blanc, reprit-il finalement avec un soupir. Je n'aime pas que mes inspecteurs jouent ce genre de jeu avec un assassin. Mais vous avez raison : aucune des autres pistes ne nous a menés où que ce soit, jusqu'à maintenant.

— Et je représente votre meilleure chance d'arriver à le coincer, conclut Charlie.

— Commissaire…, reprit Vince.

Mais Warren leva la main, comme pour lui intimer le silence.

— D'accord, vous restez sur l'affaire, dit-il en s'adressant à Charlie.

— Merci, commissaire.

— Ne me remerciez pas encore, Le Blanc. Il faut que j'obtienne l'approbation du chef. Et avant que j'aille le trouver, vous avez intérêt à me servir un plan rudement efficace pour l'attraper, votre bonhomme.

Charlie exposa aussitôt son plan. Elle voulait envoyer un message au tueur. Un message par lequel elle lui signifierait qu'elle allait le faire tomber. Elle voulait le défier, chatouiller son ego en lui disant qu'elle était encore plus maligne que lui et qu'elle ne renoncerait pas tant qu'elle ne l'aurait pas envoyé derrière les barreaux, là où était la place d'un animal comme lui.

— Il réagira. Je sais qu'il réagira, conclut la jeune femme.

C'était bien ce qui inquiétait Vince. L'assassin avait été suffisamment fin pour tuer deux fois sans être inquiété. Et Charlie avait beau être un excellent flic, elle était personnellement impliquée dans cette affaire. Fatalement, cela faussait son jugement.

— Est-ce qu'on ne devrait pas alerter le FBI, commissaire ? demanda-t-il. Travailler avec eux est toujours difficile, mais ce serait une protection supplémentaire pour Charlie.

Warren hocha la tête.

— Ce n'est peut-être pas une mauvaise idée.

— Commissaire, si les fédéraux débarquent, l'affaire nous échappera. Rappelez-vous ce qui s'est passé, la dernière fois.

Rappelez-vous la panique dans la ville, quand la nouvelle s'est propagée qu'un tueur en série se promenait en liberté. On a perdu un temps fou à suivre des fausses pistes parce que, d'un seul coup, tout le monde soupçonnait son voisin, son collègue, et même les inconnus dans la rue.

— Tu crois peut-être qu'on va pouvoir continuer longtemps à cacher les faits ? s'exclama Vince. Et s'il tue quelqu'un, entre-temps ?

— Je suis celle qui l'intéresse, répondit Charlie. Du moins pour le moment. Je ne demande que quelques jours, le temps de mettre mon plan à exécution. Si on fait trop de bruit, maintenant, il risque de nous fausser compagnie.

— Je vais voir avec le chef, répondit Warren. Mais je ne promets rien. Et comprenez bien ceci, Le Blanc : j'ai beau accepter votre plan, ce n'est pas pour autant qu'il me plaît. Je n'aime pas du tout l'idée que vous serviez d'appât. Et vous êtes priée de redoubler de prudence. Est-ce que c'est clair ?

— Oui, commissaire, répondit la jeune femme.

— Dans ce cas, au boulot ! Vous avez du pain sur la planche, tous les deux.

— Commissaire, encore une chose, dit Charlie.

— Quoi ?

— Hier soir, j'ai surpris Jason Stratton dans l'appartement de Francesca Hill. Il cherchait soi-disant un CD qu'il aurait prêté à la victime, mais je pense qu'il mentait.

Le commissaire fronça les sourcils.

— Et on peut savoir ce que vous fabriquiez là-bas, toute seule ?

— Je suivais une intuition, commissaire. Quoi qu'il en soit, Jason Stratton n'a pas trouvé ce qu'il cherchait. Mon raisonnement est donc le suivant : si Francesca faisait chanter le révérend Lawrence, comme nous le supposons, il n'est pas impossible qu'elle ait également détenu quelque chose au sujet de Jason Stratton. Je pense qu'on aurait intérêt à le placer sous surveillance, dorénavant.

— Ça peut se faire, dit Warren. Mais que comptez-vous découvrir ?

— Je n'en sais rien encore, admit la jeune femme. Mais à mon avis, ce que nous découvrirons nous conduira tout droit au meurtrier.

16.

— Quelque chose ne va pas ? demanda Anne.

— Non, pourquoi ? répliqua Vince.

— Eh bien, tu as à peine prononcé dix mots pendant tout le dîner, et tu n'as pas eu l'air très intéressé par le film, non plus.

— Excuse-moi. Je suis un peu préoccupé.

Anne l'avait remarqué, et ça l'inquiétait.

— Tu veux en parler ?

— Merci, mais… non. Il faut juste que je règle ça.

Anne hocha la tête. Puis, bien décidée à sauver le reste de la soirée du naufrage, elle enchaîna :

— Que dirais-tu d'aller boire un café et manger des beignets ? Je parie que ça te fera oublier tes préoccupations.

Vince lui jeta un bref regard.

— Pour être tout à fait franc, Anne, j'aimerais mieux remettre ça à une autre fois. Est-ce que ça t'ennuierait beaucoup si je te ramenais chez toi ?

Anne eut l'impression qu'il venait de la gifler.

— Non, bien sûr que non, répondit-elle, faisant de son mieux pour cacher sa déception.

— Merci. Je ne suis pas de très bonne compagnie, ce soir, dit Vince.

Anne observa le profil de son compagnon, tandis qu'il roulait dans la nuit, comme si elle voulait mémoriser chaque trait de son visage. La manière dont ses cheveux frôlaient le col de sa chemise, la cicatrice sur le menton, due, lui avait-il expliqué, à un croche-pied de son frère qui l'avait précipité au bas d'un escalier. Sa bouche qui l'avait embrassée avec tant de passion… S'avisant brusquement qu'elle se faisait du mal, elle détourna les yeux.

Un moment plus tard, Vince rangeait la voiture devant le petit immeuble qu'elle occupait. Il coupa le moteur.

— Je vais t'ouvrir, dit-il.

— Inutile ! lança-t-elle en bondissant hors du véhicule.

— Anne…

— A plus ! ajouta-t-elle, avant de claquer la portière.

— Anne !

Elle ne s'arrêta pas. Au contraire, elle se précipita vers l'entrée, la tête bien haute. Elle ne voulait surtout pas qu'il la voie pleurer, et elle n'était pas sûre de pouvoir retenir ses larmes beaucoup plus longtemps.

Elle se mit à fourrager dans son sac, à la recherche de ses clés, et lorsque finalement elle les trouva et voulut glisser la clé dans la serrure, sa main tremblait tellement que le trousseau lui échappa.

Vince le ramassa avant même qu'elle ait le temps de se baisser. Puis il ouvrit la porte pour elle.

— Merci.

Elle prit les clés dans la main qu'il lui tendait, sans le regarder, et fit un pas en avant.

— Tu ne vas même pas me souhaiter une bonne nuit ? demanda Vince.

Anne déglutit péniblement. Puis, s'efforçant d'afficher un air neutre, elle se tourna vers lui.

— Bonne nuit, Vincent. Merci pour le dîner et pour le film.

Elle entra et fit mine de refermer la porte, mais il la bloqua.

— Anne, que se passe-t-il ? Tu as l'air drôlement pressée de t'éloigner de moi.

— C'est moi qui suis pressée ? s'exclama la jeune femme en écarquillant les yeux. Tu n'as pas l'impression que tu mélanges tout ? C'est toi qui as compté les minutes, toute la soirée. Tu devrais te réjouir : la corvée est terminée et tu peux enfin disposer de ton temps.

Il la regarda d'un air interloqué, comme si elle avait totalement perdu l'esprit. Et c'était peut-être le cas, songea Anne. Elle avait la tête à l'envers, le cœur brisé, piétiné. Elle se sentait tellement bête d'avoir imaginé un seul instant que Vince éprouvait des sentiments pour elle ! Mais c'était bien fait. Qui avait toujours fait le premier pas, après tout ? Qui l'avait embrassé la première ? Quelle humiliation ! Comment avait-elle pu être aussi sotte ? Vincent Kossak n'était pas intéressé, et il s'efforçait sûrement de le lui faire comprendre, de manière élégante, pour ne pas la froisser, parce qu'il était un gentleman et aussi le coéquipier de sa sœur. Mais elle n'était pas une poupée de porcelaine, et elle ne voulait surtout pas de pitié.

— J'admets que j'étais distrait, ce soir, reprit Vince. Mais ça n'a rien à voir avec toi, et ça ne signifie pas non plus que je ne veux pas être avec toi.

— Non ?

— Non. Il se passe des trucs, au boulot, et… c'est compliqué. J'aurais dû annuler notre rendez-vous au lieu de t'imposer ma mauvaise humeur. Je suis désolé.

Ses yeux bruns paraissaient exprimer un regret sincère,

et, l'espace d'un instant, Anne se demanda si elle ne s'était pas trompée. L'espoir renaquit alors dans son cœur.

— Ce n'est pas grave, dit-elle.

— Si, c'est grave. La vérité, Anne, c'est que je suis très pris en ce moment. Je risque de ne pas avoir beaucoup de temps libre et…

— Si on arrêtait de jouer à cache-cache, Vincent ? J'en ai assez. Je t'aime bien, un peu plus que bien, même, et j'espérais que c'était réciproque. Mais il est clair que tu n'es pas intéressé.

Sa voix se brisa sur le dernier mot, et elle crispa les mâchoires, furieuse de se montrer aussi faible, aussi vulnérable. Puis elle reprit sur un ton plus ferme :

— Laissons tomber les excuses faiblardes, tu veux bien ? Disons-nous au revoir et cessons de perdre notre temps.

La lumière extérieure de l'appartement voisin s'alluma, et Mme Guillory ouvrit la porte.

— Anne, est-ce que ça va ? demanda-t-elle en regardant Vince.

— Oui, madame Guillory, répondit la jeune femme. Je suis désolée de vous avoir dérangée.

— Pas de problème, répondit la dame. Je suis là, si tu as besoin de moi.

— Merci.

Dès que la porte se fut refermée, Anne se tourna vers son compagnon.

— Ecoute, inutile de rendre les choses plus difficiles qu'elles ne le sont déjà. J'ai mis du temps, je l'admets, mais ça y est, j'ai fini par comprendre. Alors, je vais juste te dire au revoir et on en reste là.

— Et puis quoi encore ? s'exclama Vince en la suivant à

l'intérieur de l'appartement. Anne, je ne m'en irai pas tant que tu ne m'auras pas expliqué ce qui se passe.

— Très bien, fit-elle en allumant la lumière du living-room. Il se passe, Vincent Kossak, que je te libère, déclara-t-elle en le regardant bien en face.

— Tu me libères ?

— Exactement. Tu n'as plus besoin de faire semblant.

— Et je faisais semblant de quoi, exactement ?

Anne ferma les yeux un instant, essayant de rassembler tout son courage. Elle allait y arriver. Il le fallait. Il ne lui restait plus que sa fierté, et sa fierté allait l'aider à conclure ce pénible épisode.

— Tu faisais comme s'il se passait quelque chose entre nous, ou comme si ça allait arriver, répondit-elle finalement.

— Il ne se passe rien entre nous ?

Elle le fusilla du regard, se demandant brusquement pourquoi il se montrait aussi cruel.

— Nous savons très bien, tous les deux, que tu ne voulais pas sortir avec moi. Je t'ai forcé la main. J'ai eu tort. Maintenant, je te demande de t'en aller.

— Tu crois que je n'ai pas envie de toi ?

— Je ne le crois pas, Vincent. Je le sais.

Elle lui tourna le dos et fit quelques pas dans la pièce car elle éprouvait le besoin de mettre de la distance entre eux. Puis elle l'affronta de nouveau.

— Si tu avais envie de moi, tu ne serais jamais reparti, hier soir, alors que je t'avais clairement fait comprendre ce que j'attendais de toi.

Il la rejoignit brusquement, jeta les bras en avant et la coinça entre le mur et lui.

— Dis-moi quelque chose, dit-il d'une voix dangereusement douce. La folie est-elle un trait de famille, ou bien es-tu la seule atteinte ?

— Je ne suis pas folle, riposta la jeune femme.

Il s'approcha encore d'elle, de sorte que leurs corps se touchaient presque, et elle sentit son souffle sur son visage.

— Tu dois pourtant l'être un peu si tu penses que je n'ai pas envie de toi.

Anne sentit un nouvel espoir palpiter dans son cœur qui battait à tout rompre. Elle voulut parler, mais les mots restaient coincés dans sa gorge. Finalement, elle parvint à murmurer :

— Vince…

Il s'empara de ses lèvres et l'embrassa avec une telle passion, une telle ferveur, qu'elle sentit ses jambes se dérober. Puis il lui prit la main et la pressa contre son pantalon. Il était brûlant et dur, sous la toile de son jean.

— Tu penses toujours que je n'ai pas envie de toi ?

— Vince, je…

Il fit remonter la main de la jeune femme jusqu'à son cœur, et elle sentit les battements précipités sous ses doigts.

— Crois-tu que ce soit le cœur d'un homme qui ne s'intéresse pas à toi ? Le cœur d'un homme qui veut mettre un terme à notre relation ?

— Non, mais…

— J'ai envie de toi, Anne Le Blanc. Je te veux tellement fort que je n'en dors plus la nuit, que je ne peux pas passer plus de cinq minutes sans penser à toi.

La jeune femme sentit son cœur se gonfler de bonheur. Elle jeta les bras autour du cou de son compagnon et l'embrassa de tout son cœur.

— Je suis une idiote, déclara-t-elle finalement.

— En effet. Comment as-tu pu imaginer que je ne voulais pas de toi ? Tu ne sais donc pas combien tu es belle, unique ?

— Non, répondit-elle sincèrement.

— Eh bien, c'est la vérité.

Il prit son visage entre ses mains et effleura ses lèvres.

— Tu es belle et merveilleuse, Anne. Et je te désire plus que je n'ai jamais désiré personne.

— Les mots sont faciles, Kossak.

Il haussa les sourcils.

— Vraiment ?

Elle hocha la tête.

— Et que dois-je faire pour te prouver ma sincérité ?

Elle sourit.

— Montre-moi.

Charlie visionna la séquence télévisée qui repassait régulièrement sur toutes les chaînes de la ville depuis deux jours. C'était un extrait de la conférence de presse donnée par le chef de la police et le commissaire Warren au sujet du déroulement de l'enquête.

Ils avaient veillé à ce que ces informations soient exactes : ils suivaient plusieurs pistes, et même si quelques bijoux et de l'argent avaient été dérobés, le vol ne semblait pas être le véritable mobile du crime.

Ils avaient diffusé une photo de Marcus Schwitzer et une autre de l'inconnu aux lunettes de soleil, prise sur le film de la vidéo de surveillance, en déclarant que ces deux hommes étaient recherchés. Puis Charlie avait conclu le communiqué en regardant directement la caméra et en disant à l'assassin de bien profiter de sa liberté parce qu'ils allaient le retrouver et qu'ils le jetteraient dans une cage, comme l'animal qu'il était. Elle en faisait une affaire personnelle.

Charlie était convaincue qu'il réagirait aussitôt, que son ego ne tolérerait pas un tel défi. Hélas, les heures passaient et il n'était toujours pas entré en contact avec elle.

Quant à la décision de suivre Jason Stratton, elle était arrivée trop tard : il avait déjà disparu.

La seule bonne nouvelle était que les membres officiels de l'église étudiaient maintenant les relevés financiers du pasteur Lawrence. S'il avait effectivement pioché dans les recettes de la paroisse pour payer Francesca, sa carrière touchait sans doute à sa fin, ce qui était une bonne chose.

Mais Charlie avait du mal à croire que l'un de ces deux hommes avait pu s'introduire chez elle et y déposer ce bas de soie noire. Un seul personnage se montrait vraiment téméraire dans son entourage, ces derniers temps : c'était Cole Stratton, qui continuait de l'appeler pour l'inviter à sortir, en dépit de ses refus réitérés.

Il sentait peut-être qu'elle n'était pas totalement indifférente : leur baiser — une grave erreur — avait dû le renseigner sur ce point. Charlie se maudissait d'avoir ainsi perdu le contrôle d'elle-même pendant quelques instants. Non seulement c'était contraire aux règlements de la police, mais c'était également tout à fait contraire à ses principes à elle. Sans compter qu'il n'y avait pas de place dans sa vie pour une relation, encore moins une relation avec un homme comme Cole Stratton. Elle ne devait permettre à personne de la distraire de son but : retrouver l'assassin de sa sœur.

Chassant Cole de son esprit, elle entra dans le système informatique du commissariat central. L'enjeu était important : non seulement elle risquait sa carrière si jamais son plan se retournait contre elle, mais il y avait sa promesse à Emily.

Elle n'avait pas été là pour sa sœur, le jour où elle avait refusé de répondre à son appel ; elle ne pouvait pas lui faire faux bond une deuxième fois. Il fallait que le meurtrier entre de nouveau en contact avec elle ! Seulement voilà, il ne le ferait sûrement pas tant qu'il y aurait un flic en civil posté devant sa maison. Elle allait devoir convaincre le commissaire de suspendre cette surveillance.

Charlie eut une grimace en songeant à la réaction de Vince quand il apprendrait ça. Il n'avait pas été simple de faire adopter son plan par Warren et par le chef de la police, et elle ignorait d'ailleurs combien de temps encore ils accepteraient de cacher le lien existant entre le meurtre de Francesca Hill et celui d'Emily. Mais, de tous, Vince était celui qui y était le plus farouchement opposé, et il ne verrait pas d'un bon œil que l'on cesse de surveiller sa maison. Il risquait fort de décider de la suivre comme son ombre, ce qui ne résoudrait rien, songea Charlie en soupirant.

En attendant, il était parti avec Mackenzie sur une piste concernant Schwitzer, et Charlie en avait profité pour essayer d'exercer un peu de pression auprès du laboratoire, qui n'avait toujours pas remis les résultats des tests ADN effectués sur le fœtus. Charlie avait besoin de savoir si J.P. Stratton était le père. Dans le cas contraire, il leur faudrait tenir compte de cette nouvelle donnée et recalculer un certain nombre d'éléments. Malheureusement, les résultats n'étaient toujours pas disponibles.

De retour à son bureau, la jeune femme avait lancé de nouvelles recherches au sujet de Schwitzer. Et finalement, au bout de deux heures, sa ténacité fut couronnée de succès.

Marcus Schwitzer avait fait de la prison à deux reprises : trois ans plus tôt, pour une histoire de fraude à l'assurance, et six ans plus tôt, il avait passé douze mois derrière les barreaux, en Floride, pour une histoire d'extorsion. C'était la toute première condamnation qui intéressait Charlie et, après plusieurs coups de fil, elle reçut le dossier concernant cette arrestation.

D'après le rapport, Schwitzer et une jeune fille mineure avaient été accusés d'avoir monté une arnaque : ils filmaient la jeune fille en train d'avoir des rapports sexuels avec des hommes d'affaires. Dans chaque cas, l'homme participait à une conférence dans un hôtel de bord de mer, et la jeune fille les abordait, puis finissait par les inviter à se rendre dans sa chambre d'hôtel. Lorsqu'ils étaient nus, Schwitzer faisait irruption dans la chambre et, se faisant passer pour le frère aîné de la jeune fille, il menaçait de porter plainte pour détournement de mineure. Bien sûr, le versement d'une jolie somme d'argent faisait bien vite disparaître le problème.

La jeune fille étant mineure à l'époque des faits, Charlie ne pouvait accéder à son dossier. Mais elle aurait parié un mois de salaire qu'il s'agissait de Francesca Hill. Il n'était pas difficile, dès lors, d'imaginer que les leçons apprises par une Mary Frances âgée de seize ou dix-sept ans avaient été peaufinées et adaptées, quelques années plus tard, par la jeune femme devenue entre-temps Francesca Hill. Autrement dit, elle détenait une information sur le pasteur, et elle l'avait utilisée pour le faire chanter. Charlie en était sûre.

Combien d'autres hommes faisait-elle ainsi chanter ? Ils avaient déjà découvert trois comptes en banque différents, chacun contenant une très jolie somme d'argent. Faisait-elle chanter Jason Stratton ? Etait-ce la véritable raison de la présence du jeune homme dans l'appartement de Francesca ? Cherchait-il un objet susceptible de l'incriminer ?

Charlie décida brusquement de retourner dans l'immeuble Mill House.

Vingt minutes plus tard, elle déverrouillait la porte et réprimait un frisson. Une étrange atmosphère continuait de planer sur l'appartement. Elle traversa les pièces en regardant attentivement autour d'elle dans l'espoir de découvrir ce qui lui avait échappé jusqu'ici.

Que cherchait donc Jason ?

Vingt minutes plus tard, elle n'avait toujours pas de réponse à sa question. Poussant un soupir, elle retourna dans le living-room. Elle s'apprêtait à partir lorsque son regard tomba sur les étagères de livres. Elle s'approcha du meuble de bois laqué noir, examina les titres et reconnut un bon nombre de classiques de la littérature, ainsi que des best-sellers plus récents. Songeant qu'elle n'aurait pas rangé Francesca dans la catégorie des gens qui aimaient lire, Charlie en sortit plusieurs, un par un, et remarqua que les reliures étaient intactes. Soit Francesca Hill était particulièrement soigneuse, soit elle n'avait jamais ouvert ces livres.

La victime avait aussi des goûts très éclectiques. Il y avait un certain nombre d'ouvrages sur le sexe, avec des manuels remplis de photos très explicites. Et puis, coincé entre le Kama Sutra et un bouquin vantant les plaisirs du sado-masochisme, Charlie découvrit… une bible !

A la seconde où elle la vit, elle sentit son cœur battre plus vite.

Elle prit l'ouvrage et le feuilleta avidement. Enfin, elle trouva ce qu'elle cherchait ! Dans les Evangiles selon saint Luc, plusieurs pages avaient été découpées, puis recollées. En dessous, Charlie trouva une section creuse qui contenait des mini DVD et deux lettres.

Elle ouvrit d'abord les lettres, parcourut rapidement les déclarations d'amour brûlantes, et lut la signature. Jason. Voilà donc ce qu'il cherchait !

Charlie lut quelques passages, et comprit sans peine pourquoi le jeune homme ne voulait surtout pas que son père trouve ces missives.

Puis elle glissa le premier mini DVD dans le lecteur. Presque aussitôt, Francesca apparut sur l'écran de télévision. Elle portait une petite jupe écossaise, un chemisier blanc et des escarpins plats, vernis, avec une bride. Ses cheveux étaient ramenés sur le haut de sa tête en une queue-de-cheval juvénile.

— J'ai été vilaine, aujourd'hui, dit-elle en baissant les yeux.

— Dis-moi ce que tu as fait, ordonna une voix d'homme.

— J'ai laissé un garçon me toucher.

— Où est-ce qu'il t'a touchée ?

Charlie fronça les sourcils. Elle reconnaissait cette voix.

— Ici, répondit Francesca en palpant ses seins.

Puis elle fit glisser ses mains sur son corps et s'arrêta entre ses cuisses.

— Et ici.

— Montre-moi. Montre-moi comment il t'a touchée.

Francesca marcha vers l'homme assis dans un fauteuil, le dos tourné à la caméra. Elle lui prit la main et la plaça sur ses seins.

— Comme ça, dit-elle.

Il pressa les seins de la jeune femme.

Charlie ne pouvait pas voir le visage de l'homme, mais lorsqu'il parla de nouveau, sa voix était chargée de désir.

— Il t'a touchée comme ça ? demanda-t-il. A travers tes vêtements ?

Francesca hocha la tête.

— Au début.

— Et ensuite, que s'est-il passé ?

— Il a ôté mon chemisier et je l'ai laissé toucher ma peau, répondit-elle.

— Montre-moi comment il t'a touchée.

La jeune femme déboutonna son chemisier et l'ôta lentement. Dessous, elle était nue, et l'homme prit ses seins blancs entre ses mains, serrant, pressant, pinçant les pointes.

— Que t'a-t-il fait d'autre ?

— Il a mis sa bouche sur moi, répondit Francesca.

— Comme ça ? demanda l'homme, suçant un sein, tandis qu'il pétrissait l'autre.

— Oui, chuchota la jeune femme. Puis il m'a dit de le toucher.

— Montre-moi où tu l'as touché, ordonna l'homme.

Francesca tomba à genoux et tendit la main vers la ceinture de l'homme. Elle le libéra et le prit dans sa bouche. L'homme gémit et, quelques minutes plus tard, son corps tremblait dans la jouissance.

— Est-ce que vous allez me punir, mon révérend ? demanda Francesca.

— Oui, mon enfant. Tu sais que je le dois.

Ecœurée, Charlie appuya sur le bouton de la télécommande pour éjecter le mini DVD, puis elle regarda le deuxième, et le troisième.

Chaque film montrait Francesca au cours d'un rapport sexuel. Le premier avec un juge local, le deuxième avec un homme que Charlie ne reconnut pas.

Elle glissa les trois disques dans un sachet, avec les lettres de Jason, et quitta l'appartement. Une fois dans la rue, elle sortit son portable.

— Kossak, répondit son coéquipier à la première sonnerie.

— Dans combien de temps peux-tu me retrouver au commissariat ?

— Je suis en route. Schwitzer s'était déjà fait la malle quand on est arrivés. Pourquoi ? Tu as du neuf ?

— Je crois avoir découvert le secret de ce bon révérend et la raison pour laquelle Francesca le faisait chanter.

Les lettres torrides de Jason Stratton étaient intéressantes à lire, mais voulaient-elles dire que le jeune homme avait commis le meurtre ? se demandait Vince, installé dans le bureau du commissaire Warren, en compagnie de Charlie et de Mackenzie. Il en doutait fort, même si l'amour pouvait parfois pousser les gens à des actes insensés. Les mini DVD, en revanche, représentaient de véritables petites bombes à retardement, et Vince n'avait aucun mal à croire que l'existence de ces vidéos pût inciter un homme au meurtre.

Il regarda la séquence où le pasteur se livrait sur ses jeunes fidèles à une reconstitution de sa relation avec Francesca, lorsqu'elle n'était qu'une enfant. Les autres films montraient la jeune femme en train de coucher avec un juge marié, puis un homme que Vince reconnut pour être l'un des bons amis et conseiller financier de J.P. Stratton.

— Le juge a l'air drôlement moins majestueux que lorsqu'il officie dans sa grande robe noire, fit remarquer Charlie. Je me demande ce que les citoyens qui l'ont élu pour les valeurs familiales qu'il défendait penseraient de ses activités privées.

Le commissaire coupa la télévision.

— Voilà qui explique pourquoi le compte en banque de la victime était aussi bien rempli.

Il s'appuya contre le dossier de sa chaise.

— A votre avis, Stratton était au courant ?

— J.P. ? J'en doute fort, répondit Charlie. Son ego ne l'aurait pas supporté.

— Je suis d'accord avec Charlie, déclara Vince. J.P. Stratton n'est pas le genre d'homme à accepter qu'on lui soit infidèle.

— Il me semble que nous avons là des preuves suffisantes pour émettre trois mandats d'arrêt, reprit Charlie.

— Absolument, répondit Warren. Il faut les interroger.

— Et les soumettre à des tests ADN ! ajouta Charlie.

— D'accord. Mais Kossak vous accompagne. Je ne veux plus vous voir mener l'enquête dans votre coin, Le Blanc. Est-ce que c'est clair ?

— Oui, commissaire, répondit la jeune femme.

— Je vais mettre le chef au parfum, dit Warren en décrochant son téléphone.

Ils quittèrent le bureau du commissaire, et Vince demanda à Mackenzie d'appeler le district attorney afin de savoir qui était disponible pour émettre les mandats d'arrêt. Puis il fit part à Charlie de sa frustration au sujet de leur chasse inutile.

— Ce type est une véritable anguille, conclut-il en parlant de Schwitzer.

— Au moins, on avance un peu avec la découverte de ces films, répondit Charlie.

— Oui, heureusement.

Vince marqua une pause.

— N'empêche, tu n'aurais pas dû aller seule dans l'appartement. Nous savons que notre homme peut s'introduire dans l'immeuble sans se faire remarquer. Il l'a déjà fait, et il risque de recommencer. Imagine, si tu étais tombée sur lui !

— Je ne suis pas tombée sur lui, répliqua Charlie. Et

même si c'était arrivé, j'aurais géré la situation. Qu'est-ce qui te prend, Kossak ? Je suis ta coéquipière, pas ta petite sœur. Je sais me débrouiller.

— Tu as raison, admit-il. C'est juste que… Oh ! je ne sais pas. J'ai un mauvais pressentiment au sujet de cette affaire, Charlie. C'est quand même la première fois qu'un assassin te vise personnellement.

— C'est vrai, concéda la jeune femme. Et j'apprécie ta sollicitude. Mais je n'en suis pas moins flic, comme toi. Ne l'oublie pas, s'il te plaît, et ne commence pas à jouer les machos protecteurs, s'il te plaît.

Elle avait raison, se dit Vince. Il se comportait comme un crétin de macho.

— Qu'est-ce qui se passe ? marmonna Charlie, comme ils s'apprêtaient à regagner leur bureau.

Plusieurs inspecteurs examinaient la table de travail de la jeune femme, et lorsqu'ils les virent approcher, ils se dispersèrent comme une volée de moineaux. Vince aperçut alors un énorme bouquet de tulipes dans un vase. Il pensa aussitôt qu'elles avaient été envoyées par le meurtrier. Mais lorsque Charlie prit connaissance du petit carton glissé entre les fleurs, le lut et le froissa entre ses doigts avant de le jeter dans la corbeille à papier, il en conclut qu'il s'était trompé.

— Un problème ? lui demanda-t-il.

— Rien que je ne puisse gérer, répondit-elle.

Vince hocha la tête et se garda bien du moindre commentaire. Pourtant, il se faisait du souci. Charlie était étrange, ces temps-ci, et il avait l'impression que ce n'était pas seulement à cause de l'enquête. Par exemple, il avait remarqué de drôles de vibrations entre la jeune femme et Cole Stratton. Etait-ce lui qui avait envoyé les tulipes ?

La sonnerie du téléphone sur sa table interrompit le cours de ses pensées, et il décrocha distraitement.

— Kossak !

— Vincent, c'est Anne.

Aussitôt, Vince se sentit fondre. Le seul son de sa voix le faisait basculer instantanément dans un état de déliquescence amoureuse.

— Salut ! bredouilla-t-il après quelques instants.

— Je suis désolée de te déranger au boulot, mais j'ai essayé ton portable et je suis tombée sur la boîte vocale. C'est au sujet de ce soir.

Ils avaient prévu de dîner tranquillement chez elle, tous les deux.

— Il y a un problème ? demanda Vince.

— Oui et non. On vient de m'envoyer sur un reportage et je vais être prise une bonne partie de la soirée. J'aurai de la chance si je rentre avant 10 heures. J'ai bien peur d'être forcée d'annuler notre dîner.

Déçu, Vince demanda :

— Et après 10 heures ? Tu as prévu quelque chose ?

— Non, répondit-elle.

Vince n'eut aucun mal à imaginer son sourire.

— Tu as une idée ? ajouta-t-elle.

— Oui. Je te retrouve chez toi à 10 heures.

Il raccrocha et vit que Charlie le regardait.

— C'était Anne, dit-il simplement.

— Sans blague ? On dirait que ça devient sérieux entre vous.

— Ouais, on peut voir ça comme ça.

Et en effet, pour la première fois depuis son divorce, Vince arrivait à envisager de partager sa vie avec quelqu'un.

— Tu ne lui as pas parlé des résultats d'ADN qui correspondent à ceux trouvés sur Emily, n'est-ce pas ? demanda Charlie.

Il pinça les lèvres et secoua la tête. Mentir à Anne, même par omission, ne lui plaisait pas du tout. Mais il veillait scrupuleusement à séparer sa vie professionnelle er sa vie privée.

— Non, répondit-il. Tu devrais me connaître mieux que ça, quand même ! Cette information fait partie d'une enquête en cours, ce qui la rend totalement confidentielle.

Charlie hocha la tête.

— Elle ne sera pas contente quand elle l'apprendra.

— Je sais, marmonna Vince.

Il glissa ses boutons en onyx et diamant dans ses manchettes et épousseta une minuscule peluche sur le revers de sa veste de smoking. Puis, étudiant son reflet dans le miroir, il sourit d'un air satisfait. Il ne doutait pas que la jeune femme qu'il allait escorter à un cocktail, ce soir, le trouverait à son goût.

Il prit ses clés de voiture, et il s'apprêtait à sortir lorsque la sonnerie d'un de ses portables retentit. Il fronça les sourcils. Ce téléphone était silencieux depuis plusieurs semaines — depuis qu'il avait tué Francesca, puisqu'elle était la seule à avoir le numéro. Et il avait fait très attention à ce que nul ne puisse remonter jusqu'à lui. De deux choses l'une : soit cette salope de Francesca avait passé le numéro à une tierce personne, soit l'inspecteur Charlotte Le Blanc était encore plus habile qu'il ne l'imaginait. La deuxième option avait beau être plus risquée, c'était celle qu'il préférait.

Il prit l'appareil et, en voyant le numéro sur le cadran, il eut une moue déçue.

— Oui, répondit-il d'une voix parfaitement agréable.

— C'est Danielle à l'appareil, l'amie de Francesca. Je ne sais pas si vous vous souvenez de moi.

— Bien sûr ! répondit-il. Je n'oublie jamais une jolie femme. Que puis-je faire pour vous, Danielle ?

— Eh bien, en fait, c'est moi qui peux faire quelque chose pour vous.

— Vraiment ?

— Oui.

— Vous avez beau être ravissante, je ne paie pas pour coucher avec une femme. Je n'en ai jamais eu besoin.

— Ce n'est pas la raison de mon appel ! s'exclama Danielle, réagissant à l'insulte, ainsi qu'il l'avait espéré. C'est au sujet de votre relation avec Francesca.

— De quelle relation voulez-vous parler ?

— Vous le savez très bien, répondit la jeune femme. Et compte tenu de la grosse récompense offerte à toute personne capable de divulguer des informations au sujet du meurtre de Francesca, je pense que la police serait très intéressée d'apprendre que vous couchiez avec elle.

— Si je nie, la police n'aura aucune raison particulière de vous croire.

— Francesca et moi avons partagé un appartement, à une époque. Nous étions très proches. J'étais sa meilleure amie.

— Francesca n'avait pas d'amis. Elle se servait des gens, ce n'est pas la même chose.

— C'est vrai, répondit Danielle. Vous ne serez donc pas surpris d'apprendre qu'elle vous a filmés, tous les deux.

Il serra les mâchoires.

— Vous mentez.

— Vraiment ? Dans ce cas, nous verrons ce que dira la police, quand je leur parlerai des images passionnantes que j'ai vues sur la caméra digitale de Francesca, le jour où j'ai… emprunté ses boucles d'oreilles.

Il réfléchit un instant, se rappelant le moment où la jeune femme avait acheté sa nouvelle caméra vidéo. Elle s'en servait constamment et la gardait même sur sa table de chevet.

Ainsi, elle les avait filmés, se dit-il, furieux de n'avoir pas été plus prudent.

— Que voulez-vous ? demanda-t-il.

— Je ne suis pas aussi gourmande que l'était Francesca, répondit Danielle. Je demande simplement le même montant que la récompense à laquelle je pourrais prétendre si j'allais trouver la police.

— Je suis sûr que la police serait intéressée de savoir que vous avez essayé de m'extorquer de l'argent.

Il marqua une pause, comme pour donner à la jeune femme le temps de bien comprendre le sens de ses paroles.

— Vous n'ignorez pas que le chantage est passible de prison, n'est-ce pas ?

— Quand je leur aurai dit ce que je sais, ils ne m'enverront pas en prison.

Mais elle n'avait plus l'air aussi sûre d'elle.

— Croyez-vous ? poursuivit-il. Pensez-vous réellement que la police vous laissera tranquille, après avoir découvert que vous cachiez des informations importantes pour le déroulement de leur enquête. Ça s'appelle faire obstruction à la justice et c'est sévèrement puni.

Il se tut quelques instants.

— Mais je suis un homme raisonnable. Si vraiment vous avez ce film, je vous en offre dix mille dollars.

— Dix mille dollars ! Jamais de la vie ! Ça vaut beaucoup plus ! répliqua-t-elle en baissant le ton.

Il entendit les bruits de fond du casino où elle travaillait.

— Cinquante mille dollars, reprit-elle.

— Vingt mille et pas un centime de plus.

— Oh, d'accord, d'accord. Je prends.

— Voulez-vous que nous nous rencontrions ce soir ?

— Non. Je travaille jusqu'à minuit. Apportez-moi l'argent demain, en liquide. Je vous retrouverai au restaurant du casino à midi.

— Midi au restaurant du casino. C'est entendu. Et, Danielle ?

— Oui ?

— Pas un mot à qui que ce soit.

— Non, bien sûr, répondit la jeune femme.

Il raccrocha, puis sortit son coffret du compartiment secret de son bureau et en tira une paire de bas de soie noire qu'il glissa dans la poche de son smoking. Il rangea ensuite le coffret et sortit en sifflotant.

17.

Charlie se servit une tasse de ce qui, au commissariat, passait pour du café. Elle en but une gorgée et, comme pratiquement chaque jour, fit une horrible grimace. Si cette dose de caféine ne la tuait pas, au moins elle la réveillerait, se dit-elle en retournant vers son bureau.

— Eh, Leblanc, t'as un drôle de masque, ce matin ! Tu l'as trouvé où ?

— Là où tu as déniché ta perruque, Marino, riposta la jeune femme.

— Bien répondu, Le Blanc ! fit l'un des inspecteurs, au milieu des rires.

Elle s'assit à son bureau, le front plissé. Ils avaient obtenu tous les mandats dont ils avaient besoin, hier. « Pour ce que cela a donné… », songea la jeune femme, au comble de la frustration.

Le pasteur Lawrence participait à une espèce de retraite religieuse au nord de la Louisiane.

Le juge avait aussitôt appelé son avocat qui, à son tour, leur avait communiqué le nom de l'hôtel à Dallas où le juge avait prononcé un discours, la nuit du meurtre de Francesca, et les coordonnées d'une demi-douzaine de témoins qui avaient confirmé l'avoir vu là-bas. L'homme était coupable d'adultère et d'hypocrisie pour avoir prêché des valeurs familiales qu'il ne respectait pas lui-même, mais, à moins d'avoir le don d'ubiquité, il n'était pas un assassin.

A l'instar du juge, l'homme d'affaires avait également fait appel à son avocat. Et il avait donné le nom de la femme, mariée et très en vue, avec laquelle il avait passé la nuit, en l'absence de l'époux parti en voyage d'affaires. La dame avait confirmé, mais ajouté très clairement que si elle devait témoigner devant une cour de justice, elle choisirait de se parjurer plutôt que de perdre son mari et le style de vie très confortable qu'il lui offrait. Heureusement pour elle, Charlie doutait que les choses aillent aussi loin. En dehors du fait que leurs alibis avaient été vérifiés, elle ne voyait pas le juge ou l'homme d'affaires dans la peau du tueur qu'ils cherchaient. Le pasteur non plus, d'ailleurs.

Elle était parvenue à cette conclusion à cause d'Emily. Ce n'était pas une déduction basée sur un travail d'enquête rondement mené, certes, mais, depuis le début, cette affaire représentait bien plus qu'une autre investigation pour homicide. Elle était devenue personnelle dès la seconde où Charlie avait vu le bas de soie noire.

L'assassin de Francesca Hill et de sa sœur était un homme avec qui Emily avait une relation. Or, aucun des trois suspects n'était susceptible d'intéresser sa sœur. De plus, il lui semblait que l'homme qui avait laissé le bas noir dans son tiroir était trop malin pour céder aux manœuvres de chantage de Francesca.

Se demandant encore qui il était, elle regarda les tulipes qu'on lui avait livrées, la veille, avec un petit mot de Cole l'invitant à dîner. Elle n'avait pas répondu, bien sûr. C'était la seule chose à faire. Mais cela ne l'empêchait pas de penser à lui. Elle revit son visage, repensa au baiser qu'ils avaient échangé, et sentit son pouls s'accélérer.

Aussitôt, elle secoua la tête avec force, comme pour chasser ces images de son esprit. Puis elle but encore une gorgée de l'infâme café et décrocha le téléphone pour consulter ses messages.

— Vous avez dix messages, déclara la voix mécanique du répondeur. Pour les écouter, tapez 1.

« Ça m'apprendra à ne pas transférer les appels sur mon portable ! » se dit Charlie en pressant le numéro un sur le cadran. Puis elle écouta et prit des notes.

— Message numéro 10, déclara la voix robotique.

— Inspecteur Le Blanc, vous êtes là ? dit une voix féminine vaguement familière. Apparemment pas. Danielle Marceau à l'appareil. Vous êtes venue me voir il y a deux semaines, au sujet du meurtre de Francesca. Je, euh, j'ai des informations qui pourraient vous être utiles. Mais avant de vous les donner, je voudrais parler de la récompense.

Charlie pressa le combiné du téléphone contre son oreille. Il lui sembla reconnaître une chanson de Tina Turner en fond sonore.

— Mais je veux être sûre de ne pas avoir d'ennuis… parce que j'aurais pu parler plus tôt, continua la jeune femme sur un ton où perçait l'anxiété. Et puis, il y a la récompense… Appelez-moi quand vous aurez trouvé mon message.

Elle indiqua son numéro chez elle et celui de son portable avant de raccrocher.

Charlie nota l'heure de l'appel : minuit quarante-cinq, la veille. Elle le sauvegarda et composa le premier numéro que Danielle Marceau lui avait laissé. Elle tomba sur le répondeur.

— Danielle, c'est l'inspecteur Le Blanc. Vous pouvez me joindre au commissariat et sur mon mobile.

Puis Charlie appela le portable de la jeune femme et laissa le même message. Elle passa les trois heures suivantes à son bureau, n'osant même pas se rendre aux toilettes. Toutes les demi-heures, elle rappelait et laissait un nouveau message. Elle essaya aussi le casino, mais Danielle ne devait pas s'y rendre avant 13 heures.

A midi, toujours sans nouvelles, Charlie commença à craindre qu'il ne fût arrivé un malheur.

Elle appela Vince. Ils avaient joué à pile ou face, la veille, pour décider qui resterait au commissariat afin de gérer la paperasserie, et qui se rendrait à Shreveport, Louisiane, à trois heures de route, pour attendre le pasteur à sa sortie de l'avion. Charlie avait perdu.

— Kossak, répondit son coéquipier.

— Tout va bien ? Tu n'as pas eu de problème avec le bon révérend ?

— Non. Juste quelques regards stupéfaits.

— Vous êtes où ?

— On devrait arriver d'ici une heure. Pourquoi ? Il y a du neuf ?

— Oui.

Charlie lui parla du message de Danielle Marceau et lui fit part de son inquiétude grandissante.

— Je vais aller chez elle, conclut-elle.

— Demande à Mackenzie de t'accompagner, lui conseilla Vince. Et appelle-moi de là-bas.

— Entendu.

Vingt minutes plus tard, Charlie sonnait sans succès chez Danielle Marceau.

— Elle est peut-être sortie, dit Mackenzie.

— Peut-être, murmura Charlie sans conviction.

Puis, voyant bouger le rideau de l'appartement au rez-de-chaussée, elle pensa à la voisine.

— Je sais qui va pouvoir nous renseigner, ajouta-t-elle.

Et elle sonna chez Mme Russell.

— Oui ?

— C'est l'inspecteur Le Blanc. Mon coéquipier et moi sommes passés vous voir au sujet de Mlle Marceau, il y a deux semaines environ. Pourrais-je vous parler quelques minutes ?

Mme Russell actionna l'ouverture automatique du portail d'entrée de l'immeuble.

Puis, lorsqu'elle fut satisfaite des explications que lui donnait Charlie au sujet du jeune Mackenzie au visage rubicond, elle déclara :

— J'hésitais à vous appeler, figurez-vous. Je m'inquiète au sujet de Danielle. J'entends jouer la même musique depuis hier soir : le même disque, encore et encore.

Ce n'était plus le même morceau de Tina Turner mais un autre que Charlie connaissait également et qui figurait sur le même CD.

— Vous avez vu Danielle, ce matin ?

— Non, répondit Mme Russell. J'ai frappé à sa porte, tout à l'heure, pour m'assurer que tout allait bien, mais elle n'a pas répondu. Je crains qu'elle n'ait glissé dans la baignoire ou quelque chose comme ça.

— Elle aurait pu sortir et laisser la musique, suggéra Mackenzie.

— Non, elle est chez elle, déclara la vieille dame. Je l'ai vue quand elle est rentrée, cette nuit. Un homme est passé la voir, peu de temps après, mais il n'est pas resté très longtemps, et il est reparti tout seul. Danielle est chez elle, j'en suis sûre.

— Aurait-elle pu ressortir sans que vous vous en aperceviez ? demanda Charlie.

— Certainement pas. J'étais debout à 6 heures, et elle ne bouge jamais avant midi. Elle est là, je vous dis, dans l'appartement.

Et si elle était là, Charlie avait le pressentiment qu'elle était morte.

— Vous souvenez-vous de l'heure qu'il était quand elle est rentrée, hier soir ?

— Voyons, laissez-moi réfléchir, dit Mme Russel en penchant la tête sur le côté. C'était aux alentours de minuit trente. Oui. Je venais juste de voir une rediffusion de *Femmes d'affaires et Dames de cœur,* sur *Lifetime Channel*, et ça se termine toujours à cette heure-là.

Un quart d'heure plus tard, Danielle avait laissé le message sur le répondeur de Charlie.

— Avez-vous pu voir l'homme qui est venu lui rendre visite ?

— Oui. Un très bel homme.

— Pouvez-vous me le décrire ? Quel âge avait-il ? A quoi ressemblait-il ?

— Eh bien, il était jeune, grand, bien habillé. Il portait un long manteau, et un smoking en dessous.

— Quand vous dites jeune, ça veut dire quoi ? Vingt ans ? Trente ans ?

— Plus vieux que ce jeune homme-là, répondit Mme Russell en regardant Mackenzie. Je dirais vingt-neuf, trente ans, peut-être un ou deux ans de plus.

— De quelle couleur étaient ses cheveux ? ses yeux ? enchaîna Charlie.

— Difficile à dire. Il portait un de ces chapeaux, vous savez, comme les détectives dans les vieux films en noir et blanc.

Un borsalino, se dit Charlie en songeant que c'était idéal pour dissimuler une partie du visage.

— Et ses yeux ?

— Il avait les yeux clairs, peut-être bleus ou verts. Je n'ai vu son visage que rapidement, lorsqu'il est passé sous le lampadaire dans la rue.

La trentaine, avec des yeux bleus ou verts : cette description pouvait correspondre à Aaron Stratton, à Cole, et aussi à Marcus Schwitzer.

— Pensez-vous que vous le reconnaîtriez si vous le revoyiez ? demanda Charlie.

— Oh, absolument ! répondit Mme Russell en hochant la tête d'un air vigoureux. Une veuve de mon âge qui vit seule n'a pas souvent l'occasion de voir de beaux jeunes gens. Alors, quand ça arrive, je m'en souviens.

— Nous aurons peut-être besoin de vous demander de venir au commissariat, dit Charlie.

— Est-ce que vous m'emmènerez dans une voiture de police ?

— Si ça vous fait plaisir, on arrangera ça, répondit Charlie.

Le regard de la vieille dame se mit à briller.

— Attendez que je raconte cette histoire à mes copines !

La sonnette de la porte retentit, et elle écarta le rideau de sa fenêtre.

— C'est l'inspecteur Kossak, déclara-t-elle en actionnant de nouveau l'ouverture automatique du portail.

Elle revint vers Charlie et lui chuchota à l'oreille :

— Si vous ne l'avez pas remarqué, il est beau garçon, lui aussi. Il a un joli popotin bien musclé.

Charlie faillit s'étouffer. En d'autres circonstances, elle aurait sans doute éclaté de rire.

Mme Russell ouvrit la porte de son appartement.

— Bonjour, inspecteur.

— Bonjour, madame Russell.

Charlie le mit rapidement au courant de ce qu'elle venait d'apprendre, puis elle se tourna vers leur hôtesse.

— Vous n'auriez pas une clé de l'appartement de Danielle, par hasard ?

— Malheureusement non. J'avais un double, mais Danielle a perdu sa clé, il y a quelques semaines. Je lui ai passé la mienne, mais elle n'a jamais fait faire d'autre double.

Charlie hocha la tête.

— Merci encore, madame Russell.

Ils se rendirent à l'étage, et la jeune femme frappa à la porte.

— Danielle, c'est l'inspecteur Le Blanc.

Ils n'entendirent rien, à part la musique.

Charlie dégaina son revolver, aussitôt imitée par Vince et Mackenzie. Puis elle fit un signe de tête à Vince, et ce dernier enfonça la porte.

Arme au poing, ils entrèrent dans l'appartement.

Hélas, il était trop tard : les lieux avaient été saccagés.

Vince coupa le lecteur de CD et le silence qui tomba brusquement autour d'eux leur parut à tous de terrible augure.

Avant même d'entrer dans la chambre à coucher, Charlie savait ce qu'ils allaient y trouver : Danielle, allongée sur le lit, les yeux ouverts tournés vers le plafond, un bas de soie noire posé près de son visage.

Elle s'y attendait et, malgré tout, cette vision la frappa en pleine poitrine. C'était sa faute. Si elle n'avait pas convaincu le commissaire et le chef de la police de ne pas révéler le lien entre le meurtre de Francesca et celui d'Emily, Danielle serait sans doute encore vivante.

— Mackenzie, vérifie le reste de l'appartement, et surtout ne touche à rien ! ordonna Vince.

Dès que le jeune homme eut quitté la pièce, il se tourna vers Charlie.

— Ça va ?

La jeune femme hocha la tête.

— Je vais appeler le commissariat, reprit Vince en quittant la pièce.

Charlie retourna dans le living-room. Le voyant du répondeur clignotait. Elle enfila des gants et pressa le bouton.

— Danielle, c'est Ellen, dit une femme à l'accent traînant du Mississippi. Tina, Cissy et moi voulons organiser un petit week-end entre filles dans un spa, sur la côte, à la fin du mois. Tu veux venir ? Appelle-moi.

Il y eut un bip, puis une tonalité indiquant que quelqu'un avait raccroché sans laisser de message. Un nouveau bip, et cette fois, une voix d'homme.

— Danielle, c'est Sean. On s'est rencontrés au casino, l'autre soir. J'appelle pour savoir si vous êtes libre vendredi. Je n'oublie pas que je vous dois un dîner pour avoir fait tourner la chance en ma faveur, l'autre jour.

Il laissa deux numéros de téléphone et raccrocha. Puis il y eut encore deux appels silencieux, le message que Charlie avait laissé, et enfin tous les appels qu'elle avait passés le matin même. Elle décrocha le combiné et pressa la touche permettant de rappeler le dernier numéro composé par Danielle.

A la deuxième sonnerie, une voix d'homme répondit :

— Cole Stratton.

Charlie et Vince laissèrent les lieux du crime à l'équipe de techniciens et retournèrent au commissariat, tandis que Mackenzie s'arrangeait pour obtenir une voiture de patrouille à l'intention de Mme Russell.

Ils se rendirent directement dans le bureau du commissaire, et Vince lui fit un compte rendu des derniers événements. Charlie ne disait rien. Elle regardait droit devant elle, et son visage ne trahissait aucune émotion.

Lorsque Vince se tut, Warren secoua la tête.

— Dites au Dr Williamson de faire l'autopsie en urgence. Et il nous faut aussi un test ADN dans les plus brefs délais. Voyez si la voisine peut identifier quelqu'un et demandez tous les mandats dont vous aurez besoin. Où en êtes-vous au sujet du pasteur ?

— Il est dans la salle d'interrogatoire, répondit Vince. Il refuse de parler tant que son avocat ne sera pas là.

— Demandez-lui de soumettre un échantillon de son ADN. S'il n'accepte pas, obtenez aussi un mandat pour ça. Et quelqu'un doit aller voir Cole Stratton pour lui demander quelle était la teneur de sa conversation avec la victime, hier soir.

— Commissaire, je pense qu'il faut le convoquer pour l'interroger, ainsi que ses frères. Je pense aussi qu'ils devraient tous soumettre des échantillons de leur ADN, intervint Charlie. La description que Mme Russell nous a faite du visiteur de Danielle Marceau peut correspondre aussi bien à Aaron Stratton qu'à son frère Cole.

— Et à Marcus Schwitzer, ajouta Vince.

— Elle correspond sûrement à trente pour cent des hommes de cette ville, grommela le commissaire.

— Je pense néanmoins qu'il est important de savoir où ils se trouvaient hier soir, et de les convaincre de se soumettre au test, insista la jeune femme.

— Eh bien, faites ! répondit Warren. Et essayez de savoir si l'ADN de Stratton correspond à celui du fœtus mort. Si ce n'est pas le cas, il faudra découvrir qui est le père.

— Oui, commissaire, répondirent Vince et Charlie.

— Je vais appeler le chef et le prévenir de ce qui nous attend. Le Blanc, si l'ADN sur la dernière victime correspond à ceux trouvés sur Francesca Hill et votre sœur, nous allons être forcés de l'annoncer publiquement.

— Je comprends, fit la jeune femme avec un hochement de tête.

— C'est bien. Allez, au boulot ! conclut le commissaire, avant de décrocher le téléphone. Passez-moi le chef de la police, enchaîna-t-il en parlant dans le combiné. Et vite, c'est important.

— Charlie, je voudrais te parler, dit Vince tandis qu'ils quittaient le bureau. Tu veux bien me suivre dehors, sur le parking ?

La jeune femme fronça les sourcils, mais le suivit néanmoins. Quand ils se furent suffisamment éloignés, Vince s'arrêta et la regarda d'un air grave.

— Tu n'es pour rien dans la mort de Danielle Marceau, Charlie. Si elle avait été honnête avec nous dès le début, on aurait pu la protéger.

Charlie croisa son regard et déglutit péniblement.

— Peut-être, mais j'ai toujours senti qu'elle nous cachait quelque chose. J'aurais dû insister.

— Allons, Charlie, on était pratiquement convaincus

qu'elle n'était pas coupable du meurtre de Francesca, et on avait largement de quoi s'occuper avec notre liste de suspects : l'un d'eux nous attend, d'ailleurs, ajouta-t-il en parlant du révérend Lawrence.

— Si seulement j'avais fait transférer les appels sur mon portable, j'aurais peut-être pu la sauver, dit Charlie en secouant la tête.

— Tu aurais pu aussi te faire tuer en même temps qu'elle. Tu oublies la carte de visite que t'a laissée ce salopard ?

Charlie croisa le regard de Vince.

— Non, je ne l'oublie pas, murmura-t-elle. Justement : j'étais sûre qu'il s'en prendrait à moi.

— Et ça viendra peut-être. C'est précisément pour cette raison que tu dois cesser de culpabiliser et concentrer toute ton énergie à essayer de m'aider à le retrouver… Charlie ?

La jeune femme le regarda, puis parut faire un effort sur elle-même. Elle sourit, et lorsqu'elle parla de nouveau, sa voix était plus assurée.

— Tu as raison.

— Bon, fit Vince.

Ils regagnèrent le commissariat, et justement, l'avocat du pasteur venait d'arriver.

— Tu veux t'occuper de lui ? demanda Vince.

— C'est toi qui es allé le cueillir. Vas-y et essaie de le coincer.

— Je vais faire de mon mieux.

Vince entra dans la salle d'interrogatoire, s'assit, poussa le bouton d'enregistrement du magnétophone, et expliqua très calmement la raison pour laquelle le révérend avait été appréhendé. Le reste se fit tout seul, car dès la seconde où Lawrence se mit à parler, plus personne n'aurait pu l'interrompre — pas même son avocat.

— Vous aviez raison, dit-il en sanglotant. Francesca me faisait chanter. Je la payais depuis des mois. Je prenais l'argent dans la caisse de l'église.

— Vous avouez donc avoir volé deux mille cinq cents dollars chaque semaine pour acheter le silence de Francesca Hill au sujet de vos rapports sexuels ? demanda Vince, afin que les aveux enregistrés fussent bien clairs.

— Oui, répondit le pasteur.

— Pourquoi deux mille cinq cents dollars, mon révérend ? demanda Vince.

— Vous n'êtes pas tenu de répondre à cette question, déclara l'avocat à son client.

Lawrence releva la tête. Son visage était d'une pâleur mortelle, ses yeux injectés de sang. Il paraissait avoir vieilli de dix ans depuis que Vince l'avait cueilli à sa descente d'avion, quelques heures plus tôt.

— Cela n'a plus d'importance, murmura-t-il. C'était une sorte de plaisanterie pour elle. Elle m'avait dit de penser à elle comme étant ma nouvelle église, et à cet argent comme à la dîme que je lui payais — dix pour cent de chaque recette hebdomadaire.

C'était un concept de remboursement intéressant, songea Vince.

— Pourquoi vous êtes-vous rendu dans son appartement, la nuit où elle a été tuée ?

— Je voulais essayer d'obtenir sa clémence. Elle épousait l'un des hommes les plus riches de cette ville. Elle n'aurait plus besoin de cet argent. Je voulais arrêter de la payer.

— Qu'a-t-elle répondu ?

— Elle a refusé, dit le pasteur, d'une voix dure. Elle a dit que cela n'avait rien à voir avec la question de savoir si elle avait, ou non, besoin d'argent. Elle voulait que je continue de la payer jusqu'au moment où elle jugerait que j'avais suffisamment expié pour mes péchés.

— Cela a dû vous mettre très en colère, continua Vince.

— J'étais furieux, admit le révérend. Elle n'avait aucun droit d'exiger cet argent. C'était l'argent de l'église.

— Etiez-vous furieux au point d'avoir envie de la tuer ?

— Oui. J'étais...

— Mon révérend, intervint l'avocat en posant une main sur l'épaule de Lawrence, je vous conseille de ne rien ajouter.

— Qu'importe, maître Ducote ? répondit le pasteur. Ce n'est plus un secret. Oui, inspecteur, j'étais en colère, et je voulais lui faire du mal. Mais je ne suis pas un homme violent. Je ne lui ai rien fait. Et je vous assure que je ne l'ai pas tuée. Je n'aurais jamais pu : cela aurait été contraire aux commandements de Dieu.

« L'hypocrite ! » songea Vince.

— Agresser sexuellement un enfant n'est-il pas contraire aux commandements de Dieu, mon révérend ? demanda-t-il d'une voix très douce.

— Inspecteur, ça suffit ! s'écria l'avocat.

— Parce que c'est à cette époque-là que vous avez commencé à avoir des rapports sexuels avec Francesca, n'est-ce pas ? Lorsqu'elle n'était qu'une enfant, envoyée par sa mère pour que vous la guidiez.

— Vous ne l'avez pas connue, enfant, riposta le pasteur avec fureur. Elle était déjà le disciple du diable. Déjà, elle se servait de sa beauté et du sexe pour tenter les hommes.

— Et vous étiez incapable de lui résister, n'est-ce pas ? lança Vince en le défiant.

L'avocat bondit sur ses pieds.

— Cet interrogatoire est terminé, inspecteur. Soit vous inculpez mon client, soit vous le libérez.

— Jugez-moi, inspecteur, dit le révérend en retrouvant un calme pieux. Ainsi que l'a dit Notre-Seigneur : « Que celui qui n'a jamais péché me jette la première pierre. »

Vince se leva à son tour et frappa un coup sur la porte pour que le garde lui ouvre. Puis il regarda fixement le salopard qui avait abusé de la confiance de la jeune Francesca et probablement de bien d'autres enfants.

— A votre place, je garderais mes proclamations moralisatrices pour la prison. C'est le seul endroit où vous allez prêcher durant les dix années à venir.

La porte s'ouvrit et Vince se dirigea vers la pièce équipée d'un miroir sans tain et d'un système audio permettant d'entendre tout ce qui se passait dans la salle d'interrogatoire. Charlie et le commissaire l'y attendaient.

— Il a accepté qu'on lui prenne un échantillon d'ADN, dit-il en leur tendant l'autorisation signée du révérend. Il n'a pas avoué le meurtre, mais on possède suffisamment de charges contre lui pour l'inculper de vol et aussi pour convaincre l'église de nous communiquer son dossier.

Le commissaire hocha la tête. Puis il se tourna vers Charlie.

— De son côté, le chef est en train de préparer une déclaration pour la presse. Il va leur dire que le meurtre de Hill et celui de votre sœur ont été commis par le même homme et qu'on le soupçonne également d'avoir tué Danielle Marceau.

— Je comprends, dit la jeune femme. Et je vous remercie de m'en avertir. Je voudrais prévenir mes parents et ma sœur.

— Entendu. Du nouveau au sujet de la voisine de Marceau ?

— Mackenzie lui montre des photos de criminels, répondit la jeune femme. Mais je pense qu'on devrait convoquer tous les fils Stratton pour voir si elle en reconnaît un. Si on arrive à mettre la main sur Schwitzer, on pourrait l'inclure aussi.

— Commençons par convoquer les Stratton. Je vais voir si je peux accélérer la procédure d'obtention des mandats.

Le commissaire sortit, et Vince se tourna vers Charlie.

— Si tu allais trouver Anne et tes parents ? Je peux aller chercher les Stratton avec Mackenzie.

— Merci, mais nous avons encore un peu de temps devant nous avant que la nouvelle soit annoncée. Les bureaux de J.P. Stratton sont tout près. Je propose qu'on aille rendre une petite visite à Aaron.

18.

Quelques minutes après 20 heures, ce soir-là, Cole répondit à un coup de sonnette et fut ravi de trouver Charlotte debout sur le seuil. Malheureusement, elle était accompagnée de Kossak.

— Bonsoir, inspecteurs, dit-il. Voulez-vous entrer ?

— Non, merci, répondit la jeune femme sur un ton poli. Monsieur Stratton, nous voudrions vous poser quelques questions au sujet de votre relation avec Danielle Marceau.

Le radar interne de Cole, celui qui lui avait si souvent sauvé la vie au cours de ses missions, se mit en route instantanément.

— Je n'avais aucune relation avec elle, déclara-t-il.

— Voulez-vous dire que vous ne la connaissiez pas ? demanda Charlotte.

— Non. Je dis que je n'avais pas de relation avec elle. Je l'ai rencontrée une fois, il y a un mois environ. Pourquoi ? De quoi s'agit-il ?

— Mlle Marceau a été assassinée la nuit dernière, et votre numéro de téléphone est le dernier qu'elle ait composé, déclara Charlotte sur un ton parfaitement neutre, en le regardant fixement dans les yeux.

— Et vous croyez que je l'ai tuée ?

— Nous enquêtons sur le meurtre. Nous aimerions que vous nous accompagniez au commissariat pour répondre à quelques questions.

— Vous avez un mandat ? demanda Cole, furieux qu'elle le considère encore comme un coupable possible.

— Non. Mais nous pouvons l'obtenir. Cela vous paraît nécessaire ?

— Non, répondit-il avec un soupir. Mais je vais prendre ma voiture et je vous retrouverai directement là-bas.

Vingt minutes plus tard, Cole croisait Aaron dans un couloir du commissariat.

— Qu'est-ce que tu fais là ? demanda-t-il à son frère, bien qu'il se doutât un peu de la réponse.

— Sûrement la même chose que toi, répondit Aaron. Apparemment, la copine de Francesca, Danielle, a trouvé le moyen de se faire tuer, et ta petite amie Le Blanc pense que l'un de nous est le coupable.

Cole ignora le sarcasme de son frère au sujet de Charlotte.

— Jason et Phillip sont là, eux aussi ?

— Seulement Phillip. Jason a disparu de la circulation, apparemment.

— Et J.P. ? demanda Cole.

Aaron prit un air surpris.

— Aurais-je réussi à percer ta cuirasse et à faire en sorte que tu te soucies enfin de notre père ?

— Ne raconte pas n'importe quoi ! Je me demande si Charlotte soupçonne aussi J.P., voilà tout.

— Ils lui ont posé des questions, apparemment, mais ils ne lui ont pas demandé de venir parce qu'ils ont déjà un échantillon de son ADN. Ils vérifient les alibis pour hier soir. Et vu la tête de leur commissaire, j'espère pour toi que tu en as un en béton, parce qu'ils veulent vraiment épingler quelqu'un, cette fois-ci.

Cole n'avait pas vraiment d'alibi, contrairement à Aaron, sans doute, étant donné son air satisfait.

— Je n'ai pas besoin de te demander où tu étais !

Aaron sourit.

— J'ai assisté à un dîner de charité, hier soir, en compagnie d'une blonde appétissante, et je ne l'ai quittée que ce matin, à 8 heures. Et toi ?

Cole n'eut pas le temps de répondre, car Charlotte et son coéquipier se dirigeaient vers eux.

— Monsieur Stratton, dit la jeune femme en s'adressant à Cole, si vous voulez bien me suivre, nous allons essayer d'en finir le plus vite possible afin de vous permettre de profiter du reste de votre soirée.

Cole la suivit dans la salle d'interrogatoire et regarda brièvement le miroir qu'il savait être sans tain, avant de s'installer sur la chaise que Charlie lui désignait. Elle s'installa de l'autre côté de la table et, sous l'éclairage violent de la pièce, il remarqua les cernes qui ourlaient ses yeux. Elle portait un pantalon et un pull à col roulé blanc ivoire qui paraissaient trop larges pour elle.

— Monsieur Stratton, merci d'avoir accepté de venir, commença-t-elle.

— Je n'ai pas eu vraiment le choix, inspecteur.

— N'empêche. Le fait que vous vous montriez disposé à coopérer nous facilite les choses.

— Que voulez-vous savoir, alors ?

— Avant tout, je tiens à vous rappeler que vous avez le droit de demander la présence d'un avocat, lors de cet interrogatoire. Souhaitez-vous exercer ce droit ?

— Ce ne sera pas nécessaire, répondit Cole.

— Très bien. Je vais enregistrer cet interrogatoire. Est-ce que cela vous pose un problème ?

— Aucun.

Charlotte mit le magnétophone en marche.

— Je suis l'inspecteur Charlotte Le Blanc, de la police de La Nouvelle-Orléans, et je m'apprête à interroger M. Cole Stratton.

Elle indiqua la date et l'heure, puis regarda Cole.

— Monsieur Stratton, est-il exact que vous avez renoncé à votre droit d'être assisté d'un avocat ?

— Oui.

— Quelle était la nature de votre relation avec Danielle Marceau ?

Cole s'appuya contre le dossier de sa chaise.

— Je n'avais pas de relation avec elle.

— Est-ce que vous la connaissiez ?

— Je l'ai rencontrée une fois. Elle m'a été présentée par ma sœur, Holly, qui m'a dit qu'elle était une amie proche de Francesca Hill.

— C'était une connaissance, en quelque sorte.

Cole eut un sourire sans joie.

— Même pas ! répondit-il.

— Autrement dit, vous affirmez que vous ne connaissiez pas Danielle Marceau.

— Il ne s'agit pas d'une affirmation, mais d'un fait. En dehors de cette brève rencontre, je ne la fréquentais pas.

— Dans ce cas, comment expliquez-vous qu'elle vous ait appelé sur votre portable à minuit quarante-cinq, la nuit dernière ?

— C'est simple. Elle m'a dit qu'elle avait des informations au sujet de mon frère. Je cite : « des informations qui peuvent faire très mal si elles tombent entre de mauvaises mains ». Elle a suggéré que nous en parlions. J'ai accepté de la rencontrer au bar de l'hôtel Royal Sonesta, une demi-heure plus tard. Mais elle n'est jamais venue.

— Vous a-t-elle dit quelle était la nature de ces informations ? demanda Charlotte.

— Non.

— De quel frère s'agissait-il ?

— Elle ne l'a pas dit, répondit Cole.

Et c'était vrai. Danielle n'avait pas mentionné le nom de Jason. Elle avait juste fait une allusion en parlant du frère qui fréquentait Francesca dans le dos de son père. Compte tenu du béguin évident de Jason pour Francesca, et du fait qu'il s'était rendu dans l'appartement de la jeune femme pour essayer d'y récupérer quelque chose, Cole en avait tiré les conclusions qui paraissaient s'imposer : Danielle voulait parler de Jason, et ce dernier avait fait une bêtise.

— Si je comprends bien, vous vous rendez dans un bar en pleine nuit pour y rencontrer une femme que vous dites à peine connaître, cela pour discuter d'informations qui pourraient causer du tort à votre frère, mais vous ne demandez pas de quel genre d'informations il est question ni de quel frère il s'agit.

— Je n'ai pas dit que je n'avais rien demandé, inspecteur. La vérité, c'est qu'elle n'a pas voulu répondre à mes questions. C'est justement pour ça que j'ai accepté de la rencontrer.

Charlotte le considéra d'un air sceptique, et Cole soutint son regard sans ciller.

— Soit, dit-elle après quelques instants. Où étiez-vous entre minuit trente et 2 heures du matin ?

— Jusqu'à minuit quarante-cinq, j'étais chez moi. Seul. Puis je suis sorti et j'ai marché jusqu'au Royal Sonesta. Là, j'ai attendu Mlle Marceau au bar jusqu'à 1 h 30.

— Pourquoi n'avez-vous pas pris votre voiture ?

— Parce qu'il faisait bon et que le Royal Sonesta n'est pas loin de chez moi, répondit Cole. Le nom de la serveuse était Wendy. J'ai également bavardé avec un couple du Minnesota répondant aux noms de Ruth et Elliot Portman. Ils célébraient leur anniversaire de mariage. Ils sont descendus à l'hôtel. Vous pouvez vérifier.

— J'en ai bien l'intention. Où êtes-vous allé après avoir quitté le bar ?

— Je suis rentré chez moi. J'y suis arrivé vers 1 h 45 et je me suis couché.

— Quelqu'un peut-il confirmer l'heure à laquelle vous avez quitté votre maison, et celle à laquelle vous êtes rentré ? Un voisin ? Un livreur de pizzas ? Un chauffeur de taxi ?

— Je ne sais pas. J'en doute.

— Entendu, déclara Charlotte en coupant le magnétophone. Etes-vous disposé à nous soumettre un échantillon de votre ADN ?

— Je suppose que si je refuse, vous obtiendrez un mandat ?

— En effet.

— Dans ce cas, oui, je vous donnerai cet échantillon.

— Je vais envoyer quelqu'un pour le prélever. Merci pour le temps que vous nous avez consacré, dit la jeune femme en se levant. Oh ! une dernière chose : vous ne savez pas, par hasard, où nous pouvons trouver votre frère, Jason ?

— Non. Est-il également soupçonné du meurtre de Danielle Marceau ?

Charlotte hésita une fraction de seconde.

— Nous avons besoin de lui parler. Si jamais vous le voyez, dites-lui de m'appeler.

— Je n'y manquerai pas.

Charlotte hocha la tête et marcha vers la porte.

— Inspecteur ? reprit Cole.

Elle se retourna.

— Oui ?

— J'ai essayé de vous joindre, mais vous ne m'avez pas rappelé.

— Si vous faites allusion aux fleurs et à l'invitation à dîner…

— Non, ce n'est pas ce dont je voulais parler, mais je suis content de savoir que vous les avez reçues, dit-il avec un sourire. Je voulais vous donner ceci, ajouta-t-il en tirant un morceau de papier de sa poche.

Charlotte le prit et le déplia.

— Qu'est-ce que c'est ?

— Le nom sous lequel se promène Marcus Schwitzer, à l'heure actuelle. Mack Sweeney. Il se trouve à cette adresse.

Charlotte le regarda.

— Comment ? Pourquoi ?

— J'ai fait savoir que je le cherchais : je me suis dit que si Schwitzer est l'assassin, plus vite il sera sous les verrous, plus vite vous me rayerez de la liste de vos suspects, et nous pourrons enfin nous consacrer à notre relation.

— Nous n'avons pas de relation, déclara la jeune femme.

— Ce n'est qu'une question de temps.

La porte s'ouvrit et une femme entra avec un kit médical et des gants.

— Voici votre patient, lui dit Charlotte.

Puis elle regarda Cole et agita le papier qu'il lui avait donné.

— Merci.

Et elle quitta la pièce.

A peine dans le couloir, Charlotte s'appuya contre le mur et ferma les yeux quelques instants. L'interrogatoire de Cole l'avait vidée. Elle avait lu la déception dans ses yeux lorsqu'elle s'était présentée chez lui. Et elle venait de voir cette déception virer à la colère. Mais si elle comptait sur cette réaction bien naturelle pour anéantir l'attirance qui existait entre eux, c'était raté. Le pire, c'est qu'elle savait au fond de son cœur qu'il n'était pas un meurtrier. Seulement voilà, elle n'avait pas le choix : elle devait le traiter comme un suspect. C'était son boulot.

— Ça va ?

C'était la voix de Vince. Elle rouvrit les yeux.

— Oui.

— Alors, tu le crois ?

— Oui. Il m'a donné ceci, ajouta-t-elle en tendant à son coéquipier le morceau de papier avec les informations concernant Marcus Schwitzer. Il dit que Schwitzer utilise un faux nom et qu'il se trouve à cette adresse.

Vince arqua les sourcils.

— Il t'a dit comment il avait obtenu ce scoop ?

— Non, bien sûr. Mais ça vaut le coup de vérifier, tu ne crois pas ?

— Oui, évidemment. Ecoute, je vais y aller avec Mackenzie. Pendant ce temps-là, parle avec ta famille. Le commissaire dit que le chef va rendre la nouvelle publique demain matin.

— Merci, dit Charlie.

De retour à son bureau, elle appela ses parents, mais ils s'étaient absentés. Elle laissa un message sur le répondeur, leur demandant de la contacter quand ils rentreraient. Elle laissa un autre message sur leur portable. Puis elle essaya de joindre Anne, mais, là encore, elle tomba sur un répondeur. Elle laissa un troisième message et raccrocha avec un soupir.

Elle appréhendait le moment de leur annoncer que le tueur d'Emily était le même homme qu'elle recherchait pour les meurtres récents de deux autres jeunes femmes. Elle craignait que cela ne rouvre la blessure qui avait eu tant de mal à cicatriser, que cela ne les force à revivre l'horreur qu'ils avaient connue, six ans plus tôt. Elle voulait les préparer de son mieux.

Elle envisagea un instant de rentrer chez elle, mais décida de rester travailler en attendant que ses parents ou Anne la rappellent. Et elle passa l'heure suivante à éplucher les archives électroniques de la police pour essayer de trouver d'autres crimes présentant le même mode d'exécution que les trois meurtres sur lesquels ils menaient des investigations. Jusqu'alors, ils avaient limité leurs recherches aux Etats de la Louisiane et du Mississippi. Elle décida de les étendre à la Floride, à l'Arkansas et à la Géorgie, puisque Schwitzer avait monté un certain nombre d'escroqueries dans ces zones-là.

Elle dénicha deux affaires qui pouvaient correspondre à ce quelle recherchait : les deux en Floride. Malheureusement, elle n'apprendrait rien de plus tant qu'elle n'aurait pas parlé aux inspecteurs qui avaient mené l'enquête. Comme il était 21 h 30, la conversation devrait attendre le lendemain.

Elle envisagea de rappeler ses parents et Anne, puis se ravisa. Elle préférait leur expliquer tout ça de vive voix. De toute façon, la conférence de presse était prévue pour le lendemain matin. Elle avait encore le temps.

Elle aurait pu rentrer chez elle. La salle de brigade était vide, et même le commissaire, dont les journées de travail duraient souvent douze heures et plus, était parti dîner avec sa famille. Mais personne ne l'attendait et si elle se retrouvait seule, sans son travail pour lui occuper l'esprit, elle craignait de se remettre à penser à Cole.

Elle revit son expression lorsqu'il l'avait regardée, ce soir. La déception s'y lisait. La colère aussi. Et la détermination.

La sonnerie de son portable l'arracha à ces pensées.

— Le Blanc.

— Charlie, c'est Anne. Tu as vu les nouvelles ?

Charlie fronça les sourcils.

— Non, pourquoi ?

— *Channel 8* vient de diffuser un flash d'information : apparemment, la police recherche un tueur en série qui aurait commis au moins trois meurtres : Francesca Hill, Danielle Marceau et Emily.

Charlie sentit son cœur chavirer.

— Les parents sont au courant ?

— Oui.

— Oh, mon Dieu !

Elle verrouilla le tiroir de son bureau, prit sa veste et son sac, et se dirigea vers la sortie.

— J'arrive !

— Charlie, est-ce que c'est vrai ?

Comme Charlie ne répondait rien, Anne insista :

— Charlie ?

— Oui, c'est vrai. Je m'apprêtais à vous le dire. C'est pour ça que j'ai laissé des messages sur vos répondeurs. Le chef de la police va donner une conférence de presse demain. Je ne voulais pas que vous l'appreniez de cette façon.

— Eh bien, quelqu'un a été plus rapide que la police !

— Anne, écoute-moi : j'arrive. Dis à papa et à maman que je suis désolée.

Elle coupa la communication et se rua hors du commissariat.

Une fois dans sa voiture, elle plaqua la sirène d'urgence sur le toit et sortit du parking à tombeau ouvert. Elle franchit la distance qui la séparait de la maison de ses parents en un temps record, et fut consternée de trouver plusieurs camionnettes de la télévision garées dans la rue.

Elle bondit en direction de l'entrée, mais plusieurs reporters lui tombèrent dessus comme une nuée de mouches.

— Inspecteur Le Blanc ! Est-il vrai que vous avez découvert un lien entre le meurtre de Francesca Hill et celui de votre sœur, il y a six ans ?

— Pas de commentaire, répondit la jeune femme en se frayant un passage vers la porte.

— Devons-nous comprendre qu'un tueur en série se promène parmi nous ? demanda un autre journaliste.

— Inspecteur Le Blanc, avez-vous des suspects ?

— Vous êtes sur une propriété privée ! leur fit remarquer Charlie.

— Allons, inspecteur, vous devez nous donner quelque chose. Est-ce que la nouvelle est authentique ?

Charlie pivota sur ses talons et regarda la blonde platine au visage dur qui lui collait son micro sous le nez.

— Je ne *dois* rien vous donner, et ma famille non plus. Ils ont déjà suffisamment souffert.

— Mais les téléspectateurs ont le droit de savoir s'ils courent un danger !

— A cette minute, la seule personne en danger, c'est vous. Parce que si vous ne me laissez pas tranquille, je vous fais avaler votre saleté de micro !

Et sans attendre de réponse, Charlie courut vers la porte d'entrée. Anne l'ouvrit pour elle, et la jeune femme s'engouffra à l'intérieur, tandis que sa sœur refermait le battant et poussait le verrou.

— Charlie, tu es cinglée ? s'exclama-t-elle aussitôt. Toutes les chaînes de la ville vont passer ta déclaration et t'accuser de menacer la presse.

— Eh bien, qu'ils s'amusent ! riposta Charlie. Où sont les parents ?

— Là-haut. J'ai préparé un double scotch à papa et il a donné un calmant à maman. La nouvelle les a pris au dépourvu. Le pire, c'était de revoir la photo d'Emily à la télé. Mais je pense que ça ira quand même. Et toi ?

— Moi, je suis furieuse, répondit Charlie en s'engageant dans l'escalier.

Elle marcha vers la chambre de ses parents et frappa à la porte.

— Entre ! dit Gordon.

La mère de Charlie était allongée sur le lit, une compresse humide sur le front. Gordon était installé dans un fauteuil, à côté, et il lui tenait la main. Le scotch qu'Anne avait préparé se trouvait sur la table de nuit : il n'y avait pas touché.

Charlie entra dans la chambre qui n'avait pratiquement pas changé depuis qu'elle était enfant : le couvre-lit ancien, les rideaux assortis, le coffre au pied du lit… Elle se revit, le samedi matin, bondissant dans le lit de ses parents, avec Emily et Anne. Ils se blottissaient les uns contre les autres et faisaient des plans pour la journée.

Le cœur lourd, elle alla s'agenouiller près de sa mère.

— Je suis tellement désolée, dit-elle. Je voulais vous prévenir. C'est pour ça que je vous ai laissé des messages en vous demandant de me rappeler. Je suis tellement désolée, répéta-t-elle.

— Tu n'as aucune raison de t'en vouloir, chérie, lui dit son père. Nous étions au cinéma.

— Ton père a raison. Tu n'as aucune raison de t'en vouloir. C'est nous qui avons oublié de rallumer nos portables en quittant le cinéma. Ce n'est pas ta faute si tu n'as pas pu nous joindre. Rien de tout cela n'est ta faute.

Hélas, Charlie ne l'entendait pas ainsi. Elle aurait dû leur parler plus tôt. Elle aurait dû répondre à l'appel d'Emily, six ans plus tôt, lorsque celle-ci lui avait demandé de l'aide. Et elle aurait dû être là pour répondre à l'appel de Danielle Marceau.

— Arrête, Charlotte ! reprit sa mère, comme si elle lisait dans ses pensées. Cesse de te blâmer pour des choses sur lesquelles tu n'as absolument aucun contrôle. Ton père et moi allons bien. C'est plutôt toi qui nous inquiètes, chérie.

Le téléphone sonna.

— Ne répondez pas ! dit Charlie aussitôt. Ce sont sûrement des journalistes.

La sonnette de la porte retentit au même instant, et elle se leva.

— Je vais me débarrasser d'eux. Vous voulez que je passe la nuit ici ?

— Non, bien sûr que non ! lui répondit sa mère. Tu as l'air fatigué, tu sais ? Rentre chez toi et repose-toi. On parlera demain.

Charlie les embrassa tous les deux et quitta la pièce. Une fois dans le couloir, elle s'adossa au mur et ferma les yeux brièvement, comme pour se donner des forces. Puis elle descendit. Mais la plupart des reporters étaient partis. Elle remarqua juste un van et deux voitures garées quelques maisons plus loin, et qui ne semblaient pas appartenir à des habitants du quartier. Elle prit son portable et appela le commissariat pour demander qu'une voiture de patrouille vienne vérifier les immatriculations. Puis elle alla rejoindre sa sœur dans la cuisine.

Anne était installée à la table, près de la fenêtre, un mug entre les mains.

— Ils vont bien ? demanda-t-elle aussitôt.

— Ils ont l'air, répondit Charlie. Je suis vraiment désolée.

Anne lui fit signe de s'asseoir en face d'elle, et Charlie se laissa choir avec un profond soupir.

— J'aurais dû t'en parler plus tôt, reprit-elle. Je regrette. Ça a dû être terrible pour vous.

— Pas plus que pour toi, j'imagine. En fait, c'était sûrement beaucoup plus dur pour toi, parce que tu as dû gérer l'enquête sur le meurtre tout en sachant que l'homme que tu recherchais était celui qui avait tué Emily.

Charlie haussa les épaules.

— Ça fait partie de mon boulot.

Elle marqua une pause.

— J'aimerais bien savoir comment la presse l'a découvert, quand même ! En dehors de quelques inspecteurs, personne n'était au courant. Je n'en ai pas parlé à âme qui vive, et je suis sûre que Vince non plus.

— Si c'est une manière subtile de me demander si la fuite vient d'une conversation que j'aurais pu avoir avec Vincent sur l'oreiller, la réponse est non. Nous avons pour règle de ne jamais parler boulot ensemble.

— C'est une bonne idée.

— Ça a l'air de marcher, en tout cas, dit Anne.

Elle affichait un petit air heureux en prononçant ces mots, et, pour la première fois de sa vie, Charlie envia son bonheur.

— Quant à la fuite, je peux te dire qu'elle vient du commissariat, déclara Anne.

— Vraiment ? Qui ?

— D'après la rumeur, vous avez un nouveau technicien au labo qui sort depuis peu avec une journaliste de *Channel 8*. Il a dû vouloir l'impressionner.

— Tu es vraiment ahurissante, tu sais ? s'exclama Charlie en secouant la tête. Comment fais-tu pour être toujours au courant de tout ?

— J'ai des moyens personnels, répondit la jeune femme en imitant l'accent russe.

Elle se leva pour remplir deux mugs, et revint s'asseoir.

— Tiens, bois, dit-elle.

Charlie huma avec délices l'odeur du chocolat chaud.

C'était une institution dans la famille. Enfants, les trois sœurs s'asseyaient autour d'un chocolat chaud pour papoter et partager leurs rêves.

Il y avait des années que Charlie n'avait bu un chocolat chaud : depuis l'hiver qui avait précédé la mort d'Emily.

— Tu penses à elle ? demanda Anne.

Charlie leva les yeux.

— Je repensais à nos goûters. Nous avions tant de rêves, tant d'espoirs… Elle me manque.

— A moi aussi, elle me manque, dit Anne. Mais la personne qui me manque le plus, c'est toi.

— Moi ? Qu'est-ce que tu racontes ? Je suis là.

— Oh, non, tu n'es pas là ! Tu n'es plus la personne que tu étais. Quand Emily est morte, c'est comme si une partie de toi était morte avec elle.

Anne se pencha en avant et posa ses coudes sur la table.

— Qu'est devenue la Charlie qui aimait rire et s'amuser ? Celle qui avait tant de rêves et d'espoirs pour l'avenir ?

— Elle a découvert que la vie n'était pas un conte de fées, que le monde était rempli de monstres et que les rêves pouvaient être détruits en une fraction de seconde.

— De quels rêves parlons-nous, Charlie ? Des tiens ? De ceux d'Emily ?

Charlie se raidit.

— Je n'ai pas l'intention de subir une séance d'analyse, déclara-t-elle en faisant mine de se lever.

Anne lui prit le poignet.

— Quand cesseras-tu cette fuite éperdue ?

— Je ne vois pas de quoi tu parles.

— Allons ! Tu n'as pas cessé de fuir, depuis la mort d'Emily. Tu penses que tu ne mérites pas d'être heureuse, c'est ça ?

— Mais non ! Tu racontes n'importe quoi.

— Vraiment ? Alors, pourquoi as-tu abandonné tes études de droit pour devenir flic ? Pourquoi travailles-tu jour et nuit, au lieu d'avoir une vie normale ? Pourquoi repousses-tu tous ceux qui essaient de t'approcher ?

— Je ne fais pas ça.

— Mais si, Charlie ! Je t'observe depuis des années. Tu repousse tout le monde : moi, papa, maman, tes amis et tous les hommes qui osent s'intéresser à toi... Pourquoi refuses-tu de reconnaître qu'Emily n'est pas morte par ta faute ?

— Parce que *c'était ma faute* ! s'écria Charlie. Si j'étais allée la voir, le jour où elle m'a appelée, elle serait peut-être encore avec nous. Je savais qu'elle était préoccupée, que quelque chose n'allait pas. Mais je n'ai pas bougé. J'étais furieuse parce qu'elle s'attendait à ce que je largue tout pour accourir au moindre appel. Une seule chose m'intéressait :

avoir les meilleures notes possibles à mes examens. C'était plus important que ma sœur. Emily est morte à cause de mon égoïsme.

— Pour l'amour du ciel, Charlie, tu étais sa sœur, pas son garde du corps !

— En tant qu'aînée, j'étais responsable de vous.

— Pas du tout !

— Comment peux-tu le savoir ? Tu as toujours été la petite dernière. Personne n'a jamais compté sur toi pour rien.

— Tu as sans doute raison. N'empêche qu'Emily n'était pas sous ta responsabilité. Et papa et maman ont eu tort de faire peser ça sur tes épaules.

Anne se leva, vint s'asseoir à côté de Charlie, et glissa un bras autour de ses épaules.

— Il faut que tu m'écoutes. Emily n'est pas morte à cause de toi.

— Peut-être mais c'est ce que je ressens, murmura Charlie. Que veux-tu que j'y fasse ?

— Eh bien, débarrasse-toi de cette impression parce qu'elle est fausse ! Il est temps que tu cesses de te flageller et que tu passes à autre chose. Si tu ne le fais pas pour toi, fais-le pour moi, pour maman et papa, pour les gens qui t'aiment. Arrête de nous repousser !

Charlie ne répondit rien. Et Anne se tut. Elle retourna à sa place et elles terminèrent leur chocolat en silence.

Tout cela était-il vrai ? Repoussait-elle tous ceux qui l'aimaient ? Avait-elle pris ses distances parce qu'elle avait l'impression qu'elle ne méritait pas d'être aimée et d'avoir une vie bien à elle ?

Finalement, elle murmura :

— Merci.

— Pour quoi ? demanda Anne. Le coup de pied aux fesses ?

— Pour ça aussi. Mais, plus que tout, pour m'avoir fait comprendre qu'en me rendant la vie difficile, je l'ai également rendue difficile aux autres.

— Pas de problème. Et la prochaine fois que tu as besoin d'un rappel, tu n'auras qu'à crier.

— Je n'y manquerai pas, répondit Charlie.

Elle avait l'impression d'être libérée d'un poids immense. Même son cœur lui paraissait plus léger. L'espace d'un instant, elle envisagea de parler à Anne du bas de soie noire qu'on avait laissé chez elle, mais elle se ravisa. Sa sœur avait bien d'autres choses à penser.

— Alors, toi et Vince, c'est le grand bonheur ?

Anne eut un petit sourire secret, et son regard s'alluma.

— Ouais.

— Vous êtes sérieux ?

— Oh, aussi sérieux qu'on peut l'être ! Je vais l'épouser et lui faire une demi-douzaine de petits Kossak qui auront ses yeux bruns et mes cheveux blonds.

Charlie faillit s'étrangler.

— Vous êtes fiancés ? Depuis quand ?

— Pas encore. Mais ça ne tardera pas, répondit Anne d'un air convaincu.

Charlie sourit.

— Je suis heureuse pour toi, Anne. Pour vous deux.

— Merci. Et toi ?

Charlie revit le visage de Cole, et son expression changea aussitôt.

— Oh, oh ! fit Anne. Il y a quelqu'un. Je le lis sur ton visage.

Charlie secoua la tête.

— C'est de la folie furieuse, dit-elle en même temps qu'elle éprouvait le besoin urgent de se confier.

— Pourquoi ?

— Il est sur la liste des suspects.

Anne la regarda un instant.

— Cole Stratton, déclara-t-elle finalement.

— Ce n'est pas journaliste que tu devrais être, c'est médium ! s'exclama Charlie avec un éclat de rire incrédule.

— C'est une idée, fit Anne. Mais dis-moi, tu le crois coupable ?

— Non, répondit Charlie sans l'ombre d'une hésitation.

— Et tu lui plais, bien sûr.

— Je pense. Il m'a envoyé des fleurs, il veut m'inviter à dîner…

— Eh bien, va le voir et dis-lui la vérité, suggéra Anne. Dis-lui que tu ne le soupçonnes pas sérieusement. Tu verras bien ce qui se passe.

— Je ne peux pas. Je ne devrais même pas éprouver des sentiments pareils. Pas au beau milieu d'une enquête dans laquelle il est impliqué, ainsi que la majorité des membres de sa famille. C'est contraire à tous les règlements qui existent, et aussi contraire à ma décision de ne jamais mélanger le travail et le plaisir.

— Certaines personnes valent la peine que l'on ignore les règlements, Charlie. Je parie qu'il existe quelque part un règlement officieux qui prétend que sortir avec le coéquipier de ma sœur n'est pas bien. Imagine que je n'aie pas pris le risque ? Tu vois ce que nous aurions raté, Vince et moi ?

Charlie secoua la tête.

— C'est différent. Je pourrais perdre mon boulot.

— Ça vaut la peine de courir le risque.

C'était de la folie. Charlie en avait bien conscience. En

même temps, elle nourrissait un soupçon grandissant à l'égard d'Aaron Stratton. Il était intelligent, très intelligent. Et il ne lui aurait pas été difficile de trafiquer le système de surveillance d'un immeuble. Il était aussi narcissique, arrogant, et sa présence l'avait toujours mise très mal à l'aise… Enfin, quelle relation pourrait-elle avoir avec Cole, si c'était son frère qui avait tué Emily ?

— Comment te sentirais-tu si tu ne devais plus jamais revoir Cole Stratton ? demanda Anne avec douceur.

Charlie sentit son cœur chavirer.

— Vide.

— Si tu allais le lui dire ?

19.

Cole martela le punching-ball encore et encore, jusqu'à ce qu'il n'ait plus de forces. Respirant bruyamment, le corps couvert de sueur, il s'affala contre le sac de sable, s'y accrochant avec ses mains gantées. Lorsqu'il eut un peu repris son souffle, il se redressa, attrapa une serviette sur le banc de musculation et s'essuya le visage. Puis il drapa la serviette autour de son cou.

Il n'avait toujours pas réussi à joindre Jason, et Phillip semblait ignorer où se trouvait son frère jumeau. Il savait seulement que certains des vêtements de Jason n'étaient plus dans sa chambre. Essayant de se résigner au fait qu'il ne pouvait rien faire de plus avant le lendemain matin, Cole s'était rendu dans la salle de gym qu'il avait fait installer chez lui pour tenter d'évacuer un peu sa frustration. Il se faisait du souci au sujet de son jeune frère. Pourtant, il connaissait Jason suffisamment pour savoir qu'il était incapable de commettre un meurtre. Mais s'il était innocent, de quoi avait-il peur au point de préférer disparaître ?

Il y avait aussi Charlotte Le Blanc. Quand elle avait quitté la salle d'interrogatoire, tout à l'heure, Cole avait pris la décision de l'oublier. Mais elle n'était pas partie depuis cinq minutes qu'il avait dû se rendre à l'évidence : il lui était impossible de renoncer à elle. Il n'était pas le genre d'homme à renoncer, de toute façon. Il avait donc décidé de lui donner un peu d'espace, du temps pour gérer ses démons. Puis il ferait le nécessaire pour gagner son cœur, de la même façon qu'il avait toujours fait le nécessaire pour obtenir ce qui était important à ses yeux.

Et elle était importante. Très importante.

Il délaça ses gants de boxe et les retira avec ses dents. Puis il prit la télécommande de l'écran géant accroché au mur et chercha la chaîne d'informations, sachant qu'ils allaient bientôt rediffuser le dernier journal télévisé. Presque aussitôt, le logo de *Channel 4 News* apparut sur l'écran, bientôt remplacé par le visage de Bill Caso.

— Mesdames et Messieurs, bonsoir. Je suis Bill Caso et je remplace momentanément Karen Swensen. Un rebondissement effrayant vient de se produire dans l'affaire encore irrésolue du meurtre de Francesca Hill, la fiancée du magnat J.P. Stratton, dont le corps fut découvert dans son appartement, il y a un peu plus de deux semaines.

Cole prit une bouteille d'eau dans le petit réfrigérateur et, s'asseyant à califourchon sur le banc de musculation, il augmenta le volume.

— Une source anonyme a révélé ce soir que l'ADN retrouvé sur les lieux du crime correspond à celui qui a été trouvé dans l'appartement de Danielle Marceau, une amie de Francesca Hill, assassinée la nuit dernière.

Cole déboucha la bouteille et but longuement, tandis que les portraits des deux jeunes victimes apparaissaient sur l'écran de télévision, derrière le présentateur.

— Cet ADN pourrait également être lié à un troisième meurtre qui fut perpétré à Baton Rouge, en Louisiane, il y a six ans. Le corps d'une jeune étudiante de dix-neuf ans, Emily Le Blanc, avait été retrouvé dans sa maison.

La photo d'une jolie jeune femme blonde qui possédait le même sourire que Charlotte apparut sur l'écran.

— Emily Le Blanc était la sœur de l'inspecteur de la brigade criminelle de La Nouvelle-Orléans, Charlotte Le Blanc, ainsi que de notre journaliste d'investigation, Anne Le Blanc. L'inspecteur Le Blanc a refusé de répondre aux questions que lui posaient plusieurs de nos confrères, ce soir, devant chez ses parents.

Une séquence montra Charlotte arrivant devant une maison, tandis que plusieurs journalistes se ruaient vers elle. La seconde d'après, elle s'engouffrait dans la maison.

Cole éteignit la télévision, imaginant sans peine la souffrance de la jeune femme et de sa famille. Revoir le visage de sa sœur à l'écran devait leur faire revivre le cauchemar qui avait suivi le meurtre de la jeune fille, six ans plus tôt.

Il devait voir Charlie. L'appeler ne servirait à rien. Avec la presse qui la harcelait, elle allait sûrement éviter le téléphone.

Il quitta la salle de gym, fit un passage éclair par sa chambre pour enfiler un jean et un sweat-shirt propres, et dévala les marches de l'escalier, juste comme la sonnette de la porte retentissait dans la maison. Il prit ses clés de voiture sur la table et, ignorant les miaulements de Goliath, il se rua vers la porte d'entrée, bien décidé à se débarrasser de l'importun.

Il ouvrit et…

— Charlotte.

Elle était déjà au pied des marches. Elle se retourna lentement.

— Je ne pensais pas que vous étiez chez vous, dit-elle.

Elle avait l'air épuisé, et son regard trahissait ses tourments intérieurs. Elle portait le même pantalon et le même pull à col roulé blanc ivoire que lorsqu'elle l'avait interrogé, quelques heures plus tôt, et, en dépit de la fraîcheur de la nuit, elle n'avait pas de veste.

— Je suis désolée, dit-elle en remarquant les clés de voiture dans la main de Cole. Vous vous apprêtiez à sortir. Je m'en vais.

— Charlotte, attendez ! C'est vous que j'allais voir.

— Moi ?

— Oui. Je viens de regarder le journal télévisé.

Elle resta immobile, et Cole se força à attendre. Elle avait fait le trajet jusqu'ici. Il voulait maintenant que la décision vienne d'elle.

— Je n'étais pas sûre que vous voudriez encore me parler après ce soir, dit-elle finalement.

— Vous ne faisiez que votre travail… J'aimerais simplement que vous me fassiez confiance.

— Tout est tellement embrouillé, murmura-t-elle en secouant la tête. Je sais juste que je ne voulais pas rentrer chez moi… Anne m'a dit des trucs qui avaient l'air plutôt sensés. Je ne savais plus trop quoi faire ni où aller, et je me suis retrouvée devant chez vous… Je ne sais même pas pourquoi.

— Je suis content que vous soyez venue, Charlotte. Je pense que votre instinct vous a conduite jusqu'à moi parce que c'est votre place, tout simplement.

Elle marcha vers lui, et il l'enveloppa de ses bras.

Puis il ferma la porte et l'emmena dans le salon. Les nuits du mois de mars étaient encore fraîches et la jeune femme tremblait légèrement, alors il alluma un feu dans la cheminée. Puis ils s'installèrent sur le gros tapis devant les flammes qui crépitaient. Cole la reprit dans ses bras et l'écouta parler.

Charlotte lui raconta comment elle avait trouvé le cadavre de sa sœur, six ans plus tôt. Elle lui parla du sentiment de culpabilité qui ne l'avait plus jamais quittée, la rongeant lentement de l'intérieur. Elle lui dit sa peur de voir le tueur échapper de nouveau à la justice à cause d'une erreur qu'elle pourrait commettre.

L'espace d'un instant, Cole eut l'impression qu'elle voulait ajouter quelque chose. Mais elle ne dit rien. Alors il l'embrassa doucement sur le front.

— Tu as mangé, aujourd'hui ?

— Oui, un hamburger et des frites… à moins que ce ne soit hier. Je ne me souviens plus. Les jours se mélangent.

— Je vais nous préparer quelque chose. Je sais très bien faire les omelettes.

— Je n'ai pas envie de manger des œufs

— Un sandwich au fromage ? Une pizza ?

La jeune femme se redressa et pressa ses lèvres sur celles de Cole.

— Je n'ai pas faim de nourriture.

Cole sentit son corps se durcir instantanément.

— Tu as eu une journée difficile, Charlotte. Tu es vulnérable. Je ne voudrais pas que tu aies des regrets, demain matin.

Elle le repoussa sur le tapis et s'installa à califourchon sur lui.

— Le seul regret que je pourrais avoir, ce serait de ne pas avoir fait l'amour avec toi, ce soir, déclara-t-elle.

Elle ôta son pull et le jeta loin d'elle.

Cole regarda les seins blancs qui jaillissaient des balconnets d'un soutien-gorge de dentelle, et sentit sa bouche devenir sèche.

— Es-tu sûre que c'est ce que tu veux, Charlotte ? Une fois lancé, je ne suis pas certain de pouvoir revenir en arrière.

— J'ai envie de toi, dit-elle.

— Alors je suis là, murmura-t-il.

Charlie le débarrassa de son sweat-shirt et défit les boutons de son jean. Lorsque ses doigts frôlèrent le ventre de Cole, il poussa un soupir rauque. Puis il défit le soutien-gorge de la jeune femme et enveloppa ses seins entre ses mains. L'instant d'après, il prenait leurs pointes dans sa bouche et Charlotte poussa un petit cri.

Il la renversa sur le dos et, prenant tout son temps, il fit courir ses lèvres partout sur sa peau crémeuse, suivant le relief du corps qu'il sentait palpiter sous ses doigts. Il la débarrassa de son pantalon et poursuivit son voyage vers son ventre, le long de ses hanches, jusqu'à l'extrême bord de son slip, à l'intérieur de ses cuisses. Finalement, il ôta la petite pièce de soie et écarta les jambes de la jeune femme.

Il la goûta et elle se cambra à sa rencontre, laissant échapper des gémissements de plus en plus précis. Elle enfonça ses mains dans les cheveux de son compagnon, tandis qu'il continuait à se nourrir d'elle. Charlotte était tout ce qu'il avait imaginé : passionnée et libertine, parfaitement à l'aise dans son corps et dans le plaisir.

Lorsque le premier spasme la secoua, elle poussa un cri, et Cole lui tint les hanches, attendant que passe la première vague. Puis il recommença.

Charlotte enfonça ses ongles dans son dos.

— Maintenant, Cole. Maintenant…

— Pas encore, murmura-t-il.

Il ne voulait pas se presser. Il la désirait comme jamais il n'avait désiré une femme. Il la voulait maintenant, et aussi plus tard. Pour toujours.

Il la porta de nouveau au paroxysme de la jouissance, prenant son plaisir dans le fait qu'il lui en donnait. Puis, lorsqu'il ne lui fut plus possible d'attendre, il la pénétra d'un coup, et le râle qu'il entendit alors était le sien.

Toujours déterminé à faire durer le plaisir, il glissa en elle, puis ressortit, avant d'entrer de nouveau, chaque fois plus fort, chaque fois plus profondément, jusqu'à ce que, finalement, le plaisir les fasse basculer au même instant, juste comme une gerbe de charbons ardents s'envolait dans la cheminée.

Plus tard, lorsqu'ils eurent mangé, Cole la porta dans sa chambre et ils refirent l'amour dans son immense lit. Et lorsque la jeune femme s'endormit dans ses bras, il la regarda et se dit qu'il comprenait enfin pourquoi sa mère avait tout tenté pour retenir celui qu'elle aimait. Lui aussi, maintenant, se sentait prêt à déplacer des montagnes pour retenir Charlotte…

Elle se réveilla lentement, s'étira, et les souvenirs de la nuit précédente lui revinrent à l'esprit. Aussitôt, elle sentit une délicieuse chaleur monter à ses joues. Souriant, elle tendit la main.

Mais le lit était vide. Ouvrant les yeux, elle regarda autour d'elle et vit un vase avec trois tulipes roses sur la table de chevet. Il y avait une enveloppe avec son nom écrit dessus.

Charlie se redressa, prit l'enveloppe et en tira un morceau de papier et une clé. L'écriture de Cole était volontaire, assurée.

« Charlotte, j'ai dû sortir. Quelque chose d'important à faire, qui ne peut attendre. Il y a du café et des croissants dans la cuisine. Mange. Prends la clé. Cette maison est la tienne, tout comme je suis à toi. J'espère te voir ce soir. Je t'embrasse, Cole. »

Charlotte considéra la clé, puis referma les doigts dessus. Elle attendit d'éprouver le sentiment de frustration si familier, cette voix au fond de son cœur qui lui dirait qu'elle ne méritait pas de connaître le bonheur. Elle sentit comme un pincement et ferma les yeux, repensant à sa sœur, Emily, à la vie qu'elle n'aurait jamais la chance de vivre.

« Je suis désolée, Emily. Je suis désolée de n'avoir pas été là au moment où tu avais besoin de moi. Je suis désolée que ta vie t'ait été dérobée si tôt, désolée que tu n'aies pas pu réaliser tous tes projets et tous tes rêves. Mais je ne peux pas te rendre tout ça. Je ne peux que retrouver ton assassin. Je suis tout près d'y arriver, Emily. Une fois que je l'aurai retrouvé, je voudrais que tu me libères et que tu me laisses vivre ma vie. Parce que je suis encore là, Emily. Je suis vivante. Et je veux une vie avec Cole. Je veux faire des projets de nouveau, je veux avoir des rêves. Je veux croire en l'amour. Je veux vivre. »

Elle se leva et se rendit dans la salle de bains. Elle se sentait plus légère ; plus forte et plus confiante, aussi. Oui, elle voulait vivre sa vie. Avec Cole. Mais d'abord il fallait retrouver le meurtrier d'Emily.

Charlie regarda à travers le miroir sans tain, tandis que, de l'autre côté, Vince s'installait en face de Marcus

Schwitzer. Sous ses cheveux savamment coiffés et ses airs de beau parleur, l'ancien complice de Francesca avait tout l'air d'un opportuniste de la plus basse espèce. Et son casier judiciaire le prouvait : il avait fait de la prison pour chantage, escroquerie, et il aurait dû en faire encore plus pour avoir été le souteneur de Francesca. Il s'était servi d'elle, et Dieu sait combien d'autres jeunes filles il avait entraînées dans ses combines illégales.

Il se trouvait également aux alentours de Baton Rouge au moment de la mort d'Emily.

— Je dois être drôlement important pour que vous teniez à ce point à me parler ! déclara-t-il avec un sourire.

— Tout dépend de ce que vous entendez par important, répondit Vince.

— Mon avocat n'est toujours pas arrivé ?

— Non. Et si vous préférez l'attendre, je vais demander au garde de vous raccompagner à votre cellule, dit Vince en faisant mine de se lever.

— Non, non ! fit Schwitzer avec un geste de la main. Que voulez-vous savoir ?

Vince se rassit et ouvrit le dossier qu'il avait posé devant lui.

— D'après vos premières déclarations, vous étiez au courant des opérations de chantage auxquelles se livrait Francesca Hill. Elle vous l'avait dit ?

— Elle n'avait pas eu besoin de me dire quoi que ce soit. Il suffisait de voir son nouveau style de vie.

— Elle était fiancée à un homme immensément riche.

— Elle vivait comme une princesse avant même de le rencontrer !

— Comment le savez-vous ?

— Sa copine, au casino, me l'a dit. A peine arrivée en ville,

Francesca portait déjà des vêtements de marque. Pratiquement du jour au lendemain, elle s'est acheté une bagnole, elle a cessé de travailler, etc. Pas besoin d'être bien malin pour en déduire qu'elle avait monté une arnaque.

— Elle aurait pu faire un héritage, dit Vince.

— De qui ? Sa mère, la grenouille de bénitier ? Elle n'a pas un rond. Et son vieux s'était fait la malle quand elle était gosse. Francesca avait monté une arnaque, je vous dis !

— Elle s'apprêtait à épouser l'un des hommes les plus riches de cette ville. Si vraiment elle avait monté une arnaque, elle n'aurait pas eu besoin de continuer.

Schwitzer eut un sourire.

— On voit bien que vous ne la connaissiez pas. Francesca aimait le pouvoir. Elle aurait pu épouser l'homme le plus riche de la terre que ça ne l'aurait pas empêchée de continuer à saigner un pauvre crétin. Elle aimait ça.

— Et vous vouliez un morceau du gâteau.

— Je le méritais, rectifia Schwitzer. C'est moi qui lui ai appris les rouages du métier. Elle me devait bien ça.

— Mais Francesca ne voyait pas les choses de cette façon, n'est-ce pas ? Comme vous dites, elle aimait le pouvoir. Elle a dû prendre son pied quand elle vous a dit d'aller vous faire voir, non ? Elle n'avait pas la moindre reconnaissance, pas vrai ?

— Ouais, marmonna Schwitzer.

— Et il n'était pas question que vous quittiez la ville sans avoir touché votre part. C'est pour ça que vous vous êtes rendu dans son appartement, cette nuit-là ? Que s'est-il passé ? Elle vous a ri au nez ? C'est pour ça que vous l'avez attrapée à la gorge ?

Pendant que Vince parlait, Charlie remarqua la manière dont Schwitzer avait enroulé ses doigts autour d'un barreau de sa chaise. Imaginait-il que c'était la gorge de Francesca ? S'était-il servi de ces mains pour serrer le bas de soie autour du cou de la jeune femme ? Avait-il fait la même chose à Danielle Marceau ? A Emily ?

— J'avais envie de l'étrangler, c'est sûr. Et je l'aurais peut-être fait, allez savoir ! Seulement voilà : on m'avait battu au poteau. Elle était déjà morte quand je suis arrivé. Alors, j'ai pris son fric, ses cartes de crédit, quelques bijoux, et je me suis tiré. Mais si vous croyez pouvoir me faire porter le chapeau pour son meurtre, laissez tomber. Je ne l'ai pas tuée.

— Vous avez parlé de sa copine, au casino. Je suppose qu'il s'agit de Danielle.

Schwitzer hocha la tête.

— Ouais.

— Vous la connaissiez bien ?

— On a pris quelques verres ensemble, répondit Schwitzer avec un haussement d'épaules. Rien de spécial.

— Quand l'avez-vous vue pour la dernière fois ?

— Je ne sais plus : il y a un mois environ. Pourquoi ?

— Parce qu'elle est morte, déclara Vince. Elle a été assassinée.

— Ouais, ben, vous ne me ferez pas porter le chapeau pour ce meurtre-là non plus. J'étais dans ce casino du Mississippi où vous m'avez trouvé.

— Avant-hier soir, entre minuit et 2 heures du matin ?

— Ouais. J'étais à la table de craps. Vous n'avez qu'à demander au croupier. J'avais de la chance et j'y suis resté de 7 heures du soir à 7 heures du matin.

— On vérifiera, dit Vince. En attendant, si vous êtes disposé à nous soumettre un échantillon d'ADN, nous pourrons vous laver de ces soupçons de meurtre.

— Si je fais ça, vous me laisserez tranquille pour le

reste ? Vous savez, pour avoir pris les bijoux, le fric et les cartes de crédit ?

— Cela ne dépend pas de moi. C'est le district attorney qui prend ce genre de décision.

— Alors, je vais attendre mon avocat.

— Comme vous voudrez, dit Vince en se levant.

Il sortit et rejoignit Charlie dans la pièce voisine.

— Je ne crois pas qu'on obtiendra autre chose de sa part, du moins avant l'arrivée de son avocat, dit-il.

— On devrait demander à Mme Russell de revenir pour procéder à une identification de suspects. On devrait aussi faire venir Aaron Stratton.

— Dans ce cas, il faudra également convoquer ses frères.

Charlie hésita, puis hocha la tête lentement.

— Oui, tu as sûrement raison.

— Je m'en occupe, dit Vince. Je vais parler au commissaire. Pendant ce temps-là, appelle la précieuse voisine pour lui demander si elle a encore envie de se promener en voiture de patrouille.

— Prenez votre temps, madame Russell, dit Charlie en désignant le miroir sans tain.

Vince et l'avocat de Schwitzer étaient également présents. Et dans la pièce voisine, de l'autre côté du miroir, se tenaient Cole Stratton, Schwitzer, Phillip et Aaron Stratton, plus un officier de police en civil. Il ne manquait que Jason, qui avait totalement disparu de la circulation. Apparemment, c'était de bonne grâce que les fils Stratton participaient à cette indentification. Seul le père s'était montré offusqué, et le commissaire ne tarderait sans doute pas à essuyer les affres de sa colère. Mais Charlie se moquait bien de cela. Ce qui l'inquiétait, c'était de ne pas avoir pu parler avec Cole.

— Vous êtes sûre qu'ils ne peuvent pas me voir ? demanda Mme Russell.

— Absolument certaine. C'est un miroir sans tain. Regardez attentivement et dites-nous si vous reconnaissez l'homme qui s'est rendu dans l'appartement de Danielle, le soir où elle a été tuée.

La vieille dame ajusta ses lunettes sur son nez et regarda un long moment.

— Ça pourrait être le numéro 2, dit-elle finalement.

— Numéro 2, faites un pas en avant, dit Vince dans le micro, afin de se faire entendre dans la pièce voisine.

Marcus Schwitzer avança d'un pas, et Mme Russell plissa les yeux pour le scruter longuement.

— Est-ce qu'il peut ôter ses lunettes ? L'homme que j'ai vu n'en portait pas.

— Numéro 2, ôtez vos lunettes ! ordonna Vince.

Schwitzer obtempéra et regarda fixement le miroir avec un sourire défiant.

— Vous pouvez lui dire de se tourner pour que je voie son popotin ?

Vince toussa et Charlie retint un sourire.

— Numéro 2, tournez-vous ! ordonna Vince.

Schwitzer fit ce qu'on lui disait, et Mme Russell secoua la tête.

— Non. Il est trop plat.

— Vous êtes sûre, madame Russell ? insista Charlie.

— Vous l'avez entendu ? intervint l'avocat de Schwitzer. Elle vous dit que ce n'est pas lui.

Charlie sentit une vague de déception la submerger, et elle mesura brusquement à quel point elle avait espéré que la vieille dame reconnaîtrait Schwitzer. Elle ne voulait pas que le coupable fût l'un des frères de Cole.

— Vous pouvez demander au numéro 4 d'avancer ? reprit Mme Russell.

— Numéro 2, reprenez votre place dans le rang ! Numéro 4, faites un pas en avant ! ordonna Vince.

Aaron Stratton avait l'air d'un prince, songea Charlie : grand, blond, élégant et beau. Sa ressemblance avec Cole était évidente. Il était intelligent, agréable, tout à fait le genre d'homme qu'une jeune fille rêverait de présenter à ses parents. Pourtant, quelque chose chez lui la mettait mal à l'aise.

— C'est lui, déclara Mme Russell.

— Vous êtes sûre ? demanda Charlie.

— Oui.

— Il faut vraiment que vous soyez sûre de vous !

Charlie regarda Vince et ajouta :

— Demande-lui de se retourner.

— Numéro 4, retournez-vous ! lança Vince dans le micro.

Aaron Stratton se retourna.

— C'est lui ! s'exclama Mme Russell. Un joli popotin bien rond, bien musclé. Il ne portait pas son grand manteau quand il est ressorti, alors j'ai bien vu.

— Ce sera tout, déclara Vince avant de tirer sur le rideau. Madame Russell, il va falloir signer une déposition.

— Vous avez entendu le témoin, intervint l'avocat de Schwitzer. L'homme que vous cherchez n'est pas mon client. Il faut qu'on discute de sa libération sous caution, maintenant.

— Il ne va nulle part, déclara Charlie, qui trouvait l'avocat de Schwitzer presque aussi odieux que son client. Nous attendons encore les résultats de son ADN et, de toute façon, il est inculpé pour vol et escroquerie.

— Justement…

— Gardez votre salive pour le district attorney ! l'interrompit Vince.

Après avoir pris la déposition de Mme Russell, Vince et Charlie se rendirent dans le bureau du commissaire pour le mettre au courant des derniers développements. Warren les écouta attentivement, puis il secoua la tête.

— Aaron Stratton, un meurtrier ? Ça paraît totalement insensé.

— C'est souvent le cas dans les affaires de meurtres, fit remarquer Charlie.

— Mais quel serait son mobile ?

— Je l'ignore. Il s'agit généralement d'histoires de sexe, d'argent ou de pouvoir.

— Et il a tout ça.

Warren secoua de nouveau la tête.

— Vous croyez que la déclaration de Mme Russell suffira dans une cour de justice ?

— S'il s'agissait d'un autre que Stratton, je répondrais oui, dit Vince. Mais ils vont sûrement amener toute une batterie d'avocats qui argueront du fait que le témoin à charge est une septuagénaire, qu'elle porte des lunettes, qu'il faisait nuit…

— Elle était vraiment sûre d'elle, dit Charlie.

— De toute façon, il faut attendre les résultats des tests ADN, déclara le commissaire. Ils ont promis de nous les livrer demain au plus tard. Kossak, allez bavarder avec Aaron Stratton. Dites-lui qu'il a été identifié et voyez comment il réagit.

— Oui, commissaire.

Mais Aaron n'avait pas grand-chose à dire. C'est ce que remarqua Charlie, tandis qu'elle assistait à l'interrogatoire, derrière le miroir sans tain. Il paraissait même trouver la situation amusante. Tout comme il avait eu l'air de trouver amusant qu'on lui demande de soumettre un échantillon d'ADN. Soit il était aussi innocent que les anges du paradis, soit il était bigrement habile.

— Merci, monsieur Stratton, dit Vince en refermant son dossier et en coupant le magnétophone. Je vais demander à un agent de vous escorter jusqu'à la sortie.

— Inspecteur ?

Vince s'arrêta, la main sur la poignée de la porte.

— Oui ?

— Vous avez les résultats des tests ADN ?

— Pas encore.

— Je suis curieux de les connaître. Mon père aussi. Nous aimerions être tenus au courant.

— J'essaierai de trouver un moment pour vous informer, répondit Vince sans chercher à cacher son agacement.

— Vous pourriez demander à l'inspecteur Le Blanc de me téléphoner, suggéra Aaron.

Vince sortit sans prendre la peine de répondre.

— Petit crétin suffisant ! dit-il en rejoignant Charlie.

— Ignore-le, lui conseilla la jeune femme, même si elle aussi aurait bien aimé effacer ce sourire perfide sur le visage d'Aaron. Il a fait exprès de me provoquer parce qu'il savait que je l'observais.

— N'empêche. Je ferais bien sauter quelques-unes de ses belles dents blanches !

— Moi aussi. Allons voir au labo s'ils peuvent nous aider à le faire tomber.

*
**

— Aucun des ADN ne correspond à celui trouvé sur les victimes ? s'exclama Charlie, le lendemain, dans le bureau du Dr Williamson.

Le coroner venait de leur servir cette petite bombe, après avoir confirmé que le bébé était bien celui de J.P. Stratton.

— En revanche, reprit-elle, je peux affirmer que le meurtrier a des liens de sang avec J.P. Stratton. Il est soit son père, soit un frère ou encore un fils.

— J.P. Stratton est fils unique, et ses parents sont décédés, dit Vince. Il ne reste plus que Jason. C'est le seul dont l'ADN n'a pas été testé.

— Docteur, vous êtes absolument sûre de ce que vous avancez ? demanda Charlie. Il n'y a pas d'erreur possible ?

— L'ADN ne ment pas, inspecteur. Aucun des hommes qui ont été testés n'est votre tueur.

— Merci, dit Vince.

Ils sortirent du laboratoire et échangèrent un regard.

— Retour à la case départ, murmura Vince avec un soupir.

— A moins que J.P. Stratton n'ait un autre fils que personne ne connaît, il ne reste plus que Jason, conclut Charlie.

— Ouais. Seulement, je n'y crois pas. Ce gosse a beau être bizarre et aigri, j'ai vraiment du mal à l'imaginer en train de tuer qui que ce soit, encore moins trois femmes. Voyons, il aurait eu dix-sept ans au moment du meurtre d'Emily. C'est ridicule, affirma Vince en secouant la tête.

— Il doit y avoir une autre explication. J.P. Stratton a peut-être vraiment un fils caché.

Vince haussa les épaules.

— Je ne sais pas. C'est une possibilité. Et pourtant, j'ai du mal à croire qu'un type avec un ego pareil manquerait une occasion de faire savoir au monde entier à quel point il est viril. Il a déjà eu cinq gosses avec quatre femmes différentes, et il en attendait encore un. Même s'il n'avait pas épousé la mère, il aurait sûrement voulu que tout le monde sache qu'il avait un autre fils. Tu ne crois pas ?

— Si. A moins qu'il ne l'ait pas su. En tout cas, je ne peux pas imaginer Emily avec Jason. Elle aimait les types plus âgés qu'elle. C'est à peine si elle regardait ceux qui avaient son âge, alors un mec de deux ans son cadet…

— Elle ne savait peut-être pas qu'il était aussi jeune. Les femmes ne sont pas les seules à mentir au sujet de leur âge, tu sais ? Il m'est arrivé, autrefois, de me donner quelques années de plus pour plaire à une minette plus vieille que moi.

— Ah oui ? A ta place, je ne m'en vanterais pas auprès d'Anne !

— J'essayais juste de t'expliquer que c'est une possibilité. Je vais voir avec le commissaire si nous pouvons obtenir un mandat pour perquisitionner dans la chambre de Jason. On arrivera peut-être à obtenir un échantillon de son ADN. En attendant, je lance un mandat de recherche contre lui.

— Et il faut appeler la famille au grand complet.

— Ça va chauffer ! murmura Vince.

20.

Pour la deuxième fois en deux jours, Cole se retrouva au commissariat. Mais, cette fois, J.P., Sylvia et Holly étaient présents, en plus de ses frères. Charlotte, en revanche, était invisible.

Il regarda le commissaire et l'inspecteur Kossak, et se dit qu'il n'aimerait pas jouer au poker contre eux.

— Nous avons reçu les résultats des tests ADN, commença le commissaire Warren. Ils sont négatifs. Aucun de vos profils génétiques ne correspond à celui qui a été retrouvé sur les trois victimes.

— Forcément ! s'écria J.P. Vous auriez pu nous faire gagner beaucoup de temps, et aussi faire faire des économies à la police, si seulement vous m'aviez écouté. Vous tenez déjà votre tueur. C'est Schwitzer.

— L'ADN de Schwitzer ne correspond pas non plus, déclara le commissaire.

J.P. fronça les sourcils.

— Dans ce cas, je suggère que vous vous bougiez pour retrouver le coupable. Ce serait sans doute déjà fait si vous n'aviez pas perdu un temps fou à nous harceler, ma famille et moi.

— J'ai dit qu'aucun de vos ADN ne correspond à celui

que l'on a trouvé sur la victime, mais il existe un lien avec votre famille, monsieur Stratton. Je ne vais pas entrer dans tous les détails techniques. Sachez seulement que le meurtrier est un homme qui vous est apparenté. Dans la mesure où nous avons déjà testé l'ADN de trois de vos fils, il ne reste plus que Jason. Ainsi que vous le savez sans doute, la perquisition de sa chambre ne nous a pas permis de relever le moindre ADN, et il demeure introuvable.

— Commissaire, êtes-vous sûr qu'il ne s'agit pas d'une erreur ? demanda Cole.

— Bien sûr que si, il y a une erreur ! lança J.P. Pour commencer, le gamin n'a pas les couilles nécessaires pour tuer une fourmi, alors vous imaginez trois femmes ! Mais surtout, il n'oserait jamais me mettre en colère. Il savait que Francesca était à moi. Vos techniciens de laboratoire ont l'air aussi incompétents que vos inspecteurs, commissaire.

— Il n'y a pas d'erreur, monsieur Stratton, dit Kossak. L'ADN ne ment pas. L'homme qui a tué votre fiancée et les deux autres femmes vous est apparenté. Dans la mesure où vous n'avez pas de frère, et où votre père est décédé, il ne reste plus que vos fils. Les trois présents ont déjà été testés. Alors, à moins que vous n'ayez un fils que personne ne connaît, il ne reste plus que Jason.

— Mais quel serait son mobile ? demanda Aaron.

Cole vit le capitaine faire signe à Vince qu'il pouvait parler.

— Votre frère était amoureux de Francesca, monsieur Stratton. Il lui a écrit plusieurs lettres. Nous pensons qu'elle l'a peut-être menacé de les montrer à votre père.

— J'exige de voir ces lettres ! tonna J.P.

— Ce n'est pas possible. Ce sont des éléments de preuve dans une enquête pour meurtre, expliqua le commissaire.

Sylvia Stratton faillit s'étrangler. Elle s'accrocha au bras de J.P., mais ce dernier se dégagea d'un geste brusque.

— De deux choses l'une : soit vous êtes cinglé, soit vous mentez. Jason ne saurait pas quoi faire d'une femme comme Francesca. Ce serait comme demander à Holly de lire un rapport financier !

Holly accusa le coup sans mot dire, et Cole regretta de ne pouvoir envoyer son poing dans la figure de J.P. Mais cela n'aurait fait qu'aggraver la situation.

Il glissa un bras autour des épaules de sa sœur.

— Tu n'as pas besoin de rester là, Holly. Tu veux nous attendre dehors ?

— Non, répondit la jeune femme en levant le menton. Allez-y, inspecteur, expliquez à mon père que sa chère fiancée a tout fait pour encourager les sentiments que Jason lui portait.

J.P. se tourna vers elle.

— Tu devrais prendre exemple sur ta mère, qui a toujours su être jolie et la fermer, parce que, chaque fois que tu l'ouvres, tu ne réussis qu'à prouver à quel point tu es stupide.

— Le seul à faire une démonstration de stupidité, ici, c'est toi, déclara Cole.

J.P. semblait sur le point d'exploser. Sylvia lui toucha une nouvelle fois le bras.

— Je suis sûre qu'il s'agit d'une erreur, J.P. Jason t'adore. Il ne te trahirait jamais.

— Ça suffit ! lança J.P. en se dégageant de nouveau. Je ne veux plus rien avoir à faire avec ce petit crétin ni avec son frère ni avec toi.

Sur ces mots, il se leva brusquement et quitta la pièce.

— J.P., attends ! cria Sylvia en se lançant derrière lui.

Un silence malaisé tomba sur la pièce, et le commissaire toussota.

— Nous allons vous laisser un moment, dit-il. Mais si l'un de vous sait où se trouve Jason, je suggère qu'il lui conseille de se rendre.

Le commissaire quitta la pièce, suivi de Vince.

A peine la porte refermée, Cole se leva et marcha vers Phillip.

— Tu n'as pas besoin de J.P. ni de son argent, dit-il en posant une main sur l'épaule de son jeune frère. Tu as un boulot qui t'attend, à CS Securities, et je serai toujours là pour t'aider.

— Je sais, répondit Phillip. Je ne suis pas inquiet pour moi, mais pour Jason. C'est vrai qu'il était amoureux de Francesca, et il lui a écrit quelques lettres idiotes. Il était terrifié quand elle a menacé de les montrer à papa. Mais il ne l'a pas tuée, Cole. De la même façon qu'il n'a pas pu tuer ces deux autres femmes.

— Je n'en ai jamais douté. Mais le seul moyen de le prouver, c'est de retrouver Jason.

Il regarda Phillip dans les yeux.

— Tu es sûr de ne pas savoir où il est ?

— Oui. Je l'ai cherché partout où je pensais pouvoir le trouver. Et il ne répond pas à son portable.

Parce qu'il ne s'en servait pas, songea Cole. Pas plus que de ses cartes de crédit. Il avait déjà essayé de remonter ces pistes, sans succès.

La porte s'ouvrit et Sylvia apparut.

— Aaron, ton père a besoin de toi.

— O.K. Je vais voir ce qu'il veut. Je suis d'accord avec toi, Cole. Je ne pense pas que Jason soit capable de tuer. Si je peux faire quoi que ce soit, dis-le-moi.

— Entendu, Aaron. Merci.

— Et nous, on peut faire quelque chose ? demanda Holly.

— Me prévenir si vous savez où se trouve Jason, ou si vous avez une idée de l'endroit où il pourrait se cacher.

— D'accord, dit Holly. Viens, Phillip : je vais te ramener chez toi.

Resté seul, Cole réfléchit quelques instants. Un coup discret frappé à la porte le fit lever les yeux, et il découvrit Charlotte sur le seuil. Aussitôt, sa poitrine se serra. Les cernes mauves qui ourlaient ses yeux, deux jours plus tôt, avaient disparu, et son teint avait perdu sa pâleur inquiétante.

— Je t'ai cherchée, dit-il.

— Je sais. Mais j'ai travaillé très tard, hier soir. Et, compte tenu des circonstances, le commissaire m'a donné l'ordre de garder mes distances.

Elle ferma la porte derrière elle, mais n'entra pas plus avant dans la pièce.

— Je suis désolée, Cole. Au sujet de Jason. Je sais combien tu es proche de lui. J'espérais vraiment me tromper.

Cole marcha vers elle et l'attira contre lui.

— Rien de tout ceci n'est ta faute, Charlotte. Et quoi qu'il arrive, tu ne me perdras pas. J'étais sincère, l'autre soir. Nous sommes faits l'un pour l'autre. On ne peut plus revenir en arrière, toi et moi.

Il se dégagea légèrement pour la regarder dans les yeux.

— D'accord ?

— D'accord.

Cole se pencha sur elle et l'embrassa. Ce n'était pas un baiser brûlant et passionné comme ceux qu'ils avaient échangés, l'autre soir. Celui-ci fut bref et doux, comme si Cole voulait dire à la jeune femme qu'il l'aimait, et lui demander de le soutenir durant les épreuves à venir.

— J'ai besoin de retrouver Jason avant que la police ne le fasse, reprit-il. Où qu'il soit, il a peur. Si la police l'arrête, ce sera pire que tout.

Il marqua une pause.

— Je connais mon frère, Charlotte. Il n'a pas tué ta sœur et il n'a pas tué les autres non plus. Et je pense qu'au fond de ton cœur tu le sais aussi.

— Mais l'ADN…

— L'ADN se trompe. Je ne sais pas comment, mais il y a quelque chose qui cloche. Quand j'aurai retrouvé Jason, je le prouverai.

Quelqu'un frappa à la porte et Mackenzie apparut sur le seuil.

— Pardon, dit-il en tendant à Charlie une enveloppe en papier kraft. Ceci vient d'arriver pour vous. Un porteur à moto a livré ce pli à la réception en disant qu'il fallait vous le remettre immédiatement en mains propres.

— Merci, Mackenzie, dit la jeune femme.

Son nom était tracé au feutre noir, en grandes majuscules, suivi de l'adresse du commissariat.

— Tu ne regardes pas ce que c'est ? demanda Cole.

Charlie entrouvrit légèrement l'enveloppe. Il y en avait une autre à l'intérieur, plus petite et légèrement gonflée. Elle la sortit. Un nom y était tracé de la même écriture assurée : EMILY.

Charlie regarda Cole, puis ouvrit la seconde enveloppe. Elle contenait un bas de soie noire.

*
* *

— Maman, je pense vraiment que vous devriez partir quelques jours en vacances, dit Charlie.

Elle venait de dîner chez ses parents avec Anne, et ils s'étaient réunis dans la cuisine, après avoir débarrassé. Le mandat de recherche contre Jason avait été lancé, et la photo du jeune homme apparaîtrait bientôt sur toutes les chaînes de télévision de La Nouvelle-Orléans, en même temps que celles d'Emily et des deux autres victimes. Et si l'on découvrait un lien avec les deux affaires de Floride, ce serait encore pire. Le chef de la police parlait déjà d'alerter le FBI. L'idée que ses parents soient contraints de revivre les détails du meurtre lui était insupportable.

— Nous allons bien, chérie. C'est toi qui nous inquiètes. Tout cela a dû être terriblement éprouvant.

— Ça va, maman.

— Comment peux-tu dire une chose pareille alors que tu continues à te reprocher la mort d'Emily ?

Charlie ne sut que répondre. Ils n'avaient jamais abordé ce sujet, pas même durant les jours et les semaines qui avaient suivi le meurtre. Elle regarda Anne et vit, à son air coupable, qu'elle avait rapporté leur conversation aux parents.

— Il fallait bien que quelqu'un le leur dise, fit la jeune femme en guise de défense.

— Et nous sommes contents qu'elle l'ait fait, affirma leur mère. Crois-tu que ton père et moi n'avons pas compris que c'était la raison pour laquelle tu avais abandonné le droit et décidé d'entrer dans la police ? Ce que nous n'avions pas senti, vois-tu, c'est que tu continuais à te faire des reproches. Parce qu'il ne nous est jamais venu à l'idée de t'en faire. Ce qui est arrivé à Emily est tragique, horrible, mais ce n'était pas du tout ta faute.

Charlie essaya d'avaler la boule qu'elle avait dans la gorge.

— Je suis l'aînée. J'étais censée veiller sur elle.

— Tu étais sa sœur, rectifia Gordon. Et aussi son amie. Mais tu n'étais pas responsable d'elle.

Il posa la main sur celle de Charlie.

— Je suis tellement désolé que nous t'ayons donné l'impression du contraire.

— Nous sommes tous les deux désolés, précisa la mère de Charlie. Et même si nous regrettons infiniment Emily, nous savons aussi la chance que nous avons d'avoir deux filles merveilleuses comme vous. Nous vous aimons.

Charlie se leva et alla serrer ses parents dans ses bras. Puis elle reprit sa place et il y eut un silence autour de la table, comme s'ils avaient tous besoin d'un peu de temps pour gérer le trop-plein d'émotions.

— J'ai presque de la peine pour les parents de ce jeune homme, reprit finalement leur mère. Ça doit être terrible d'apprendre que son fils est capable d'une chose pareille.

— En tout cas, tout l'argent de son père ne réussira pas à le tirer de là, dit Gordon. Il doit avoir de très gros problèmes.

Charlie revit Jason ; buté, tourmenté, malheureux et sans doute très confus. Oui, il avait de gros problèmes. Mais était-il un meurtrier ? Elle avait vraiment du mal à le croire. Elle était peut-être influencée par la conviction que Cole avait de l'innocence de son frère. Mais son instinct lui avait toujours soufflé la même chose. Et si elle ignorait qui lui avait envoyé l'enveloppe avec le bas de soie noire, elle doutait fort que ce fût Jason. Un tel acte transpirait l'arrogance. C'était l'acte d'un homme qui voulait montrer à quel point il était malin. Jason n'était pas assez sûr de lui pour prendre un tel risque.

Si elle avait dû désigner le meurtrier parmi les fils Stratton, elle aurait plutôt penché pour Aaron. Seulement voilà : l'ADN l'avait disculpé. Et l'ADN ne mentait pas.

— Qu'il ait des problèmes ou pas, il va devoir payer pour ce qu'il a fait à notre fille et à ces autres femmes, ajouta Gordon.

— Nous ne sommes pas encore tout à fait sûrs que ce soit lui, dit Charlie.

— Je croyais que les résultats des analyses ADN l'avaient prouvé ! intervint sa mère.

— Non. Nous savons seulement qu'il s'agit d'un homme lié génétiquement à J.P. Stratton. Dans la mesure où tous ses autres fils ont été innocentés par les analyses, il ne reste plus que Jason.

— A t'entendre, tu as des doutes ! fit remarquer Gordon.

— Franchement, oui. Je sais que l'ADN ne ment pas, mais je ne pense pas que Jason Stratton soit le meurtrier.

— Toutes ces histoires d'ADN sont tellement compliquées ! dit la maman de Charlie. Emily avait essayé de m'expliquer, quand elle suivait des cours là-dessus, mais je n'ai jamais rien compris.

— Je ne savais pas qu'Emily s'intéressait à l'ADN, dit Charlie, les sourcils froncés.

— Eh bien, elle voulait savoir un maximum de choses sur la fertilité pour pouvoir se spécialiser en obstétrique, et l'un de ses cours portait sur l'ADN. Emily avait tellement de facilités qu'elle ne passait jamais beaucoup de temps à étudier. Mais, pour ce cours-là, elle était extrêmement consciencieuse.

— Ah bon ? Tu sais pourquoi ? demanda Charlie.

— J'aurais voulu en conclure qu'elle devenait plus mature,

qu'elle comprenait enfin la nécessité de s'investir dans son avenir, mais je crois que c'était plutôt lié à l'une de ses amies. La pauvre avait été violée. Apparemment, elle avait identifié le coupable, mais il a pu s'en tirer grâce à un examen ADN qui l'a disculpé. Emily était bouleversée par cette histoire. Son amie était tellement marquée qu'elle avait abandonné ses études et renoncé à la bourse qui lui était offerte.

Charlie se rappelait vaguement avoir entendu sa sœur évoquer cette histoire.

— Quoi qu'il en soit, elle adorait ce cours sur l'ADN. Elle était presque obsédée par le sujet. Lors de sa dernière visite à la maison, elle avait passé des heures sur l'ordinateur, et elle avait pris des notes dans un cahier.

Une alarme se déclencha soudain dans l'esprit de Charlie.

— Maman, comment s'appelait l'amie d'Emily ? Celle qui avait été violée ?

— Euh… Lisa. Et son nom de famille commençait par W, je crois.

— Walters ? Weldon ? Wright ? fit Charlie, égrenant un chapelet de patronymes commençant par W qui lui venaient à l'esprit. Williams ? Whitney ? We…

— Whitman ! Lisa Whitman.

Emily avait toujours tenu un journal, mais la police n'avait rien retrouvé chez elle, après le meurtre. Charlie se rappelait, en revanche, avait rangé des cahiers de notes et des livres de cours dans un carton.

— Maman, tu as toujours les affaires d'Emily ? Ses cahiers, ses livres de classe ? Tout ce que j'avais rapporté de chez elle ?

— Oui. C'est dans le placard de sa chambre. Nous n'avons jamais pu nous résoudre à jeter ses affaires.

— Est-ce que ça t'ennuierait, maman, si j'y jetais un coup d'œil ? J'aimerais trouver ce cahier dont tu parles. Ça nous aiderait peut-être à retrouver l'assassin.

— Tu peux faire tout ce que tu veux, chérie.

— Merci, répondit la jeune femme.

Elle se leva, serra chacun de ses parents dans ses bras, sourit à Anne, et se dirigea vers l'escalier.

La chambre d'Emily n'avait pas changé, même après toutes ces années. Ses produits de maquillage et ses bouteilles de parfum étaient toujours alignés sur la coiffeuse, comme attendant son retour. Des photos de la jeune fille avec ses amis étaient accrochées sur le panneau d'affichage au-dessus de son bureau. Même la licorne en peluche rose qu'elle avait reçue pour ses six ans se trouvait encore sur son lit.

Charlie mesura à quel point Emily lui manquait, tandis que les souvenirs la submergeaient. Mais, pour la première fois depuis bien longtemps, elle pouvait penser à sa sœur sans éprouver le poids du regret et de la culpabilité. Et puis, comme cela lui arrivait souvent sur les lieux d'un crime, elle sentait presque la présence d'Emily autour d'elle, comme si la jeune femme avait attendu pendant tout ce temps que Charlie découvre la clé qui permettrait enfin de la libérer, de libérer son esprit.

— Tu as besoin d'aide ?

Charlie se tourna vers Anne, qui venait de la rejoindre.

— Avec plaisir.

— Que cherchons-nous exactement ?

— Une boîte en carton avec des cahiers de notes, des cartes, des lettres et quelques livres, répondit Charlie en ouvrant le placard.

Elles descendirent une demi-douzaine de cartons poussiéreux rangés sur l'étagère supérieure. Puis elles s'installèrent par terre et entreprirent d'inspecter leur contenu.

— Seigneur ! s'exclama Anne, un moment plus tard. Elle a gardé ses cahiers de l'école primaire !

— Je peux faire mieux, répondit Charlie. Je viens de tomber sur un paquet de cartes pour la Saint-Valentin et, à en juger par l'écriture, je dirais qu'elle était soit en CP, soit en CE1.

— Je ne savais pas qu'elle amassait tout comme ça.

— Elle a toujours attaché beaucoup d'importance aux anniversaires, surtout à partir du moment où elle a commencé à sortir avec des garçons.

— C'est vrai, dit Anne. Et elle avait de quoi faire, avec tous ses admirateurs. Tu te souviens qu'elle glissait les fleurs qu'elle portait à la boutonnière entre les pages de son journal ?

— Et n'oublions pas les photos d'elle avec son cavalier du jour, le nom des chansons sur lesquelles ils avaient dansé et même une copie du menu du restaurant où ils avaient dîné avant de se rendre au bal !

Anne éclata de rire.

— Elle savait vraiment s'amuser.

— Oui.

— Elle me manque, dit Anne.

— A moi aussi.

— J'étais étonnée d'entendre maman raconter à quel point elle était bouleversée par ce qui était arrivé à son amie. J'avais pourtant l'impression qu'elle était surtout préoccupée d'elle-même.

— Nous l'avons peut-être mal jugée, dit Charlie.

Elle ouvrit un autre carton et vit le calendrier avec des

photos de vieux films en noir et blanc qu'elle avait trouvé chez Emily quand elle avait empaqueté ses affaires.

— Je crois que c'est cette boîte, dit-elle à Anne.

Elle entreprit de sortir tous les objets qu'elle avait jetés précipitamment dans le carton, six ans plus tôt : des cartes, une liste de courses, un Post-it rappelant un rendez-vous chez le dentiste… Puis elle vit les cahiers à spirale. Il y en avait quatre. Elle feuilleta le premier et trouva des poèmes, une nouvelle, une liste d'invités pour une fête intitulée « Vacances de Pâques » Le deuxième carnet contenait des notes prises durant un cours de psychologie. Puis Charlie ouvrit le troisième et sut qu'elle avait trouvé ce qu'elle cherchait.

— C'est ça ? demanda Anne, voyant sa sœur s'adosser contre le lit pour parcourir le contenu du cahier.

— Je crois, oui.

Il y avait des pages entières de statistiques, avec des informations sur les problèmes de fertilité de plus en plus fréquents au cours des siècles, puis une liste de médicaments et d'interventions possibles pour aider les couples à essayer de concevoir. Une autre section traitait de l'augmentation des naissances multiples, conséquence directe des traitements de fertilité et autres procédures in vitro. Charlie continua de tourner des pages, parcourut des notes au sujet des jumeaux. Suivaient des douzaines de pages traitant des profils génétiques, de l'ADN, etc.

— Je crois que c'est le cahier auquel maman faisait allusion tout à l'heure, dit Charlie. Je vais l'emporter.

— Et que cherches-tu, exactement ?

— Je ne suis pas sûre. Je pense que ça me sautera aux yeux quand j'aurai trouvé.

Elle consulta sa montre

— Il faut que j'y aille. Tu peux m'aider à remettre tout ça en place ?

En quittant Charlotte, Cole avait appelé Phillip et Holly pour les inviter à dîner chez lui. Il savait que la scène au commissariat les avait bouleversés, et il espérait aussi faire parler Phillip. Il connaissait suffisamment son jeune frère pour deviner qu'il cachait quelque chose. Cole savait aussi que Jason était incapable de s'éloigner trop longtemps de Phillip sans entrer, d'une manière ou d'une autre, en contact avec lui. Cole était sûr que Jason avait déjà quitté l'Etat. Il ne s'était pas servi de son portable ni de ses cartes de crédit. Il finirait fatalement par avoir besoin d'argent.

Cole avait laissé son frère et sa sœur chez lui pour aller se ravitailler dans un excellent restaurant, au bas de la rue. Les propriétaires le connaissaient bien et lui préparaient souvent des plats à emporter.

Les bras chargés de sachets en papier, il se livra à une petite gymnastique pour tirer la clé de sa poche. Puis il ouvrit la porte et entra.

Aussitôt, il entendit des éclats de voix en provenance de son bureau. Holly et Phillip ne paraissaient pas l'avoir entendu rentrer.

— Je t'assure que tu dois lui parler ! disait Holly.

— Je ne peux pas, répondit Phillip. J'ai juré de ne rien dire à personne.

Cole alla poser ses sacs sur le comptoir de la cuisine et s'approcha du bureau.

— Tu te rappelles ce que Cole a dit ? reprit Holly. La police pense que Jason a tué Francesca et ces deux autres femmes. Le seul moyen pour lui de prouver qu'il n'a rien fait, c'est de se rendre. Dès qu'ils auront analysé son ADN, il sera tranquille.

— Jason m'a dit de me méfier de Cole. Il pense qu'il couche avec cette bonne femme inspecteur.

— Eh bien, tant mieux ! s'exclama Holly. Il pourra peut-être la convaincre de nous aider.

— Tu n'as pas entendu ce que papa a dit ? Les flics essaient de faire porter le chapeau à l'un d'entre nous parce qu'ils sont trop nuls pour retrouver le vrai coupable. Ils nous en veulent d'être riches. C'est pour ça qu'ils nous harcèlent en permanence. Si je dis à Cole que je sais où se trouve Jason, il le fera revenir, et Jason finira en prison.

— Cole ne permettra jamais qu'on mette Jason en prison, déclara Holly.

Cole décida qu'il en avait assez entendu.

— Tu as tout à fait raison, dit-il en entrant dans la pièce.

Les deux jeunes gens firent volte-face.

— Je ne permettrai jamais qu'on jette Jason en prison pour un crime qu'il n'a pas commis, enchaîna Cole. Mais le seul moyen d'empêcher son arrestation, maintenant, c'est de le trouver et de le convaincre de se rendre.

— On ne t'a pas attendu pour le chercher ! s'exclama Phillip.

— Oui, manifestement. Jason t'a contacté par Internet ?

Phillip garda le silence et Cole reprit :

— Tu sais que les ordinateurs n'ont pas beaucoup de secrets pour moi, Phillip. Je réussirai à retrouver la connexion et à remonter jusqu'à lui. Je préférerais, cependant, que tu m'évites cet effort et surtout cette perte de temps.

— Je lui ai juré que je ne dirais rien à personne, répéta Phillip.

— Je suis son frère, Phillip, et le seul à pouvoir lui venir en aide. Et crois-moi, il va en avoir besoin parce qu'il s'est vraiment fourré dans une sale situation. Je veux l'aider, et je sais que c'est ce que tu veux aussi. Mais je ne peux rien pour lui si j'ignore où il est.

Comme Phillip gardait le silence, Cole insista encore :

— Il faut que tu me fasses confiance, Phillip. Ça va vraiment mal se passer pour lui si la police le trouve avant moi. Et ils vont le trouver. Ce n'est qu'une question de temps.

Phillip regarda son frère fixement, l'air tourmenté.

— Je lui ai donné ma parole.

— Et je ne te demanderais jamais de la trahir si ça n'était pas indispensable.

Phillip parut hésiter encore, puis il hocha la tête.

— Il est à Chicago.

— Chicago ? répéta Holly. Qu'est-ce qu'il fabrique là-bas ?

— Où ça, à Chicago ? demanda Cole.

— Je n'en sais rien, répondit Phillip. Je te jure que c'est vrai. Il m'a contacté depuis un cybercafé. Il ne veut pas utiliser ses cartes de crédit. Il m'a demandé de lui envoyer de l'argent.

— Où ça ?

— Un bureau de la Western Union. L'adresse et les instructions sont là-dessus, ajouta le jeune homme en tirant un morceau de papier de sa poche. Après avoir envoyé l'argent, je dois me rendre sur le tableau d'affichage d'un site internet qui s'appelle trainlovers.com, et poster un message disant que le New Orleans Special est à l'heure.

Cole prit le papier, le lut et mémorisa les informations.

— Tu vas lui envoyer l'argent, comme il te l'a demandé, et tu posteras le message. Je m'occupe du reste.

— Qu'est-ce que tu vas faire ? demanda Phillip qui semblait partagé entre l'inquiétude et le soulagement.

— Attraper le premier avion pour Chicago et convaincre ton frère de rentrer à La Nouvelle-Orléans pour se rendre à la police.

21.

Charlie regarda les panneaux de sortie sur l'autoroute menant à la Louisiana State University de Baton Rouge, et elle étouffa un bâillement. Elle avait passé une partie de la nuit à essayer de déchiffrer les notes d'Emily, puis elle avait fait des recherches dans les archives de la police pour tenter de retrouver une plainte pour viol enregistrée par Lisa Whitman, mais ça n'avait rien donné. N'ayant pas non plus trouvé la jeune femme dans la population de Baton Rouge, elle avait décidé de se rendre directement au rectorat de l'université.

Elle ne savait pas encore ce que signifiaient toutes les notes de sa sœur ni dans quelle mesure le viol de Lisa Whitman était lié au meurtre d'Emily. Elle savait juste que ce lien existait. Elle avait donc appelé le bureau, ce matin, afin d'annoncer à Vince et au commissaire qu'elle prenait une journée de congé pour raisons personnelles. Elle n'aimait pas mentir, mais si elle avait dit qu'elle suivait une nouvelle piste pour retrouver le meurtrier, ils auraient aussitôt créé toutes sortes de barrages. Or, elle ne voulait plus être bloquée par des barrages.

Son portable sonna, et elle répondit.

— Le Blanc.

— C'est Cole.
— Bonjour, dit la jeune femme.
— Comment s'est passé le dîner avec tes parents, hier soir ?
— Bien. Mieux que je ne l'avais prévu. Et toi ? demanda-t-elle, sachant qu'il avait l'intention d'inviter Holly et Phillip à dîner.
— Mieux que je ne l'avais prévu, moi aussi. Ecoute, je voulais juste te prévenir que j'avais dû partir en déplacement. Je pense être de retour dans vingt-quatre heures.
— Je suppose que tu ne vas pas me dire où tu es.
— Il est préférable que tu ne le saches pas. Mais je t'appellerai à la seconde où je serai rentré.
— D'accord.
— Charlotte ?
— Oui ?
— Fais attention.
— C'est promis.
Elle coupa la communication, juste avant d'emprunter la sortie menant au campus universitaire.
Un quart d'heure plus tard, elle s'arrêtait sur le parking et se dirigeait vers les bureaux administratifs où elle avait rendez-vous avec Mme Shaw.
— Bonjour ! Je suis l'inspecteur Charlotte Le Blanc de la police de La Nouvelle-Orléans. Mme Shaw doit m'attendre.
— Oui. C'est le troisième bureau à gauche. Allez-y. Je l'informe de votre arrivée.
Charlie longea le couloir et frappa à la porte qu'on lui avait indiquée.
— Oui, entrez ! dit une voix mélodieuse.
Mme Shaw était une femme d'une cinquantaine d'années,

avec des cheveux châtains coupés au carré, de grands yeux sombres et un sourire chaleureux.

— Bonjour, inspecteur, dit-elle en se levant.

— Bonjour, madame. Merci de me recevoir.

— A vous entendre, c'était urgent. Vous avez dit que c'était lié au meurtre de votre sœur, il y a six ans. Quelle terrible tragédie ! Vous avez toute ma sympathie.

— Merci, répondit Charlie.

— Je vous en prie, asseyez-vous et dites-moi comment je peux vous aider, reprit Mme Shaw.

— J'ai besoin d'informations au sujet d'une ancienne étudiante : Lisa Whitman.

— Lisa Whitman. Lisa Whitman… Ce nom me dit quelque chose.

— Elle était étudiante en même temps que ma sœur.

— Je vais voir, dit Mme Shaw en tapant sur le clavier de son ordinateur.

Après quelques instants, elle hocha la tête.

— La voilà. Lisa Whitman. Elle avait une bourse, mais elle a quitté l'université à la fin de sa première année.

— Vous avez son adresse ? demanda Charlie.

— En principe, nous ne donnons pas ce genre d'information…

— Il faut vraiment que je lui parle, madame Shaw. Je peux obtenir un mandat, mais ça me ferait perdre un temps précieux dont je ne dispose malheureusement pas.

— Pouvez-vous me dire pourquoi vous avez besoin de lui parler ? demanda Mme Shaw.

— Je pense qu'elle pourrait m'aider à trouver la personne qui a tué ma sœur et deux autres femmes, à La Nouvelle-Orléans.

— Mais je croyais… La télévision a annoncé que la

police recherchait Jason Stratton, le fils de ce riche homme d'affaires de La Nouvelle-Orléans.

— Je pense qu'ils se trompent. Et pour le prouver, je dois absolument parler à Lisa Whitman.

Mme Shaw hésita encore un instant, puis regarda son écran d'ordinateur.

— J'ai l'adresse des parents, à Atlanta.

Elle la nota sur un morceau de papier.

— Mais cette information date de plus de six ans. Je ne sais pas si elle est toujours valable.

— Merci, madame Shaw, dit Charlie en se levant. Vous m'avez beaucoup aidée.

— J'espère que vous retrouverez l'homme que vous recherchez, inspecteur.

— Je le retrouverai, répondit Charlie en serrant la main de Mme Shaw.

Malheureusement, les parents de Lisa Whitman avaient déménagé deux ans plus tôt et s'étaient installés en banlieue. Charlie réussit à trouver leur nouvelle adresse, mais elle dut ensuite convaincre Mme Whitman de lui communiquer celle de sa fille qui était mariée, désormais.

Lisa Whitman Fenmore habitait une maison jaune avec des volets blancs, une clôture également blanche, un jardin de roses et de lis, et lorsqu'elle ouvrit la porte, une petite boule de fourrure blanche nommée Missy jappait et sautait autour de ses jambes. Lisa était une très jolie femme, blonde aux yeux bleus, avec quelques kilos de trop qu'elle devait sans doute au petit bonhomme perché sur sa hanche.

— Lisa Fenmore ?

— Oui. Vous êtes la sœur d'Emily. Je vois la ressemblance. Mais elle n'a jamais mentionné que vous étiez inspecteur de police.

— Parce que je ne l'étais pas, à l'époque, répondit Charlie. Merci de me recevoir.

— Je pouvais difficilement refuser, à partir du moment où vous avez dit qu'il s'agissait du meurtre d'Emily. Elle a été une excellente amie pour moi, à une époque où j'en avais bien besoin… En quoi puis-je vous aider ?

— Je voudrais que vous me racontiez ce qui vous est arrivé, il y a six ans et demi.

La jeune femme se rembrunit instantanément.

— C'est une chose que j'ai essayé de toutes mes forces d'oublier, inspecteur. Un épisode terrible qui fait désormais partie du passé. J'ai un mari merveilleux, un enfant… Je ne veux pas que cette saleté nous touche.

— Je vous comprends et je suis sincèrement désolée de vous demander de revivre cette épreuve. Mais je pense que ce qui vous est arrivé est lié au meurtre d'Emily, et pour le prouver, il me faut des détails que vous êtes la seule à pouvoir me donner.

Comme Lisa gardait le silence, Charlie insista :

— Vous avez dit que ma sœur avait été une excellente amie pour vous, au moment où vous en aviez besoin. Est-ce que vous ne lui devez pas au moins ça ?

Lisa hocha la tête.

— D'accord. Mais allons dans le jardin. Jack pourra jouer dans le sable, pendant que nous parlons.

Le jardin était aussi ravissant que le reste de la maison. Il n'était pas grand, mais la pelouse était verte et les arbres offraient un peu d'ombre. Il y avait un portique en plastique jaune avec une balançoire et un toboggan, et un bac à sable avec des pelles et des seaux qui complétait l'aire de jeux du petit Jack. A la seconde où sa mère le posa, il courut sur ses petites jambes jusqu'au bac, Missy sur ses talons.

Lisa indiqua à Charlie une chaise autour d'une table en fer forgé blanc, et elle s'assit également.

— Alors, que voulez-vous savoir ? demanda-t-elle.

— Je voudrais que vous me racontiez ce qui vous est arrivé.

— Par où dois-je commencer ?

— Par le début.

Lisa hocha la tête et marqua une pause, avant d'entamer son récit.

— Je m'étais rendue au Capitole, avec la copine qui partageait mon appartement, pour assister à un débat politique. J'avais eu dix-huit ans l'année précédente, et j'allais voter pour la première fois, cet automne-là. Je voulais me renseigner sur les candidats. La salle était archicomble : impossible de s'asseoir. Le débat était passionnant et j'avais l'impression d'être une grande personne sophistiquée. Il y avait un garçon beau à tomber par terre, debout à côté de moi. On avait échangé des regards toute la soirée. Le débat s'est terminé, les questions et réponses duraient, duraient, et je suis allée aux toilettes. Quand j'en suis sortie, il quittait lui-même les toilettes pour hommes. On a ri et il s'est présenté. Il s'appelait Aaron Stratton.

Charlie se figea.

— Je vois que vous connaissez ce nom.

— Oui.

— Jack, ne cours pas après Missy ! lança la jeune femme à l'adresse de son fils. Si tu allais construire un château de sable pour maman ?

Le petit garçon retourna dans le bac à sable, et Lisa reprit son récit :

— Il m'a dit qu'il était étudiant en droit à Tulane, à La Nouvelle-Orléans, et qu'il était venu en voiture. Bien sûr, je connaissais sa famille de réputation. J'avais vu des photos de son père dans les pages mondaines des journaux. Je n'arrivais pas à croire qu'un garçon aussi riche, aussi beau et aussi sophistiqué puisse s'intéresser à moi.

— Que s'est-il passé ?

— Ma copine m'a retrouvée. Elle a dit qu'elle allait manger un hamburger avec des copains de sa classe de sciences politiques pour parler du débat. Mais il était tard, et j'avais cours le lendemain matin. Je ne voulais pas y aller.

— Aaron Stratton a proposé de vous reconduire, dit Charlie.

Lisa hocha la tête.

— En temps normal, je ne serais jamais montée en voiture avec un homme que je venais de rencontrer, mais il était tellement charmant, et sa famille était connue, alors je me suis dit qu'il n'y avait pas de problème. Et puis il me plaisait beaucoup et j'espérais le revoir.

Elle regarda son fils en train de verser du sable dans un seau vert.

— J'étais tellement naïve, ajouta-t-elle en secouant la tête. Bref, j'ai accepté.

— Il a trouvé une excuse pour entrer chez vous, je parie.

— A deux rues de chez moi, un voyant de son tableau de bord s'est allumé. Il est allé soulever le capot, il a regardé dans le moteur, et il m'a dit que le fluide de transmission fuyait et qu'il allait devoir appeler un garagiste pour venir chercher la voiture.

— Vous avez proposé qu'il appelle le garagiste depuis chez vous, c'est ça ?

Lisa sourit tristement.

— Oui, mais il a décliné mon offre. Il avait son portable.

Il a appelé un service de dépannage, ou, du moins, c'est ce qu'il a prétendu et ce que j'ai cru. Puis il a dit qu'ils seraient là dans une demi-heure. Il a ajouté qu'il attendrait dehors, mais il m'a demandé s'il pouvait se laver les mains chez moi parce qu'elles étaient couvertes de graisse. Evidemment, j'ai accepté.

— Et alors ? demanda Charlie.

— Il m'a paru stupide de le laisser attendre dehors. Je lui ai proposé de boire quelque chose. Il a accepté de prendre un soda, en disant qu'il devait encore conduire. J'ai rempli deux verres et je les ai apportés dans le living-room, mais quand je lui ai tendu le sien, il a glissé et il a tout renversé sur lui. Forcément, je me suis précipitée dans la cuisine pour aller chercher un torchon. Il n'arrêtait pas de s'excuser pour sa maladresse, et je trouvais ça tellement mignon de la part de quelqu'un d'aussi sophistiqué… Bref, j'ai insisté pour lui servir un autre verre, et pendant que je m'absentais, il a versé quelque chose dans le mien.

Lisa marqua une pause, et Charlie attendit patiemment qu'elle reprenne son récit.

— On s'est assis sur le canapé et on a bavardé. C'est la dernière image qu'il me reste. Quand je me suis réveillée, le lendemain, j'étais dans mon lit, nue. Il y avait du sang sur les draps et j'étais couverte de bleus. J'ai paniqué et ma copine est arrivée en courant. Elle m'a emmenée à l'hôpital, et les médecins ont conclu que j'avais été violée.

— Je suis désolée, Lisa.

— J'étais vierge, dit la jeune femme, les yeux remplis de larmes. Ce n'est pas de cette façon que j'avais imaginé mon premier rapport sexuel.

— Ce n'était pas votre faute, Lisa, dit Charlie en lui touchant doucement le bras. Les hommes comme lui cherchent des femmes innocentes pour en faire leur proie.

— C'est ce que m'a dit la psychologue de l'hôpital.

— Que s'est-il passé, avec la police ?

— Ils ont pris ma déposition, et ils l'ont interrogé. Il a admis qu'on s'était rencontrés lors du débat, et aussi qu'il m'avait raccompagnée chez moi. Il a même reconnu qu'il avait eu des problèmes de voiture et qu'il était monté pour se laver les mains. Mais il a affirmé qu'il était reparti aussitôt parce qu'il craignait que sa voiture ne tombe en panne sur le chemin de La Nouvelle-Orléans.

— Et le camion de dépannage ?

— Il a dit qu'il n'avait jamais appelé personne, et la police n'a retrouvé aucune trace de cet appel.

— Autrement dit, c'était votre parole contre la sienne. Pourquoi le bureau du district attorney n'a-t-il pas enregistré votre plainte ?

— Parce que Aaron a proposé de donner un échantillon de son ADN. La police m'a dit que ce n'était pas le genre de chose que fait un homme coupable de viol.

— Et l'échantillon de son ADN ne correspondait pas à l'ADN retrouvé sur vous, conclut Charlie.

— En effet. La police a cru que je mentais, que j'avais couché avec quelqu'un d'autre et que j'avais eu peur après coup. Ils ont pensé que j'avais inventé cette histoire parce que sa famille avait de l'argent. Son père a dû faire jouer ses relations, aussi, parce qu'il n'a même pas été arrêté.

En dépit des progrès réalisés pour essayer d'enrayer la corruption et la bonne vieille politique de copinage qui avaient fait les beaux jours des hommes influents de l'Etat pendant plusieurs siècles, les changements ne se faisaient pas du jour au lendemain. Et maintenant qu'elle connaissait

J.P. Stratton, Charlie ne doutait pas un seul instant qu'il ait pu user de son influence pour aider son fils. Cela pouvait expliquer l'absence de plainte contre Aaron Stratton, dans les archives de la police.

— Enfin, le district attorney a déclaré que mon histoire ne tenait pas la route, que je n'avais pas de quoi étayer mes accusations, et il a refusé de porter l'affaire devant les tribunaux. Mais c'était lui. Je vous le jure sur la tête de mon fils : c'est Aaron Stratton qui m'a violée.

— Je vous crois, dit Charlie.

— Emily aussi me croyait, poursuivit la jeune femme. Elle était ma partenaire de labo, en biologie. Comme j'ai manqué les cours pendant une semaine et que je ne répondais pas non plus au téléphone, elle est venue me voir. Je lui ai dit que je laissais tomber mes études et que je rentrais chez mes parents. Elle a essayé de m'en dissuader. Elle a dit qu'elle m'aiderait, qu'on trouverait un moyen de prouver qu'il était coupable. Mais tout ce que je voulais, moi, c'était m'en aller et oublier. Peu de temps après mon retour à la maison, papa a demandé une mutation et nous sommes partis nous installer dans l'Etat de Géorgie pour être plus près de ma tante et de mes cousins.

— Emily vous avait-elle dit comment elle comptait s'y prendre pour prouver la culpabilité de Stratton ?

— Non. Je ne voulais pas en parler. Elle m'a appelée deux fois, après mon départ. Elle m'a dit qu'elle ne renonçait pas, qu'elle avait un plan et qu'après avoir prouvé qu'Aaron Stratton m'avait violée, elle me ramènerait en fac par la peau du cou, s'il le fallait.

— C'est la dernière fois que vous lui avez parlé ? demanda Charlie.

— Oui. Quelques mois plus tard, j'ai appris qu'elle avait

été tuée. Vous pensez qu'Aaron Stratton a quelque chose à voir avec son meurtre ?

— C'est possible. Mais je n'ai pas encore les moyens de le prouver. Vous ne savez pas du tout en quoi consistait le plan d'Emily ?

— Non, répondit Lisa. Elle m'avait seulement dit qu'elle était tombée sur une information qui pourrait tout expliquer. C'était pendant un cours. Mais elle n'a pas dit ce que c'était.

Elle regarda dans la direction de son fils.

— Jack, ne mange pas le sable !

— Lisa, je vous remercie. Je sais que ça n'a pas été facile pour vous.

— J'aurais voulu vous être plus utile.

— Vous m'avez été très utile, croyez-moi, répondit Charlie en se levant. Restez avec Jack. Je peux sortir toute seule.

— Inspecteur ?

Charlie se retourna.

— Aaron Stratton est foncièrement mauvais. J'espère que vous trouverez un moyen de le faire tomber.

— Oui, j'y arriverai.

Elle le ferait pour Lisa, pour Francesca, pour Danielle, et plus que tout pour Emily.

Cole était assis dans un café juste en face du bureau de la Western Union où Phillip avait envoyé l'argent à Jason. Il avait pris une table près de la fenêtre afin de voir arriver son frère.

— Qu'est-ce que vous prendrez ? lui demanda la serveuse.

— Un café et une tarte aux pommes, s'il vous plaît, répondit Cole.

— Tout de suite.

Lorsqu'elle se fut éloignée, Cole reporta son attention sur l'entrée du bureau, de l'autre côté de la rue. Il n'était pas surpris que Jason ne se soit pas tourné vers sa mère pour lui demander de l'aide. Mais il ne pouvait s'empêcher de regretter que son jeune frère n'ait pas eu confiance en lui.

Il regarda passer les gens engoncés dans des parkas ou des manteaux et, à deux reprises, il crut reconnaître Jason. Mais ce n'était pas lui.

— Voilà, dit la serveuse en revenant avec la commande.

Elle posa l'addition sur la table.

— Merci, dit Cole avant de reprendre son observation.

Il en était à son troisième café et commençait à se demander si Jason ne s'était pas de nouveau échappé parce qu'il aurait eu vent de sa présence à Chicago lorsqu'il remarqua un jeune homme vêtu d'un gros blouson beige. Il avait teint ses cheveux, mais c'était bien Jason.

Cole attendit qu'il soit entré dans le bureau de la Western Union. Puis il tira quelques billets de sa poche, les posa sur la table et sortit pour attendre son frère.

Jason réapparut quelques minutes plus tard. Il longea la rue et, au moment où il arrivait au coin, Cole se plaça sur son chemin.

— Pardon, dit Jason sans même lever les yeux.

— Jason.

Le jeune homme sursauta violemment. Puis, reconnaissant son frère, il cria sur un ton accusateur :

— Phillip t'a dit où j'étais ! Je n'aurais jamais dû lui faire confiance.

— Il m'a dit où tu étais parce qu'il sait que tu t'es fourré dans de sales draps et que je veux t'aider.

— Je n'ai pas besoin de ce genre d'aide. Laisse-moi tranquille, déclara Jason en faisant mine de s'éloigner.

Mais Cole lui prit le bras.

— Que veux-tu dire par « Je n'ai pas besoin de ce genre d'aide » ?

— Je sais que tu as menti au sujet de Francesca. C'est toi qui étais avec elle, cette nuit-là. C'est toi qui étais dans la chambre.

Tenant toujours le bras de son frère, Cole le poussa contre le mur de l'immeuble qui faisait le coin, en dehors du vent et du passage des piétons.

— Je ne t'ai jamais menti, dit-il. Il n'y avait absolument rien entre Francesca et moi.

— Arrête de dire n'importe quoi ! riposta Jason en essayant de se dégager. Aaron m'a tout dit. Il a vu la vidéo où vous êtes tous les deux.

— La vidéo ? Quelle vidéo ? s'exclama Cole.

— Celle où vous êtes au lit tous les deux. Tu avais une liaison avec elle. Et elle a tout filmé, exactement comme elle le faisait avec tous ses autres bonshommes.

Cole secoua la tête.

— Tu te trompes, Jason. Et d'ailleurs, où serait cette vidéo ? Pourquoi ne l'ont-ils pas trouvée en même temps que tes lettres et les autres films ?

— Comment veux-tu que je le sache ? Tu as peut-être demandé à ta copine l'inspecteur de détruire ce document et de trafiquer les résultats d'ADN pour qu'on me fasse porter le chapeau à ta place.

L'espace d'un instant, cette accusation laissa Cole sans voix.

— Jason, je veux que tu m'écoutes, dit-il finalement. Je n'ai jamais eu la moindre liaison avec Francesca. Aaron t'a menti au sujet de cette vidéo. C'est une invention pure et simple.

— Pourquoi devrais-te croire plutôt que lui ?

— Parce que je ne t'ai jamais menti, Jason. Jamais. Et ce n'est pas aujourd'hui que je vais commencer.

Cole vit l'hésitation dans les yeux de son frère.

— Mais… Aaron essayait de m'aider. C'est lui qui m'a dit qu'on me recherchait, qui m'a conseillé de quitter la ville. Pourquoi aurait-il menti ?

— C'est une bonne question, et je ne manquerai pas de la lui poser, crois-moi, déclara Cole. Mais avant tout, il faut que tu rentres à La Nouvelle-Orléans avec moi. Dès qu'on aura prélevé ton ADN, tu seras innocenté et tu ne risqueras plus rien.

— D'après Phillip, papa pense que je suis coupable. Les flics lui ont dit que j'avais écrit ces lettres à Francesca. Il me déteste, maintenant. Tu sais à quel point il est puissant ; tu sais tous les amis qu'il a. Il fera tout pour qu'on me jette en prison.

— J.P. n'est pas le seul à avoir des amis bien placés, Jason. Allez, viens ! Si on se dépêche, on peut encore attraper l'avion de l'après-midi.

— Cole, si vraiment il n'y a pas de vidéo de toi avec Francesca, pourquoi Aaron m'a-t-il dit qu'il en avait vu une ?

— Je ne sais pas, répondit Cole d'un air sombre.

Hélas, il craignait fort de le savoir, au contraire.

Dans l'avion qui la ramenait à La Nouvelle-Orléans, Charlie relut le cahier d'Emily. Il y avait des tas d'informations sur les problèmes de fertilité, les naissances multiples et le fait qu'elles devenaient de plus en plus communes à cause des médicaments que prenaient bon nombre de couples pour arriver à concevoir un enfant. Elle relut aussi les notes concernant les jumeaux.

Les jumeaux identiques, ou monozygotes, sont issus d'un même œuf fécondé qui se sépare en deux. ADN identique.

Les faux jumeaux, ou jumeaux dizygotes, sont le résultat de deux ovules fécondés par deux spermatozoïdes différents. Deux placentas. Peuvent être de sexes différents. ADN différent.

Jason et Phillip étaient de faux jumeaux. Mais quel rapport avec Aaron ?

Charlie continua d'éplucher les notes de sa sœur, étudiant des dessins qui représentaient apparemment des œufs. Elle tourna plusieurs pages et s'arrêta sur un mot écrit en majuscules. CHIMERE. Il était souligné plusieurs fois, et suivi de trois points d'interrogation.

Créature fantastique de la mythologie grecque composée d'éléments d'origines diverses : une tête de lion, un corps de chèvre et une queue de serpent.

Soudain, Charlie eut comme un déclic. Elle revint aux pages traitant des naissances multiples à la suite de traitements de fertilité, et relut les notes griffonnées par sa sœur.

« L'augmentation de l'utilisation des traitements et médicaments de fertilité a entraîné un plus grand nombre de naissances multiples. La plupart ne sont pas des jumeaux identiques — l'œuf fécondé se sépare en deux —, mais le résultat de plusieurs œufs fécondés par des spermatozoïdes différents et qui donnent des faux jumeaux. Dans bon nombre de cas, l'un des faux jumeaux meurt dans l'embryon et il est absorbé par l'œuf survivant. Comment cela affecte-t-il l'ADN ? Est-il possible d'avoir plusieurs ADN pour une seule personne ? »

Charlie relut ce passage plusieurs fois, les sourcils froncés, avant de s'abandonner contre le siège de l'avion. Etait-il possible qu'Aaron Stratton eût commencé son existence in vitro en compagnie d'une sœur ou d'un frère jumeau ? Le cas échéant, il aurait absorbé l'ADN de ce jumeau disparu pendant la période embryonnaire. Il pourrait alors avoir un profil génétique à partir d'un échantillon de sperme, et un autre, à partir d'un échantillon de salive. Une seule personne : deux ADN.

Charlie consulta sa montre, pressée d'atterrir à La Nouvelle-Orléans pour essayer d'approfondir cette théorie.

En attendant, elle passa en revue les détails de l'affaire. Si Emily s'était mis en tête de prouver qu'Aaron était coupable du viol de son amie, elle avait peut-être trouvé un moyen de le démontrer. Et si Aarón l'avait découvert, aurait-il tué la jeune femme pour la réduire au silence ?

Oui. Sans aucun doute possible. Il y avait quelque chose chez lui qui glaçait le sang. Charlie l'avait senti dès le premier jour : une espèce de fourberie sous son charme et sa prestance.

A peine sortie de l'avion, la jeune femme ralluma son portable et appela le laboratoire médico-légal.

— Inspecteur Le Blanc à l'appareil, dit-elle. Pouvez-vous me passer le Dr Williamson ?

— Elle a dû se rendre sur les lieux d'un accident, inspecteur. Essayez de la joindre sur son portable.

— Merci, dit Charlie.

Elle rappela aussitôt sur le mobile.

— Williamson à l'appareil.

— Docteur, c'est Charlotte Le Blanc. J'ai besoin de vous poser quelques questions au sujet de l'ADN.

— D'accord. Je devrais avoir terminé d'ici une demi-heure. Je vous retrouve au commissariat.

— Docteur Williamson, je ne peux pas attendre aussi longtemps. C'est très important.

— Accordez-moi un instant, dans ce cas.

Charlie entendait les bruits de la rue et la voix du médecin légiste qui s'adressait aux membres de son équipe.

— Je dois prendre cet appel. Vous pouvez le mettre dans le sac… Bon, je vous écoute, inspecteur. Que voulez-vous savoir ?

— Vous avez dit que l'ADN ne ment pas. Mais que se passe-t-il quand on a affaire à des faux jumeaux ?

— Eh bien, des faux jumeaux sont formés par deux œufs séparés fertilisés par deux spermatozoïdes également séparés. L'ADN est différent.

— Avez-vous entendu parler de la chimère ? demanda Charlie.

— C'est un monstre de la mythologie grecque qui crache du feu et qui est composé de trois créatures différentes : une tête de lion, un corps de chèvre et une queue de serpent, répondit le Dr Williamson. Mais je suppose que vous faites référence au terme médical ?

— Alors, vous connaissez ?

— Oui. C'est le terme par lequel on se réfère à un individu, un organe ou un organisme possédant deux ou plusieurs génotypes distincts. Par exemple, si quelqu'un devait recevoir une transplantation d'organe, cet organe aurait un ADN différent de celui du receveur.

— Et quand il n'y a pas de transplantation ? demanda Charlie, tandis qu'elle quittait l'aéroport et se dirigeait vers le parking pour y récupérer sa voiture. J'ai trouvé des notes prises par ma sœur, au sujet des faux jumeaux : si l'un des jumeaux meurt dans l'embryon, le survivant l'absorbe.

— Oui, on parle alors d'une bizarrerie de la nature. Le deuxième jumeau n'est jamais formé et il fusionne avec l'autre œuf pour ne donner qu'un seul être. J'ai lu quelque chose au sujet d'un suspect de viol qui avait deux patrimoines génétiques différents, le sien et celui du jumeau dont il avait absorbé l'œuf avant la naissance.

— Alors, il est possible qu'une même personne ait deux ADN différents : un pour un cheveu, par exemple, et l'autre, pour son sperme.

— Oui, c'est possible. Et ce n'est pas aussi rare que vous pourriez l'imaginer, à cause des médicaments et des traitements de fertilité. Mais il n'existe pas beaucoup d'informations parce que le deuxième œuf meurt généralement très tôt pendant la grossesse et que la mère ne le sait même pas.

— Existe-t-il un moyen de reconnaître une chimère ? demanda Charlie.

— Dans l'affaire que je viens de mentionner, le violeur a été confondu quand on a découvert des lignes de Blaschko sur lui. Ce sont des marbrures sur la peau qui ressemblent à une ligne V alignée sur l'axe du dos.

— Autrement dit, si j'examinais le dos d'un suspect et que j'y voyais ces lignes, cela voudrait dire qu'il est une chimère ? Qu'il a deux ADN ?

— Oui. Mais les lignes ne sont généralement visibles que lorsqu'elles sont exposées à une lumière ultraviolette, ou bien encore sous certains types d'éclairage, comme celui que peut donner le flash d'un appareil photo, par exemple.

Charlie se figea. Elle venait de revoir l'appartement d'Emily et l'appareil photo avec le gros flash sur le comptoir de la cuisine. Il n'y avait pas de film à l'intérieur, alors elle l'avait rangé, ainsi que cette lampe bizarre, avec les affaires de sa sœur. Elle s'était même demandé, à l'époque, pourquoi Emily avait choisi une lampe aussi moche.

— Vous êtes toujours là ?

— Oui. Merci infiniment, docteur Williamson. Je comprends tout, maintenant.

Lorsqu'elle eut coupé la communication, Charlie s'engouffra dans sa voiture et rejoignit la rangée de véhicules qui quittaient l'aéroport. Tout en conduisant, elle essayait de rassembler toutes les pièces du puzzle. Si Emily avait essayé de confondre Aaron, et que celui-ci s'en était aperçu, il l'avait certainement tuée.

Mais pourquoi avoir supprimé Francesca et Danielle ?

Pour l'argent ? Le mariage de Francesca avec son père et la naissance possible d'un enfant signifiaient qu'il allait encore perdre une part du gâteau Stratton.

Mais cela n'expliquait pas le meurtre de Danielle. A moins, bien sûr, que l'information qu'elle avait voulu communiquer à Charlie, juste avant de mourir, n'eût constitué une preuve susceptible d'incriminer Aaron Stratton.

Et si Danielle connaissait l'existence d'une autre vidéo, avec Aaron dans le rôle de l'amant, cette fois ? Comment un homme comme lui aurait-il réagi à une tentative de chantage ?

Il l'aurait tuée, conclut Charlie.

Il devait exister une autre vidéo. C'était la raison pour laquelle il avait saccagé l'appartement de Danielle, après l'avoir tuée. Il cherchait le film. Aaron était le fils adoré de son père. Le seul qui lui restait, maintenant : Cole était hors jeu, Jason, accusé de meurtre, et Phillip, renié. Quant à Holly, elle n'était jamais qu'une femme et, s'il arrivait quoi que ce soit à leur père, Aaron deviendrait aussitôt l'administrateur de ses biens.

Seigneur, c'était ça ! A cause de cette bizarrerie de la nature, Aaron Stratton possédait une sorte de permis de tuer. Il pouvait violer et assassiner sans craindre d'être appréhendé. Et, visiblement, il ne se gênait pas.

Et maintenant, comment procéder ? se demanda Charlie, le front plissé.

Compte tenu de la manière chaotique dont l'enquête s'était déroulée, elle doutait que le commissaire ou le bureau du district attorney accepte encore de convoquer Aaron Stratton pour lui permettre de tester sa nouvelle théorie. Toute l'affaire avait été un cauchemar politique, grâce à J.P. Stratton et à ses manœuvres, et elle n'était pas la seule à courir le risque de perdre son boulot : Vince et le commissaire étaient dans le même bateau.

Non, elle avait besoin de preuves irréfutables. Elle avait besoin de retrouver ce qu'Aaron cherchait dans l'appartement de Danielle. Si l'on se fiait à l'état dans lequel il avait laissé les lieux, il n'avait rien trouvé. Cela ne pouvait signifier qu'une seule chose : le film, s'il s'agissait bien de cela, se trouvait quelque part chez Francesca.

Charlie bifurqua sur la rampe de sortie de l'autoroute et prit la direction des appartements Mill House.

22.

Cole avait passé une partie du voyage en avion à essayer de trouver une explication aux actes d'Aaron. Et, malheureusement, une seule paraissait s'imposer : d'une manière ou d'une autre, son frère devait être impliqué dans le meurtre.

Il avait senti, autrefois, lorsqu'ils n'étaient que des enfants, l'antipathie d'Aaron à son égard. Il avait essayé de comprendre. Il était le premier fils de J.P., et J.P. était encore marié avec sa mère lorsque Aaron était né. Mais même lorsque J.P. avait épousé la mère d'Aaron, ce dernier avait eu du mal à accepter son frère aîné. Plus tard, quand Cole venait passer des vacances en famille, il sentait nettement la colère d'Aaron qui bouillait, juste sous la surface. Puis il était entré dans la Navy. A son retour, plusieurs années plus tard, Aaron avait changé. Pour la première fois, Cole avait eu le sentiment qu'ils étaient frères. Et pourtant, il n'avait jamais eu entièrement confiance en son frère cadet. Son instinct ne le trompait donc pas.

En revanche, il n'arrivait pas à comprendre comment Aaron avait pu passer à travers les tests ADN. L'ADN ne mentait pas. Et pourtant… si Aaron était coupable, l'ADN avait menti. Il fallait découvrir pourquoi et comment.

Mais d'abord ils allaient commencer par laver Jason de tout soupçon.

Cole entra dans le commissariat avec son frère, et il se dirigea vers le bureau de la réception.

— Brigadier, je suis Cole Stratton. Je voudrais voir l'inspecteur Le Blanc.

— Elle n'est pas là, déclara le brigadier.

A voir la manière dont il dévisageait Jason, il savait qui il était.

— Elle a pris un jour de congé, ajouta-t-il.

Cole parut stupéfait. Charlie ne lui avait rien dit. Mais ils avaient juste échangé quelques mots, ce matin-là, et il était tellement préoccupé par la nécessité de retrouver Jason qu'il ne lui avait pas demandé ce qu'elle allait faire. Il le regrettait, maintenant.

— Et l'inspecteur Kossak ? enchaîna-t-il.

— Oui, il est là. Attendez, je vais voir si je peux le trouver.

Le brigadier prit le téléphone, se renseigna, hocha la tête, puis raccrocha.

— Quelqu'un va venir vous chercher. Vous devez signer le registre.

Cole signa, puis passa le stylo à Jason, et ils épinglèrent chacun leur badge de visiteur. L'agent Mackenzie arriva bientôt et ils lui emboîtèrent le pas.

— On devrait peut-être attendre et revenir demain, quand l'inspecteur Le Blanc sera là, murmura Jason en jetant des regards nerveux autour de lui.

Cole voyait bien qu'il était épuisé et effrayé. Et il ne voulait pas dire à son frère que jamais on ne le laisserait sortir du commissariat. Sa photo était passée sur toutes les chaînes de télévision, et elle avait fait la une des journaux.

— Il vaut mieux en finir une fois pour toutes, répondit-il d'un air rassurant. Essaie de te détendre, mon vieux. Tout se passera bien.

Durant l'heure qui suivit, Jason se rendit à l'inspecteur Kossak. Il fut inculpé, libéré sous caution, et confié à la garde de son frère, Cole.

Le plus dur était passé. Il ne leur restait plus qu'à attendre les résultats des tests ADN.

— Quand pouvons-nous espérer les avoir ? demanda Cole au Dr Williamson, qui était venue prélever l'échantillon.

— Je vais demander à ce que ce soit fait en urgence. Mais je ne peux pas vous donner une date exacte. Une journée, une semaine… Tout le monde veut des tests ADN, de nos jours.

— Merci, docteur, dit Vince. Il va falloir qu'on fixe une date pour ce dîner au restaurant.

— J'exige deux repas, maintenant. Un payé par vous, l'autre par Le Blanc. C'est elle qui m'a mise en retard, encore une fois.

— Vous avez vu Charlotte ? demanda Cole.

— Non. Elle m'a appelée. Comme toujours, elle avait des questions à me poser, et il lui fallait des réponses sur-le-champ.

— La patience n'est pas sa vertu principale, dit Kossak.

— Je croyais qu'elle avait pris une journée de congé ?

Comme Kossak ne répondait rien, Cole insista :

— Que se passe-t-il ?

— Elle a appelé ce matin avec une histoire à dormir debout, répondit Vince. Elle avait besoin de temps pour elle, soi-disant. Mais Anne m'a dit qu'elle avait une nouvelle théorie. Je parie que c'est lié au meurtre de sa sœur. J'ai essayé de l'appeler plusieurs fois, aujourd'hui, mais je tombe toujours sur le répondeur.

Il se tourna vers le coroner.

— Docteur, quel genre de questions vous a-t-elle posé ?

Le Dr Williamson parut hésiter, et Vince enchaîna :

— Vous pouvez parler devant Cole Stratton.

— Elle voulait des informations au sujet d'un phénomène connu sous le nom de chimère. Elle avait trouvé ce mot dans des notes prises par sa sœur. Une chimère est une sorte de bizarrerie de la nature : deux faux jumeaux sont conçus, mais l'un des œufs ne se forme pas complètement et se fait absorber par le jumeau qui survit. Il en résulte une personne avec deux profils génétiques différents. Deux ADN, autrement dit.

Cole écarquilla les yeux. Tout devenait clair, d'un seul coup.

Il tira son portable de sa poche et appela le numéro de Charlotte. Mais il tomba sur le répondeur. Il essaya chez elle et eut un autre répondeur.

— Merde ! Kossak, vous avez une idée de l'endroit où elle peut être ?

— Non. Elle n'est ni chez sa sœur ni chez ses parents, c'est tout ce que je sais.

— Ecoutez, voilà mon numéro de portable, fit Cole en griffonnant sur un morceau de papier. Si vous apprenez où elle est, surtout, appelez-moi. Merci. Jason, allons-y !

— Où ça ?

— Chez Aaron.

Ils firent le trajet en silence. Jason semblait K.O. Les efforts, la tension et la fuite de ces derniers jours l'avaient vidé, et il se laissait porter.

Ils étaient presque arrivés devant chez Aaron lorsque le portable de Cole sonna.

— Charlotte ? fit-il aussitôt.

— Non, monsieur Stratton, c'est Harry, des appartements Mill House.

— Bonsoir, Harry.

— Vous avez demandé qu'on vous appelle si jamais votre frère venait. Il est ici.

Cole allait dire à son interlocuteur qu'il se trompait, que Jason était à côté de lui dans la voiture, lorsqu'une pensée lui traversa l'esprit.

— Lequel de mes frères, Harry ?

— M. Aaron. Il a dit que votre père voulait qu'il jette un coup d'œil à l'appartement de Mlle Hill avant de le mettre en location.

— Merci, Harry.

— Monsieur Stratton, il n'est pas seul, là-haut. Cette dame inspecteur est là aussi.

Il se tenait dans l'ombre et la regardait, caché par l'énorme ficus, dans un coin du living-room. Elle ne l'avait pas vu quand il était entré, et il l'avait trouvée en train de fouiller l'appartement.

Depuis un moment déjà, il savait qu'elle finirait par tout comprendre. Elle était comme sa sœur : elle ne lâchait pas prise. C'était aussi pour ça qu'il avait attendu. Il savait qu'elle finirait pas dénicher la vidéo pour lui. Et pendant qu'il attendait, il anticipait le plaisir et la sensation de pouvoir qu'il éprouverait, lorsque Cole arriverait et qu'il la trouverait morte. La jouissance serait immense !

Mais d'abord elle devait trouver ce film. A genoux sur le

parquet du living-room, elle ouvrait les DVD les uns après les autres, vérifiant chaque fois que le disque correspondait bien à la boîte dans laquelle il était rangé. Mais il avait déjà fait ça — sans résultat.

Elle s'assit sur ses talons et passa une main dans ses cheveux. Soudain, elle s'immobilisa et tourna la tête de son côté. Il pressa son dos contre le mur et retint son souffle. L'espace d'un instant, il crut qu'elle l'avait vu et qu'il allait devoir la tuer avant qu'elle ait trouvé le disque. Mais elle regarda ailleurs, et il put se détendre et continuer à l'observer.

Pendant quelques secondes, elle laissa son regard faire le tour de la pièce. Puis elle revint aux étagères de livres. Il savait où elle avait déniché les autres mini DVD et les lettres de Jason : dans l'exemplaire de la bible. Lui-même les y avait trouvés, le soir où il avait tué Francesca. Et il les avait laissés là, espérant bien que la police les découvrirait. Et c'est ce qui était arrivé, grâce à Charlotte, bien sûr.

Il sourit intérieurement, satisfait que tout se soit déroulé comme il l'avait prévu. D'un seul coup, le pasteur, le juge et son frère Jason étaient passés en tête de la liste des suspects. Il n'avait eu aucun mal, ensuite, à convaincre ce petit crétin de Jason de se méfier à la fois de Cole et des flics, et de prendre la fuite. Ils étaient tous des pions entre ses mains. Tous, y compris Cole. Parce que, là aussi, il avait prévu que Cole se lancerait à la poursuite de Jason. Une preuve de plus, si nécessaire, que son grand frère n'était pas si finaud que leur père et le monde entier s'entêtaient à le croire. C'était lui, le plus malin de tous, et il venait de le prouver.

D'ici que Cole retrouve Jason et réussisse à le convaincre de revenir pour se soumettre à un test ADN, tout serait terminé. Ni Jason ni Phillip ne comptaient plus pour leur père, désormais. Quant à Holly… Holly n'avait jamais représenté une menace.

Le plus savoureux de cette aventure avait été de regarder Cole se lancer à la rescousse des uns et des autres et échouer chaque fois.

La liaison avec l'inspecteur Le Blanc était une surprise, par contre. Sans doute un clin d'œil que lui faisait le destin. Car s'il avait pratiquement tout prévu, il n'avait pas pu deviner que Cole s'amouracherait de la sœur d'Emily. Ça, c'était la cerise sur le gâteau.

Comme il lui tardait de le voir enfin brisé, dépouillé de tout, sinon de son arrogance ! Dieu, qu'il le haïssait ! Il voulait le détruire, effacer toute trace de lui, l'anéantir.

Mais d'abord il fallait que Charlotte retrouve ce foutu DVD !

Tout en rongeant son frein, il continua d'observer la jeune femme, debout devant les étagères de livres, son regard d'ambre voyageant lentement d'un titre à un autre. Elle ne s'arrêta pas sur la jolie collection d'ouvrages consacrés au sexe, passa rapidement sur les best-sellers, parut s'attarder sur les volumes de Shakespeare, les recueils de poèmes et les romans des sœurs Brontë. Soudain, elle prit *A l'est d'Eden*, de Steinbeck, et se mit à le feuilleter.

Aaron étouffa un soupir. Il avait déjà fait ça en pure perte. Il avait envie de la secouer, de lui crier qu'elle perdait son temps… Mais il ne pouvait pas. S'il se montrait trop tôt, tout serait fini. Elle devait d'abord trouver ce qu'elle cherchait. Alors, seulement, il pourrait la tuer.

Le livre entre les mains, Charlie s'assit sur le canapé et fit courir ses doigts tout autour de la reliure. Elle se leva, prit son sac sur la table basse, et fourragea dedans. Finalement, elle en tira une lime à ongles en métal et retourna s'asseoir.

Puis, reprenant le livre, elle glissa la pointe de la lime à ongles sous le cuir et entreprit de décoller la reliure. Au bout d'un moment, elle reposa la lime à ongles. Lentement, elle souleva le cuir… et découvrit une carte mémoire !

Aaron sentit son cœur bondir dans sa poitrine. Enfin ! Elle l'avait trouvé.

Charlotte considéra un instant le minuscule rectangle, et prit brusquement conscience que c'était une carte mémoire pour la caméra digitale. Elle se leva, marcha vers la caméra et introduisit la carte dans le compartiment prévu à cet effet. Puis elle alluma la caméra et regarda les images qui se mirent à défiler sur l'écran.

Francesca était allongée sur le lit, vêtue uniquement d'un string et d'une paire de bas de soie noire.

Il sentit grandir son excitation, tandis qu'il épiait Charlotte, elle-même en train de le regarder avec Francesca. Il choisit ce moment pour sortir de sa cachette.

— Dites-moi, inspecteur, vous me trouvez photogénique ?

Charlie fit volte-face en entendant la voix d'Aaron.

Il la tenait en joue.

— J'y réfléchirais à deux fois, si j'étais vous ! lança-t-il. A moins que vous ne vouliez que je vous abatte tout de suite. Ce serait tellement dommage : j'ai prévu un joli petit programme de réjouissance pour nous.

Charlie sentit son cœur se soulever en entendant ces mots. Elle regarda fixement le revolver pointé sur elle, tout en se demandant ce qu'elle allait bien pouvoir faire. A cette distance, même s'il ne savait pas viser, il ne pouvait pas la rater.

Durant quelques secondes, elle imagina ses parents en train d'enterrer une deuxième fille. Elle pensa aussi à la nouvelle vie qui l'attendait avec Cole… Tout serait fini.

— Je n'aime pas avoir à me répéter, inspecteur. Lâchez ce revolver tout de suite ou je tire !

— D'accord, dit Charlie en se baissant pour poser son arme à ses pieds.

— Très bien. Et maintenant, faites-le glisser vers moi.

Une fois encore, elle obéit.

— Maintenant, je veux que vous ôtiez la carte mémoire de la caméra et que vous la posiez sur la table.

Charlie s'exécuta. Ce faisant, elle jeta un regard autour d'elle, à la recherche d'un objet qui pourrait lui servir d'arme ou lui permettre de créer une diversion.

La tenant toujours en joue, Aaron avança vers la table, prit la carte mémoire et la glissa dans la poche de sa veste. Il eut alors un sourire froid, mauvais, qui fit courir des frissons dans le dos de la jeune femme.

— Me croirez-vous si je vous dis que je ne me suis même pas aperçu que Francesca nous avait filmés ? C'est Danielle qui a vendu la mèche. Naturellement, je me suis dit que le film était chez elle. Mais ce n'était pas le cas. Alors, j'ai décidé d'être patient et d'attendre. J'étais sûr que vous finiriez par le retrouver pour moi. Tout ce temps, voyez-vous, je cherchais un mini DVD, pas une carte mémoire ! Vraiment, je vous remercie infiniment.

— Pardonnez-moi si je ne vous réserve pas un accueil chaleureux, riposta Charlie.

Il s'esclaffa.

— Je dois vous avouer que je n'avais pas pensé à vérifier la reliure. C'est un bon point pour vous. Je serais curieux de savoir comment vous avez deviné.

— A cause de l'histoire, répondit Charlie. *A l'est d'Eden* reprend le thème de Caïn et Abel. Deux générations de frères, Charles et Adam, puis les jumeaux, Caleb et Aaron. Le manipulateur fait tout pour détruire son frère, par jalousie. Il suffit de vous observer un peu pour s'apercevoir que vous êtes jaloux de Cole et que vous souhaitez sa perte.

— L'analogie est intéressante. Et vous avez raison, bien sûr. Je veux sa perte. Je veux l'anéantir, et j'y arriverai. Mais ce n'est pas par jalousie. C'est parce que je le hais. Je le hais depuis le premier jour où, enfant, j'ai posé les yeux sur lui. C'est à cause de lui que ma mère et moi avons vécu dans la honte pendant des années. Toujours les derniers, la maîtresse et le bâtard. Vous auriez dû voir les regards de mépris des gens qui nous traitaient comme de la merde parce que J.P. était encore marié avec la mère de Cole. Mon père se fichait bien qu'on parle de ma mère comme d'une briseuse de ménage, et pire encore. Il se fichait de ma situation de bâtard, du fait que j'avais dû attendre des années pour prétendre légalement au nom qui aurait dû me revenir dès le départ. Seul comptait son précieux Cole. Il refusait de quitter cette idiote de Margaret parce qu'il ne voulait pas renoncer à Cole. Pendant des années, nous avons attendu, jusqu'à ce que Margaret ait enfin la bonne idée de s'ouvrir les veines. Alors, il a pu épouser ma mère et me reconnaître.

En l'écoutant, Charlie prenait conscience de la haine profonde qui avait saisi et déformé le cœur et l'âme d'Aaron.

— Mais même à ce moment-là, Cole a continué de tout gâcher, reprit-il. Mon père n'a jamais caché que sa préférence allait à Cole. Cole le détestait, et pourtant, pour mon père, Cole venait toujours en premier.

Il secoua la tête.

— Même gamin, j'avais trouvé un moyen de retourner ça à mon avantage. J'accumulais les bêtises, et je faisais en sorte qu'il se fasse pincer à ma place. Et, bien sûr, Cole ne bronchait pas. Il ne me dénonçait jamais. Il était trop noble pour ça.

— Et cela ne faisait que décupler votre haine envers lui, n'est-ce pas ? Parce qu'il était tout ce que vous auriez aimé être, en sachant bien que vous ne le seriez jamais.

— Attention, inspecteur ! Je ne suis pas encore prêt à vous tuer, mais il ne faudrait pas trop me pousser.

— Vous ne vous en tirerez pas, cette fois, dit Charlie. Je sais tout au sujet de la chimère et du double patrimoine génétique.

Il arqua les sourcils, l'air surpris.

— Vraiment ? Quel don remarquable, n'est-ce pas ? Je peux faire absolument tout ce que je veux : les tests ADN ne me dénonceront jamais.

— Depuis quand le savez-vous ?

— Le lycée. J'ai violé une petite allumeuse qui ne demandait que ça depuis des semaines. Ses parents ont porté plainte et, évidemment, l'ADN de ma salive ne correspondait pas à celui du sperme retrouvé en elle. Comme j'étais mineur, papa a tiré quelques ficelles, et l'inculpation a été effacée.

« Et dire qu'il en est fier ! » songea Charlie.

— Ma sœur avait découvert la vérité, n'est-ce pas ? C'est pour ça que vous l'avez tuée.

— Oui. Emily était trop intelligente. Tout comme vous, d'ailleurs. J'ignorais qu'elle connaissait Lisa. Je ne savais pas non plus qu'elle faisait des recherches sur l'ADN et qu'elle s'efforçait de me faire tomber pour le viol de sa copine.

— Et elle avait trouvé un moyen d'y arriver, dit Charlie, tout en se demandant comment elle avait pu ignorer la profonde générosité de sa sœur.

— Presque, admit Aaron. Je n'aurais pas dû la sous-estimer. Quand elle a renversé du vin sur ma chemise, ce soir-là, je n'ai pas compris immédiatement que c'était un coup monté. Même quand j'ai vu la lampe, il m'a fallu un moment pour deviner ce qu'elle manigançait. Evidemment, elle a vu les lignes en forme de V dans mon dos, même si elle a fait celle qui n'avait rien remarqué. C'est ce qui m'a mis la puce à l'oreille, d'ailleurs. D'un seul coup, j'ai tout compris. Bien sûr, après ça, je ne pouvais pas la laisser vivre et ruiner mon avenir. J'étais forcé de la tuer. Et maintenant ça va être votre tour.

— Sauf que, cette fois, vous ne vous en tirerez pas. Je ne suis pas la seule à connaître la vérité. J'ai tout raconté à Cole et à l'inspecteur Kossak. Ils sont sûrement en train de vous chercher, à cette minute.

Aaron sourit.

— Ne perdez pas votre temps, inspecteur. Cole est à Chicago, en train de courir après Jason, et Kossak est au commissariat. J'ai appelé, tout à l'heure, et on m'a passé son poste.

Charlie sentit les battements de son cœur s'accélérer. De nouveau, elle regarda autour d'elle, cherchant désespérément un moyen de s'échapper.

— Allons, n'ayez pas peur ! reprit Aaron. Ce ne sera pas si désagréable. Nous allons d'abord nous amuser un peu, et vous pourrez constater que je vaux bien mieux que votre amant.

— Vous ne lui arrivez pas à la cheville ! riposta Charlie. Cole est un homme. Vous n'êtes qu'un sale gosse capricieux.

Il la gifla brutalement, et elle vit trente-six chandelles. Elle sentit le goût du sang dans sa bouche. Mais elle ne recula pas. Elle était déterminée à se battre jusqu'au bout.

Aaron tira une paire de bas noirs de sa poche.

— Déshabillez-vous et enfilez ça, ordonna-t-il en les jetant vers elle.

Charlie les laissa tomber à ses pieds.

— Allez vous faire foutre !

Cole avait à peine tiré le frein à main qu'il bondissait déjà hors de la voiture. Ignorant les cris d'Harry, il traversa le hall d'entrée de l'immeuble, s'arrêta une fraction de seconde devant l'ascenseur et, voyant que la cabine était au troisième étage, il se rua vers l'escalier.

— Cole ! lança Jason, derrière lui.

— Reste ici et attends Kossak et les flics ! lui cria Cole.

Puis il gravit les marches quatre à quatre.

En arrivant au cinquième étage, il ouvrit la porte doucement. Il ne voulait pas qu'Aaron entende le moindre bruit. S'il tenait déjà Charlotte, il pourrait lui faire du mal. La jeune femme était intelligente et pleine de ressources, se disait-il en longeant le couloir. Elle ferait tout son possible pour essayer de l'arrêter, ou du moins pour gagner du temps jusqu'à l'arrivée des secours. C'est en tout cas ce qu'il ne cessait de se répéter depuis l'appel d'Harry. Il ne pouvait pas la perdre — pas maintenant, alors qu'ils venaient tout juste de se trouver.

Il arriva devant la porte et tourna la poignée avec d'infinies précautions. Rien ne bougea. C'était verrouillé. Pressant son oreille contre le battant, il entendit la voix d'Aaron.

— Ramassez-les.

— Je vous ai dit d'aller vous faire foutre !

Cole entendit aussi Aaron la frapper, et un élan de fureur lui traversa tout le corps. Frère ou pas, il tuerait Aaron pour avoir fait du mal à Charlotte. Mais d'abord il devait s'assurer que la jeune femme était hors d'atteinte. Il tourna la tête vers la fenêtre au bout du couloir et se rappela l'échelle d'incendie qui menait à la fenêtre panoramique, dans le living-room.

Il sortit rapidement et se faufila jusqu'à la vitre qui couvrait un large pan de mur de la pièce principale. Les rideaux étaient tirés, mais il y avait un léger espace entre eux, qui lui permit de voir à l'intérieur.

Aaron lui tournait le dos et il pointait un revolver sur Charlotte. La jeune femme, elle, faisait face à la fenêtre. Elle avait la bouche en sang et un bleu commençait à se former sur sa joue. Mais son regard était défiant, et la manière dont elle se tenait, les jambes légèrement écartées, le dos bien droit, prouvait qu'elle était prête à se battre.

Cole poussa la fenêtre, mais, bien sûr, elle était fermée. Il regarda autour du panneau vitré, essayant de trouver un moyen d'entrer. Mais au même instant Aaron attrapa la jeune femme par les cheveux et l'embrassa de force, avec violence. Quand il la relâcha, elle lui cracha au visage, et aussitôt il la frappa de nouveau.

Cole ne pouvait en supporter davantage. Protégeant son visage avec son bras et sa veste, il donna un coup de pied dans la vitre. Des bris de glace volèrent partout, et Cole les sentit s'enfoncer dans ses mains lorsque, tirant sur les tentures, il se jeta sur son frère et les envoya tous deux au sol.

Aaron était de la même taille que lui, mais beaucoup moins entraîné. Alors qu'ils se livraient une bataille sans merci, Cole vit son frère tendre la main vers son revolver, tombé avec lui. Il le poussa vivement, et l'arme glissa sur le parquet avant de s'arrêter aux pieds de Charlotte.

— Ecarte-toi ! cria-t-elle en s'adressant à Cole.

Celui-ci leva la tête et vit qu'elle tenait le revolver pointé sur la tête d'Aaron.

Celui-ci roula sur ses genoux et fit mine de se redresser.

— Allez-y, inspecteur, tirez ! cria-t-il d'un air de défi. Tuez-moi et vengez Emily ! C'est bien ce que vous voulez, n'est-ce pas ?

— La ferme ! ordonna-t-elle d'une voix que la rage rendait rauque. Cole, écarte-toi !

— Charlotte, fais attention ! Ecoute-moi ! Il n'en vaut pas la peine.

— Il a assassiné ma sœur.

— Laisse la justice régler son sort, insista Cole qui ne voulait surtout pas la voir commettre un acte qu'elle regretterait.

Aaron se mit à rire.

— Je n'irai jamais en prison ! Vous savez aussi bien que moi que le nom de Stratton signifie quelque chose dans cette ville. Je ne serai pas plus inquiété que les autres fois.

— Vous méritez de mourir, dit Charlotte d'une voix sourde.

— Peut-être. Mais ce n'est pas pour cette fois. Vous le savez, et vous n'y pouvez strictement rien.

— Oh, si, j'y peux quelque chose ! rétorqua la jeune femme.

— Charlotte, non ! cria Cole. Tu ne vois donc pas que c'est ce qu'il veut ? Tu n'es pas une meurtrière. Ne le laisse pas t'entraîner avec lui !

Charlotte hésita, le visage tourmenté, le corps tendu.

— Il a tué ma sœur, murmura-t-elle d'une voix qui se brisait.

— Et j'y ai pris un plaisir inouï ! ajouta Aaron.

— Salopard !

— Charlotte, pense à nous ! Je veux faire ma vie avec toi. Ne nous prive pas de ça !

Elle tourna la tête vers Cole et fit mine de baisser son revolver. Au même instant, Aaron se jeta sur elle. Puis Cole entendit le coup de feu et vit son frère s'écrouler lentement.

Il se pencha sur lui.

— Pourquoi, Aaron ? demanda-t-il. Pourquoi ?

— Parce que je te hais. Depuis toujours.

Debout près de la tombe d'Emily, Charlie regarda sa mère arranger le bouquet de roses jaunes qu'elle avait apporté, puis se redresser pour rejoindre son mari. Gordon Le Blanc glissa un bras autour des épaules de sa femme et ils gardèrent le silence un instant. La douleur ne disparaîtrait jamais, mais ils semblaient avoir trouvé la paix.

— Charlotte, on te retrouve à la maison ?

— Oui, maman, d'accord, répondit la jeune femme. Dans un petit moment.

— Viens avec ton ami, proposa Gordon. Il est temps que nous le rencontrions.

— Je vais lui en parler, répondit Charlie avec un sourire.

— Tu veux qu'on t'attende ? demanda Anne, qui était là aussi, avec Vince.

— Non. Je voudrais rester seule quelques minutes.

— Bon. A tout à l'heure.

Et Anne s'éloigna avec son compagnon.

Une fois seule, Charlie s'agenouilla près de la pierre tombale.

— Je l'ai retrouvé, Emily. Comme je te l'avais promis. Il est en prison, maintenant.

Elle marqua une pause, puis reprit un ton plus bas :

— Je te demande pardon, Emily. Je suis désolée de

n'avoir pas été là quand tu avais besoin de moi. Et je suis encore plus désolée de ne jamais t'avoir dit à quel point je t'aimais, combien tu étais belle et intelligente, et combien j'étais fière de toi.

Les larmes roulaient sur ses joues, tandis qu'elle repensait au passé, aux années heureuses, à leurs disputes de sœurs et à l'amour qui les liait.

— Tu me manques, Emily. Je ne t'oublierai jamais. Mais j'ai rencontré quelqu'un. C'est vraiment un homme merveilleux. Je suis sûre qu'il te plairait. J'ai envie de construire un avenir avec lui. Toutes ces dernières années, j'ai eu l'impression que je ne méritais pas d'avoir une vie, que je n'avais pas le droit d'être heureuse parce que toi, tu n'étais plus là, tu n'avais plus de vie, et que c'était ma faute, parce que je n'avais pas su te protéger.

Elle essuya ses joues.

— Mais je me trompais, pas vrai, Emily ? Je sais, maintenant, que tu ne m'as jamais reproché ce qui s'est passé, et même, que tu veux sans doute que je sois heureuse pour nous deux. C'est ce que je vais faire, Emily. Je te le promets.

Charlie posa la rose jaune qu'elle avait apportée sur la tombe, et elle se releva. Puis, se tournant vers la rue, elle vit Cole qui l'attendait.

Elle le regarda et sentit les battements de son cœur s'accélérer. Il était son avenir. Alors, elle s'élança vers lui. Il la rejoignit à mi-chemin et la prit dans ses bras.

— Je t'aime, dit-il avant de l'embrasser.

— Moi aussi, répondit Charlie.

Cole lui prit la main, et alors qu'ils s'éloignaient, Charlie jeta un dernier regard du côté de la tombe de sa sœur. L'espace d'un instant, elle crut la voir, debout, qui lui souriait en lui faisant un signe d'adieu.

— Ça va, chérie ? demanda Cole.

Charlie sourit à Emily, puis se tourna de nouveau vers son compagnon.

— Tout va merveilleusement bien.

Le 1er janvier

Jeux macabres - Erica Spindler • N°310

A La Nouvelle-Orléans, les meurtres se succèdent dans l'entourage de Léo Noble, inventeur fortuné d'un célèbre jeu de rôles. Pour Stacy Killian, ancienne inspectrice dont l'une des amies compte parmi les victimes, il ne fait aucun doute que le meurtrier s'inspire de ce jeu pour commettre ses crimes. Et qu'elle devra se plier à ses règles pour réussir enfin à l'arrêter...

L'Ecorcheur - P.D. Martin • N°311

A l'âge de huit ans, Sophie a brutalement eu la vision du meurtre de son petit frère. Ce drame l'a marquée à jamais. Devenue flic, elle est repérée par le FBI pour son flair hors-normes, et s'installe à Quantico pour exercer ses talents de *profiler*. Mais un jour, le cauchemar recommence quand elle « ressent » les meurtres commis par l'Ecorcheur de Washington, un monstrueux tueur en série traqué par le FBI. Et qu'elle découvre que ces crimes atroces la touchent de beaucoup plus près qu'elle ne l'imagine...

Hantise - Heather Graham • N°312

Une jeune guide de La Nouvelle-Orléans, un agent du FBI : tous deux sont retrouvés morts le même jour d'une overdose d'héroïne. Coïncidence ? Nikki DuMonde, qui dirige une agence touristique, est persuadée du contraire. Car les deux victimes viennent hanter sa vie, comme pour réclamer justice et l'avertir qu'elle court un grand danger. La police, sceptique, ne prend guère au sérieux sa déposition... à l'exception de Brent Blackhawk, un flic qui, découvre-t-elle, a les mêmes dons de médium qu'elle.

Souviens-toi du passé - Laurie Breton • N°313

L'ambitieuse Kate Winslow est chargée de la vente de l'une des plus belles demeures de Boston. Mais lorsque le client avec qui elle a rendez-vous s'introduit dans les lieux, c'est pour découvrir que Kate a mystérieusement disparu, laissant derrière elle sa mallette, son portefeuille – et le cadavre d'un inconnu, tué à coup de revolver.

Le pavillon d'hiver - Susan Wiggs • N°314

Suite à l'incendie de sa maison, Jenny s'installe au pavillon d'hiver du camp Kioga où, adolescente, elle passait ses étés... Là, elle est assaillie par un flot de souvenirs : le premier baiser de Rourke et, plus tard, la douleur muette dans ses yeux quand Joey, son meilleur ami, l'avait demandée en mariage... Rourke avait alors renoncé à la conquérir, et depuis la mort de Joey, il multipliait les conquêtes éphémères et faisait tout pour l'éviter... Pourtant n'avait-il pas promis de veiller sur elle durant son séjour au pavillon... ?

Lady Sapphire - Rosemary Rogers • N°315

Martinique et Angleterre, 1831

A dix-huit ans, Sapphire découvre qu'elle n'est pas la fille d'un riche planteur de Martinique comme elle le croyait, mais le fruit des amours d'une prostituée de La Nouvelle-Orléans et d'un lord anglais. Contraint par sa famille de rompre, ce dernier a regagné l'Angleterre après avoir épousé en secret sa maîtresse enceinte. Pour lui permettre de survivre, il lui a laissé un somptueux pendentif en saphir qu'elle n'a pourtant jamais vendu et a confié aux parents adoptifs de Sapphire avant de mourir. Décidée à retrouver son géniteur, Sapphire embarque pour l'Angleterre...

En lettres de sang - Meg O'Brien • N°156 *(réédition)*

Qui pouvait haïr Marti Bright au point de l'avoir assassinée de la manière la plus effroyable ? Car son bourreau n'a pas seulement dessiné « Menteuse » en lettres de sang sur le corps de la victime. Il l'a crucifiée. Et ce crime porte la signature d'un meurtre rituel. Sous le choc, Abby, son amie d'enfance, va peu à peu découvrir, en enquêtant sur les derniers jours de Marti, une femme qu'elle croyait connaître et dont elle ignorait la part d'ombre...

Faux diagnostic - Gwen Hunter • N°164 *(réédition)*

Rhea est l'amie de toujours de Marisa. Elle est aussi médecin urgentiste. Le jour où Marisa est victime d'un accident, Rhea met tout en oeuvre pour sauver sa vie. Tout, y compris une enquête secrète et illégale dans le service de son propre patron. Mais en cherchant à percer le mystère qui entoure Marisa, Rhea a orienté sur elle la cible qui va faire d'elle la victime d'une atroce machination.

Composé et édité par les
éditions Harlequin
Achevé d'imprimer en octobre 2007

BUSSIÈRE
GROUPE CPI

à Saint-Amand-Montrond (Cher)
Dépôt légal : novembre 2007
N° d'imprimeur : 71590 — N° d'éditeur : 13093

Imprimé en France